HEYNE <

Das Buch

Sie würden Indianer heiraten und Pferde züchten, davon haben Susen und Belle mit elf geträumt. Belles Leben ist diesem Traum erstaunlich nahe gekommen. Zu nahe für Susens Geschmack. Doch die Einladung von ihrer einstigen Freundin auf den Pferdehof kommt ihr gerade recht. Der Journalistin gehen langsam die Themen aus. In ihren Kolumnen soll sie das aufregende Liebesleben eines Singles beschreiben, doch von Erotik ist keine Spur. Aber so ein Reiterparadies liefert bestimmt genug Stoff für ihre Kolumne. Und tatsächlich, kaum angekommen, steht er vor ihr, der Cowboy ihrer Träume.

Obwohl die warme Vertrautheit zwischen den beiden Frauen sofort wieder da ist, bereut Belle schon bald, die Städterin mit dem Designertick eingeladen zu haben. Weil sie sich über ihren Mann lustig macht. Die »Ménage à trois« kritisiert, die die pragmatische Belle akzeptiert. Und weil jener Tag vor gut 30 Jahren die beiden noch immer trennt, jener Tag, an dem Susen ihre beste Freundin im Stich gelassen hat.

Milena Moser, bekannt dafür, zwischenweibliche Turbulenzen aufs Treffendste zu beschreiben, lässt in ihrem neuen Roman zwei Frauen aufeinander los – voller komödiantischer Hemmungslosigkeit, herzzerreißend ehrlich und hinreißend bissig.

»Milena Moser ist eine Expertin für das ganz normale Chaos der Frauen.« *Der Spiegel*

Die Autorin

Milena Moser, 1963 in Zürich geboren, hat acht Jahre in San Francisco gelebt. Dass sie ihre Wahlheimat brillant zu beschreiben vermag, bewies sie schon in ihrem äußerst erfolgreichen Sachbuch *Schlampenyoga.* Ihre Schriftstellerkarriere begann Milena Moser Anfang der 1990er Jahre und landete sofort mit *Die Putzfraueninsel* einen Bestseller. Es folgten genauso erfolgreich *Das Schlampenbuch* und *Blondinenträume*.

Außerdem bei Heyne lieferbar: *Flowers in your hair*, *Schlampenyoga*

MILENA MOSER

# STUTENBISS

Roman

WILHELM HEYNE VERLAG
MÜNCHEN

FSC
Mix
Produktgruppe aus vorbildlich bewirtschafteten Wäldern und anderen kontrollierten Herkünften

Zert.-Nr. SGS-COC-1940
www.fsc.org
© 1996 Forest Stewardship Council

Verlagsgruppe Random House FSC-DEU-0100
Das für dieses Buch verwendete FSC-zertifizierte Papier *Holmen Book Cream* liefert Holmen Paper, Hallstavik, Schweden.

Vollständige deutsche Taschenbuchausgabe 01/2010

Printed in Germany 2010
Umschlagfoto: © Photodisc und © Fotolia
Umschlaggestaltung: Hauptmann & Kompanie Werbeagentur, München-Zürich
Druck und Bindung: GGP Media GmbH, Pößneck
ISBN: 978-3-453-40740-0

www.heyne.de

*To my family in Montana –*
*thank you for your love and inspiration*

# Streik

Nach sieben Tagen brach sie ihr Schweigen. Nicht, dass es irgendjemandem aufgefallen wäre. Susen saß allein an ihrem Schreibtisch, als das Telefon klingelte. Ohne weiter darüber nachzudenken, hob sie den Hörer ab und sagte: »Hallo.«

Das war es nun: das Ende eines Streiks, den keiner bemerkt hatte.

Eine Inszenierung ohne Publikum, ein Protest ohne Wirkung – das passierte Susen nicht zum ersten Mal.

Als Dreizehnjährige hatte sie ihren Selbstmord vorgetäuscht, nach einem Streit mit ihrer Mutter, die darauf bestanden hatte, dass sie ihr Zimmer aufräumte, bevor sie in den Jugendkeller ging. Eine Aufgabe, die Susen damals so unüberwindlich erschien, dass sie sich einfach auf den Teppichboden legte, mitten in die verstreut herumliegenden schmutzigen und sauberen Kleider, aufgeschlagenen Bücher, Jugendmagazine, aufgerissenen Kekspackungen, Mandarinenschalen. Nach kurzem Überlegen stand sie noch einmal auf, ging ins Badezimmer und räumte den Medikamentenschrank aus. Aspirin, Ibuprofen und Dulcolax, sie schüttete die Pillen ins Klo und arrangierte dann die leeren Packungen neben sich auf dem Fußboden. So lag sie eine ganze Weile und wartete, dass ihre Mutter ins Zimmer kam. Dann würde sie ja sehen, was sie angerichtet hatte!

Susen malte sich die Szene aus: Die Mutter, noch angetrieben von selbstgerechter Wut, will schon zu einer neuen

Tirade ansetzen, dann sieht sie die geliebte Tochter daliegen, reglos, blass. Sie stockt, sie sinkt in die Knie – sieht die leeren Pillenschachteln.

»Was hab ich getan?«, jammert sie und reißt den leblosen Körper an sich. »Meine Tochter, mein liebstes Kind! So hab ich's doch nicht gemeint!«

Die Familie läuft zusammen, der Vater, die Brüder, sie tragen sie ins Wohnzimmer, legen sie aufs Sofa. Der Fernseher wird aus Respekt vor der scheinbar Toten ausgeschaltet, obwohl das Fußballspiel auf seinen Höhepunkt zugeht. Und wenn Susen dann endlich die Augen aufschlägt, kriegt sie alles: ein Schokoladenfondue, bei dem sie ersten Zugriff auf die Bananenscheiben hat, sofortige Aufbesserung des Taschengeldes, und sie darf in den Jugendkeller. Ohne Sperrstunde. So.

Als ihre Mutter schließlich ins Zimmer kam, stieg sie kurzerhand über die am Boden Liegende hinweg und zog die schweren Vorhänge mit einem Ruck zur Seite. Das Sonnenlicht fiel mit einer Wucht auf Susen, die ihr den Atem verschlug. Sie schnappte nach Luft. Riss die Augen auf.

»Jetzt tu nicht so«, sagte ihre Mutter kurz und fing gleich an, den Schreibtisch aufzuräumen. Mit schnellen, effizienten Bewegungen schichtete sie alles zu ordentlichen Stapeln auf. Blätter auf Blätter, Bücher auf Bücher, Stifte in die dafür vorgesehenen runden Behälter aus orangefarbenem Plastik. Dabei wandte sie Susen den Rücken zu, sie sah nicht ihre Blässe, nicht das kunstvolle Arrangement aus leeren Schachteln.

»Zusammen kriegen wir das hin«, sagte sie. »Es ist nicht mal sechs, du kannst also immer noch in den Jugendkeller.«

Und Susen stand auf und ließ die Pillenschachteln unauffällig verschwinden, kippte sie zusammen mit dem überquellenden Inhalt ihres Papierkorbs in die schwarze Mülltüte, die ihre Mutter mitgebracht hatte.

Daran dachte Susen jetzt, als sie mit dem Hörer in der Hand eine weitere folgenlose Inszenierung abbrach. Susen wusste bis heute nicht, ob ihre Mutter damals die sorgfältig arrangierten Tablettenschachteln überhaupt bemerkt hatte. Ob sie Susens vorgetäuschten Selbstmordversuch bewusst ignoriert oder einfach übersehen hatte. Und was schlimmer gewesen wäre.

Die Erinnerung an diese Episode brannte noch lange an der Stelle im Zwerchfell, wo Susen peinliche Momente aufbewahrte, knapp unter dem Herzen.

So wie auch in einer blauen Mappe auf ihrem Schreibtisch. »Roman« stand auf dem Deckel. In Anführungsstrichen. Darin sammelte Susen die romanwürdigsten Szenen ihres Lebens, die meist auch die peinlichsten waren.

So viele dieser peinlichen Momente hatte sie schon zusammen, dass sie bald eine zweite Mappe anlegen musste. Den von niemandem bemerkten Selbstmordversuch hatte Susen allerdings schon in einer ihrer Magazinkolumnen verarbeitet. Darin berichtete sie von einer Freundin, die zehn Tage lang nicht mit ihrem Mann gesprochen hatte. Ohne dass dieser es bemerkt hätte. »Wir hatten es doch gerade so schön«, sagte er, als sie die Koffer packte. »Wir hatten nicht mal Streit«, später in der Bar zu seinen Freunden. Da hatte Susen dann die Geschichte von den arrangierten Pillenschachteln auf dem Kinderzimmerteppich eingebaut und schon beim Schreiben gewusst, dass sie diese Episode in ihrer Kolumne eigentlich verschenkte.

Wie alle diese brennenden Momente gab dieses Erlebnis nämlich eine gute Geschichte ab. Sie hätte diesen Moment in der blauen Mappe liegen lassen sollen, für den Roman. Es würde ein umwerfender Roman werden, das wusste sie. Sie musste ihn nur schreiben.

Ob es zulässig war, von sich selbst abzuschreiben? Oder sollte sie ihren von niemandem beachteten Redestreik verwenden? Dieser hatte allerdings nicht wie der ihrer Freundin einem Mann gegolten. Sie hatte keinen. Schon seit einer Weile nicht mehr. Susen wusste nicht, wie das passiert war. Da war immer einer gewesen, manchmal mehr als einer, und dann plötzlich keiner mehr. Darauf war sie nicht vorbereitet gewesen, so wenig, dass sie es eine Zeit lang nicht einmal gemerkt hatte. Bis ihr irgendwann nichts mehr einfiel für ihre Kolumne, die sich immerhin im Wesentlichen mit ihrem Liebesleben befassen sollte. Dem Liebesleben einer selbstbewussten, modernen Städterin, die alles hat: Erfolg im Beruf, ein schönes Kind, eine schicke Eigentumswohnung mit Balkon. Unabhängigkeit und Leidenschaft, montags bis freitags zu den üblichen Öffnungszeiten. Am Samstag erschien dann die Zusammenfassung in der Zeitschrift *Life.Style.*

Was Susen in ihrer Kolumne allerdings unerwähnt ließ, war die Tatsache, dass sie nicht nur mit ihrer elfjährigen Tochter Wednesday zusammenlebte, sondern auch mit ihrer verwitweten Mutter Lou. Ein Arrangement, das nicht ganz zu ihrem Image passte und ihr das Schreiben auch nicht gerade erleichterte.

Wertung, Wertung, dachte Susen, wie sie es im Meditationskurs gelernt hatte: die flatternden Gedanken erkennen, bezeichnen und ziehen lassen. Wertung, Wertung. Unbehagen, Unbehagen. Nur dass sie keine flatternden Gedanken mehr hatte, keine eigenen jedenfalls, ihr Kopf war mit Gehörtem vollgestopft. Nicht nur Wednesday plapperte ununterbrochen auf sie ein und wiederholte in schmerzlicher Detailtreue jedes Gespräch, das sie geführt hatte. Auch ihre Mutter hatte die Angewohnheit, leise, aber unüberhörbar vor sich hinzureden und ihre sämtlichen Handlungen zu kommentieren. Denn Lou Hugentobler wollte ihrer Tochter auf keinen Fall Umstände machen. Nur keine Umstände! Und genau das machte das Zusammenleben mit ihr so kompliziert.

Susens Redestreik war unbemerkt geblieben, ihr Alltag weitergegangen wie immer. Sie wäre wohl besser in einen Zuhörstreik getreten. Hätte sich auf ihr großes, einsames weißes Bett gelegt mit riesigen flauschigen Ohrenschützern aus rosa Plüsch, wie sie Freizeitschützen tragen – Freizeitschützen? Rosa? Wo hatte sie das wieder her? –, und das Zuhören verweigert. Allerdings hätte das wohl auch niemanden beeindruckt, vermutlich hätten sowohl ihre Mutter als auch ihre Tochter einfach weitergeredet, manchmal sogar beide gleichzeitig.

Eigentlich konnte Susen sich nicht beklagen, denn sie hatte ja ihre Kolumne. Ihre wöchentlichen fünftausend Zeichen, Leerzeichen eingerechnet. Sollte das nicht reichen? Ihre Kolumne war seit Jahren ein gern gelesener und fester Bestandteil des Wochenmagazins *Life.Style* und bereits in zwei sich gut verkaufenden Sammelbänden veröffentlicht worden. Wenn sie zu Lesungen antrat, hörte ihr das mehrheitlich weibliche Publikum gebannt zu, nickte zustimmend und lachte an den richtigen Stellen.

Wenn ihr wüsstet, dachte Susen. Wenn ihr wüsstet, dass ich zu Hause rein gar nichts zu sagen habe!

Nach den Lesungen ließ sie sich gern zum Essen einladen. Hatte nie etwas gegen einen großen Tisch einzuwenden, scharte die Leserinnen um sich, die Buchhändlerinnen. Solange sie ihr an den Lippen hingen, solange sie die Rechnung bezahlten, war sie an diesen Abenden kaum mehr nach Hause zu bringen.

Manchmal dachte sie, sie sollte ihren Verlag anrufen. Ein paar neue Lesungen organisieren lassen. Nur damit ihr wieder mal jemand zuhörte. Oder einen ehemaligen Liebhaber, jemanden, der an ihren Lippen hing, sie nur unterbrach, um sie zu küssen. Sie hatte ein spezielles Adressbuch, ihr *little black book*, in dem sie diese Männer sammelte, ganz in der Tradition großer Frauenhelden. So sah sie sich gern: eine galante, aber im Wesentlichen unerschütterliche Casanova. Mit einer Rose zwischen den Zähnen. Da müsste doch jemand drinstehen. Den sie anrufen könnte. Das wäre doch gelacht. Allerdings konnte sie das Adressbuch dann nicht finden, und sie fragte sich, ob es überhaupt existierte. Oder ob sie es sich doch nur ausgedacht hatte.

Wenn mir niemand zuhört, gibt es mich dann?

Susen brach ihr Schweigen nach genau sieben Tagen, als das Telefon klingelte. Sie hob den Hörer ab und sagte »Hallo«, automatisch, ohne nachzudenken. »Hallo.« Und dachte: Wie ungeheuer bedeutungsvoll. Ihr erstes Wort nach sieben Tagen hätte eigentlich mehr Gewicht haben sollen. Weltfrieden! Freiheit! Geht mir aus der Sonne! Stattdessen sagte sie »Hallo« und das auch nur, weil sie die Nummer auf der Anzeige nicht erkannt hatte.

»Susen?«

»Belle?«

# Blockhütte

Eine Blockhütte wollten sie bauen, aus unbehandelten Baumstämmen, rechtwinklig verkantet, mit einer richtigen Tür und zwei Fenstern, vor denen rot-weiß karierte Gardinen hängen. Sie konnten sie direkt vor sich sehen.

Susen und Belle zogen los, immer tiefer in den Wald hinein, in eines ihrer endlosen Gespräche vertieft. In einem Leiterwagen hatten sie ihre Lieblingsbücher gestapelt, *Der rote Seidenschal*, *Der Türkisvogel*, *Hanni und Nanni*, *Dolly geht ins Internat.* Limonade, Kekse, Papierservietten. Eine Dose in Sirup eingelegte Pfirsiche. Ein Taschenmesser. Einen Blumentopf mit einer weißen Geranie. Doch nichts, das zum Bau einer Blockhütte nötig gewesen wäre: kein Holz, kein Werkzeug, keinen rot-weiß karierten Stoff. Trotzdem zweifelten die beiden keine Sekunde an ihrer Vision. Sie zogen den Leiterwagen hinter sich her, hielten den Holzgriff mit je einer Hand, gingen im Gleichschritt wie ein Pferd. Zwei Mädchen, ein Pferd.

Wenn sie erst erwachsen wären, würden sie Pferde haben. Sie diskutierten ihre Zukunft mit großem Ernst, planten sie bis ins kleinste Detail. Das Gelingen hing von ihrer Freundschaft ab und von Zufällen.

Sie würden in Amerika leben und einen Pferdehof betreiben, der entweder »Pferdehimmel« oder »Paradies der Pferde« heißen würde. »›Pferdehimmel‹ klingt irgendwie nach Tierfriedhof«, sagte Susen. Sie würden möglichst zur gleichen Zeit gut aussehende Indianer kennenlernen und heiraten. Vielleicht Brüder. Zu viert würden sie auf der Ranch leben, Susen und Belle mit ihren indianischen Männern. Und später natürlich mit ihren Kindern. In der Kinderfrage waren sie sich noch nicht einig geworden. Belle wollte drei Kinder, Susen nur zwei. Sie diskutierten Vor- und Nachteile der Geschwisterfolge, Susen hatte zwei Brüder, Belle war ein Einzelkind. »Deshalb müssen es einfach zwei sein«, sagte Susen, »verstehst du das nicht? Wir müssen es anders machen.« Sie mussten alles anders machen.

Dass ihre Leben unterschiedlich verlaufen könnten, schlossen sie aus. Nur beruflich, da würden sie sich schon aus praktischen Gründen ergänzen müssen. Belle würde die Pferde zureiten und Reitunterricht geben. Susen, die sich Reitstunden nicht leisten konnte, aber oft im Stall auf Belle wartete und die großen Tiere streichelte, würde Tierärztin werden, sich um die Tiere kümmern, ihre Verletzungen behandeln, bei den Fohlengeburten beistehen. Und sie würden Pferde züchten. Natürlich. Auf Ausstellungen vorführen und Preise gewinnen, weil ihre Pferde glückliche Pferde wären, freie Pferde, stolze Pferde.

Immer wieder erörterten sie die Frage, ob sie nicht doch lieber Cowboys heiraten sollten, ob die auf der Ranch nicht von größerem Nutzen wären. Doch Indianer waren einfach romantischer. So war es zumindest in den Büchern, die sie lasen. »Vielleicht beides«, hatte Susen einmal vorgeschlagen, »du heiratest einen Cowboy und ich einen Indianer.« Aber darauf wollte Belle sich nicht einlassen. »Warum nicht umgekehrt?«, fragte sie.

Nein, sie wollten beide einen Indianer. Einen hochgewachsenen Mann mit langem Haar und nackter Brust. Je genauer sie ihn sich gegenseitig beschrieben, desto seltsamer fühlten sie sich. Flau im Magen, als würde ihnen gleich übel, aber nicht ganz. Weich in den Knien, aber auf eine angenehme Art.

Sie redeten und redeten und kamen immer tiefer in den Wald hinein. Sie wollten eine Lichtung finden, schauten aber nicht auf, sondern vor sich hin auf den Waldboden, während sie diskutierten.

»Araberpferde«, sagte Belle, »reinrassige Araber.«

»Appaloosas«, warf Susen ein. Sie kannten diese Pferderasse nur aus Büchern, im Reitstall im Dorf standen solide Freiberger, Holsteiner und ein Island-Pony. Appaloosas, das klang irgendwie anders. Wild.

Susen und Belle kannten sich seit der ersten Klasse, aber beste Freundinnen waren sie erst in der vierten geworden, als die Schüler neu zusammengewürfelt wurden und Susen von ihrer bis dahin besten Freundin getrennt wurde. Die beiden wohnten an entgegengesetzten Enden des Dorfes, doch sie legten den Schulweg immer gemeinsam zurück, manchmal mehrmals: Die eine begleitete die andere nach Hause, sie blieben vor dem Haus stehen, ins Gespräch vertieft, kehrten dann noch einmal um, gingen quer durchs Dorf und über die Hügel zurück, bis sie vor dem Haus der anderen standen. Zwei- oder dreimal hin und her. Wie Steppenpferde konnten sie mühelos endlose Distanzen zurücklegen, ohne es zu merken. Solange sie nur zusammen waren.

Manchmal vergaßen sie darüber sogar das Mittagessen, sehr zum Kummer von Susens Mutter, die es anfangs noch für sie warm gestellt hatte. Später packte sie es ein, wartete in der Tür auf die Mädchen und reichte ihnen die Pakete: Wurst und Kartoffeln, Braten und Gemüse oder gar Fischstäbchen, sorgfältig zwischen zwei Brotscheiben geklemmt, sodass sie im Gehen essen konnten. Doch die Mädchen waren zu sehr in ihr nicht enden wollendes Gespräch vertieft, um zu essen. Und eines Tages hatte Frau Hugentobler genug. Sie lauerte den beiden an der Straßenecke auf, an der sie normalerweise umkehrten, sprang aus dem Gebüsch und packte die Mädchen mit hartem Griff am Arm, eine rechts und eine links.

»Spinnst du?!«, rief Susen und versuchte, sich loszureißen, »du hast uns erschreckt!« Sie schämte sich für ihre Mutter, die wie eine Furie in der Haushaltsschürze vor ihnen stand, mit wildem Blick und Mehlspuren im Gesicht.

Doch Belle ließ sich willig mitziehen, ins Haus, in die Küche. Der gedeckte Tisch, die lauten Brüder. Mutter Hugentobler stand an den Herd gelehnt, mit verschränkten Armen überwachte sie jeden Bissen, den die Kinder zu sich nahmen. Sobald ein Teller leer war, ergriff sie ihn und schöpfte nach. Manchmal rauchte sie dabei. Sie selber würde erst später essen, die Reste beim Aufräumen von den Tellern kratzen.

Seither aß Belle bei Hugentoblers zu Mittag, erst ein- oder zweimal die Woche, bald jeden Tag. Zu Hause in der Fankhauser-Villa wartete niemand auf sie. Frau Czerny, der Haushälterin, war es ganz recht, wenn sie mittags nicht kochen musste. Belles Mutter nahm ohnehin kaum je feste Nahrung zu sich, und der Vater war den ganzen Tag im Büro. Belle fürchtete sich vor Frau Czerny. Ihre Brauen waren schwarz und zusammengewachsen. Sie sah aus wie eine Hexe.

Bei Susen hingegen gefiel es ihr, unter dem strengen Blick von Frau Hugentobler fühlte sie sich geborgen. Sie mochte das kleine Haus, das sich mit den niedrigen Räumen und dicken Teppichen wie ein Nest um sie schloss. Aber sie hatte schnell verstanden, dass sie das besser nicht laut sagte. Frau Hugentobler glaubte nämlich, ihr Haus sei groß. Oder wollte es gern glauben. »Nicht so groß wie deines natürlich«, sagte sie und presste die Lippen zusammen. Dabei hatte Belle sie doch gar nicht kränken wollen. Sie mochte Frau Hugentobler, die immer da war und auf ihre Kinder wartete.

Frau Hugentoblers ganzes Leben drehte sich um Susen und deren Brüder Bernhard und Konrad, die Börni und Koni genannt wurden. Susen hieß eigentlich Susan, was Englisch war und »Susen« ausgesprochen wurde. Weil das im Dorf niemand wusste und alle immer »Susann« sagten, wie wenn sie eine ganz gewöhnliche Susanne wäre, hatte Frau Hugentobler den Namen stillschweigend abgeändert. So wie sie aus der schweizerdeutschen Luise eine englische Lou gemacht hatte.

Hugentoblers hatten in Las Vegas geheiratet und waren auf ihrer Hochzeitsreise mit dem Mietwagen durch das Tal des Todes nach Los Angeles gefahren. Frau Hugentobler erzählte oft von dieser Reise, auf der sie eine Tarantel überfahren hatte, eine Riesenspinne, mitten auf dem schnurgeraden Highway, »so groß wie ein Kinderschuh«. Vor Schreck hatte sie beide Hände vom Lenkrad gerissen, beide Füße hochgehoben, das Auto geriet ins Schleudern – ein Wunder, dass sie noch lebten. Bilder von dieser Reise hingen überall im Haus. Amerika war das Gelobte Land. Auch für Susen.

»Ich hab ja schon den Namen«, sagte sie immer, »also sollte ich auch da leben.« Und was für Susen galt, galt auch für Belle.

Stundenlang konnten die beiden ihre Köpfe über den Schüleratlas beugen, in dem die Vereinigten Staaten vier Doppelseiten umfassten. Im Westen fingen sie an. Montana, dachten sie, aber da war es im Winter zu kalt, da war alles weiß eingezeichnet. Mehr Gelb und Rot fanden sie in New Mexico, in Arizona. Aber ob es da auch Indianer gab?

Die Mädchen zweifelten keinen Augenblick an ihrer Zukunft, daran, dass sie alle ihre Pläne verwirklichen würden. Solange sie sich nur einig waren. Solange sie gut planten. Kein Detail außer Acht ließen, keine noch so kleine Kleinigkeit.

Ein Ruck am Handgriff des Leiterwagens ließ sie anhalten. Ein Rad hatte sich in einer Wurzel verfangen. Susen und Belle waren vom Waldweg abgekommen. Als sie aufschauten, sahen sie, dass die Bäume über ihren Köpfen zusammengewachsen waren. Das Licht war dunkelgrün geworden.

»Hier ist es gut, hier bauen wir unsere Hütte«, sagte Susen, und Belle nickte. Sie ließen die Deichsel des Leiterwagens los, setzten sich mit ausgestreckten Beinen auf den Boden, an einen Baumstamm gelehnt. Susen kratzte sich, sie trug einen kurzen Rock und Turnschuhe, ihre Beine waren mit Mückenstichen übersät. Belle trug Jeans mit grünen Grasflecken auf den Knien. Echte Wrangler, die ihre Mutter aus Amerika mitgebracht hatte. Sie war gerade geschnitten, damit man sie beim Reiten in die Stiefel stecken konnte. Die anderen Mädchen in der Schule trugen enge Lee mit weit ausgestellten Beinen.

»Was machen wir jetzt?« Belle nahm das Paket mit den Keksen aus dem Wagen.

»Wir müssen junge Bäume fällen«, sagte Susen.

»Und dann die Rinde abschälen«, sagte Belle.

»Und immer am Ende eine Kerbe einschnitzen, damit sie übereinander passen.«

»Erst müssen wir aber den Boden flach treten.«

Sie machten keine Anstalten aufzustehen. Die Blockhütte nahm in ihren Worten Form an, sie bauten daran herum, während sie Kekse aßen. Mit großen Schlucken tranken sie aus der Limonadenflasche. Ein Käfer krabbelte auf Susens nackte Beine zu, und sie sprang auf.

»Iiihh!«

Und da stand der Mann vor ihnen.

## Reitstiefel

Cowboys sind doch out«, sagte Redakteur Bauer von *Life. Style*. »*Brokeback Mountain*, so was von gestern.«

»Stimmt doch gar nicht! Hast du dich mal in den Läden umgesehen? Stiefel, Hüte, Türkise und silberne Gürtelschnallen. Cowboyromantik lässt die Kassen klingeln!«

Verkaufsargument, Verkaufsargument. Susen fütterte ihm präzise Aussagen, die er notfalls unverändert zum Chefredakteur tragen konnte. Sie arbeitete schon lange mit Bauer, dem Leiter des Ressorts »Leben«, zusammen.

»Außerdem rede ich von einer Frau«, fuhr sie fort. »Verstehst du: von einer Schweizerin, die den Cowboytraum lebt. Sie ist eine ›Pferdeflüsterin‹ – sozusagen. Gleich hier, in unserem Hintergarten, in einer Gegend, die niemand kennt. Die unbekannte Schweiz … Freiheit und Abenteuer vor der Haustür … Nun komm schon!«

Bauer zierte sich. »Ich weiß nicht. Ist das denn sexy?«

Susen seufzte. Niemand außer Bauer würde den Ausdruck »sexy« noch benutzen. »Was denkst du denn? Allein schon wegen der Cowboys!«

Als sie damals den Auftrag angenommen hatte, allwöchentlich eine Kolumne über ihr Liebesleben zu schreiben, hatte sie ja nicht ahnen können, dass es sich schon bald in Luft auflösen würde. Eine ganze Weile hatte sie sich aus ihrem glücklicherweise reichen Erfahrungsfundus bedienen und sich selbst, die Redaktion und die Leserschaft über diese unerwartete und eigentlich unerklärliche Dürreperiode in ihrem Leben hinwegtäuschen können. Doch irgendwann war die Panik nicht mehr aus ihren Sätzen herauszuhalten gewesen. Natürlich konnten sich die meisten Leserinnen auch damit identifizieren. Wenigstens eine Zeit lang. Aber irgendwann wollten sie Hoffnung schöpfen. Wenn Susen Sabatier (dank einer frühen Ehe war sie das biedere Hugentobler losgeworden) keinen finden konnte, was sollte dann aus ihnen werden?

Susen Sabatier, glamouröse Journalistin, Frau von Welt, war zu müde, um auszugehen. Ein Champagnerglas zu halten. Sie rieb sich zwischen der Betreuung ihrer elfjährigen Tochter Wednesday und ihrer achtundsechzigjährigen Mutter Lou auf.

Susens Vater, Karl Hugentobler, war vor zwei Jahren gestorben, und nach einer anfänglichen Phase untröstlicher Trauer und Verlorenheit hatte ihre Mutter sich wieder aufgerappelt. Sie reiste mit einer Gruppe selbst ernannter Amerikafans nach Las Vegas, wo sie in drei Tagen zehntausend Franken erspielte und so ihren neuen Lebensinhalt fand: Poker, Black Jack, Roulette und Lotto. Plötzlich waren Lou Hugentoblers Tage ausgefüllt. Sie verkaufte das Haus, zog in eine kleine Wohnung und widmete ihr Leben dem Glücksspiel. Sie klapperte die Bingohallen und Bridgeturniere der näheren Umgebung ab, unternahm Busreisen zu den Casinos der Nachbarländer, und alle vier Monate musste sie einmal in Las Vegas vorbeischauen. Dass sie neben all dem keine Zeit für den Haushalt oder gar die Betreuung von Enkelkindern fand, verstand sich von selbst.

Das musste Susen übernehmen, und auch das, was früher ihr Vater getan hatte: den Wocheneinkauf mit dem Auto, denn Lou hatte keinen Führerschein. Das Schleppen von Getränkekisten, Auswechseln von Glühbirnen, das Schneeschaufeln und Rasenmähen. Kurz, all die lästigen Pflichten des Alltags blieben an ihr hängen. Susen, die ihre Mutter jahrelang zu mehr Selbstbestimmung angehalten hatte, musste sich eingestehen, dass sie das nicht konsequent durchdacht hatte: Natürlich sollte sich ihre Mutter befreien, aber doch nicht auf ihre, Susens, Kosten! Sie war immer noch ihre Tochter! Hallo!

Ihre Brüder durften damit nicht belastet werden, die mussten ja schließlich arbeiten.

»Und ich?«, jammerte Susen.

»Ach, das bisschen Schreiben, das kriegst du doch mit links hin, das machst du zwischen zwei Gläsern Wein am Küchentisch!«

Nachdem Lou Hugentobler es drei aufeinanderfolgende Monate lang verpasst hatte, die Miete zu zahlen, beziehungsweise das dafür vorgesehene Geld in Baden-Baden verspielt hatte, wurde ihr die Wohnung gekündigt. Was lag da näher, als dass sie zu Susen zog? »Dann musst du nicht immer hin- und herfahren«, argumentierte sie. »Ich mach auch ganz bestimmt keine Umstände!«

Susen hatte gerade ein Loft in einer ehemaligen Spielzeugfabrik gekauft, im angesagtesten Stadtteil Zürichs. Sie blickte über Zugschienen und Autobahnbrücken. Wenn sie die Augen zusammenkniff, konnte sie sich einbilden, dass gleich da unten, vor ihren Panoramafenstern, die Welt begann.

Doch das Loft eignete sich schon für das Zusammenleben mit einem pubertierenden Mädchen nicht wirklich und erst recht nicht für das mit einer rüstigen Rentnerin.

»Würdest du dich auf dem Land nicht wohler fühlen?« Susens Brüder lebten in geräumigen Einfamilienhäusern außerhalb von Zürich. »Da gibt es auch Casinos, neuerdings.« Susen hatte sich informiert. Doch die Brüder hatten keinen Platz, ihre Frauen keine Zeit, sie machten ihre immerhin je drei Kinder geltend. Dass diese halbwüchsig und den ganzen Tag in der Schule waren, war kein Argument. Auch nicht, dass Susen schließlich auch ein Kind hatte. »Ach, deine Wendy ist ja so pflegeleicht!«, hieß es.

Und damit war es abgemacht. Das Loft wurde mit dünnen Gipswänden in schuhschachtelgroße Zimmer unterteilt, Zimmer mit Türen, an die Lou klopfen konnte: »Ich will dich auf keinen Fall stören, Liebes, aber wo bewahrst du noch mal den Kaffee auf?«

»Im Küchenschrank, Mutter.«

Wie immer.

»Nein, nicht der teure italienische! Der ist doch viel zu schade für jeden Tag! Hast du keinen normalen Kaffee?«

»Das ist normaler Kaffee.«

»Schon gut, Kind. Weißt du was, ich besorg mir einen. Eine billige Sorte. Vom Supermarkt. Ich brauch doch keinen italienischen!«

»Mutter, in die Maschine gehört aber dieser spezielle Kaffee. Ist schon gut.«

»Ach, nein, die Maschine! Nein, so etwas! Nein, das ist viel zu viel Aufwand für mich, ich brüh mir einen ganz normalen Filterkaffee!«

Susen hatte keinen Kaffeefilter und auch keine Filtertüten. Sie wusste, was als Nächstes kam.

»Mit der Maschine komm ich nicht zurecht. Die faucht mich immer so an. Macht nichts, ich mach mir eine Tasse Tee. Du hast doch bestimmt Schwarztee, Liebes, nicht?«

Susen hatte Grüntee. Gunpowder, die Kugel zu siebzehn Franken. Das würde sie ihrer Mutter aber nicht auf die Nase binden. Jetzt hatte sie die Wahl, mit ihrer Mutter zum Supermarkt zu fahren, billigen Kaffee und Filtertüten zu kaufen, oder ihr mit der Maschine zu helfen. Sie stand auf.

»Schon gut, ich wollte eben selbst eine Tasse trinken.«

»Recht so. Mach ruhig mal Pause, Liebes, du arbeitest zu viel.«

Lou klopfte auf Susens Laptop. »Wenn du willst, staub ich ihn dir nachher mal ab.«

»Bitte nicht!« Susen benutzte den Laptop, seit ihre Mutter die Tastatur ihres Computers in die Spülmaschine gesteckt hatte.

Und dann saßen sie in der Küche, Susen bediente die Pavoni, presste tiefschwarzen schäumenden Espresso in winzige Tassen, und schon war eine Stunde um. Nur weil Lou keine Umstände machen wollte.

Sie saßen an der Frühstückstheke und tranken den Kaffee, der so stark war, dass es Lou schauderte. Während Susen über ihre Kolumne nachdachte, die sie mitten im Satz unterbrochen hatte, und ihre Finger über die Tischplatte zuckten wie über imaginäre Buchstabentasten, erzählte ihre Mutter ihr in peinlicher Ausführlichkeit von ihren Spielen. Ganze

Pokerpartien erzählte sie ihr nach, obwohl Susen das Spiel gar nicht kannte, die Karten, die Punkte. Das Einzige, mit dem sie etwas anfangen konnte, waren die Gewinnzahlen. Ihre Mutter gewann so oft, dass der Verdacht nahe lag, dass sie beim Spielen betrog. Immer weniger Gruppen und Vereine waren bereit, sie mehr als ein- oder zweimal mitspielen zu lassen, und sagten ihr unter einem Vorwand ab. »Das kann doch nicht sein, dass sich die Bridgegruppe Mittelland nicht mehr trifft«, sagte Lou dann, »die können sich doch nicht einfach so aufgelöst haben! Susen, ich bin ganz sicher, dass die lügen. Susen, ruf du da mal an und erkundige dich, gib dich als neues Mitglied aus oder so was. Meine Stimme kennen sie.«

Ich auch, dachte Susen. Ich auch. Forderung, Forderung.

Wednesday war in der Tat so pflegeleicht, dass sie Susen nichts als Probleme machte. Jahrelang war in endlosen Gesprächen, Tests und noch mehr Gesprächen diskutiert worden, ob das Kind hochbegabt sei und es vielleicht eine Klasse überspringen sollte. Als dieser Beschluss endlich gefasst wurde, war Wednesday elf, und sie kam von der vierten direkt in die sechste Klasse. Die Mädchen in ihrer neuen Klasse gehörten bereits einer völlig anderen Spezies an. Wednesday hatte noch keine Brüste und interessierte sich nicht für Jungen. Sie war den neuen Mitschülerinnen mit ihrer kindlichen Neugier lästig, und weil sie ihnen lästig war, quälten sie sie.

Die trickreichen Manöver, mit denen die Mädchen sich gegenseitig verunsicherten, rangen Susen fast schon Bewunderung ab. »Und dann hat Melanie gesagt, dass sie das gar nicht gesagt hat! So übel! Und Anja hat gesagt: ›Ich hab's doch gehört, ich war ja dabei, jetzt komm uns nicht so!‹ So doof! Mega. Und dann hat Melanie bei Jenny angerufen und gesagt: ›Weißt du eigentlich, dass Anja dich megadoof findet? Sie hat erst gestern zu Wednesday gesagt, dass dein neues T-Shirt einfach scheiße aussieht!‹ Und das hat Jenny natürlich geglaubt, und dann hat sie mich angerufen, und ich hab zu ihr gesagt ...«

Politiker könnten von diesen Mädchen lernen, dachte Susen. Wenn sie nicht hoffnungslos den Faden verlor. Doch egal, wer was zu wem gesagt hatte, am Ende weinte mindestens ein Mädchen. Meistens Wednesday.

In den ersten fünf Wochen seit Schuljahresbeginn war Susen schon dreimal in die Schule zitiert worden. Gespräche, Tests und noch mehr Gespräche. Ganz zu schweigen davon, dass Wednesday oft mitten am Tag nach Hause kam, verstockt, stumm, manchmal auch in Tränen aufgelöst.

Susen wusste sich nicht mehr zu helfen. Und dann kam Belles Anruf.

»Ein Reitlager für Mädchen«, hatte Belle gesagt, »in den Herbstferien, ihr seid natürlich eingeladen.«

»Ich weiß nicht«, maulte Bauer. »Wie lange willst du denn auf dieser Ranch bleiben?«

»Zwei Wochen«, sagte Susen, denn so lange dauerten die Herbstferien. »Allerhöchstens. Aber hör mal, da schlag ich nicht nur zwei ganz frische Kolumnen raus, sondern noch mindestens zwei Artikel. Sag selbst, so günstig bist du noch nie zu deinem Stoff gekommen!«

Bauer ließ sie betteln, sie kannte das Spiel. Seit Jahren lief das so, seit er einmal spätnachts und ziemlich betrunken an ihrer Tür Sturm geklingelt hatte. »Susen, Susen, ich liebe dich! Mach auf!«

Aus Rücksicht auf die Nachbarn hatte sie ihm schließlich geöffnet. Sie hatte das Loft damals gerade erst gekauft und fühlte sich den anderen Eigentümern auf unbestimmte Weise unterlegen. Vielleicht, weil es mehrheitlich Paare waren? Sie wollte keinen Anlass zu Beschwerden geben – Skrupel, die sie in diversen Mietwohnungen nie gehabt hatte. Egal, es war spät, Wednesday schlief bei ihrem Vater, Susen hatte allein vor dem Fernseher gesessen und, ohne es zu merken, eine Flasche Wein getrunken. Nun würde sie wenigstens nicht allein aufwachen. Doch Bauer hatte es nicht besonders geschätzt, dass ihr Blick immer wieder zum Fernseher geglitten war, den sie in der Eile nicht hatte ausschalten können, so schnell, wie er sie auf die Couch geworfen hatte. Sie wusste nicht mehr, was sie gesehen hatte, aber es musste interessanter gewesen sein als Bauer. Ganz schnell war er aufgestanden und verschwunden.

Und seither hielt er sie gern hin.

Beleidigte Leberwurst, dachte Susen, doch sie kannte ihren Part und spielte ihn. Was sollte sie sonst tun?

»Was denn für Artikel«, nörgelte Bauer jetzt, »so was wie: ›Auf dem Land, da findet man noch echte Kerle‹?«

»Genau. Du hast es erfasst.«

Jedenfalls hoffte sie, dass es so sein würde. Dass sie echte Kerle finden würde. Oder auch nur einen. Einer würde ihr schon reichen.

»Ach, ich weiß nicht. Das ist doch alles schon mal geschrieben worden.«

»O.k., zwei Worte, Bauer: Unika. Bell.«

Pause.

»Unika Bell? Ist die nicht tot?«

Sie hörte seine Tastatur klicken, als er den Namen in die

Internetsuchmaschine eingab. Sie wusste, was er finden würde: Unika Bell, die »Schweizer Garbo«, nach dem Zweiten Weltkrieg als junges Ding nach Amerika geflohen, kometenhafter Aufstieg in Hollywood, mit Clark Gable und Gary Grant gedreht und mit beiden geschlafen, ein Oscar für ihre mutige Darstellung einer unschuldig zum Tode verurteilten Mutter. Und dann überraschend, auf dem Höhepunkt ihrer Karriere, die Rückkehr in die Schweiz. Überstürzte Ehe mit einem Fabrikanten, ein Kind, das von jedem sein konnte. Es folgten noch ein paar billig produzierte Filme, Fernsehrollen, und zum Schluss spielte sie zehn Jahre lang Gräfin Hubertine von der Felsenegg in der legendären Schweizer Fernsehseifenoper *Steter Tropfen*.

Dann nichts mehr. Unika Bell verschwand von der Bildfläche.

Susen wartete, bis auch Bauer ihre Spur im weltweiten Netz verloren hatte, dann sagte sie: »Ich kenne sie. Persönlich.«

»Und das sagst du mir erst jetzt?«

»Sie lebt da. Auf dem Blauberghof.«

»*Shit*!« Jetzt war er doch beeindruckt. Vergaß seine Ressentiments.

Und sie hakte sofort nach: »Gibst du mir einen Vorschuss? Ich brauch schließlich Reitstiefel.«

# Dachzimmer

Unika Bell hieß eigentlich Veronika Isabelle Zuberbühler, ein Name, den ihr damaliger Agent gleich als Erstes zurechtgestutzt hatte. Belles voller Name lautete also Isabelle Zuberbühler. Doch wegen ihrer berühmten Mutter riefen die Kinder »Bellä-Bell« hinter ihr her, es klang wie Hundebellen, und manchmal machten sie dazu Kläffgeräusche. Susen sprach den Namen immer richtig aus, französisch, mit stummem zweitem E: »Bell«. Sie wusste schließlich, was es hieß, einen fremdländischen Namen zu haben. Vielleicht hatte sie das zu Belle hingezogen. Dass sie anders war. Susen wünschte sich verzweifelt, anders zu sein. So wie Belle. Dass Belle das gar nicht wollte, merkte sie erst mit der Zeit.

Vor Susen hatte Belle nie eine beste Freundin gehabt. Die anderen Mädchen mochten sie nicht: Sie war anders, sie war komisch, sie war langweilig. Susen hingegen war bei allen beliebt und konnte sich diese eigenartige Freundschaft leisten. Gerade, dass Belle nicht so war wie die anderen, gefiel ihr. Mit Belle konnte sie zum ersten Mal über ihre Zukunftsträume reden, die deutlich von denen der anderen Mädchen – heiraten, Kinder kriegen, im selben oder nächstgrößeren Dorf wohnen – abwichen. Belle war ihre Fahrkarte aus der Normalität. Einfach, hoffte Susen.

Sie besuchte Belle gern in ihrem großen Haus, dessen Zimmer immer irgendwie dunkel und kühl wirkten. Selbst wenn die Fenster offen standen und draußen die Sonne schien. Die Villa, die zur Zuckermühle Fankhauser gehörte, war das größte Haus im Dorf, ein eleganter, etwas behäbiger Bau der Jahrhundertwende. Den Waldrand im Rücken, blickte die Villa über einen sanft absteigenden, terrassierten Park und eine geschwungene Einfahrt und weiter über das ganze Dorf. Wenn die soliden grünen Holzläden geschlossen waren, sahen sie aus wie Augen. In dieser Villa war der Fabrikant Fankhauser, Belles Vater, aufgewachsen. In denselben Wänden, zwischen denselben Möbeln. Nur im selten benutzten Wohnzimmer stand eine moderne Sitzgruppe aus hellem Leder, die er vermutlich aus Freude über die Heirat für seine berühmte Braut gekauft hatte. Warum er einen anderen Nachnamen hatte als Belle, wusste niemand. Es gab keinen anderen Vater, keinen Stiefvater. Unterschiedliche Namen in einer Familie, das war nicht üblich, das brachte Gerede mit sich.

Susen beneidete Belle um dieses Geheimnis, hinter dem bestimmt etwas Anrüchiges steckte. War Belle unehelich geboren? Das Kind eines anderen? Eines Amerikaners vielleicht? Eines berühmten Filmstars? Welten öffneten sich da, doch Belle wollte nichts davon wissen, wollte nicht darüber reden.

Ganze Nachmittage lang saßen sie in Belles großem Zimmer auf dem Fußboden, mit dem Rücken an die Bettkante gelehnt, und lasen ihre Lieblingsbücher. Wieder und wieder. Das Gesamtwerk von Federica de Cesco kannten sie bald auswendig. Manchmal hoben sie die Köpfe und lasen sich gegenseitig eine besonders bedeutungsvolle Stelle vor. Oder sie diskutierten das Gelesene und seinen Bezug zu ihrem Leben, zu ihrer geplanten Zukunft.

Susen kannte kein anderes Mädchen, mit dem so etwas möglich gewesen wäre. Niemanden, dem sie ihre geheimsten Wünsche anvertrauen würde. Ein Mädchen musste schließlich immer auf der Hut sein. Durfte sich keine Blöße geben.

Nicht, wenn es seine Stellung in der Klassenhierarchie behalten wollte. Deshalb zuckte Susen auch nur mit den Schultern, wenn die anderen sie fragten, warum sie so viel Zeit mit Belle verbrachte.

An diesen langen Nachmittagen ging Belle dann irgendwann in die Küche, um Kuchen und Kekse zu holen oder einen Block Vanilleeis, den sie unzeremoniell in zwei Stücke hackte, auf Teller verteilte und je einen Löffel oben hineinrammte. »Kind, kannst du dir nicht ein bisschen Mühe geben?«, rief Frau Czerny, und Belle sagte: »Nein! Keine Zeit!« Keine Zeit, keine Zeit. Doch immer, wenn sie in ihr Zimmer zurückkam, war Susen schon verschwunden. Die Treppe hoch, unters Dach. Belle las dann allein weiter und aß beide Vanilleeisblöcke auf, bevor sie wegschmolzen.

Unter dem Dach wohnte Unika Bell. Susen ging immer allein zu ihr.

»Du bist wie ich«, hatte die Schauspielerin einmal gesagt. »Du und ich, Mädchen. Wir sind von einem Schlag.«

Das schloss Belle aus, und Susen wusste das.

Treppe um Treppe führte hinauf. Erst waren da Teppiche und goldene Leisten, dann nur noch poliertes Holz und schließlich rohe Bretter, eine steile Stiege, eigentlich eine Leiter. Susen musste sich mit beiden Händen beim Hinaufklettern festhalten. Es war wie in einem Märchen: Nur die Tapferen, die Ausdauernden konnten zu ihr gelangen, zu der verwunschenen Königin unter dem Dach. Susen war beides. Sie wusste, was sie wollte, und sie war nicht mal außer Atem, wenn sie oben ankam und leise an die Falltür klopfte. »Ich bin's, Susen.« Und, beinahe immer, nach einer kurzen Pause: »Dann komm rein.«

Unter dem Dach hatte sich Unika Bell eine eigene Welt geschaffen. Das Zimmer war abgedunkelt, die Dachluken mit bunten Tüchern verhängt, Staubflusen tanzten im gedämpften, orange, rosa, lila gefilterten Sonnenlicht. Holzbalken, rohe Böden, mit abgeschabten Afghanenteppichen belegt, in der Mitte des Raumes das riesige niedrige Bett, das größte, das Susen je gesehen hatte. Es war mit paillettenbestickten Kissen übersät. In diesem Bett lebte Unika Bell. Überall Teller mit Essensresten, angelesene Bücher, zerfledderte Zeitungen aus aller Welt, halb volle Aschenbecher, zerknüllte Kleidung. Neben dem Bett standen Kerzen in bauchigen Chiantiflaschen, an denen das herunterrinnende Wachs getrocknet war. Räucherstäbchen. Noch mehr volle Aschenbecher. Träumerische, traurige Musik. Joan Baez, Georges Moustaki, Léo Ferré, Barbara. Manchmal sang Unika mit, manchmal übersetzte sie eine Zeile für Susen. *Sag mir, wo die Blumen sind, wo sind sie geblieben, wann wird man je verstehn, wann wird man je verstehn …* »Vershteyn«, sang sie mit dem amerikanischen Akzent von Joan Baez.

Der hintere Teil des Raumes war mit Kleiderstangen vollgestellt, an denen Unikas Filmgarderobe neben ihren eigenen Kleidern hing. Stundenlang spielten Unika und Susen zusammen, schlüpften in die Kleider, und Unika erzählte Geschichten dazu: »Gott, dieser Fummel! Dass den die Motten nicht gefressen haben. Wann war das? Ach ja, ach ja, die Szene mit Humphrey, was für ein Schmierenkomödiant! Das glaubt einem ja keiner! Und immer musste er auf einer Kiste stehen – der ging mir nicht bis hier!« Sie zeigte auf ihre Brust, und Susen dachte, sie kann nicht Humphrey Bogart meinen, das kann nicht sein … »Aber immer galant, das schon. Vor allem, wenn seine Frau dabei war!« Sie lachte ihr atemloses, tonloses Lachen, das plötzlich in Husten überging, sie musste sich ihre Zigarette neu anzünden, die immer wieder verglomm. »Hier«, sagte sie dann, »zieh du's mal an. Siehst du, passt ja! So schmal war meine Taille mal, wie die eines elfjährigen Mädchens!« Mit beiden Händen fasste sie an ihre Mitte, die in ihren zeltartigen Gewändern schwer zu finden war. Dann lachte sie wieder und sagte »Ach, was soll's!« und ließ sich rücklings aufs Bett fallen.

Susen mochte den Rauch ihrer Zigaretten, der anders roch als der Zigarettenrauch zu Hause. »Sind eben türkische«, sagte Unika. Jahre später erkannte Susen den Geruch und fühlte sich verraten: Unika hatte sie nicht für voll genommen. Unika hatte ihr nicht vertraut.

Sie tranken Rauchtee. Lapsang Souchong, das kam Susen sehr elegant vor, sehr erwachsen und unbestimmt sündig. Sie kannte nur Lipton, die Beutel mit den gelben Papierfähnchen. Als sie ihre Mutter fragte, ob sie nicht auch einmal Rauchtee kaufen könnte, schnaubte sie: »Rauchtee, so weit kommt's noch!«

So weit kommt's noch, ahnte Susen, wenn sie in dem geheimen Reich von Unika Bell saß. Unter dem Dach, wo nicht jeder sitzen durfte. So weit konnte es noch kommen. Dass sie eines Tages auch so leben würde. Rauchtee unter dem Dach.

Nur manchmal war Unika traurig, dann stellte sie sich an das Dachlukenfenster und schaute hinaus, über den Park und die Auffahrt, schaute auf das Dorf hinab und sagte: »Das ist meine ganze Welt.« Und wandte sich ab.

Susen wartete noch eine Weile, dann ging sie leise wieder die Stiegen und Treppen hinunter in Belles Zimmer.

»Ist kein Eis mehr da?«, fragte sie, als ob sie nur schnell auf dem Klo gewesen wäre.

## Susen sucht den Sinn des Lebens – auf dem Rücken der Pferde (liegt schließlich das größte Glück der Erde)

Ich will 'nen Cowboy als Mann! Wer wollte da nicht mitsingen? Mal ehrlich. Ich jedenfalls schmettere den schönen Schlager beinahe täglich unter der Dusche, denn das Schicksal meint es – wieder einmal – gut mit mir. Meine alte Freundin (alt im Sinne von langjährig natürlich!) Belle Braun hat mich auf ihren Pferdehof eingeladen. Ja, auf ihren Pferdehof!

Wenn das kein Mädchentraum ist – da ist meine Tochter ausnahmsweise mal ganz einig mit mir. Obwohl sie sich bisher nicht so für Pferde interessiert hat. Es ist ja bekannt, dass Mädchen in den Jahren vor der Pubertät einem von zwei Lager angehören: dem der Ballettratten oder dem der Stallmäuse. Die einen verzehren sich für Spitzenschuhe und sterbende Schwäne, die anderen für ein eigenes Pferd. Und beides hat irgendwie mit Sex zu tun: Sex, den diese Mädchen noch nicht haben, sich noch nicht einmal vorstellen können, den sie aber schon sublimieren.

Das erfinde ich nicht einfach, weil mein Redakteur mault, in meiner Kolumne ginge es zu wenig um Sex! Nein, das kann man nachlesen, bei … hmm … tüdeldü!

Wednesday, meine süße Tochter, ist elf Jahre alt, wie regelmäßige Leserinnen ja bereits wissen, für die anderen sei es wiederholt – und wenn die regelmäßigen Leserinnen sich darüber aufregen, sollen sie halt die anderen zum regelmäßigen Lesen anregen. *Peer pressure* nennt man das in Amerika, auf gut Deutsch: Gruppenzwang. Der führt nicht nur dazu, dass man raucht, Sex hat, Sexkolumnen liest (»Was, du hast die neueste ›Susen Sabatier‹ nicht gelesen? Wo lebst du denn!«), sondern der Gruppenzwang bewirkt auch, dass Mädchen, so eine andere Studie – ich schwör's, diese Studien gibt's! –, dass Mädchen ab zwölf nur noch eines im Kopf haben: Jungs. Mode, Marken, Sex, Jungs. Gefallen, gefallen, gefallen.

Gruppenzwang, und natürlich die Hormone. Die übertönen das letzte bisschen eigenen Willen dieser Mädchen und machen sie zu Lipgloss-verschmierten Herdentieren.

Mit elf – also kurz bevor all das einsetzt – erreichen Mädchen gemäß dieser Theorie den Höhepunkt ihrer Persönlichkeitsentwicklung, mit elf sind sie am radikalsten sie selbst – bis dann die biologisch vorprogrammierte Suche nach einem Fortpflanzungspartner und die Fortpflanzung mit all ihren bekannten Folgen das eigene Ich gezwungenermaßen niederknüppeln. Denn bei der Erfüllung des biologi-

schen Programms ist das Ich nun mal eher im Weg.
Das sind schöne Jahre, versteh'n Sie mich nicht falsch, aber auch etwas, sagen wir mal, triebbestimmte, ferngesteuerte Jahre. Den Zustand glasklarer Gelassenheit und Entschlossenheit, den ich bei meiner Tochter sehe und um den ich sie nicht selten beneide, den erreichen wir, immer noch gemäß Tüdeldü-Studie, erst wieder in den Wechseljahren, wenn das Abflauen der Hormonproduktion unseren Fokus wieder etwas von den Jungs weg- und zu uns selbst hinlenkt. Und uns zu diesem gesegneten Moment in unserem Leben zurückführt, in dem wir zum letzten Mal ganz und kompromisslos wir selbst waren, nur uns selbst verpflichtet.
Wenn Sie meine Tochter fragen, was sie später mal werden will, sagt sie: »Herzchirurgin« (mein Vater, ihr Großvater, ist an einem Herzinfarkt gestorben), »Tänzerin, Schriftstellerin und Wissenschaftlerin«. Sie sagt nicht »oder«, sie sagt »und«. Warum sollte sie sich entscheiden müssen? »Ich möchte eine Impfung gegen den Tod erfinden. Und außerdem hätte ich gern vier Kinder, am liebsten zweimal Zwillinge, alles Mädchen. Jungs sind blöd. Aber o.k., wenn's meine eigenen wären, könnte ich sie wahrscheinlich schon lieb haben.«
Meine Tochter ist unbesiegbar, ihre Welt ohne Grenzen, alles steht ihr offen. Alles ist noch möglich.
Noch.
Doch jetzt hat sie eine Klasse übersprungen und ist mit lauter Zwölfjährigen zusammen. Schon hat sie mich gebeten, ihr Lipgloss zu kaufen. Mit Erdbeergeschmack. Die Tube liegt in meiner Handtasche, aber ich zögere, sie ihr zu geben, ich hoffe, sie vergisst die Sache. Denn erst mal fahren wir auf den Pferdehof. Wednesday wird ihre Spitzenschuhe an den Nagel hängen und die Reitstiefel montieren. Und jeden Tag ausreiten.
Ich aber, die ich mich noch mitten in der triebgesteuerten Phase befinde, ich denke nicht an Pferde, ich denke: Cowboys. Ich will 'nen Cowboy als Mann. Und schon singe ich wieder. Wenigstens unter der Dusche.

**(O.k., o.k., ich sehe, was du meinst. Nicht schlecht, nicht schlecht. Kleine Umfrage in der Redaktion hat ergeben: Beim Wort »Pferdehof« verziehen Männer das Gesicht, Frauen hingegen fangen an zu strahlen. Einzige Ausnahme: Sportreporter Rüdisühli, der zwei Töchter im pferdeverrückten Alter und deshalb offenbar Erfahrung mit dieser Einrichtung hat. Pferdeverrücktheit – scheint offenbar bei Frauen nie ganz zu verglimmen.**
**Es freuen sich jedenfalls schon alle Weiber auf deine regelmäßigen Berichte, und Rosalba vom Moderessort lässt anfragen, ob man da nicht**

eine schöne Fotostrecke schießen könnte. Irgendwas mit Türkisen, meint sie. Und du sollst schon mal die Augen offenhalten nach passenden Locations und geeigneten (männlichen, nehme ich an) Models, die mit ihren kantigen Kiefern im Hintergrund stehen könnten.
Wenn du mich fragst, will sie deine Weidegründe abgrasen. Ich wär also vorsichtig. Die Kolumne geht vor!
Der Vorschuss wird übrigens heute noch überwiesen. Außerdem sind dir für diesen Sonderauftrag Spesen bewilligt worden, also pass auf deine Kassenzettel auf – Sporen, 48 Franken, Reitgerte, 59,80 … ja, ich seh schon! Rba)

## Frau mit Pferd

Das Pferd stand auf der Hügelkuppe wie angeschraubt. Die Frau mit dem Pferd verwachsen. Teil des Tieres. Sie wandten beide den Kopf, Pferd und Frau, und schauten zum Kiesplatz hinunter, wo Susen gerade aus ihrem schwarzen Mini stieg.

Susen hielt eine Hand über die Augen. War das Belle? Konnte das Belle sein?

Genau wie in unserem Kindheitstraum, dachte Susen. Sie hat es geschafft, sie hat es tatsächlich geschafft. Genau so haben sie wir es uns vorgestellt. Den Hügel, den Zaun, das Pferd.

»Cool«, sagte Wednesday, die hinter Susen aufgetaucht war. Allein schon dafür hat es sich gelohnt, dachte Susen. Meine Tochter findet mich cool, weil ich diese Frau kenne, die mit dem Pferd verwachsen zu sein scheint.

Susen riss die Arme hoch, um der Frau auf dem Pferd zuzuwinken, ihr Shirt rutschte nach oben und gab einen noch ziemlich strammen Bauch frei. Das Pferd machte einen Satz und tänzelte dann den steilen Hügel hinunter auf sie zu. Als sie näher kamen, sah Susen erst, wie alt die Reiterin war: ledrige braune Haut, langes graues Haar, zu zwei Zöpfen geflochten, die auf die Schultern der Lederjacke fielen wie zwei dünne Stricke.

»*Holy shit*!« Susen fluchte gern auf Englisch. »Kannst du glauben, dass wir gleich alt sind?« Sie fuhr sich durch ihr Haar, das kurz und schwarz gefärbt wie eine Kappe am Kopf lag, mit dramatisch kurzen Fransen. Ihre Nägel waren lackiert, ihre Lippen geschminkt, die Augenpartie mit einer speziellen Liftingcreme an ihren Platz gekittet. »Da sieht man wieder mal, was Kosmetik bewirkt«, flüsterte sie ihrer Tochter zu.

»Mama, wirklich!« Wednesday verdrehte die Augen, und der Moment war vorüber, der Moment des Stolzes, der Verbundenheit.

Als das Pferd vor ihnen stehen blieb, sahen sie, dass weder Zaumzeug noch Sattel aufgezäumt waren. Die Reiterin saß auf einer alten gestreiften Wolldecke, die mit einem geflochtenen Gurt festgeschnallt war, am Kopf des Pferdes ein Stoffhalfter. Mit einer Leichtigkeit, die Susen überraschte, sprang die alte Frau vom Pferderücken. Wie eine Tänzerin schwang sie die gestreckten Beine über die Kuppe des großen Schwarzen (Appaloosa, dachte Susen), schwebte einen Augenblick in der Luft und landete dann weich und lautlos auf dem Boden. Dann lagen sich die beiden Frauen in den Armen.

»Susen!«

»Belle!«

»Ist das ein Appaloosa?«, fragte Susen schließlich, und Belle lachte und ließ sie los.

»Darf ich ihn streicheln?«, mischte sich Wednesday ein.

»Sie«, sagte Belle. »Sie heißt Mirabo. Hier, mach die Hand flach, ja, so.«

Mirabo schnaubte in die klebrige Kinderhand. Bleckte die Zähne, nibbelte vorsichtig und rücksichtsvoll mit schwarzen Lippen, die innen rosa waren, an den Fingern.

Wednesday war nicht zurückgezuckt, stellte Susen mit Genugtuung fest.

Zusammen führten sie das Pferd zum Stall. Belle verknotete den Strick an einem Eisenring an der Wand und zeigte Wednesday, wie sie das Pferd mit einem Büschel Stroh abreiben und dann trocken bürsten sollte. Wednesday tat es ruhig und gewissenhaft. Mirabo schnaubte ihr in den Nacken. Kichernd zog Wednesday die Schultern hoch.

»Als ob sie nie etwas anderes gemacht hätte«, sagte Belle. »Wie alt ist sie eigentlich?«

»Elf«, sagte Susen.

»Elf.« Belle schüttelte den Kopf. »Kommt es dir auch so vor, als seien wir kleiner gewesen? Mit elf?«

Wednesday schaute zu den Frauen hinüber, als wüsste sie, dass sie über sie redeten. Sie war beinahe so groß wie ihre Mutter, aber kräftiger, dunkler und wilder.

»Das ist ihr afrikanisches Blut«, sagte Susen stolz.

Wednesdays Vater, der Musikjournalist Jonathan Weber, hatte afrikanische Wurzeln. Von ihm hatte sie das wilde krause Haar geerbt und die hellbraune Haut. Als Schwarze war sie allerdings nicht zu erkennen, was Susen manchmal bedauerte. Sie wies gern auf das gemischte Blut ihrer Tochter hin. Als sei es ein besonderer Verdienst, ein schwarzes Kind zu haben, ein Ausweis für Weltoffenheit, Abenteuerlust, Coolness. Sie war sich des potenzierten Rassismus dieses Gedankens durchaus bewusst, konnte ihn aber trotzdem nicht unterdrücken.

Jonathan war als Adoptivsohn eines Nervenarztes und seiner Frau in Winterthur aufgewachsen und hatte eine bedächtige Art, die als typisch schweizerisch bezeichnet werden konnte, und außerdem die nervenaufreibende Angewohnheit, sich des psychologischen Jargons seiner Eltern zu bedienen. Sprich über deine Gefühle, hatte man ihm beigebracht.

Susen langweilte sich bald mit ihm und brannte mit Sabatier durch. Sie war schon mit ihm verheiratet, als sie merkte, dass sie schwanger war. Im vierten Monat. Sie hatte kaum zugenommen und ihre Tage unregelmäßig bekommen.

Wednesday war bei ihrer Geburt viel dunkler gewesen als heute, beinahe violett. Dass der durchsichtige Sabatier nicht der Vater sein konnte, war sofort klar gewesen.

»Schon o.k.«, hatte er gesagt, »aber du kannst nicht erwarten, dass ich mich um das Mädchen kümmere.« Das hatte er ohnehin nicht vorgehabt, auch nicht, als er noch glaubte, es handle sich um sein Kind, das Susen erwartete. »Du kannst es haben, aber erwarte nichts von mir. Ich fühle mich noch nicht reif für eine Vaterschaft.«

Sabatier war Jazztrompeter, spielte in verschiedenen Bands, war immer unterwegs und verdiente wenig Geld. Jonathan Weber hatte ihn entdeckt, lobend besprochen, nach einem Konzert zum Essen eingeladen. Dass Sabatier die Gastgeberin abgeschleppt und in sein nahes Junggesellenrevier gelockt hatte, sprach tatsächlich nicht für seine innere Reife. Doch Jonathan Weber hatte sich als gewissenhafter und liebevoller Vater erwiesen, der seine Tochter mindestens die Hälfte der Zeit betreute und außerdem noch Kindergeld zahlte. Susen konnte sich nicht beklagen. Sie tat es auch nicht. Über Männer beklagte sie sich nie.

»Fertig!«, rief Wednesday, und Belle löste den Strick.

»Lass sie raus auf die Weide. Ich zeig es dir.«

Wednesday nahm das große Tier am Halfter und führte es auf die Wiese.

»Sie kommt mir so erwachsen vor«, sagte Belle.

Wednesday trug Schuhgröße vierzig. Ihre Schultern waren breit, ihr Bauch stand etwas vor. In diesem Alter hatte Susen sich bereits zu dick gefühlt, Wednesday schien sich darüber keine Gedanken zu machen.

»Ich kann mich nicht mehr so genau erinnern«, sagte Susen – das war gelogen. »Elf, das war in einem anderen Leben.«

Die beiden Frauen folgten Wednesday langsam auf die Weide. Sie hatten sich untergehakt, die Köpfe gesenkt, so wie sie früher immer nebeneinander hergegangen waren.

So hätte es sein sollen. Genau so. Susen fühlte sich, als hätte sie dreiunddreißig Jahre übersprungen und wäre direkt in ihrem Traum gelandet. In der Zukunft, wie sie hätte sein sollen.

»Einfach ohne Indianer«, sagte sie anscheinend zusammenhangslos.

Belle lachte. »Warst du wenigstens mal in Amerika?«, fragte sie.

Susen nickte. »In New York.«

Und dann prusteten sie wie Backfische los. New York! Ausgerechnet!

»Mehrmals!«, japste Susen.

Wednesday und Mirabo entfernten sich so schnell sie konnten.

Kichernd lagen sich Susen und Belle in den Armen. Susens Designerturnschuhe waren bald durchnässt vom feuchten Gras. Der Sommer war wohl vorüber. Es wurde abends schon kühl. Sie rutschte auf dem nassen Gras aus und hielt sich an Belle fest.

»Schön hier«, sagte sie, eher um nicht als Städterin dazustehen. Erst nachdem sie das gesagt hatte, schaute sie sich um. »Wirklich schön«, wiederholte sie.

Die Ställe und das Wohnhaus des Blauberghofs lagen in eine grüne Kuhle gekuschelt, großzügige Weiden, die mit altmodischen Holzzäunen abgegrenzt waren und die ein eigenartig unregelmäßiges Muster bildeten. Dahinter sanft ansteigende Hügel, auf einer Seite von einzelnen Bäumen gekrönt, runden Laubbäumen, Apfelbäumen, wie Perlen einer Kette.

Brustwarzen, dachte Susen etwas unmotiviert.

Auf der anderen Seite begann rot, gelb, braun der Wald.

»Ja, mir gefällt es auch.« Belle drehte sich auf dem Absatz um, zeigte auf die Weiden. »Anfangs gehörte das alles noch dem Bauern, wir hatten nur das Haus und die Ställe. Die Pferde mussten über die Straße rausgeführt werden. Das tut ihnen nicht gut, weißt du. Wenn sie nur Wände sehen und Asphalt. Sie brauchen Luft, sie brauchen Erde unter den Hufen.«

»Sie brauchen die Herde«, erinnerte sich Susen. Sie konnte es nicht glauben, Belle hatte ihren Kindheitstraum wahr gemacht. Einfach ohne Indianer. Und ohne die drei Kinder, auf die sie so vehement bestanden hatte.

»Wie geht es Manolo?«

Belle nickte, als könne sie den Gedankengang durchaus nachvollziehen.

»Es … geht.« Sie machte sich los, ging etwas schneller.

Susen holte sie ein. »Ist er immer noch so … *high maintenance*?«

»Susen!« Belle musste wider Willen lachen.

Manolo war wahrscheinlich der schönste Mann, den Susen je zu Gesicht bekommen hatte – und das wollte etwas heißen, denn sie hatte schon viele Männer gesehen. Sie hatte Manolo erst bei der Hochzeit kennengelernt und war auf seinen Anblick nicht vorbereitet gewesen. Er hatte etwas beinahe unmenschlich Perfektes an sich, alles an ihm war schön und ebenmäßig, sogar seine Zehennägel, die er zur Feier jenes Tages schwarz lackiert hatte. Belle hatte ihr erzählt, dass er sein Studium in den USA als Model für Körperteile verdient hatte: Seine Hände, seine Füße, seine Schultern, sein Po wurden fotografiert und auf Fotos da eingefügt, wo es dem Model, das das Gesicht beisteuerte, an Perfektion mangelte. Diese Versatzstücke wurden noch jahrelang eingesetzt. Belle erkannte Teile ihres Mannes überall.

Manolo war aber auch – und das hatte Susen schon gleich in der ersten Stunde der Hochzeitsfeier feststellen müssen – ein Nervtöter. Vielleicht war er der Grund dafür, dass der Kontakt zwischen ihr und Belle nicht weiter gepflegt wurde, vielleicht weil Susen an diesem Abend ein Glas zu viel getrunken und diese Ansicht zu laut kundgetan hatte. Der Nervtöter stand zwischen ihnen.

»Er hat gerade eine schwierige Phase«, sagte Belle.

»Hat er schon mal eine andere gehabt?« Jetzt war Susen wieder zu weit gegangen.

Belle lächelte schief, wechselte das Thema: »Jetzt, da wir das ganze Land haben, sind die Pferde den ganzen Sommer auf der Weide. In der Herde. So gehört es sich für sie. Kannst loslassen!«, rief sie Wednesday zu, die Mirabo immer noch am Halfter hielt.

Wednesday löste den Strick vom Halfter. Das Pferd schnaubte, warf den Kopf hoch und stakste davon. Je näher die Stute den anderen Pferden kam, desto schneller ging sie, bis sie schließlich in Trab fiel.

»Habt ihr gesehen, sie hat mir noch mal zugenickt!« Wednesday kam zu ihnen zurückgerannt. Sie drängte sich zwischen Belle und ihre Mutter. »Wie heißen denn die anderen?«

»Die Braune da heißt Sovash, die Wilde. Neben ihr Savannah, ihre Tochter. Das Pony heißt Lollipop, und der Fuchs ganz hinten, das ist Big.«

»Gehören die alle dir?« Wednesday wickelte den Strick, an dem sie Mirabo geführt hatte, um ihren Ellbogen auf, als hätte sie nie etwas anderes getan.

»Die hier auf der Weide, ja, das sind meine. Wir haben aber auch Pensionspferde, die sind auf der hinteren Weide, die kannst du von hier aus nicht sehen.«

»Warum streiten sie sich?«

Mirabo hatte sich den anderen Pferden genähert, wurde aber von Sovash weggebissen.

»Tut sie ihr weh?«

»Sie schnappt nur. Um sie daran zu erinnern, wer hier die Chefin ist. Wenn das eine wilde Herde wäre, wäre Sovash die Leitstute.«

»Stutenbiss«, murmelte Susen. »Paris Hilton und Lindsay Lohan.«

»Mama!« Wednesday rollte die Augen.

»Nein, stimmt schon«, sagte Belle. »Nur ist das in der Herde sinnvoll. Die Leitstute ist für die anderen Pferde verantwortlich. Und die müssen sich immer wieder vergewissern, dass sie ihrer Aufgabe gewachsen ist. Wenn nicht, muss sie abtreten.«

»Krass!«

»Auch nicht krasser, als das, was bei euch in der Klasse läuft«, warf Susen etwas spitz ein.

Wednesday ließ die Schultern sinken.

Schnell lenkte Belle sie ab: »Lassen wir sie noch ein bisschen toben. Heute Abend kommen sie alle in den Stall. Du kannst mir dann wieder helfen, sie einzufangen, eines nach dem anderen.«

»Mega! Aber warum müssen sie in den Stall? Weil es kalt wird?«

»Ja, und auch wegen des Reitlagers. Es ist einfacher, wenn ihr eure Pferde im Stall sattelt.«

»Und welches Pferd kriege ich?«

»Das sehen wir morgen. Ich muss erst sehen, wie du sitzt.«

»Ich kann nicht reiten«, sagte Wednesday kleinlaut. Dann hob sie den Kopf. »Aber sitzen schon. Sogar still sitzen!«

Belle lächelte.

»Und wer ist das?« Susen hatte eine Hand über die Augen gehoben wie ein Schild. Hinter den Ställen erschien ein großes, weiß geflecktes Pferd, dessen Reiter wie Belle vorhin nur auf einer Wolldecke saß.

»Das, meine Liebe ist ein Appaloosa«, sagte Belle spöttisch. »Er heißt Voltaire.«

»Ich meine den Reiter!«

»Ich weiß schon, was du meinst.«

## Hände halten

Als sie einander am Küchentisch gegenübersaßen, sah Belle wieder aus wie Belle. Ein klares, schmales Gesicht, blaue Augen, glattes Haar. Nicht alt, dachte Susen, gar nicht alt, wie bin ich bloß darauf gekommen?

Sie tranken Kaffee aus großen angeschlagenen Tassen, auf

denen geistreiche Sprüche wie »Buddhisten sind bessere Liebhaber« standen. Die Kaffeemaschine allerdings war italienisch, ein Profimodell, von dem Susen genau wusste, was es kostete. Nicht gerade das, was sie auf dem Land erwartet hätte. Immerhin würde sie auf ihren morgendlichen Macchiato nicht verzichten müssen.

Der Cowboy, der sich als Antonin vorgestellt hatte, füllte seine Tasse (»She's the boss!«) und noch eine zweite (»Nicht ohne meinen Kaffee«) bis zum Rand mit Milchkaffee und stellte die beiden Tassen auf ein Tablett. Belle legte eine Schachtel Kekse dazu.

»Ist das für mich?«, fragte Susen kokett.

Der Cowboy errötete. »Ich schau noch kurz beim alten Max rein«, sagte er zu Belle.

Ein Berglerakzent. Ein Bergcowboy.

»Kann ich mitkommen?« So schnell gab Susen nicht auf.

Er zuckte nur mit den Schultern und ging aus der Küche.

»Oh, wohl schüchtern, was?« Laut genug, dass er sie noch hören musste. Belle ignorierte sie.

»Schön, dass du da bist«, sagte sie. Ihre Hände auf dem Küchentisch waren hart, Susens weich, sie lagen aufeinander.

»Wie lange haben wir uns nicht gesehen?«

»Keine Ahnung.« Es ist, als sei es gestern gewesen, fiel Susen ein, eine Zeile aus einem Schlager vermutlich. Nichts, das sie laut aussprechen würde.

»Wer ist denn der alte Max?«, fragte sie schließlich. »Jemand, den ich kennen müsste?« Sie zwinkerte übertrieben, doch Belle lachte nicht. Sie zog ihre Hand zurück.

»Der alte Max gehört sozusagen zum Inventar. Wir haben ihn mit dem Hof übernommen.«

»Und was machst du mit ihm?«

»Was soll ich denn mit ihm machen?«

»Musst du dich nicht um ihn kümmern?«

»Wieso denn kümmern? Nein, der alte Max braucht nichts. Er wohnt über dem Stall, im Zimmer neben Antonin. Manchmal isst er mit uns, aber meistens bringen wir ihm einfach ein Tablett rüber. Ich glaube, er sieht den ganzen Tag fern.«

Tatsächlich leuchtete über dem Stall ein Fenster blau. Susen dachte an ihre Mutter. Stündlich hatte sie ihre Nummer auf dem Display ihres Handys gehabt. Ziemlich sicher wollte Lou nur plaudern. Doch was, wenn ihr etwas passiert war? Wenn sie in einem Casino beim Falschspielen erwischt worden war? Wenn eine erzürnte Bridgepartnerin sie vor die Tür gesetzt hatte und sie jetzt in irgendeinem Vorort gestrandet war, ohne Geld für ein Taxi? Susen nahm die Anrufe ihrer Mutter nicht entgegen, weil sie ihr nicht stundenlang zuhören mochte. Dafür kreisten nun ihre Gedanken unaufhörlich um sie. Was, wenn sie auf einem Polizeirevier in einer Grenzstadt festgehalten wurde?

»Ach, schon gut, vergiss es!«

»Wie bitte?«

»Nichts. Ich meine, ich muss mal kurz meine Mutter anrufen. Darf ich?«

Belle nickte. »Im Flur.«

Der riesige schwarze Apparat war an der Wand festgeschraubt. Darunter stand ein wackliger Stuhl. Langsam wählte Susen die Nummer mit der ungewohnten Drehscheibe und setzte sich dann hin. Ein schlaksiger Junge schlurfte an ihr vorbei, dreizehn, vierzehn Jahre alt, die dunklen Haare fielen ihm ins Gesicht, der Rücken war zum Fragezeichen gebogen. An Männern schien es hier jedenfalls nicht zu mangeln.

»Mama?«

»Nenn mich Lou, wie oft soll ich es dir noch sagen!«

»Ist etwas passiert?«

»Nein, wieso denn, Liebes? Was sollte denn passiert sein?«

Susen seufzte. »Nichts. Wollte mich nur erkundigen, wie es dir geht.«

»Es geht mir bestens. Lieb, dass du fragst. Außer dass sie mich am Hirschen-Stammtisch in Hemlikon nicht mehr mitjassen lassen. Schlechte Verlierer. Und es sind nicht einmal die Männer, wie man vielleicht denken könnte, nein, die Frauen tun blöd, dabei spielen die gar nicht mit, sie sitzen nur daneben und stricken! Aber das bringt mich nicht aus der Ruhe. Heute Abend fahre ich mit dem Bus nach Horgen, dort treffen sich die Jasser jeden Abend im Bahnhöfli, hab ich mir sagen lassen.«

»Ja, dann …«

»Von wo rufst du an? Hast du nicht gesagt, du hättest keinen Empfang?«

»Hab ich auch nicht. Ich bin bei Belle, das hab ich dir doch erzählt.«

»Dann gib mir die Nummer, Susen, nur für den Notfall.«

Erwischt. Als Susen wenig später in die Küche zurückkam, hingen ihre Schultern.

»Alles in Ordnung?«

»Meine Mutter lässt grüßen.«

»Danke. Ich sie auch, sag ihr das, wenn sie das nächste Mal anruft.«

Was jederzeit geschehen konnte. Eher und öfter, als es Belle lieb sein würde.

»Es gibt einen Hund!« Wednesday stürmte herein. »Hast du den Hund gesehen?«

»Wir haben vier«, sagte Belle.

Vier Hunde. Jetzt war Wednesday still.

»Und ich hab nicht mal einen!«, sagte sie dann und schaute ihre Mutter aus dunklen Augen an. »Nicht einen einzigen kleinen Hund!«

Susen rollte die Augen. Wednesday rannte wieder nach draußen.

»Nicht einen einzigen kleinen Hund?«, wiederholte Belle spöttisch.

Susen hatte Angst vor Hunden. Auf der Ranch ihrer Kinderträume sollte es deshalb keine geben. Lange Diskussionen waren über das Thema geführt worden.

»Weißt du noch …«, sagten beide gleichzeitig.

»Sag du.«

»Nein, du zuerst.«

»Du hast mir gefehlt«, sagte Belle schließlich, und Susen errötete.

»Du mir auch«, antwortete sie, doch das war gelogen, wie so oft.

Seit der Sache im Wald vor dreiunddreißig Jahren hatten sich die beiden Frauen kaum mehr gesehen. Belle war nach den Sommerferien nicht in die Schule zurückgekommen. Sie besuchte ein Internat in den Bergen, ein Internat mit Pferden, das hatte sie sich schon lange gewünscht und endlich durchgesetzt. Auch Susen hatte die Angst, die ihre Eltern an diesem Sommerabend um sie ausgestanden hatten, für sich nutzen können. Allerdings hatte sie weniger weit gedacht als

Belle und sich mit einem Paar Plateausandalen mit Korksohlen begnügt. Die Riemchen waren aus weinrotem, braunem und orangefarbenem Lackleder gewesen. Sie hatten ihre Stellung in der Klassenhierarchie dramatisch erhöht.

»Wer ist denn der junge Mann im Flur?«, lenkte sie ab. »Der mit den langen Haaren. Zu alt für Wednesday, zu jung für mich.«

»Aber Susen! Das ist Jonas. Er ist noch ein Kind!«

»Da wäre ich mir nicht so sicher. Wessen Kind ist er denn?«

»Manolos.«

»Manolo hat einen Sohn? Seit wann denn?« Susen rechnete im Kopf nach. Wie lange war Belle verheiratet, wie alt war der Junge im Flur?

»Na, seit er auf der Welt ist!« Belles Stimme klang spöttisch. Als wüsste sie genau, worauf Susen hinauswollte. Aber wenn sie es genauer wissen wollte, musste sie schon fragen. Das tat Susen auch.

»Komm schon, lass dir nicht so die Würmer aus der Nase ziehen! Älter als fünfzehn kann der Junge ja wohl nicht sein.«

»Dreizehn«, korrigierte Belle.

»Und vor dreizehn Jahren wart ihr ja wohl schon verheiratet, oder etwa nicht?«

»Doch, natürlich. Das weißt du doch. Du warst schließlich auf unserer Hochzeit!«

»Erinnere mich nicht daran.« Susen verdrehte die Augen, und Belle musste wieder lachen. Sie verschränkte die Arme und wartete die nächste Frage ab.

»O.k., aber dein Sohn kann er nicht sein, denn das hättest du mir ja wohl nicht vorenthalten.«

Belle zuckte mit den Schultern.

»Na los, spuck's aus: Habt ihr den Jungen adoptiert? Nein, er ist Manolos Sohn ... Nun sag bloß nicht, er hat dich betrogen und du hast sein *love child* als dein eigenes angenommen! Mensch, Belle! Das ist ja die reinste Seifenoper!«

»Bei uns tut sich eben was! Du hast bestimmt geglaubt, hier auf dem Land sei nichts los, was?«

»Na ja, wenn ich ehrlich sein soll ...«

Wednesday rannte herein und wieder hinaus und unterbrach die Frauen mit atemlosen Berichten: »Zwei Ziegen sind auf der Weide mit dem Pony.«

»Eine Katze kriegt bald Junge, noch diese Woche, noch während wir hier sind, oh, Mama, können wir nicht eins mitnehmen, können wir, bittebittebitte?«

»Ein ganz alter Mann sitzt vor dem Stall, er heißt Max! Er sagt, er lebt hier.«

»Nun komm schon«, drängte Susen. »Spann mich nicht auf die Folter. Wer ist die Mutter dieses langen Lulatsches?«

»Du wirst sie schon noch kennenlernen. Nun erzähl lieber was von dir: Dein Leben muss doch wahnsinnig aufregend sein. Du als Journalistin – wer hätte das gedacht? Wo du doch im Aufsatz immer schlechte Noten bekommen hast!«

»Das hat ja wohl nichts miteinander zu tun!« Wollte Belle sie etwa daran erinnern, dass sie sie immer hatte abschreiben lassen? »Ich bin da so reingerutscht, weißt du. Freunde von mir arbeiteten in der Redaktion einer neuen Wochenendbeilage und boten mir eine Rubrik an – Beratung in allen Lebenslagen, nicht ganz ernst gemeint ... Kam ganz gut an, und der Rest ist Geschichte.«

»Ich wusste gar nicht mal, dass dich das interessiert. Du hast doch nie gern geschrieben.«

»Ja, Belle, ist ja gut, wie oft willst du es mir noch unter die Nase reiben?«

»Nun sei doch nicht so. Ich hab mich bloß gewundert!«

»Schon gut«, sagte Susen versöhnlich. »Es stimmt schon, ich wusste nicht, dass mir so was liegt, bevor ich es versucht habe. Eigentlich wollte ich ja zum Film. Oder Musik machen. Ehrlich gesagt, ich wollte einfach berühmt werden, egal, wie.«

»Sozusagen ein *Reality Star* vor der Zeit.«

Susen starrte ihre Freundin erstaunt an. Diese genoss den Moment sichtlich.

»Was schaust du mich so an, ich hab dir doch gesagt, der alte Max hat einen Fernseher. Wir leben auf dem Land, aber doch nicht hinter dem Mond!«

»Touché!«

Belle warf noch einmal die Maschine an, die zwei weitere perfekt geschäumte Latte macchiatos in die unpassenden Tassen spuckte, und nahm dann wieder Susens Hand. »Ich bin so froh, dass du gekommen bist«, sagte sie. »Ich kann hier mit niemandem reden. Außer mit Manolo natürlich. Aber das ist etwas anderes.«

»Ach, sag bloß, Manolo redet nicht gern über sich? Das kann ich nicht glauben!«

Belle zuckte zusammen.

Lass die dummen Scherze, Susen. Wann lernst du es endlich? Seit sie die Kolumne schrieb, neigte sie dazu, flapsige Sprüche abzuschießen. Sie versuchte es noch einmal: »Wie lange seid ihr jetzt zusammen? Dreißig Jahre?«

Belle antwortete zögernd. »Dreißig Jahre? Nein, das kann nicht sein. Ich bitte dich!« Sie rechnete mit den Fingern nach und kam auf fünfundzwanzig. »Susen – wir werden alt!«

»*Speak for yourself!*«, sagte Susen auf Englisch und nur halb im Scherz. »Ich glaube, meine längste Beziehung dauerte ein Jahr.«

»Das stell ich mir anstrengend vor.«

»Ist es auch. Anstrengend und aufregend. Vor allem am Anfang. Wenn alles noch möglich ist. Wenn du glaubst, es könnte alles anders werden …« Susen versuchte, sich zu erinnern, wann sie sich das letzte Mal so gefühlt hatte. Es war schon lange her.

»Macht dich das nicht müde?«, fragte Belle.

»Doch. Dich nicht?«

Belle nickte. »Ich bin auch müde.« Dann wechselte sie das Thema und erzählte von ihrem neuen Projekt: Therapie mit Pferden. »Das machen wir hier ja schon lange«, sagte sie. »Wir arbeiten mit behinderten Kindern. Aber jetzt will ich es mal mit Erwachsenen versuchen, mit psychisch Kranken.«

»Ist das nicht gefährlich?«

»Nicht mit meinen Pferden, nein, das glaub ich nicht. Eine Freundin in Amerika arbeitet mit depressiven Frauen, sie erzielt ganz gute Erfolge. Das möchte ich hier auf dem Hof auch versuchen.«

An depressiven Frauen wird es hier ja nicht fehlen, dachte Susen. Sie stellte sich die Frauen im Dorf vor, wie damals ihre Mutter, im endlosen Hamsterrad der Haushaltsführung gefangen und das Valium in der Nachttischschublade.

»Da fällt mir ein, ich glaub, ich hab was darüber gelesen … Wart mal, wo war das … Vielleicht in *Vanity Fair*?« Susen überlegte. »Du, das wär vielleicht eine Story für mein Magazin!«

»Wie denn, wenn du es schon irgendwo anders gelesen hast?«

»In einer amerikanischen Zeitschrift, Belle. Das ist ganz was anderes!« Die Tatsache, dass eine ähnliche Geschichte in einer internationalen Publikation erschienen war, erhöhte sogar ihre Chance, hier angenommen zu werden. Sie musste gleich Bauer anrufen.

## Bettwäsche

Belle führte die beiden Neuankömmlinge durch das Haus, ein altes Bauernhaus mit unzähligen niedrigen, holzgetäfelten Zimmern und kleinen Fenstern. Die Einrichtung war zufällig, billig, abgenutzt.

So haben wir früher gelebt, dachte Susen mit leichter Wehmut, als wir noch jung waren, als wir noch nicht wussten, was ein Eames-Sessel, was eine Corbusier-Liege ist. Und warum man die haben muss. Plötzliche Sehnsucht nach vergangenen Zeiten, nach Wohngemeinschaften und besetzten Häusern, nach der Wohnung, die sie mit Sabatier geteilt hatte. Sie dachte auch an den sündhaft teuren, dunkel gebeizten Eichenboden in ihrem Loft, den sie auf eine unschuldige Bemerkung eines *Life.Style*-Journalisten hin hatte verlegen lassen – »Ach, du hast immer noch Industrieparkett! Das sieht man heute kaum mehr, das ist so … Neunzigerjahre.«

Da hatte sie noch nicht gewusst, dass ihre Mutter einziehen und auf Gipswänden bestehen würde, die den offenen Raum in ein Labyrinth verwandelten, in dem sie wie Labormäuse umherirrten und sich die Köpfe stießen. Und dass Lou Hugentobler die gesamte Einrichtung ihrer Viereinhalbzimmerwohnung mitbringen und überall gleichmäßig verteilen würde. Unter anderem Kunststoffperser in leuchtenden Farben, die jeden Quadratzentimeter Eiche bedeckten. Susen durfte sich nicht vorstellen, was sie in ihrer Abwesenheit anrichten würde.

Sie schaute sich in Belles Stube um. »Ein Kachelofen«, sagte sie etwas spöttisch, »ihr habt ja echt nichts ausgelassen!«

»Die Kunst«, nickte Belle, »ja, die war halt schon da.«

»Und ohne Kunst kannst du nun mal nicht leben!«

Die beiden Frauen begannen zu kichern, dann lachten sie haltlos, knickten ein, hielten sich aneinander fest, von Hund und Mädchen etwas fassungslos beobachtet. Also rissen sie sich zusammen, beruhigten sich, richteten sich auf, und die Hausführung konnte fortgesetzt werden.

Eine schmale Treppe hoch und durch eine Luke. »Kopf einziehen«, warnte Belle. Der Hund drängte sich an ihnen vorbei. »Hier sind die Schlafzimmer. Euer Zimmer«, sagte Belle und öffnete die Tür zu einem kleinen Zimmer mit einem Fenster, das den Blick auf eine Wiese freigab, auf der Pferde grasten. Zwei schmale Betten standen an den Wänden. Verwaschenes Bettzeug, wildes Muster, weicher Jersey. Susen wünschte sich gestärktes weißes Leinen, allenfalls rotweiß karierte Baumwolle, etwas Ländliches, etwas Bäuerliches, nicht die alte WG-Wäsche aus den Achtzigerjahren. Sie zwang sich zu lächeln.

Ihre Tochter schaute sie schief an. »Ein Zimmer?«, fragte sie.

Sie schliefen getrennt, seit Wednesday ganz klein war, schon mit drei hatte sie ein eigenes Zimmer gehabt, auch auf Reisen, egal, wie schockiert die Wirtin auf der griechischen Insel oder die an der portugiesischen Küste reagiert hatte. Wenn gerade kein Mann dabei war, schlief Susen eben gern allein. Oder sie schlief nicht, lag wach, las, schrieb, trank Wein, dachte an ihren Roman. Nachts gehörte die Zeit ihr. Nachts redete niemand mit ihr.

»Ist das o.k. so?«, fragte Belle verwirrt, sie konnte die Spannung nicht deuten. »Ich weiß, es ist nicht groß, aber …«

»Es ist perfekt, danke«, sagte Susen.

»Können die kleinen Katzen auch hier schlafen?«

»Nein, die schlafen im Stall«, sagte Belle.

Und weg war Wednesday.

»Sie ist im Paradies«, sagte Susen. Dass sie selbst es nicht war, klang in der Bemerkung mit, sie konnte es nicht ändern.

Belle schaute auf die Uhr. »Ich hab gleich eine Stunde, und dann hole ich die Pferde von der Weide. Wednesday kann mir dabei helfen.« Sie zögerte einen Augenblick. »Um ehrlich zu sein, wir hatten hier ein kleines Problem. Mit Wölfen.« Unsicher schaute sie Susen an. »Deshalb will ich die Pferde reinholen. Es tut mir leid, dass ich es dir nicht gleich gesagt habe.«

»Mit Wölfen? Ich dachte, die seien ausgestorben!«

»Das dachte ich auch. Wenigstens hier in der Gegend.«

»Was ist denn passiert?«

»Ein paar Schafe wurden gerissen, etwas weiter hinten im Tal. Ich mach mir eigentlich keine Sorgen. Aber sicher ist sicher.«

»Sonst noch was? Bären, Berglöwen, Klapperschlangen?« Sie spielte auf die Abenteuerbücher ihrer Kindheit an.

Belle grinste müde. »Entlaufene Sträflinge, desertierte Soldaten … Nein, keine Sorge. Ich wollte es dir nur gesagt haben.« Sie blickte auf die Uhr. »Ich muss. Du kommst schon zurecht, nicht?«

»Natürlich«, sagte Susen großspurig.

Sie holte die Taschen aus dem Auto und packte ihre Kleider aus. Legte sie gefaltet in die alte Ikea-Kommode, die unter dem Fenster stand, neben einem ganz kleinen Tisch, der als Schreibtisch durchgehen konnte. Es passte gerade ihr Notebook darauf und eine Tasse Kaffee.

Sie klappte das Notebook auf und öffnete die Datei mit dem Titel »K 41«, ihre einundvierzigste Kolumne in diesem Jahr. Sie hatte noch einen Tag Zeit bis zur Abgabe. Doch bisher: keine Zeile, kein Wort. Fünftausend Anschläge musste sie bis morgen Nachmittag haben. Und einen Internetanschluss.

Durch das Fenster sah sie ihre Tochter über die Wiese rennen, ihr Haar hatte sich gelöst und stand wild vom Kopf ab – eine rötlichbraune Sonne mit Millionen krauser Strahlen. Sie verlor ihren Pullover, den sie sich umgebunden hatte, der Hund schnappte nach ihm und trug ihn ihr nach.

Susen wollte durch das Fensterglas nach ihr greifen, den Arm ausfahren bis auf die Wiese, sie an sich ziehen. Warum liebte sie ihre Tochter immer dann am meisten, wenn sie von ihr wegrannte?

Nichts hatte sie darauf vorbereitet, dass ihr ihre Tochter jemals auf die Nerven gehen würde. Und dann noch so gründlich. Sie war eine leidenschaftliche Mutter gewesen, hatte sich nicht von ihr trennen wollen, ein Jahr lang hatte Wednesday an ihrer Brust gelebt. Dann war Sabatier weg, man konnte es ihm nicht unbedingt verübeln. Stundenlang hatte Susen dem Baby in die goldenen Augen gestarrt, darin ein neues Wesen entdeckt, ein besonderes Wesen von einem anderen Stern. Den ersten Menschen. Mütter, die jammerten und sich beklagten, konnte sie nicht verstehen. Sie begegnete ihnen mit einer gewissen herablassenden Verachtung, die an Mitleid grenzte: Kein Wunder, wenn man deren Kinder anschaute! Hässliche, rotgesichtige, unberechenbare Würmer, kein Vergleich mit ihrer Wednesday, diesem Wunderwesen. Wie kann man ein Kind anschreien?, fragte sie sich. Wie kann man ein Kind allein lassen wollen? Wie kann man überhaupt etwas anderes wollen, als mit diesem Wesen zu verschmelzen?

Doch Wednesday zeigte ziemlich bald, dass sie eine ganz eigene Vorstellung vom Leben hatte, die der ihrer Mutter in nichts entsprach. Die Zeiten des wonnigen Vorzeigepüppchens waren schnell vorbei. Wednesday widersprach, nörgelte, quengelte, zog nicht die Kleidung an, die Susen ihr hinlegte, interessierte sich nicht für die coolen Veranstaltungen, auf denen Susen sich gern mit ihr zeigte, spielte nicht mit den süßen Kindern der lokalen Prominenz, kurz, sie stellte Susen jeden Tag infrage.

Andere Mütter begrüßten, dass ihre Kinder selbstständiger wurden, Susen erlebte diese Ablösung als körperlichen Schmerz, als würde ihr das Kind noch einmal aus dem Leib geschnitten. Von da an wurde das Muttersein immer schwieriger und schwieriger. Es war, als ob sie unter einer Art von mütterlichem Alzheimer leiden und alles, was sie anfangs instinktiv gewusst hatte, mehr und mehr vergessen würde.

Susen hatte von Kulturen gelesen, in denen die Kinder drei Jahre lang bei der Mutter blieben und von ihr überallhin mitgenommen wurden, im Tragetuch vermutlich, bis sie dann in eine Kindergesellschaft eintraten. Das schien Susen eine geradezu ideale Lösung zu sein. Sie wusste nur nicht mehr, wo das so war. Im Regenwald? In Frankreich?

Wednesday war aus ihrem Blickfeld verschwunden.

Susen begann zu tippen.

## Susen sucht den Sinn des Lebens – diesmal auf Plateausandalen

Wann fühlt man sich alt? Wenn man eine Mode zum zweiten Mal mitmacht. Jetzt gerade sind wieder die Siebzigerjahre dran: Plateausandalen aus Lackleder in poppigen Farben und mit dicken Korksohlen.

Ich erinnere mich an ein Modell mit einem echten Goldfisch, der im superdicken Plexiglas-Absatz schwamm, ich hatte mir ein Illustriertenbild davon ausgeschnitten und in eine Collage geklebt. Ich war halt immer schon an Mode interessiert...

Es war das Jahr 1973, ich war elf Jahre alt, und ich hatte furchtbar quengeln müssen, um meine ersten Plateausandalen zu bekommen. Zweimal jährlich fuhr meine Mutter in die Stadt und kaufte jedem von uns drei Paar Hosen, drei Oberteile, einen Pullover, Schuhe für jeden Tag, Schuhe »für schön«. Im Winter kam noch ein Mantel dazu. Meine Brüder durften nicht mitkommen, meine Mutter suchte alles für sie aus, das ging schneller. Aber mich nahm sie mit, denn ich wusste genau, was ich wollte, und würde nicht einfach irgendwas anziehen.

Eine französische Philosophin, deren Name mir gerade entfallen ist (ja, ich weiß, ich bin unmöglich! Aber ich schwör's, auch das habe ich gelesen, schwarz auf weiß, und nicht erfunden!), eine Philosophin also schrieb eine Abhandlung zum Thema: Warum Frauen vor einem vollen Kleiderschrank stehen und doch nichts anzuziehen haben. Antwort: Weil das, was sie anziehen, nicht nur ausdrücken soll, wer sie sind, sondern auch, wer sie sein könnten. Oder gern sein würden. Und das, liebe Leserinnen, ist eine ganz schön knifflige Aufgabe für ein Stück Stoff mit drei Knöpfen. Eine Komplikation des Lebens, die mich schon als Kind umtrieb. Und meine Mutter hatte Verständnis dafür.

Unsere Exkursionen nahmen einen ganzen Tag in Anspruch, ich durfte in der Schule fehlen, denn »an einem Samstag in die Stadt fahren, das tu ich mir nicht an«. Wir stellten den Kombi im Parkhaus eines Warenhauses ab und kehrten noch während des Einkaufsbummels immer wieder dahin zurück, um die Taschen in den Kofferraum zu laden, damit wir ungehindert und zielstrebig weitermachen konnten. Mittags aßen wir in einem Kaufhausrestaurant sogenannte Kanapees, belegte Brote mit einer glänzenden Sulzschicht über Spargel aus der Dose, hart gekochten Eiern, dünnen Salamischeiben oder bitterem Selleriesalat – das hatte ich einmal aus Versehen bestellt, und

den Geschmack habe ich bis heute nicht vergessen.
Meist ließ mir meine Mutter bei der Kleiderwahl freie Hand, im Rahmen ihres Budgets natürlich. Aber bei den Sandalen blieb sie hart. »Das ist nichts für kleine Mädchen«, sagte sie, »da brichst du dir doch die Haxen!«
Ich musste erst krank werden, liebe Leserinnen, sehr krank sogar, meine Mutter sorgte sich um mich, legte mir die Hand auf die Stirn. »Wenn ich dir nur helfen könnte«, sagte sie, und ich: »Wenn ich gesund werde, möchte ich diese ... Sandalen ... mit den Korksohlen ...« (Ersterbendes Stimmchen.)
Und kaum war mein Fieber gesunken, machten wir, was noch nie vorgekommen war, einen zweiten Ausflug in die Stadt, und ich bekam sie, die Plateausandalen. Die Riemen waren aus weinrotem, braunem und orangefarbenem Knautschleder, breit über den Knöchel gekreuzt, die Kappe rund, die Sohle an der dicksten Stelle sechs Zentimeter hoch und aus bräunlich gesprenkeltem Kork. Der Sommer war vorbei, und wir kriegten sie zum Ausverkaufspreis. Ich behielt sie gleich an, und auf dem Weg in die stinkige Tiefgarage musste ich mich an meiner Mutter festhalten, um nicht hinzufallen. Schwankend stakste ich neben ihr her. Ich fühlte mich groß. Ich fühlte mich erwachsen. Ich stellte mir vor, was die Passanten dachten, die uns entgegenkamen: schöne Schuhe, natürlich, schicke Sandalen, wow, solche will ich auch. Zwei Damen, würden sie denken, zwei Damen beim Stadtbummel.
Ich war mir sicher, dass ich in diesen Schuhen nicht mehr als Kind gesehen würde. Und war zutiefst schockiert, als mir aus der Fensterscheibe vor dem Kassenautomaten ein Mädchen entgegenstolperte, ungelenk, mit dünnen Beinen, Topffrisur, steifem Latzrock aus bordeauxfarbenem Cord über einem orangefarbenen T-Shirt und glänzenden, nagelneuen und etwas zu großen Korksandalen. Sieht die doof aus, dachte ich noch, und dann erkannte ich mein Spiegelbild.
Deshalb fällt es mir heute gar nicht schwer, mich zurückzuhalten, mir die Plateausandalen, die gerade wieder in Mode sind, zu verkneifen. Mein Pagenschnitt wird unterdessen von Gay Gaitano geschnitten und nicht mehr von meiner Mutter (die dazu übrigens tatsächlich eine Salatschüssel benutzte), aber meine Beine sind immer noch dünn, und überhaupt: Die *Eighties* waren viel eher mein Jahrzehnt.
Wenn meine Erfahrung mich irgendetwas gelehrt hat, dann das: Auch die werden wiederkommen. Und dann wird es kein Halten mehr geben!

(Kannst du nicht Stilettos daraus machen? Ich hasse diese klobigen Treter. Absolut unsexy! Außerdem, bis das Heft erscheint, sind diese Pferdehufe bestimmt auch schon wieder out – so lange, wie unsere Produktionszeit dauert.
Die Ressortleiterin Mode meint übrigens, die *Eighties* seien bereits wieder in, mit spitzen, flachen Schuhen und etwas, das sie »*kitty-heel*« nennt. Du wirst schon wissen, was sie meint.
Also, wenn du dich als Mode-Expertin präsentieren willst, dann sprich dich besser mit ihr ab. Vielleicht könnte man sogar was kombinieren. Die Kolumne zur Modestrecke … Ich melde mich wieder. Rba.)

# Wölfe

Reiten mit depressiven Frauen? Spinnst du?«

»Bauer, das ist eine gute Story, sie war schon in …«

»Du arbeitest für *Life.Style*«, sagte Bauer. »Nicht für *Pferd und Reiter*. Du hast mir Unika Bell versprochen, weißt du nicht mehr?«

»Natürlich weiß ich das. Das eine schließt das andere doch nicht aus.«

»Doch – weil das andere kein Schwein interessiert. Was ist denn nun mit Unika Bell? Hast du sie? Kann ich sie einplanen? Wann? Wir bringen das groß. Das wird ein Titel. Ich schicke dir einen Fotografen. Besser noch, ich komme selbst.«

Susen versteckte sich mit ihrem Handy und ihrer Zigarette hinter der offenen Scheunentür. Warum sie meinte, heimlich telefonieren zu müssen, war ihr selbst nicht klar. Glaubte sie wirklich, ihrer Mutter so entgehen zu können? Indem sie ihr Handy heimlich benutzte? Als ob sie sie sehen könnte … Kein Zweifel, das Wiedersehen mit Belle hatte sie in vorpubertäre Verhaltensweisen zurückgeworfen.

»Übertreib es mal nicht, Bauer. Ich bin doch eben erst angekommen. So was braucht Zeit. Ich muss erst ihr Vertrauen gewinnen.«

»Ich dachte, du kennst sie? Ich dachte, du kennst sie sogar sehr gut? Lass mich in meinen Notizen nachschauen, ich möchte dich ja nicht falsch zitieren … ah ja, hier ist es: ›Ich kenne sie persönlich‹, hast du gesagt.«

Susen schaute nach links und rechts, als ob sie erwartete, dass Unika Bell plötzlich aus dem Halbschatten trat und auf sie zukam, in einem ihrer wallenden indischen Gewänder, das hennarote Haar über die Schultern fließend. Stattdessen saß da nur, wie aus Holz geschnitzt, der alte Max auf seiner Bank vor dem Stall und rauchte seine Pfeife. Täuschte sie sich oder zwinkerte er ihr zu? Susen wandte sich ab.

»Ich meinte die Leute hier … deren Vertrauen muss ich erst gewinnen, bevor sie mich überhaupt zu ihr vorlassen.«

»Ach was. Du lügst doch. Du hast keine Ahnung, wo sie steckt und wie du an sie rankommst. Gib's zu.« Der Redakteur sprach emotionslos, sie hörte das Klackern der Computertastatur, vermutlich stellte er den Themenplan um.

»O.k., o.k.«, sagte sie schnell. »Ich hab was anderes: Wölfe.«

»Wölfe?«

»Ja, Wölfe.« Susen musste Zeit schinden. Was hatte Belle schon wieder erzählt? »Genau hier in der Gegend treiben Wölfe ihr Unwesen. Schafe wurden gerissen … die Bauern sind in Aufruhr … du weißt schon.«

»Ich weiß vor allem, dass du für *Life.Style* arbeitest und nicht für die *Wild- und Jagdpostille*.« Bauer klang gelangweilt. »Also hör zu, wenn du Unika Bell nicht kriegst, dann komm zurück. Schreib was über die Fünfzigjährigen, die sich auf den sogenannten Ü-30-Partys herumtreiben, sodass die Fünfunddreißigjährigen, für die sie eigentlich gedacht sind, auf die Ü-18-Anlässe ausweichen müssen. Jugendwahn selbst im Diskolicht … genau dein Stil.«

»Bauer, ich würde mich nicht tot auf einer Ü-30-Party erwischen lassen! Außerdem hast du mich nicht ausreden lassen: Nach Meinung der Leute hier sind es keineswegs die Wölfe, die ihr Unwesen treiben, sondern die, die, die …«

»… die?«

»Klimafraktion!«

»Klimakterium?«

»Idiot, nein, die Leute vom Ozonloch. *Global warming*, du weißt schon.« Susen improvisierte wild: »Es ist eine gezielte Aktion gegen die Naturschützer, verstehst du, sie wollen das Volk davon überzeugen, dass die Natur grausam ist und bezwungen werden muss. Es stehen Abstimmungen bevor, weißt du doch.«

Susen hatte sich restlos verheddert. Sie wusste selbst nicht, was sie da schwafelte. Doch Bauer schien es wider Erwarten einzuleuchten.

»Na gut, hör dich mal weiter um. Wenn was dabei rauskommt, sehen wir weiter. Du hast also schon Kontakte geknüpft? Die Leute reden mit dir?«

»Absolut.« Susen seufzte vor Erleichterung. Die Ü-30-Party konnte noch einmal aufgeschoben werden. »Mit Antonin komm ich überall rein.«

»Antonin?«

Eins zu null für die Kolumnistin, dachte Susen.

»Mein Cowboy«, sagte sie hoheitsvoll. »Er weiß Bescheid, mein Lieber. Wenn das also vorläufig alles ist …«

Dann klappte sie das Handy zu und ließ Bauer mit seinen Sorgen allein. Sie warf die halb gerauchte Zigarette weg und trat sie mit dem Absatz ihres neuen Cowboystiefels aus. Der alte Max nahm seine Pfeife aus dem Mund und hob sie hoch, als wollte er ihr damit zuprosten. Susen lächelte, nickte und ging auf ihr Zimmer zurück.

Wölfe. Ihr blieb wirklich nichts erspart!

Immerhin hatte sie jetzt einen Vorwand, um mit Antonin zu reden.

## Schwierige Pferde

Die Frauen waren hinter Belle zurückgefallen. Satzfetzen drangen zu ihr. »Meiner«, sagten sie, »deiner.« Sie redeten über ihre Männer. Belle zügelte Voltaire, die Stimmen kamen näher.

»... Schnarchpflaster gekauft, Jesses! Der war aber schön beleidigt!«

Gelächter.

»... angerufen. Bleib ruhig länger, hab ich gesagt. Meinetwegen brauchst du dich nicht zu beeilen.«

»Schon klar, gibt ja viel weniger Arbeit, wenn der Mann nicht da ist.«

»Und du kriegst ein Geschenk.«

»Ja, eine Frontline-Schärpe aus dem Duty-free!«

»Duty-free-Galanterie!«

»Du, das reimt sich!«

Die Frauen jauchzten. Die Pferde schnaubten. Belle drehte sich im Sattel um.

»Konzentriert euch mal wieder«, rief sie, »eins werden mit dem Pferd, ja!«

Wie ertappte Schulmädchen zogen die Reiterinnen die Köpfe ein. Sie ritten ihre eigenen Pferde, die sie bei Belle eingestellt hatten. Ihre pferdeverrückten Töchter waren längst ausgezogen, und die Frauen wussten nicht mehr, warum sie die Pferde überhaupt hielten, warum sie reiten sollten – war doch sinnvoller, man traf sich gleich im Café.

Es gab kein Café in der Gegend. Vielleicht deshalb.

»Ja, du!«, rief eine mutig. »Du kannst dich nicht beklagen, du hast ja Jasmin.«

Die Frauen kicherten wieder, wechselten dann unruhige Blicke. Waren sie zu weit gegangen?

»Tja«, sagte Belle leichthin, »ich hab halt Glück gehabt.« Sie hatte die Arbeit mit den Tieren und dem Hof, und Jasmin die mit dem Mann. So sah das aus.

Jasmin war es, die zum Einkaufen ins Dorf fuhr, die beim Elternabend mit hochgezogenen Knien auf einem Kinderstühlchen saß, Jasmin buk Speckzopf für den Missionsbasar und half in der Gemeindebibliothek aus. Die allgemeine Meinung der Frauen im Dorf war, dass Belle es gut hatte. Geteilter Mann, geteilte Arbeit. Und Belle tat so, als sei sie auch dieser Ansicht. Als habe sie es sich genau deshalb so eingerichtet. Dass ihr Mann ihr nicht lästig war, keine Arbeit verursachte, dass sie ihn nicht lächerlich oder gar peinlich fand, sondern im Gegenteil nach all den Jahren immer noch mit einer Heftigkeit liebte, die an Verzweiflung grenzte – das konnte sie diesen Frauen nicht sagen. Sie würden ihr nicht glauben. Oder sie würden glauben, dass sie das Jasmin zu verdanken habe. Jasmin, die die eheliche Routine lebte. Die Belle sozusagen die Drecksarbeit abnahm.

Ich habe eine Ehe-Putzfrau, dachte Belle, eine Frau fürs Grobe in der Beziehung.

Warum war sie dann nicht glücklich? Warum war Manolo nicht glücklich? Seit Wochen hatte er sich wieder in sein Arbeitszimmer verzogen, das für beide Frauen tabu war. Jasmin stellte ihm das Essen auf einem Tablett vor die Tür,

Belle schob ihm zusammengefaltete Zettel darunter hindurch.

»Ich denke an dich.«

»Ich vermisse dich.«

»Ich liebe dich.«

Ihre Liebe war etwas Besonderes. Etwas Heiliges. Das versicherten sie einander seit Jahren, und Belle hatte es auch geglaubt, jedenfalls fast immer. Doch seit einiger Zeit nicht mehr so ganz. Hatte sie deshalb Susen angerufen? Weil Susen Manolo nicht mochte? Nicht für einen Heiligen hielt wie seine Studentinnen, seine Kollegen, seine Leser? Weil sie als Einzige nicht der Meinung war, Belle habe unglaubliches Glück gehabt, dass dieser schöne Mann ausgerechnet sie auserwählt hatte, wie das sämtliche Frauen dachten, die ihm begegneten? Mit wem außer mit Susen sollte sie sonst über Manolo reden?

»... sie hat halt jetzt diese gewisse Müdigkeit, die verheiratete Frauen so an sich haben«, sagte eine der Reiterinnen hinter ihr.

Das ist es, dachte Belle. Ich bin es müde. Müde, etwas Besonderes zu sein. Eine besondere Liebe zu leben. Müde, müde, müde.

Voltaire stolperte. Sie riss sich zusammen. Das Pferd reagierte auf ihre Stimmung, auf ihre Gedanken, ihre mangelnde Konzentration. »Ihr reitet mit dem Kopf«, sagte sie immer zu ihren Schülerinnen, »ihr reitet mit dem Herzen. Und mit dem Becken. Nicht mit den Händen und schon gar nicht mit den Fersen!«

Sie stützte sich auf den Sattelknauf und drehte sich um. »Einerkolonne!«, rief sie und führte die Gruppe zu einem Stoppelfeld. Ein Pferd nach dem anderen fiel in leichten

Galopp. Nur Voltaire schlug weiter mit dem Kopf aus. Widerspenstiges Biest, dachte sie liebevoll. Schwierige Pferde waren ihr am liebsten.

Am Ende des Feldes kehrten die Reiterinnen um. Anhalten, neu formieren, zurückgaloppieren. Zwei Pferde fielen in einen Wettlauf, versuchten, aneinander vorbeizukommen, die Gruppe zu überholen.

»Hintereinander bleiben!«, rief Belle. »Konzentriert euch!«

Voltaire tänzelte unter ihr, er wollte nicht stehen bleiben und zuschauen, er wollte los, er wollte mit, er wollte davon.

Er könnte mich abwerfen, dachte sie und sah es vor sich, wie sie mit dem Kopf aufschlug, mit dem Stiefel im Steigbügel hängen blieb, mitgeschleift wurde, wie ihr Kopf wieder und wieder auf dem Boden aufschlug und schließlich platzte wie eine reife Frucht.

Nicht mehr denken. Sie schüttelte sich.

Damals, nach dem Unfall, hatte sie Manolo versprochen, dass sie keine schwierigen Pferde mehr reiten würde. Manolo brauchte sie.

Sie hatte drei Monate lang im Krankenhaus gelegen, alle Rippen gebrochen, die Lunge gerissen. Sir John, ein junger Hengst, war in Panik aufgestiegen, hatte sie zu Boden geworfen, auf den betonierten Vorplatz, auf dem sie ihn gerade gebürstet hatte, war mit beiden Vorderhufen auf ihrer Brust gelandet und einen endlosen Augenblick auf ihr stehen geblieben. Wiehernd wieder aufgestiegen, seine Hufe millimeterknapp an ihrem Kopf vorbei – jetzt, hatte sie gedacht, aber dann waren sie neben ihr gelandet, links und rechts neben ihrem Kopf.

Als er ein drittes Mal aufstieg, löste sich der Haltestrick, und Sir John galoppierte in Panik davon, die kleine Straße entlang Richtung Dorf, wo er von einem entschlossenen Bauern mit dem Sturmgewehr erschossen wurde, das er gerade fertig geputzt und geölt hatte. Für das Abfeuern der Waffe musste der Bauer später eine Strafe zahlen, hundertfünfzig Franken, er brachte die Rechnung vorbei und legte sie auf Belles Küchentisch, mitsamt dem Einzahlungsschein.

Sir John war das Geschenk eines reichen Vaters für sein verwöhntes Mädchen gewesen, dessen Pferdebegeisterung kurz nach dem Kauf plötzlich nachgelassen hatte. Sie hatte stattdessen Musik entdeckt, Boygroups. »Das Pferd ist nicht trainierbar«, hatte der Vater geschnaubt und es Belle überlassen. Ein schönes Pferd. Schwierig. Beleidigt. Nicht aus Bosheit war er auf sie losgegangen. Ihr Handy hatte in der Brusttasche geklingelt und ihn erschreckt.

Antonin hatte sie gefunden. Er hatte sich neben sie gekniet, ihren Kopf in seinen Schoß gebettet. Dafür wurde er später vom Notarzt angebrüllt: »Wenn die Frau gelähmt ist, sind Sie schuld.«

Antonins Gesicht. Manolos Gesicht.

»Tu mir das nicht an«, hatte Manolo gesagt, »tu mir das nie wieder an.«

Sein Gesicht an ihrem Krankenhausbett war es beinahe wert gewesen: bleich, angespannt, besorgt. Den Blick hinter den Brillengläsern ganz auf sie gerichtet. Nur auf sie.

Sie hatte es ihm versprochen: keine schwierigen Pferde mehr. Sie hätte ihm alles versprochen, solange er an ihrem Bett saß. Solange er sie so anschaute, als ob es auf der ganzen Welt keinen anderen Punkt gäbe, auf den er seinen Blick richten wollte, keinen anderen Menschen, keine andere Frau.

Natürlich hatte sie ihr Versprechen nicht gehalten. Und er hatte den Blick wieder abgewandt. Sie konnte nun mal nicht von schwierigen Pferden lassen. So wie er nicht von Jasmin lassen konnte. Nicht, dass er ihr das versprochen hätte. Nichts hatte er ihr versprochen, nur dass er immer ehrlich sein würde, und das war er auch, gnadenlos und detailgetreu ehrlich, auch wenn sie schon lange nichts mehr hören wollte.

Manolo. Mein schwierigstes Pferd.

## Hotel Eden

Genauso wie Manolo nach ihrem Unfall hatte ihre Mutter sie damals auch angesehen, das fiel Belle jetzt wieder ein, ganz genauso. Als ob sie sie zum ersten Mal so richtig sähe. Als ob es nur sie gäbe und niemanden anderes. Damals, auf der langen Fahrt ins Internat.

Die Sommerferien waren noch nicht vorbei. Susen hatte sie seit der Sache im Wald nicht mehr gesehen. Anfangs hatte sie noch auf sie gewartet, am nächsten und am übernächsten Tag. Sie würde doch wohl vorbeikommen? Sichergehen, dass sie nach Hause gekommen war? Dann fiel ihr wieder ein, dass Susen mit Fabienne nach Frankreich gefahren war. Und sie hörte auf zu warten.

Ihre Mutter hatte einen Fahrer organisiert, während der ganzen langen Fahrt im Fond des Wagens neben ihr gesessen und ihre Hand gehalten. Belle erinnerte sich an das große Pflaster auf ihrem knochigen Knie, an den Saum ihres Cordrocks, an die Hand ihrer Mutter. Der verstauchte Fuß war mit einer fleischfarbenen Binde umwickelt. Die Klammer stach in ihre Haut.

Sie hatten nicht viel geredet. Es war auch nicht nötig gewesen.

»Ich lasse mich scheiden«, sagte ihre Mutter auf der Fahrt. »Alles wird anders.«

»Meinetwegen musst du nicht.« Belle war es egal. Sie würde bis zum Ende ihrer Schulzeit im Internat bleiben.

Den Prospekt hatte sie sich schon vor Monaten kommen lassen, es war das einzige Internat in der Schweiz, das über einen eigenen Pferdestall verfügte und Reitstunden anbot. Auf dem Katalogbild hatte das Haupthaus königlich ausgesehen wie ein Schloss. Efeu an den Wänden, bunte Tupfer auf den steinernen Treppenstufen – die Schülerinnen.

Aus der Nähe und im Nebel des Spätsommers wirkte das Haus abweisend, grau und feucht, beinahe schon gruselig. Keine Kinder weit und breit.

Als Belle aus dem Wagen stieg, fröstelte sie. Unika legte den Arm um sie und zog sie an sich.

»Bist du sicher?«

»Ja.«

»Wir können immer noch umkehren«, sagte Unika. »Du kommst mit mir, wir ziehen in die Stadt, ich hab schon Wohnungen in der Altstadt angeschaut. Ich nehm das Angebot des Senders an, es ist ein ganz normaler Job mit ganz normalen Arbeitszeiten, Montag bis Freitag, *nine to five*. Und abends koch ich dir was Schönes, hmm, das wär doch was. Und dann schauen wir uns meine Sendung im Fernsehen an.« Sie lachte. Zog Belle an sich. Drückte sie so, dass sie keine Luft mehr bekam. »Was meinst du? Jede große Schauspielkarriere endet schließlich mit einer Seifenoper! Das ist ein ehernes Gesetz der Bühne!«

So einfach ist das, dachte Belle erstaunt. Ja, wenn sie das früher gewusst hätte! Dann hätte sie sich längst im Wald verirrt. Sie machte sich los. Trotzig schüttelte sie den Kopf. »Ich will das«, sagte sie. »Ich wollte immer schon ins Internat.«

Bildete sie es sich ein oder schaute selbst der Fahrer zweifelnd?

Im kalten Büro der Schuldirektorin verabschiedete sie sich von ihrer Mutter. Ungelenke Umarmung. Die Direktorin, Frau Doktor Eden, saß auf der anderen Seite ihres Schreibtisches, meilenweit entfernt. Durch die geschlossene Tür hörte Belle die Absätze ihrer Mutter klackern. Schnell wurde das Geräusch leiser. Beinahe wäre Belle ihr nachgerannt.

»Dann zeig ich dir, wo du untergebracht bist.« Frau Doktor Eden stand auf.

Belle glaubte, jetzt in den Schlafsaal geführt zu werden, mit sich überschlagenden Mädchenstimmen, abschätzigen Blicken und bald schon trautem Tuscheln. Aber nichts war in diesem Internat so wie in den Büchern, die sie mit Susen gelesen hatte. Sie wollte Susen anrufen und sie warnen. Glaub nichts, was du liest. Die Bücher lügen. Es ist alles ganz anders.

Die Mädchen hier kamen aus aller Welt und waren entweder sehr reich oder sehr schwierig, manchmal beides. Die Hälfte von Belles neuen Klassenkameradinnen wusste mit zwölf bereits, wen sie wann heiraten würden. Es war alles arrangiert, die Mädchen saßen hier nur ihre Zeit ab. Und die Mädchen, die nicht auf ihren Prinzen warteten, versuchten mit allen Mitteln, von der Schule geworfen und in eine Erziehungsanstalt gesteckt zu werden. Einfallsreich und energisch machten sie sich daran, jede Regel zu brechen, die im Hotel Eden seit jeher galt. Belle war kaum drei Tage da, als ihr all die Drogen, vor denen sie im Sozialkundeunterricht gewarnt worden war, von verschiedenen Seiten angeboten wurden. Ebenso wurde ihr Geld gestohlen und ein Paar Ohrringe, die sie von ihrer Mutter bekommen hatte.

Die Mädchen blieben gern unter sich, sie bewegten sich in einer Welt, die nur ihnen gehörte. Ihr Familienname gab ihnen eine Bedeutung, die Generationen überdauerte. Anders als der Ruhm der Rockstars, Filmschauspielerinnen, Medienmogule, der an deren Kindern nur vorübergehend hängen blieb.

Niemand drehte sich um, wenn Belles Mutter zum Weihnachtsspiel kam und in der letzten Reihe saß oder wenn sie Belle für die Sommerferien abholte. Niemand fragte Belle nach ihr aus. Niemand wollte wissen, wie es war, eine berühmte Mutter zu haben. Das kannten alle schon.

Das immerhin war angenehm. Das schrieb sich Belle abends auf ihre Liste, die sie in der Schreibtischschublade aufbewahrte und bei Bedarf ergänzte, ihre Liste der Pros und Kontras. Solche Listen führte sie, seit sie schreiben konnte. Sie teilte die Welt in überschaubare Kolonnen auf.

*Was für das Internat spricht:*

Kaum jemand kennt meine Mutter

Ich bin hier nichts Besonderes

*Dagegen:*
Ich vermisse Susen
Ich habe hier keine Freundin
Ich passe weder zu den einen noch zu den anderen
Bin weder wild noch reich genug

Den zweitletzten Satz strich sie nach sorgfältigem Überlegen wieder durch, das war schon immer so gewesen und deshalb kein Argument.

*Dagegen:*
Ich kann niemandem vertrauen

Auch das strich sie durch. Eine der größten Befriedigungen des Listenschreibens war, Punkt für Punkt wieder zu streichen. Stimmt nicht, dachte sie, und der bedrückende Gedanke war weg, schwarz auf schwarz durchgestrichen.

## Jamie

Nach einem Monat war Belles Probezeit um, und sie wurde endlich in den Reitstall gelassen. Von da an zog sie ihre Liste nicht mehr oft hervor und wenn, dann nur, um die Kolonne »Was für das Internat spricht« aufzufüllen.

Belle hatte in Hemlikon englisch reiten gelernt. Reißen und Kicken waren die sogenannten Hilfen, um das Pferd zu beherrschen. Der Ton war militärisch, der Reitlehrer trug einen Schnurrbart. Reiter und Pferde wurden gleichermaßen angebrüllt.

Zu ihrem elften Geburtstag hatte Belle ein Pferd bekommen, aus dem Fankhauser'schen Schuldgefühl-Fonds, der auch für das Internat aufkam. Eine sanfte Stute namens Santana, ein Dressurpferd mit einem leichten Gangfehler, das Fankhauser billig bekommen hatte. Santana wurde ins Internat gebracht. In einem Transporter, von demselben traurig blickenden Chauffeur, der einen Monat zuvor Belle und ihre Mutter zum Internat gefahren hatte. Santana bekam eine große Box mit Auslauf, und Belle besuchte sie mehrmals täglich. Sobald sie ihre Schularbeiten gemacht und von einer Aufsichtslehrerin abgezeichnet bekommen hatte, lief sie in den Stall.

Im Stall war Jamie. Die Reitlehrerin kam aus Amerika. Aus dem Wilden Westen, den sich Belle so oft ausgemalt hatte. Sie war auf einer Ranch aufgewachsen, die ziemlich genau Belles und Susens kindlicher Zukunftsvision entsprach. Nur dass es da keine Indianer gab.

»Indianer?« Jamie runzelte die Stirn. »Wie meinst du das? So mit Feder im Haar?«

Belle nickte.

»Nicht wirklich.« Jamie schüttelte den Kopf.

Und Belle schrieb den Indianer ab. Manchmal wusste sie nicht, ob Jamie verstand, was sie sagte. Manchmal sprachen sie Englisch.

Alles wollte Belle wissen, doch Jamie redete nicht, wenn sie ritt. Sie ritt mit dem Herzen, und das brachte sie auch Belle bei. Kein Brüllen, kein Kicken, kein Zerren: Du reitest mit dem Herzen. Auf Englisch hatte sie das gesagt, und so klang es auch gar nicht komisch. Sondern irgendwie einleuchtend.

Jamie kam aus Montana, dem Staat, den Susen und Belle abgeschrieben hatten wegen der weißen Flecken auf der

Karte, dem kalten Winter. Sie trug das blonde Haar in einen Zopf geflochten auf dem Rücken, ihr Gesicht war wie aus braunem Holz geschnitzt. Aus ihren Bemerkungen schloss Belle, dass sie Ende zwanzig oder Anfang dreißig sein musste, aber sie sah älter aus.

Jeden Tag ritten sie zusammen, und Belle lernte, die Hände loszulassen und die Hacken nicht anzulegen, sie lernte, die Gangart mit dem Becken vorzugeben und über ihre Gedanken, ihre Konzentration mit dem Pferd verbunden zu sein. Meist redeten sie nur sehr wenig auf diesen Ausritten, konzentrierten sich ganz auf die Tiere, auf das Reiten, und manchmal hatte Belle vor lauter Anstrengung Kopfschmerzen, wenn sie wieder im Stall ankamen.

Erst wenn die Pferde versorgt waren, konnte sie Fragen stellen: »Jamie, wie viele Pferde hattest du in Amerika?«

»Wie heißt deine Ranch?«

»Wie sieht es da aus?«

Und vor allem: »Warum bist du von da weggegangen?«

Belle half im Stall mit, um in Jamies Nähe zu sein, und bald lachten die anderen Mädchen sie aus. »Du hast dich in die Reitlehrerin verliebt, gib's zu!«

Es gab keine Jungen im Internat. Die Mädchen verliebten sich ineinander oder in ihre Lehrerinnen, oder aber sie kletterten über die Hecke und schlichen sich ins Dorf hinunter, wo Jungen wohnten, oder ins Nachbardorf, wo es ein Jungeninternat gab. Natürlich hätten sie auch einfach die Straße entlanggehen können, aber wenn sie über die Hecke kletterten, zerkratzten sie sich dabei Arme und Beine, und das war ein ehrenvolles Abzeichen, ein Orden der Leidenschaft. Alles setzten sie aufs Spiel, um an Jungen ranzukommen, sogar ihr Leben oder wenigstens ihre Haut.

Belle versuchte nicht einmal, den Mädchen in ihrer Klasse zu erklären, was sie mit Jamie verband. Jamie war die Fortsetzung von Susen, Jamie war die Verkörperung ihres Lebensplans, der doch noch in Erfüllung gehen konnte, auch ohne Susen, ohne Indianer. Das waren nur kleinere Abweichungen, nichts wirklich Wesentliches.

Sie studierte die Bilder von Jamies Ranch in Montana, der Blue Mountain Ranch. Sie merkte sich die Namen ihrer Pferde. Und sie verstand auch bald, warum Jamie da weggegangen war: wegen eines Cowboys, der eine andere geheiratet hatte. Sein Foto war in Jamies Album, die Seite schlug sich ganz von selbst auf, so oft war sie angeschaut worden.

Im Album waren auch Bilder von Jamie beim Fassreiten, einer Disziplin, in der sie als Elfjährige bereits alle Pokale gewonnen hatte. »So alt wie du, Belle.« Ohne Sattel und Zügel, das war die Sensation, kein Reißen war nötig, nicht einmal ein leises Ziehen im empfindlichen Maul, um das Pferd eng um die Fässer zu lenken, nur Beine. Nicht Fersen, Beine. Und das Becken. Und der Fokus. »Fokus ist alles«, sagte Jamie.

Jamie war für die Lokalzeitung interviewt worden, damals als Elfjährige, für die Seite mit den »Horse News«, die vergilbt im Album klebte.

Wo sie so reiten gelernt habe?

»Weiß nicht.«

Wie sie das Pferd lenke, so ohne Zügel?

»Mit dem Herzen«, sagte die Kleine.

Und das war die Titelzeile des Artikels gewesen: »Reiten mit dem Herzen.«

## Stalljunge

»Willst du mal was wirklich Cooles sehen?«

Wednesday schaute auf. Vor ihr stand ein dünner Junge mit dunklem Haar, das wie ein Vorhang über sein Gesicht fiel.

»Wo denn, hier?« Wednesday saß auf einem Strohballen, ganz oben auf dem Heuboden der Scheune, unter dem Dach. Sie hatte ein Buch bei sich, eine Tafel Schokolade und ihre homöopathische Heuschnupfen-Medizin. Das Buch hatte sie von ihrer Mutter bekommen. *Der rote Seidenschal* von Federica de Cesco. »Zur Einstimmung«, hatte sie gesagt. Es kam aber, wie Wednesday feststellen musste, kein Pferdehof darin vor. Sondern ein unglückliches junges Mädchen, das irgendwo hinfahren musste, wo es gar nicht hinwollte. So weit konnte Wednesday sich mit der Hauptfigur ganz gut identifizieren.

»Ja, hier hinten!«

Der Junge zeigte hinter die Strohballen. Seine Augen glänzten, und Wednesday fragte sich, ob er getrunken hatte. So sah ihre Mutter aus, wenn sie das hatte, was sie eine »Prosecco-Vergiftung« nannte.

»Wer bist du überhaupt? Und was machst du hier?«

Der Junge schnaubte durch die Nase. »Ich bin Jonas, du Idiot, ich wohne hier.«

»Wieso?«

»Wieso? Bist du blöd oder was? Meine Eltern leben hier.«

»Belle ist deine Mutter?« Jetzt legte sie das Buch weg. Wednesday hatte sich gleich gewünscht, Belle wäre ihre Mutter. Das passierte ihr oft, eigentlich kämen die meisten Frauen, die sie kennenlernte, für diesen Job besser infrage als Susen. Angefangen bei der Kindergartentante über die Mütter ihrer Freundinnen, die Freundinnen ihres Vaters bis zu Heldinnen in Büchern und Fernsehfilmen. Sogar eine Comicfigur hatte sie sich einmal ausgesucht.

»Nicht Belle, du Blödmann. Jasmin ist meine Mutter, Manolo mein Vater.«

»Ich bin kein Mann«, sagte Wednesday streng. »Kannst mich aber gern ein Blödmädchen nennen, wenn du willst.«

Sie fragte absichtlich nicht nach. Wer denn Jasmin sei. Sie wusste jetzt schon, dass sie sie nicht mochte. Dass sie sie nicht als Mutter haben wollte.

Jonas trat gegen den nächsten Strohballen. Er trug schwere Schnürstiefel aus schwarzem Leder, die seine Füße clownhaft groß erscheinen ließen.

»Also, willst du es nun sehen oder nicht?«

»Ich weiß nicht. Ich warte hier auf Belle. Ich soll ihr helfen, die Pferde reinzuholen.«

»In den Stall?« Jonas ließ sich kurz ablenken. »Warum das denn?«

Wednesday zuckte mit den Schultern. Viel wichtiger war doch die Tatsache, dass sie Belles spezielles Vertrauen genoss. Das schien an dem Jungen glatt vorbeizugehen.

»Belle hat eine Reitstunde. Wir haben Zeit«, sagte er.

»Also gut, wenn du meinst.« Wednesday stand auf.

»Du darfst es aber niemandem sagen. Versprichst du das?«

Wednesday runzelte die Stirn. »Warum nicht?«, fragte sie misstrauisch.

»Weil ich es sage! Willst du es nun sehen oder nicht?«

»Was sehen?«

»Frag nicht so viel. Komm lieber mit.«

Irgendwie kam das Wednesday bekannt vor. Woher kannte sie diesen Dialog? Da fiel es ihr wieder ein: Lebenskundeunterricht, dritte Klasse.

»Vergiss es«, sagte sie. »Ich schrei sonst.« Und sie riss den Mund auf und stieß einen durchdringenden hohen Ton aus, der die Hunde im Hof irre machte. Sie fingen an, wild durcheinanderzubellen. Elvis, der Appenzeller, kam in den leeren Stall gerannt, baute sich unter der Treppe zum Heuboden auf und kläffte wütend zu ihnen hinauf.

»Still, sei still, verdammte Scheiße! Spinnst du? Du verdirbst doch alles!« Sie klappte den Mund wieder zu. Jonas rannte zur Leiter und schrie den Hund an. »Elvis, kusch!« Der Hund zog den Schwanz ein und setzte sich. Schaute aber weiter unverwandt zu ihnen hoch.

»Wenn du meinst, ich fass dein Ding an …«, stellte Wednesday klar.

»Mein Ding?«

»Dein Geschlechtsteil. Tu nicht so. Wir haben alles darüber gehört, im Lebenskundeunterricht!«

Jonas wich zurück. Er war feuerrot angelaufen. »Das stimmt doch überhaupt nicht!«, rief er. »Du spinnst ja! Warum sollte ich … Das ist so was von krass!«

»Sorry«, sagte sie, jetzt in ganz normalem Ton. »Ich dachte bloß … Es war genauso wie in dem Film, den sie uns gezeigt haben.«

»Du verstehst gar nichts! Und ich dachte schon, du bist anders!«

»Anders, wie …?« Wednesday rutschte etwas zur Seite,

machte Platz, ohne ihn direkt einzuladen, sich neben sie zu setzen, und er tat es auch nicht. Er blieb vor ihr stehen, verschränkte die Arme. Als wollte er sie prüfen.

»Weißt du, was ein Omega ist?«

»Das Gegenteil von einem Alpha«, sagte Wednesday. Plötzlich wollte sie nicht mehr, dass er sie in Ruhe ließ.

Er nickte. »Der letzte Buchstabe des griechischen Alphabets. Synonym für Loser.«

Synonym?, dachte Wednesday.

»Aber im Tierreich ... Was weißt du über Wölfe?«

»Über Wölfe? Nur das, was meine Mutter mir erzählt hat. Du weißt schon: *Der Wolf und die sieben Geißlein* und so.«

Jonas schnaubte. »Genau das meine ich! Es ist wirklich hoffnungslos.« Und er wandte sich zum Gehen.

»Nein, warte, bitte. War ein Witz.«

»War aber nicht lustig.«

»Sorry.«

Ihre Mutter sagte ja immer, sie hätte einen seltsamen Humor.

»Genau deswegen, genau wegen dieser Märchen haben Wölfe einen so schlechten Ruf. Total unbegründet. Das ist so was von unfair. Und jetzt sind sie vom Aussterben bedroht, und wenn es einer mal doch schafft und überlebt, darf ihn jeder über den Haufen schießen.«

»Ist ja krass! Und die Omegas?« Sie rutschte etwas zur Seite, ganz an den Rand des Strohballens. Als Jonas sich neben sie setzte, war sie irgendwie erleichtert.

»Genau. Die Omegas. Also, das ist so: Jedes Wolfsrudel hat einen Alpha-Rüden. Und das Weibchen, mit dem er sich paart, ist das Alpha-Weibchen. Wölfe sind monogam, wusstest du das? Nicht wie Menschen.«

Wednesday wusste nicht, was monogam hieß, aber sie ließ sich nichts anmerken.

»In der Wildnis setzen sich die anderen Wölfe ab und gründen ein neues Rudel. Damit es keinen Inzest gibt, verstehst du?«

Dieses Wort kannte sie. Auch aus dem Lebenskundeunterricht.

»Aber in Gefangenschaft bleiben die Rudel zusammen«, fuhr Jonas fort, »in einer Zwangsgemeinschaft, und deshalb haben sie eine Hierarchie: zuoberst der Alpha- und zuunterst der Omega-Wolf. Wie im Alphabet. Auf dem Omega hacken alle rum. Er darf erst dann fressen, wenn alle anderen satt sind. Er duckt sich und zieht den Schwanz ein.«

»Krass!«

Jonas wandte sich ihr zu. Er nickte. »Du sagst es. Vielleicht hab ich mich ja doch nicht in dir getäuscht!«

»Ich bin nicht dumm«, sagte Wednesday trotzig.

Jonas zuckte mit den Schultern. »Das nicht. Aber du bist ein Omega.« Und bevor sie entscheiden konnte, ob sie geschmeichelt oder beleidigt war, fügte er hinzu: »Ich auch. Ich bin auch ein Omega-Wolf.«

»Omegas sind die Besten«, sagte Wednesday aufs Geratewohl. Diesmal war es das Richtige. »Genau! Du hast es erfasst! Omegas sind die, die etwas Neues anfangen. Aber nur wenn sie frei sind.«

»Cool.«

»Du hast es erfasst«, wiederholte er. Dann hob er den Kopf. Er lauschte.

»Ist was?« Wednesday hörte nichts. Doch plötzlich krabbelte er los, auf allen vieren, wieselflink über den Heuboden zur Leiter am anderen Ende der Scheune. Wie eine riesige

Spinne, dachte Wednesday. Etwas an seinen Bewegungen machte ihr Angst. Doch sie stand auf und rannte ihm nach.

»Hey, warte auf mich!«

Jonas ließ sich von der Leiter baumeln und dann auf den Boden fallen. Dann krabbelte er zur Tür, in diesem unheimlichen Spinnengang.

Wednesday folgte ihm, so schnell sie konnte. »Warte doch!« Ihre Stimme klang wieder schrill.

Er richtete sich auf, schüttelte sich, steckte die Hände in die Hosentaschen. Rot leuchteten seine Ohren zwischen seinen halblangen Haarsträhnen hervor. »Schon gut, reg dich ab, Mann!« Er wartete, bis sie ihn eingeholt hatte.

»Ich bin kein Mann!«

Wednesday konnte es nicht lassen.

## Wahre Liebe

Antonin stand am Zaun und hämmerte. Eigentlich gab es da nichts zu hämmern. Den Zaun hatte er vergangene Woche repariert, er hielt sich einwandfrei. Als einziger Hof der Umgebung hatten sie keine Probleme mit den Wölfen gehabt. Was natürlich zu reden gab. Antonin hatte seine eigene Theorie zu den Wölfen. Er glaubte nicht an sie. Doch das würde er für sich behalten. Wie alles andere auch.

Er hämmerte Nägel ins verwitterte Holz und stellte sich vor, es sei der Kopf seines Arbeitgebers. Manolo Braun. Du Arschloch. Du hast sie nicht verdient, hämmerte er, gib sie frei, du Arschloch.

Fiel ihm wirklich kein besseres Schimpfwort ein?

Antonin liebte Belle. Belle liebte Manolo. Manolo liebte Jasmin, und Jasmin liebte den Quittenschnaps. Eine gottverdammte Seifenoper, dachte er.

Und: Sie könnte deine Mutter sein.

Zwanzig Jahre mindestens lagen zwischen ihnen, so alt war seine Mutter gewesen, als sie ihn bekommen hatte. Vielleicht würde er sie heute Abend anrufen. Um Rat fragen. Natürlich ohne Einzelheiten zu erzählen, seine Mutter sollte glauben, es handle sich um ein junges Mädchen, eine Reitschülerin vielleicht. Seine Mutter wollte schließlich Enkel haben. Das sagte sie bei jeder Gelegenheit. Außerdem mochte sie Belle nicht. Jedes Mal, wenn sie Antonin hier besuchte, grüßte sie sie kalt.

Vielleicht weiß sie es längst, dachte Antonin. Wissen Mütter nicht immer alles?

Als Kind hatte er geglaubt, sie könne zaubern, weil sie immer alles wusste – »Du hast wieder von der Kopfkissenschokolade genascht!«, oder: »Du sollst doch nicht allein Aufzug fahren!« –, obwohl sie ihn tagsüber nie sah. Erst sehr viel später wurde ihm klar, dass die Angestellten sie über sein Tun und Treiben auf dem Laufenden gehalten hatten.

»Was wird das, wenn's fertig ist?«

Antonin sah auf. Vor ihm stand Susen. Sie trug kniehohe rosa Cowboystiefel und einen Strohhut mit Türkisen am Band. Ihr Hemd stand ziemlich weit offen. Sie schaute ihn herausfordernd an. Antonin senkte den Blick auf die Nägel, die er in einem ungeordneten Knäuel ins Holz getrieben hatte, einen neben den anderen.

»Es ist wegen der Wölfe«, sagte er.

Susen nickte. Genau das hatte sie hören wollen. »Erzähl mir von den Wölfen.«

»Die Wahrheit?«

»Natürlich.«

Er setzte einen neuen Nagel an, trieb ihn mit zwei, drei gezielten Schlägen ins Holz.

»Ich glaube nicht an die Wölfe.«

»Aha. Und warum nicht?«

»Ich glaube einfach nicht an sie, das ist alles.«

»Bist du immer so gesprächig?« Susen stützte sich auf die obere Latte des Zauns und schwang sich hinauf. Der Zaun gab federnd nach. Sie saß jetzt direkt über ihm, mit baumelnden Beinen, die Spitzen ihrer Stiefel berührten beinahe seine Brust.

Er legte den Hammer weg und machte einen Schritt zur Seite. Seine Knie knackten. So jung war er auch nicht mehr. In wenigen Jahren wurde er dreißig.

»Dann erzähl mir eben was von dir.«

»Was willst du wissen?« Er stützte sich mit den Ellbogen auf den Zaun, schaute an ihr vorbei.

»Bist du immer schon geritten? Bist du mit Pferden aufgewachsen? So was in der Art.«

»Und warum willst du das wissen?«

Susen seufzte. »Herrgott, nun zier dich nicht so. Komm schon, bist du mit Steigbügeln an den Füßen zur Welt gekommen?«

Antonin lachte. »Nein, gar nicht. Ich bin in einem Hotel aufgewachsen.«

»In einem Hotel? Interessant. Du weißt ja, was man über Menschen sagt, die im Hotel aufwachsen.«

»Nein, was denn?«

»Dass sie sich immer beobachtet fühlen. Selbst wenn sie allein sind. Dass sie immer repräsentieren.«

»Hmm.«

Sie trat ihn spielerisch in die Seite. »Nun komm schon! Beiß dir nicht die Zunge ab!«

»Na gut, es stimmt. Als Kind musste ich immer am Angestelltentisch essen, den Gästen zugewandt. Manchmal setzte meine Mutter sich kurz zu mir, manchmal fuhr sie mir im Vorübergehen durchs Haar, und immer ermahnte sie mich, mich zu benehmen, anständig zu essen, höflich zu sein, zu lächeln, zu lächeln, zu lächeln. ›Es schaut dir immer jemand zu‹, das sagte sie genau so, zu jeder Zeit, in jedem Augenblick, also lass dich nicht gehen. Abends trug ich einen kleinen Anzug, eine Fliege an einem Gummiband, das ich mit dem Finger schnappen ließ, um die Gäste zum Lachen zu bringen. Das ließ sie mir durchgehen.«

»Deine Mutter, hmm. Und dein Vater?«

»Geschieden.«

Antonins Eltern hatten das Hotel im Übermut der Zurück-aufs-Land-Bewegung der Achtzigerjahre gekauft und vor dem Verfall gerettet. Doch sie hatten die Arbeit unterschätzt, den finanziellen Aufwand. Antonin hatte seinen Vater, der im Hintergrund die Geschäfte führte, kaum zu Gesicht bekommen. Als er schließlich auszog, merkte er es nicht einmal.

»Und wie heißt das Hotel? Vielleicht kenn ich es ja.«

»Hotel Alpenglühn.«

»Das Alpenglühn? Machst du Witze? Da geh ich doch jeden Winter hin! Das ist ja irre!«

Sie sah ihn mit neuem Interesse an. Das Hotel Alpenglühn hatte sich unter der Leitung von Rosina Kummer von einem heruntergekommenen Kurhotel zu einem internationalen kulturellen Treffpunkt gewandelt. Sie lud Musiker und

Dichter, Filmemacher, Schauspieler und Maler ein, im Hotel zu wohnen, solange sie wollten, wenn sie regelmäßig abends zur Unterhaltung beitrugen. *Sing for your dinner*. Rosina überließ es den Künstlern, wann sie was vortragen wollten. Deshalb gab es kein offizielles Programm. An manchen Abenden war kaum etwas los, an anderen schrien sich große Philosophen zum Klang von Cello-Improvisationen an, zogen sich Filmstars in der Bar aus, räkelte sich ein Franzose auf dem Billardtisch und sang anzügliche Lieder.

»Dann ist Rosina Kummer also deine Mutter? Unglaublich!«

Die Wirtin war nicht älter als sie. Das gab Susen einen Augenblick lang zu denken. Sie war auf Rosinas Freundschaft angewiesen, wenn sie weiterhin zur Hauptsaison ihr Lieblingszimmer haben wollte.

»Sie hat mir nie von dir erzählt.«

»Na ja, sie hat wohl gehofft, ich würde das Hotel übernehmen ...«

Das wäre doch eine Geschichte, dachte Susen. Besser als die Wölfe. Der kleine Prinz aus dem berühmten Hotel, jetzt ein Cowboy in der Verbannung.

Recherchen vor Ort, dachte sie weiter. Eine Woche im Alpenglühn, auf Spesen.

Seit ihrer Ehe mit Sabatier fuhr Susen jeden Winter einmal hin. Das Hotel Alpenglühn kam dem Dachzimmer von Unika Bell noch am nächsten. Hier fand sie etwas, das sie beim Trinken des ungewohnten Rauchtees geahnt, etwas, das sie lange vergeblich gesucht hatte: eine größere Welt.

Manchmal, wenn sie an die Nachmittage in Unika Bells Dachzimmer zurückdachte, wurde sie ärgerlich. Irgendwie waren die Versprechen dieser verträumten Stunden nie eingelöst worden. Die Ahnung, dass es noch mehr geben musste als die von klaren Regeln begrenzte Gesellschaft in Hemlikon. Dass da draußen eine große, wilde Welt wogte. Eine Welt, die Susen seither gesucht und nicht gefunden hatte – nicht in der Zürcher Jugendbewegung, nicht in den besetzten Häusern, nicht in der Musikszene, nicht unter Journalisten und Verlegern, nicht in Zürich und nicht in New York. Am ehesten noch fand sie sie in den Januarwochen im Hotel Alpenglühn, wo sich Künstler und Intellektuelle von der erzwungenen Biederkeit der Familienfeierlichkeiten an Weihnachten erholten.

Sie schaute auf. Antonin hatte sich hämmernd von ihr wegbewegt, den Zaun entlang, ohne dass sie es gemerkt hatte. Sie rutschte ihm auf der Zaunlatte nach. Spürte, wie ihre Jeans an etwas hängen blieb, riss sich los.

»Hey!«, rief sie. Er schaute zu ihr hinüber, als hätte er ihre Anwesenheit vollkommen vergessen.

Doch jetzt war nicht der Moment, beleidigt zu schmollen. Es war ihr etwas eingefallen.

»Sag mal, dann kennst du doch Unika Bell?« Die Schauspielerin war immer wieder im Alpenglühn abgestiegen, aber Susen hatte sie jedes Mal gerade verpasst. Rosina Kummer war nicht dazu zu bewegen, Unikas Aufenthalt anzukündigen.

»Was meinst du denn, wie ich ausgerechnet hier gelandet bin?«

Susen blieb der Mund offen stehen. »Unika Bell hat dich hierhergebracht? Echt?« Das wurde ja immer besser. Sie musste gleich Bauer anrufen. Der würde vielleicht staunen.

»Kannst den Mund ruhig wieder zumachen«, sagte der Cowboy grinsend, und dann streckte er die Hand aus, legte einen Finger an ihr Kinn und schob es sanft hoch. Sein Finger war warm und rau.

*Yes*, dachte Susen.

Sie musste einen Moment lang die Augen geschlossen haben. Als sie sie wieder öffnete, sah sie Wednesday aus der Scheune kommen. Wie ein junges Hündchen rannte sie hinter einem schlaksigen Jüngling her, der gekrümmt wie ein Fragezeichen über den Hof schlurfte.

»Hey, kommt mal kurz her!«, rief Antonin, und als sie nicht auf ihn hörten, pfiff er durch zwei Finger.

Susen hatte es immer gefallen, wenn Männer pfeifen konnten. Sie lächelte.

»Huhu!«, schrie sie und schwenkte ihren Hut. Noch auf die Entfernung konnte sie sehen, wie ihre Tochter die Augen verdrehte.

»Ich möchte bloß wissen, was die in der Scheune gemacht haben«, murmelte Antonin.

»Ich rede mal mit ihnen«, sagte Susen. Der Moment war vorüber. Außerdem wollte sie Bauer anrufen.

## Große Welt

Wenige Tage nach der Sache im Wald hatten die Sommerferien begonnen, und Susen war mit Fabiennes Familie weggefahren. Die Bolligers besaßen eine Villa an der Cote d'Azur. Bei ihrer Rückkehr, zwei Wochen später, hatte sie das Erlebnis schon beinahe vergessen. Sie hatte an Belles Tür geklingelt, als ob nichts gewesen wäre. Frau Czerny, die Haushälterin der Fankhausers, öffnete die Tür. Susen hätte sie fast nicht erkannt. Sie trug die schwarzen Haare offen und sah beinahe schön aus.

»Es ist niemand hier«, sagte sie. »Alle weg. Mädchen weg, Mutter weg, ich weg. Ich packe gerade.«

»Weg, wohin denn? Wieso?«

»Hab ich nicht gesagt, Sie sollen nicht aufmachen?«, rief eine Männerstimme von innen. Direktor Fankhauser, dachte Susen, der unsichtbare Vater. »Ich will niemanden sehen!«

»Ich wollte nur Belle besuchen!«, rief Susen, doch Frau Czerny schloss die Tür, und Susen war froh darüber. So musste sie nichts erklären, musste sich an nichts erinnern.

Als die Schule wieder begann, hielt sie sich an Fabienne. Das Mädchen hatte sich schon lange um ihre Freundschaft bemüht. Weil sie ab und zu von einem Chauffeur abgeholt wurde, lachten die anderen Kinder sie aus. »Bonzengoof!«, riefen sie. »Möchtegern!«

Doch Susen gefiel das. Fabienne war anders. Sie lebte in einer ganz anderen Welt als der, in der Susen aufwuchs.

Fabiennes Mutter Marianne stammte aus Frankreich und hatte früher als Fotomodel gearbeitet, ihr Vater, Max Bolliger, ein Skandalanwalt, war der reichste Mann im Dorf. Er hatte mehr Geld als Doktor Fankhauser, dessen Zuckerwerke bald stillgelegt wurden. Mehr noch, die Bolligers stellten, im Gegensatz zu den anderen alteingesessenen, wohlhabenden Familien im Villenviertel von Hemlikon, ihren Reichtum beinahe trotzig zur Schau. Ihr Anwesen, ein moderner Glasbau, dessen Scheiben bei schönem Wetter die ganze Umgebung blendeten, galt bei der Dorfbevölkerung als protzig. Geld zu haben war eine Sache, es vorzuführen eine andere.

Doch genau das gefiel Susen: dass die Bolligers sich nicht um die Meinung der anderen scherten. Sie war mit dem Mantra »Was sollen die Leute denken?!« aufgewachsen und interpretierte dieses ungenierte Angeben als eine Art von Auflehnung gegen die herrschende Ordnung. Ganz abgesehen davon, dass ihr der Luxus gefiel.

Susen wusste früh, dass sie Geld liebte. Beziehungsweise das, was man mit Geld kaufen konnte. Ganze Hefte klebte sie mit Bildern von Luxusgütern voll, die sie aus Illustrierten ausschnitt. Kleider, Schuhe, Tiere, Häuser. Wenn sie erst einmal alles hätte, brauchte sie nichts mehr. Dann wäre sie glücklich.

Fabienne hatte im Keller des Hauses eine kleine Wohnung mit Bad, Küche und Fernsehzimmer für sich allein. Da störte sie nur selten jemand. Sie saßen auf dem Fußboden und versuchten zu rauchen. Zigaretten, die Fabiennes Mutter mit Absicht herumliegen ließ. »Wer raucht, isst nicht.« Systematisch zogen sie den Rauch in die Lungen, husteten, versuchten es noch einmal, bis sie es konnten. Sie hörten Musik, sahen fern und stellten sich ihre Zukunft vor. Ein Pferdehof kam darin nicht mehr vor, dafür Jungen wie David Cassidy aus der *Partridge Family* oder Leif Garrett. Und sie lasen sich gegenseitig die Ratschläge des guten »Dr. Sommer« aus *Bravo* vor.

Sie warteten ungeduldig darauf, dass ihre Periode einsetzte, dass ihre Brüste wuchsen, allerdings aus unterschiedlichen Gründen. Susen, weil sie dringend erwachsen werden, Hemlikon verlassen, die Welt erobern wollte. Fabienne hoffte, dass mit der Pubertät das verschwinden würde, was ihre Mutter Babyspeck nannte. Seit sie fünf Jahre alt war, musste sie Diät halten. Und ihre Mutter unterstützte die

Freundschaft mit Susen auch nur, weil Susen dünn war. Dabei war das Veranlagung. Susen konnte ihr Gewicht überhaupt nur durch ständiges Naschen halten – und führte Fabienne immer wieder mit Süßigkeiten in Versuchung. Davon merkte Marianne Bolliger allerdings nichts. Sie verbrachte zu wenig Zeit mit den Mädchen.

Hin und wieder kam jedoch Fabiennes Mutter mit Alben voller Modeaufnahmen in den Keller, um sie den Mädchen zu zeigen. Ihre Stimme klang dann anders, sie roch anders. Sie weinte sogar. »Sie ist wieder mal betrunken«, sagte Fabienne dann voller Verachtung. Susen hätte das nicht gemerkt. Sie hatte noch viel zu lernen. Die Modeaufnahmen gefielen ihr, Marianne Bolliger langgliedrig, hohläugig, tragisch, war darauf eine ganz andere Frau, als die, die hager und fahrig vor ihnen saß.

Wenn Fabiennes Eltern eine Party gaben, wurde Susen weggeschickt: »Du musst hinten rausgehen, wir haben Gäste.« Doch manchmal versteckten sich die Mädchen im Treppenhaus und schauten zu. Sahen, wie die Männer laut wurden und die Frauen zu küssen versuchten, die nicht die ihren waren. Einmal hatten sie Fabiennes Mutter auf der Treppe zum Weinkeller gesehen, den seidenen Rock bis zur Taille hochgeschoben, ein weißes Bein um einen Anzug geschlungen, in dem nicht ihr Mann steckte.

Nach der sechsten Klasse öffnete sich den Mädchen ein Fluchtweg aus der dörflichen Enge: das Gymnasium in der Stadt. Fabienne ging selbstverständlich hin, und so meldete sich Susen trotz ihrer mittelmäßigen Noten auch zur Aufnahmeprüfung an. Dass sie die Prüfung bestand, erstaunte Susen selbst am meisten. Von da an fuhr sie jeden Tag mit dem Bus und der Straßenbahn nach Zürich und stapfte zusammen mit einer Horde von Vorortgymnasiasten zur Schule hinauf, die auf einem Hügel lag und wie eine graue uneinnehmbare Festung auf die Stadt hinunterblickte. Wenn sie auf das Gebäude zuging, schnürte sich Susens Kehle zu, mit jedem Schritt wurde sie mutloser, sie, die sich noch nie gefürchtet hatte. Nicht einmal im Wald.

Alles war neu, alles war fremd. Sie verstand nicht, was die Lehrer von ihr wollten, und sie fühlte sich den anderen Mädchen unterlegen. Sie waren alle so viel weltgewandter, schienen so viel älter zu sein als sie. Sie schminkten sich, sie rauchten auf dem Pausenplatz, ohne zu husten, eher gelangweilt, als hätten sie nie etwas anderes gemacht. Und: Sie hatten Brüste. Eine Tatsache, die besonders deshalb wichtig war, weil ihr Jahrgang erstmals gemischt geführt wurde und so die Mädchen nicht nur von den Jungen in ihrer Klasse, sondern von allen Schülern in Augenschein genommen wurden. Das heißt, die Mädchen, die Brüste hatten.

Susen war es nicht gewohnt, nicht beachtet zu werden. In Hemlikon hatte sie den Ton angegeben. Die Rolle der Nachahmerin war ihr fremd. Jetzt, da sie endlich den ersten Schritt ins Erwachsenenalter machen konnte, spielte ihr Körper nicht mit: Er blieb der eines Kindes. Da half es nichts, dass Susen sich in jeder Pause mit Süßigkeiten vollstopfte. Gezwungenermaßen hielt sie sich erst einmal an Fabienne, die sofort Anschluss an andere reiche Mädchen aus diversen Seeufergemeinden gefunden hatte. Sie bewegten sich in denselben Kreisen, verbrachten die Sommer an der Cote d'Azur, die Winter in Davos. Gemeinsam meldeten sie sich zum Tanzkurs an, ein Ritual, das Susen sich eigentlich nicht leisten konnte. Sie musste ihre Mutter belügen, um einmal die Woche in einem Kellerlokal an der Wand zu stehen. Auch hier kamen Mädchen ohne Brüste zuletzt dran. Immerhin wurde sie ein paar Mal vom Tanzlehrer dramatisch durch den Saal gewirbelt und als Naturtalent gelobt. Und beim Tanzstundenball, zu dem die Bolligers sie eingeladen hatten und sie ein abgelegtes Kleid von Marianne trug, das gerade wieder Mode war, wurde sie zum ersten Mal geküsst. Sie konnte nicht behaupten, dass es ihr gefallen hätte. Mit beinahe wissenschaftlichem Interesse prüfte sie die Erfahrung und schob sie dann beiseite. Uninteressant. Doch sie blieb noch ein paar Jahre an dieser Clique hängen, ganz einfach, weil sie keine andere hatte.

Sie passte sich an, kaufte sich teure Krokodilhemden, glänzende Collegeschuhe, goldene Ohrstecker. Sie küsste noch ein paar Jungen mit glatten Haaren, die ihnen in die Stirn fielen, sodass sie ständig den Kopf zurückwarfen wie junge Pferde, während sie Susen erzählten, was sie im Leben alles erreichen wollten.

»Du bist wild«, sagten sie. »Du bist anders. Oh, Susen!«

Susen wollte nicht anders sein. Sie wollte dazugehören. Zur großen weiten Welt. Doch das war sie nicht. Sie war klein und eng und eigentlich unerträglich.

Das Gymnasium wurde mit jedem Jahr schwieriger. Susen war so mit ihrem sozialen Aufstieg beschäftigt, dass sie jede Kontrolle über ihre Schularbeiten verlor. Immer öfter schwänzte sie die Schule. Nicht vorsätzlich. Manchmal, wenn das Gebäude in ihrem Blickfeld auftauchte, kehrte sie einfach um, ging gegen den Gymnasiastenstrom zur Straßenbahnhaltestelle zurück und fuhr stattdessen zum Zoo. Dort verbrachte sie eine Stunde oder zwei im Affenhaus, beobachtete das Getue der Menschenaffen, verglich es mit dem ihrer

Lehrer, ihrer Mitschüler, der Jungen in ihrer Clique und beschrieb es in tiefsinnigen Gedichten.

Fabienne lernte, den Finger in den Hals zu stecken, nahm fünf Kilo ab und wurde von ihrer Mutter umarmt. Die beiden Mädchen rutschten mehr und mehr an den Rand ihrer Clique. Und noch näher zusammen.

Mit fünfzehn, sechzehn waren sie schon wieder fast ihre einzige Gesellschaft. Sie schrieben Gedichte, sie rauchten Joints, aßen den Kühlschrank leer, Fabienne steckte den Finger in den Hals, Susen schnappte sich eine Flasche aus der hintersten Reihe der Hausbar. Sie saßen auf dem Fußboden vor Fabiennes Bett und redeten. Darüber, wie beschissen alles war. Wie sie die Zwänge nicht länger ertrugen: zur Schule zu gehen, gute Noten zu haben, dünn zu sein, die richtige Jeans zu tragen, die richtigen Freunde zu haben. Susen tendierte mehr und mehr zu sogenannten Freaks, die von Fabiennes Clique nicht akzeptiert wurden, und nannte Fabiennes Freunde bald »Bonzen«. Ein Unbehagen wuchs zwischen ihnen, das sie so lange wie möglich ignorierten. Beide hatten keine andere Freundin.

Schließlich war es der Opernhauskrawall, der kurz vor den Abschlussprüfungen ihre Beziehung beendete. Und Susens Schulkarriere. Ein Ereignis, das sich nicht ignorieren ließ. Keine der beiden war dabei gewesen. Sie hatten in Fabiennes Zimmer gesessen und sich mit konzentriertem Ernst eine Schachtel Abführschokolade geteilt, die Fabiennes Mutter gekauft hatte. Während in Zürich die Gummigeschosse flogen. Am nächsten Tag summte die ganze Schule vor Aufregung, teilte sich in zwei Lager. Dafür oder dagegen. Die Meinung der Clique war eindeutig. Fabienne stellte sich auf die eine Seite, Susen auf die andere.

Ihre Entscheidung war weniger politisch motiviert als von dem dringenden Bedürfnis, irgendwo dazuzugehören. Es passierte etwas, jetzt, hier. Etwas von Bedeutung. Und sie war dabei. Innerhalb einer Woche hatte sie ihre Collegeschuhe gegen Doc Martens getauscht, ihre Haare halbseitig abrasiert und war in der Szene untergetaucht.

In der Jugendbewegung fühlte sich Susen eine Weile lang zu Hause. Aufgehoben. Sie verbrachte noch mehr Zeit im Zoo und brach schließlich die Schule ganz ab. Noch vor ihrem achtzehnten Geburtstag lief sie von zu Hause weg, wohnte eine Zeit lang in einem besetzten Haus, spielte in einer Band. Sie klaute Wodkaflaschen und ganze Lachsseiten im Supermarkt, provokativ unter die offene Lederjacke geschoben. Auf einer Demonstration wurde sie fotografiert, ihr Bild erschien in einer Zeitung, schwarze Haare, schwarze Lippen, der Mund weit aufgerissen, die Zunge lang herausgestreckt. Noch heute hatte Susen das Bild aufgehängt, in einem silbernen Rahmen, gleich neben der Tür. Damit alle sehen konnten: Susen war dabei gewesen. Mittendrin.

Je älter sie wurde, je länger diese Ereignisse zurücklagen, desto mehr Prestige erwuchs ihr aus diesem Bild.

Doch das Gefühl dazuzugehören, angekommen zu sein, hielt nicht an. Die Abende an verschiedenen WG-Tischen liefen immer gleich ab. Immer wurde mit denselben Heldentaten geprahlt, jeder Satz begann mit: »Damals, als wir …« Immer öfter langweilte Susen sich. Konnte das schon alles sein? Sie trank eine Weile lang tapfer dagegen an, bis sie sich in einem nüchternen Moment eingestehen musste, dass die Jugendbewegung als Szene funktionierte wie jede andere auch. Dass sie klaren Regeln unterworfen war – wer nicht den richtigen Jargon sprach, nicht die richtigen Klamotten trug, gehörte nicht dazu. Politik hin oder her, es war nicht anders als bei den Bonzenkindern, mit denen Fabienne verkehrte. Es musste doch noch etwas anderes geben. Nur was?

Sie wusste nicht genau, was es war: ein geistiges Zuhause, eine Familie, die sie sich ausgesucht hatte, die Antwort auf alle Fragen.

Kunst, dachte sie irgendwie folgerichtig. Sie versuchte sich in verschiedenen Sparten, wurde an der Schauspielakademie abgelehnt, stattdessen für Fotoaufnahmen gebucht, besuchte dann den Vorkurs der Kunstgewerbeschule, und noch bevor sie sich zwischen bildender Kunst und Textildesign entscheiden musste, zog sie nach New York. Ihr damaliger Freund hatte einen Atelieraufenthalt gewonnen, sie kam einfach mit. In New York traf sie lauter Schweizer Künstler, die dasselbe dachten wie sie, nämlich dass es hier zu finden sein müsse, was Zürich nur versprach und nie einlöste. Doch, doch – hier ist es, das Leben, versicherten sie sich immer wieder gegenseitig, hier, in den Straßen und Bars, pulsierend, elektrisierend, *if you can make it here …*

In den ersten Monaten nach ihrer Ankunft erlebte Susen wieder diesen Honeymoon-Moment, in dem sie glaubte: jetzt. Jetzt bin ich angekommen. Jetzt ist es gut.

Dann saß sie eines Tages in der U-Bahn und schaute sich um. Leute, die von der Arbeit kamen. Eine Frau mit Einkaufstüten. Jugendliche, die sich gegenseitig schubsten. Eine ältere Frau, die mit zurückgelegtem Kopf schlief.

War das der Club der Eingeweihten? Die exklusive Gruppe derer, die es geschafft hatten? Die keine Zweifel mehr hatten und zu denen Susen so verzweifelt gehören wollte? Konnte es das sein?

Und wenn nicht?

Wo, verdammt noch mal, war sie denn nun, die große weite Welt, wenn nicht hier?

## Gefangener

Manolo sah aus dem Fenster. Sah Susen über den Hof gehen, Antonin am Zaun hämmern.

Wie lange will der da noch rumhämmern?, dachte er. Und er kannte auch die Antwort. Bis Belle von ihrem Ausritt zurückkommt. Damit er gleich zur Stelle ist. Um ihr das Pferd abzunehmen, vielleicht aus den Stiefeln zu helfen. Ihr schöne Augen zu machen. Sie anzuschmachten.

Und dafür wird er auch noch bezahlt.

Manolo stand auf, streckte die Arme zur Decke. Wenn er sich darauf konzentrierte, war da ein Schmerz in den Achselhöhlen. Als seien seine Arme zu kurz.

Vielleicht ein Herzinfarkt. Wundern würde es ihn ja nicht. Er könnte um Hilfe rufen. Jasmin wäre blitzschnell bei ihm. Er sah schon den Krankenwagen vorfahren. Aber wer würde ihm glauben? Herzinfarkt – das bekamen doch heute eher Frauen. Frauen im mittleren Alter, erfolgreiche Frauen, gleichberechtigt auch in den Krankheitsbildern. Stress. Burn-out-Syndrom. Herzinfarkt. Symptome, die den früheren Hausfrauen erspart geblieben waren.

Alles nehmen sie uns weg, dachte Manolo. Er hätte größte Lust, ein Pamphlet gegen den Feminismus zu schreiben, aber auch das stand offenbar nur Frauen zu. Er ließ die Arme hängen. Vermutlich kam der Schmerz daher, dass seit Jahren an ihm gerissen wurde, auf der einen Seite Belle, auf der anderen Jasmin. Wobei Belle eigentlich gar nicht so sehr an ihm zerrte, wie er sich das wünschte.

Manchmal könnte man direkt meinen, er sei ihr egal. Er interessiere sie gar nicht. Nicht in dem Maße, wie sie die Huferkrankungen, Muskelspannungen und Neurosen ihrer Pferde interessierten.

Früher hatte er ab und zu gewiehert, um ihre Aufmerksamkeit zu erregen. Dann hatte sie gelacht, hatte ihn geküsst, hatte es aber auch immer irgendwie peinlich gefunden. Das hatte er ihr angesehen.

Dass er immer alles merken musste! Was für eine Belastung, so aufmerksam zu sein, so analytisch zu denken. Selig sind die geistig Armen, aber für ihn gab es keine Ruhe.

Ich bin einfach zu klug, um richtig glücklich sein zu können, dachte er. Setzte sich wieder hin, notierte den Gedanken. Stand wieder auf, schaute aus dem Fenster.

Susen ging zwischen Stall und Haus hin und her. Blieb alle paar Schritte stehen und kontrollierte den Empfang ihres Handys.

Und dabei hatten sie doch im Haus einen Festnetzanschluss.

Dummheit konnte Manolo nur schwer ertragen. Es gab so viel davon.

Die, dachte er, die mit ihrer Kolumne!

Er las sie regelmäßig und ärgerte sich auch regelmäßig darüber. Dass jemand wie Susen so ein Forum zur Verfügung hatte, Woche für Woche ihre unausgegorenen Gedanken ausbreiten konnte und damit gutes Geld verdiente. Vermutlich wurde sie sogar nach Zeichen bezahlt. Wie sonst waren die unzähligen Gedankenstriche, Klammern, Aus- und

Abschweifungen zu erklären? Sogar ihre Ähms und Hmms und Tüdeldüs wurden gedruckt und abgerechnet.

Was für eine Welt. In der ein Tüdeldü mehr Anerkennung bringt als ein brillanter Gedanke. Ein ganz neuer, nie gedachter Gedanke. Mutig, provozierend, von fast schmerzhafter Klarheit.

So wollte Manolo schreiben. Manchmal brauchte er einen ganzen Tag für einen Satz, er feilte, er polierte, er strich, verwarf – und litt.

Während andere wie Susen einfach drauflos tippten. Ohne zu denken.

Auf Manolos Schreibtisch stapelten sich die eleganten schwarzen Notizbücher von Moleskine, die Jasmin in der Stadt für ihn besorgte. Seit Jahren benutzte er nur diese. Was für Hemingway gut genug gewesen war …

Wenn er allerdings gehofft hatte, die Form würde sich irgendwie auf den Inhalt auswirken, hatte er sich getäuscht. Das Schreiben fiel ihm von Tag zu Tag schwerer. Vielleicht gerade weil er dem Notizbuch von Hemingway keine halb garen Gedanken zumuten wollte, keine schwammigen Sätze, holprigen Formulierungen.

Seit Monaten hatte er keine zündende Idee mehr gehabt. Seine letzte Veröffentlichung, *Das Potenzial der Sehnsucht – eine verlorene Generation sucht Trost in den Armen der neuen Religionen*, lag schon mehr als fünf Jahre zurück. Allerdings forderte sein Verlag nicht unbedingt ein neues Manuskript ein, von dem ersten waren nicht mehr als zweihundertachtzig Exemplare verkauft worden. Doch *publish or perish*, wer nicht veröffentlichte, konnte seinen Platz im akademischen Dschungel nicht behaupten. Manolo hatte schon lange keine feste Anstellung mehr an der Universität, und auch seine Arbeitsgruppen zu Randthemen hatten sich nach und nach aufgelöst.

In letzter Zeit war er oft versucht, bei einer Modelagentur vorzusprechen. Während seines Studiums in Amerika hatte er ein Zugeld als Fotomodel verdient, indem er seine makellosen Einzelteile vor die Kamera hielt. Damit hatte er nicht nur unverhältnismäßige Summen eingenommen – einmal das Handgelenk mit einer teuren Uhr dran vor einer Fernsehkamera gedreht und gewendet, brachte mehr ein als drei akademische Publikationen zusammen –, sondern er zog daraus auch Schlüsse über den Wert des Menschen als Ganzes und in seinen Teilen, die er Jahre später in seinen Vorlesungen verwenden würde.

Ganz zu schweigen von den regelmäßigen Flügen nach New York, der Atmosphäre in den Fotostudios, der konzentrierten Aufmerksamkeit und Zuwendung einer ganzen Mannschaft von Technikern, Assistenten und schönen Frauen.

Sollte er sich also bei einer Agentur bewerben?

Seinen Kopf hatte er schließlich noch nie hingehalten. Obwohl es damals an Angeboten nicht gefehlt hatte. Und mit der Zeit war er, das konnte er ganz objektiv sagen, nur noch attraktiver geworden. Kantiger, faltiger, interessanter.

Es wäre einen Versuch wert. Finanzielle Unabhängigkeit zu erringen. Doch was, wenn er abgelehnt würde? Er verwarf den Gedanken wieder. Zu unsicher und eigentlich unter seiner Würde.

Wer keine Arbeit hatte, der lebte von seiner Frau. Das sollte in der heutigen Zeit eigentlich kein Problem mehr darstellen. Und doch …

Gleichberechtigung gleich Entmännlichung?, überlegte Manolo, und obwohl der Gedanke nicht gerade originell war, notierte er ihn im obersten schwarzen Buch. Er hatte die Notizbücher nach Themenbereichen geordnet, eines war für Gedanken philosophischer Natur, das andere für religiöse Themen, ein drittes für Alltagsnotizen, um den Kopf zu leeren, sozusagen, bevor die wirkliche Arbeit begann.

*Wenn* die wirkliche Arbeit je begann.

Denn was Manolo eigentlich wollte, war, einen Roman schreiben. Eine Liebesgeschichte. Den Titel hatte er schon, aber mehr nicht. Es sollte ein Roman werden, der seiner würdig wäre. Ein Roman, wie er noch nie geschrieben worden war. Die reine Essenz der Liebe sollte die Seiten füllen und den Lesern – den Leserinnen noch viel mehr – beim Aufschlagen des Buches in die Nase steigen, sie überwältigen. Sie nicht mehr loslassen.

Wenn jemand über die Liebe Bescheid weiß, dachte Manolo, dann bin wohl ich es. Ich habe ihr mein Leben gewidmet. Mein Studium, meine Arbeit, alles dreht sich nur um sie. Die Liebe.

Doch welcher Liebesroman war noch nicht geschrieben worden?

Er hatte Jasmin in die Stadt geschickt. Sie war mit einem Stapel Neuerscheinungen zurückgekommen. Er hatte einen Roman nach dem anderen gelesen und in die Ecke geworfen. Schwachsinn. Schlecht geschrieben. Nicht konsequent zu Ende gedacht. Überhaupt nicht gedacht.

Seine Studenten hätten es besser machen können. Selbst die Dauerbekifften unter ihnen.

Doch statt ihn zu beruhigen, lähmte ihn diese Erkenntnis. Musste man vielleicht so schreiben, um veröffentlicht zu werden? Mehr noch, um gelesen zu werden?

Er hatte seinen Verleger angerufen.

»Ich weiß, dass du keine Belletristik veröffentlichst, aber was ich vorhabe, ist kein üblicher Roman, verstehst du? Sondern eigentlich eine philosophische Abhandlung in Romanform, die die Liebe ein für alle Mal erklärt, ein Jahrhundertwerk sozusagen, wenn ich das so sagen darf.«

Der Verleger hatte ohne ein weiteres Wort aufgelegt. Als Manolo später versuchte, ihn erneut zu erreichen, war die Leitung besetzt. Kurz darauf wurde die Nummer geändert.

Es half alles nichts. Manolo starrte auf seine Hände, die immer noch schmal und schön geformt waren, schlanke Finger mit perfekten ovalen Nägeln. Aber die Handrücken zeigten erste Altersflecke, und die Härchen auf den Fingergliedern wuchsen schon weiß nach. Manolo zupfte sie mit einer Pinzette aus. Die auf dem Kopf jedoch ließ er in Ruhe, in seinem Alter hegte ein Mann jedes Kopfhaar, das er hatte. Außerdem suggerierten die hellen Strähnen im dunklen Haar Weisheit oder wenigstens Erfahrung. Sie verliehen ihm eine Tiefe, die er als junger Mann nicht ausgestrahlt hatte. Die Bürde der Schönheit – auch darüber hatte er geschrieben. Dafür rasierte er sich jeden Tag die Brust. Im Herzen war er schließlich Indianer.

Ob er als Fotomodel noch Arbeit finden würde? Die Alten waren im Kommen, doch auch hier wurden Frauen bevorzugt. All die grauen Köpfe, die von Faltennetzen durchzogenen Gesichter, die altersfleckigen nackten Schultern, die für Shampoos und Körpercremes warben, gehörten Frauen. Als ob sich alte Männer nicht die Haare waschen, die Beine eincremen würden. Als ob sie nichts mehr kauften.

Vielleicht lebten sie alle von ihren Frauen. Vielleicht folgte Manolo in Wirklichkeit einem Trend.

Es klopfte an der Tür. Manolo seufzte.

Die Frauen bestimmen alles. Auf sein Leben traf das besonders zu.

»Ich bin's, Schatz, ich hab Kaffee gekocht.« Jasmin. »Kaffee? Und Kuchen. Darf ich reinkommen?«

Er zögerte. Dann öffnete er die Tür. Jasmin konnte ja nichts dafür.

»Hier, Lieber.« Sie stellte das Tablett auf seinen Schreibtisch, vorsichtig auf die Ecke, ohne seine Bücher zu berühren.

Sie hatte den Latte macchiato mit der neuen Maschine gemacht, perfekte braune und weiße Streifen in einem Glas, dazu auf einem Teller selbst gebackene Linzer Schnitten. Gerührt zog er sie an sich.

»Danke, Liebes.«

Sie atmete seinen Geruch ein. Dann machte sie sich los. »Hast du einen Augenblick Zeit?«

»Für dich doch immer.«

Das stimmte natürlich nicht ganz.

»Soll ich das Tablett auf den anderen Tisch stellen?«

Manolos Arbeitszimmer befand sich im Dachgeschoss des alten Bauernhauses. Er hatte es bei ihrem Einzug ausbauen lassen, so wie es damals Mode gewesen war, mit sichtbaren Balken, schrägen Fenstern, Teppichboden. Niedrige Bücherregale zogen sich an den Wänden entlang. Er hatte ein eigenes Bad mit einer Dusche und in der Ecke eine Couch, die sich zum Doppelbett ausziehen ließ. Wenn er wollte, konnte er hier wohnen. Und mehr und mehr tat er das auch.

Er nahm Jasmin das Tablett ab und stellte es auf den niedrigen Couchtisch, auf einen Stapel Fotobände. Sie setzten sich. Jasmin hatte nur einen Kaffee gemacht, weil sie ja nicht damit rechnen konnte, dass er Zeit für sie hatte. Wie rücksichtsvoll von ihr. Sie tranken abwechselnd aus dem einen Glas, er ließ sie von seinem Kuchen abbeißen. Küsste die Marmelade von ihrer Oberlippe.

Sie machte sich los. Zum zweiten Mal.

Jetzt kommt's, dachte Manolo.

Und richtig, Jasmin rückte von ihm ab und sagte: »Wir müssen miteinander reden.«

Jetzt macht sie Schluss, sie geht, sie hält es nicht mehr aus. Warum sollte sie auch.

»Natürlich. Worüber denn?«

»Über Jonas.«

Vor Erleichterung hätte er beinahe laut geseufzt. Aber er riss sich zusammen, ließ sich nichts anmerken. Dankbar nahm er ihre Hand. Er war wieder einmal davongekommen.

## Tränen

Susen hatte Bauer nicht erreichen können. Er rief auch nicht zurück. Schließlich gab sie es auf und machte sich auf die Suche nach einer Flasche Weißwein. Ob es auf einem Pferdehof so etwas gab? Wahrscheinlich in der Küche. Auf dem Weg dorthin kam ihr die Szene aus dem Film *Der Pferdeflüsterer* in den Sinn, in der sich Kristin Scott Thomas vom staubigen Boden der Viehkoppel aufrappelt und hoheitsvoll fragt: »*Is it cocktail hour yet?*«

Am Küchentisch saß eine Frau und weinte. Sie saß da, als ob sie an diesen Küchentisch gehörte. Vor sich eine Flasche mit einer klaren Flüssigkeit, ein Glas, einen Aschenbecher, in dem eine Zigarette qualmte. Lila Lippenstift am Filter.

»Wer sind Sie?«, fragte Susen scharf.

Die Frau schaute auf. Und Susen sah, dass sie jünger war, als sie zuerst gedacht hatte. Ihr praktischer Kurzhaarschnitt und der lange, blumenbestickte Kunststoffpullover über panzerharter Brust hatten sie älter wirken lassen. Solche Kleider trug Susens Mutter. Aber das Gesicht war voll und schön, mit dramatischen Mascara-Schlieren unter dunkelblauen Augen. Das dunkle Haar war in diesem weinroten Ton gefärbt, den Susen respektlos »Kassiererinnenrot« nannte, beinahe lila, und mit Gel zu frechen Spitzen gestylt.

Die Frau schniefte. »Und wer sind Sie?«

»Ich bin Susen. Belles Freundin.«

»Ach so, Belles Freundin!« Die Jüngere entspannte sich sichtlich. Aus dem Ärmel ihres Pullovers zog sie ein zusammengeknülltes Stofftaschentuch, das sie sorgfältig auseinanderfaltete und nach einer brauchbaren Stelle absuchte, bevor sie sich schnäuzte.

Susen wandte sich ab.

»Setz dich doch«, sagte die andere. Sie verstaute das Taschentuch wieder in ihrem Ärmel und streckte die Hand aus, die Susen etwas widerwillig ergriff.

Keime, Keime, dachte sie. Wertung, Wertung.

»Ich bin Jasmin«, sagte die andere. »Manolos Frau.« Und sie stand auf und nahm ein Glas aus dem Schrank. Noch bevor Belle reagieren konnte, hatte sie einen Quittenschnaps vor sich. »Selbst gemacht. Ex und hopp«, sagte Jasmin und schaute Susen herausfordernd an.

Du weißt nicht, wen du vor dir hast, dachte Susen und leerte das Glas in einem Zug. Sie schüttelte sich.

»Manolos Frau?«, fragte sie dann. »Ich dachte, Belle sei Manolos Frau?«

Jasmin legte den Kopf schief. »Wie gut kennst du Belle?«

»Seit der Schulzeit.«

»Hmm.« Jasmin schenkte nach. Diesmal leerten sie die Gläser gleichzeitig. »Komisch – sie hat nie von dir erzählt.«

Susen lächelte. Gegen ein kleines Gefecht am Küchentisch hatte sie noch nie etwas einzuwenden gehabt. Sie schenkte nach. »Von dir auch nicht. Prost.«

Dass sie Belle seit Jahren nicht mehr gesehen hatte, musste Jasmin ja nicht unbedingt wissen. Das letzte Mal beim Klassentreffen vor fünf Jahren im Restaurant Hirschen in Hemlikon. Alle waren gekommen. Sogar ihre Lehrerin hatten sie aufgetrieben. Frau Stauber war nicht viel älter als ihre Schülerinnen, mit dreiundzwanzig hatte sie die Klasse übernommen, ihre erste und letzte. Kurz nach der Hochzeit war sie schwanger geworden und hatte den Beruf an den Nagel gehängt. Der damals unüberwindbar scheinende Altersunterschied von zwölf, dreizehn Jahren war heute kaum mehr zu sehen. Frau Stauber hatte sich besser gehalten als manche ihrer Schülerinnen.

»Was wollt ihr«, sagte sie kokett, »als Drogen in waren, war ich gerade Hausfrau und Mutter. Als ich mich befreite, waren bereits die athletischen Achtzigerjahre angebrochen. Die einzigen Exzesse, die ich gefeiert habe, haben an der Nautilus-Maschine stattgefunden!« Gestählt und gepflegt saß sie am Ehrentisch, immer noch in der Mode jener Zeit gekleidet, die allerdings gerade wieder aktuell war, Schulterpolster, stachliges Haar, roter Lippenstift. Und neben ihr Belle.

Belle, die seit damals nicht mehr in Hemlikon gewesen war. Und doch erinnerten sich alle an sie. Und mehr noch an ihre berühmte Mutter, Gräfin Hubertine von der Felsenegg aus dem Fernsehen. Über Autogrammkarten hätte sich auch heute noch die halbe Klasse gefreut.

»Was ist eigentlich damals passiert?«, wollte die Lehrerin von Belle wissen. »Du warst plötzlich verschwunden. Wir haben uns Sorgen gemacht.«

»Ja, stimmt es, dass du drogensüchtig wurdest?«, mischte sich eine ehemalige Mitschülerin ein. »Man sieht's dir gar nicht an, echt.« Ihr Gesicht war breit, flach, beige, selbst die Lippen beige geschminkt. Wie ein Leichnam, dachte Susen. Sylvia stand auf dem Namensschild an ihrem Kragen, doch das sagte Susen nichts mehr.

Sylvia klärte Belle über die Geschichten auf, die damals kursiert waren: dass sie unheilbar krank in einem Sanatorium in den Bergen untergebracht war. Nur noch wenige Monate zu leben hatte. Dass sie von einem Unfall schrecklich entstellt war und in Amerika ein neues Gesicht bekommen hatte, das aber so fremd wirkte, dass sie sich nicht mehr unter die Leute traute. Manche Klassenkameraden behaupteten, sie hätten eine bleiche Fratze am Fenster gesehen, in der Villa Fankhauser oben am Waldrand. Eine verschleierte Gestalt auf dem Waldweg, in der Abenddämmerung.

»Niemand hat sich getraut zu fragen, dein Vater hat auch mit niemandem im Dorf mehr geredet.«

»Man hat sogar den Fastnachtsumzug umgeleitet, damit deine Familie nicht gestört wurde.«

»In einer so schweren Zeit.«

Neugierige Gesichter rund um den Tisch. Frau Stauber schickte sie weg.

Ob Belle wusste, dass Susen hinter einigen dieser Gerüchte gesteckt hatte?

Sicherheitshalber wich Susen ihr aus. Sie war gekommen, um sich selbst zu feiern. Susen war inzwischen die Berühmtheit ihrer Klasse, von Klassentreffen zu Klassentreffen hatte sie sich hochgehangelt, und jetzt hatte sie es geschafft. Der Name Susen Sabatier war bekannt, nicht nur wegen ihrer wöchentlichen Kolumne, sie trat oft im Fernsehen auf und äußerte ihre Meinung zu gesellschaftlichen Trends und Phänomenen. Sie tat das witzig und gewandt. Und wer einmal im Fernsehen aufgetreten ist, den vergisst man nicht, jedenfalls nicht in der Schweiz.

Die Mitschülerinnen scharten sich um Susen und wollten wissen, wie ihr Leben aussah, und sie erzählte es ihnen gern. Manches übertrieb sie ein bisschen, manches verschwieg sie. Zum Beispiel, dass ihre Kolumne nach kurzer Zeit schon beinahe wieder abgesetzt worden wäre. Weil die Leserinnen sie nicht als alleinerziehende Mutter akzeptierten. »Sie jammern zu wenig«, hatte ihr der damalige Chefredakteur vorgeworfen. Hatte sie denn einen Grund zum Jammern? Es ging ihr gut. Das gehörte sich offensichtlich nicht für eine Alleinerziehende: Sie hatte zu leiden. Sie war schließlich ein Opfer. Erst, als sie statt putziger Wednesday-Anekdoten Rapporte über kinderfreie Nächte schrieb, waren auch die Leserinnen (nicht dieselben, vermutete Susen) wieder glücklich.

Sie hatte Pressebilder mitgebracht, die sie herumzeigte. Erwähnte nebenbei, wo sie erschienen waren. Manche ihrer Mitschülerinnen hatten die Kolumne über ihre Ferien auf einer griechischen Insel gelesen, Susen und ihre süße Tochter in einem Traumhaus, das ihr von einem Fernsehproduzenten zur Verfügung gestellt worden war, der ihr noch dazu eine eigene Talkshow versprochen hatte. Daraus konnte allerdings nichts mehr werden, nachdem Susen ihm den jungen Griechen vorgezogen hatte, der den Swimming Pool reinigte – das allerdings behielt sie für sich.

So hatte sich das der Fernsehproduzent nicht vorgestellt, und Susens Aufenthalt wurde abgekürzt. Auf den Pressebildern nicht zu sehen waren die gepackten Koffer und der Poolmann, der zu Fuß in scin Dorf zurückging, wo er von seiner Mutter mit einer Ohrfeige begrüßt wurde. Nichts von all dem erzählte Susen an diesem Abend.

Manchmal blickte sie zum Ehrentisch hinüber, an dem Frau Stauber und Belle in ein inniges Gespräch vertieft waren – hatte Frau Stauber ihre Hand auf Belles Hand gelegt? Und warum störte das Susen? Es hatten sich doch alle anderen um sie geschart.

Plötzlich war es still in der Küche. Jasmin musste sie etwas gefragt haben. Erwartungsvoll schaute sie sie an. Susen riss sich zusammen.

»Sorry, wie war das?«

»Belle hat dir also nichts von mir erzählt?«, wiederholte Jasmin. »Dabei ist es wirklich kein Geheimnis. Wir leben eine offene Dreiecksbeziehung. Niemand hat ein Problem damit.«

»Ach was!« Das konnte Susen nicht glauben, die immer einen Mann für den anderen verlassen hatte. Bei der Vorstellung, sie wären alle zusammengeblieben, schauderte ihr. Andererseits – wenn das keine Geschichte für *Life.Style* war!

»Und wie hat das angefangen?«, fragte sie neugierig.

Jasmin setzte sich gerade hin. Reckte das Kinn. »Du wirst es nicht glauben, ich war Manolos Studentin. Ja, ich hab ihm bei der Arbeit an seinen Büchern geholfen, so fing es an. Klingt verrückt, nicht wahr? So jung, wie ich aussehe.«

Susen schnaubte. Diese Landpomeranze als Philosophiestudentin? Das klang tatsächlich verrückt. Doch sie zeigte sich großzügig und sagte: »Das ist ja exakt wie in einem Liebesroman.«

Der Gelehrte in der Bibliothek, die vor Ehrfurcht atemlose Studentin … Konnte wirklich jemand wie Jasmin in diesem Drama die Hauptrolle spielen? Oder wenigstens die zweite Besetzung? Während Susen allein durchs Leben ging?

## Susen sucht den Sinn des Lebens – bei einem Klassentreffen

Auf die Gefahr hin, die letzten Sympathien der leidenden Massen zu verspielen, gestehe ich hier: Ich war während meiner ganzen Schulzeit das Alpha-Mädchen. Ja, ich war eines dieser unmöglichen Kinder, die immer und überall beliebt sind, die in ihrer Klasse den Ton angeben und die es den anderen offenbar unmöglich machen, ihre Schulzeit zu genießen.

Das vermute ich nicht nur, das wurde mir auch schon gesagt.

Wann wurde mir das gesagt? Na, wann schon: beim Klassentreffen. Nach ein paar Flaschen Wein erfährt man die unglaublichsten Sachen. Nichts verjährt in einem Mädchenherz!

Auch nach dreißig Jahren nicht.

Eigentlich bin ich ja ohnehin nur hingegangen, um mit einem gewissen Eric da weiterzumachen, wo wir vor über dreißig Jahren aufgehört hatten. Nämlich bei: »Willst du mit mir gehen? Dann kreuze unten an: Ja/Nein.« Bevor er mir den Zettel auf demselben komplizierten Umweg über diverse Mitschülerinnen zurückgeben konnte, wie er bei ihm angelangt war, wurde allerdings sein Vater versetzt. Eric zog ins Ausland, und ich weiß bis heute nicht, wie seine Antwort gelautet hätte.

Ich gebe zu, dass mein Herz einen Hüpfer machte, als ich seinen Namen auf der Adressliste entdeckte. Auf dem Anmeldeformular hatte er immerhin schon mal »Ja« angekreuzt. »Ja, ich komme.«

Das lässt sich doch gut an, dachte ich und meldete mich ebenfalls an. Natürlich kleidete ich mich für den Anlass neu ein. Das war vielleicht nicht ganz angemessen. Vielleicht zu offensichtlich auf Verführung angelegt. Dazu ist noch zu sagen, dass ich gerade eine berufliche Schlappe erlitten hatte – auch das kommt vor, sogar bei mir – und etwas verunsichert war. Eine neu-alte Eroberung kam mir da gerade recht.

Ich stöckelte also zielsicher auf die Bar zu, als ich von meiner früheren Lehrerin abgefangen wurde.

Sie musterte mich von oben bis unten und sagte: »Susen, du hast dich nicht verändert. Kein bisschen.«

Irgendwie klang es nicht wie ein Kompliment. Bevor ich wusste, wie mir geschah, saß ich schon neben ihr am Ehrentisch.

»Dann erzähl uns doch mal aus deinem Leben. Wir haben dich im Fernsehen gesehen!«

Ich lehnte mich zurück, ich erzählte, übertrieb hier ein bisschen, ließ da was aus, ließ mir Prosecco nachschenken und hatte schon bald vergessen, warum ich überhaupt hier war. Die frittierten Eglifilets wurden aufgetragen, die Weinflaschen geöffnet, jemand zeigte eine Diashow mit herzzerreißend komischen Bildern aus dem Klassenlager. Hatten wir wirklich so ausgesehen? Da plötzlich wandte sich die Lehrerin wieder an mich: »Wie war das damals mit dem Kaninchenbrot?«

»Kaninchenbrot?« Ich stellte mich dumm, dabei wusste ich genau, worauf sie anspielte. Wir hatten eine Bergbäuerin besucht, die Brot im Holzofen buk und uns davon anbot. Einen kleinen Laib legte sie zum Abkühlen auf die Fensterbank – »den kriegen später die Kaninchen«.

Und genau den hatte ich der ewig hungrigen Fabienne untergejubelt, die ihn gierig verschlang und prompt dabei erwischt wurde. Die Bäuerin hatte sich aufgeführt, als hätte sie ihren Kindern das letzte Stück Brot vom Teller weggeschnappt.

»Ich hab schon damals gewusst, dass du dahintersteckst.«

Und dabei dachte ich, die Lehrerin hätte mich gern gehabt! Schon hakten die anderen schlecht gekleideten Damen mittleren Alters am Tisch nach, die in nichts meinen damaligen Mitschülerinnen glichen. Vom Alkohol und von der Lehrerin angefeuert, konfrontierten sie mich mit all meinen – offensichtlich nicht verjährten – Verbrechen. Ich hatte mich über Simonas Hüfthose lustig gemacht. Sandras neue Frisur mit der Bastelschere nachgestutzt. Lilianes Ruf ruiniert, indem ich überall herumerzählte, sie hätte auf dem Abschlussfest geweint, weil sie zum ersten Mal nur das zweitbeste Zeugnis der Klasse hatte – »dabei hatte mein Vater Krebs!«

Heute noch Tränen, nach dreißig Jahren, Tränen der Anklage.

Was soll ich sagen? Ich hatte keine Ahnung. Mir nichts dabei gedacht. Weder damals noch heute.

»Entschuldigt mich kurz«, sagte ich und begab mich zur Bar.

Er stand in der Ecke und rauchte. Ich erkannte ihn sofort.

»Also – Ja oder Nein?«

**(Susen, Susen, Susen! Was mach ich bloß mit dir! Ehrlichkeit ist schön und gut, aber musst du dich unseren Leserinnen unbedingt von deiner allerscheußlichsten Seite präsentieren? Weißt du IMMER NOCH NICHT, dass Kolumnen dazu da sind, Sympathien zu wecken? Du sollst den Massen aus dem HERZEN sprechen, Schätzchen, nicht sie beleidigen! Die Leserbriefe zu diesem Text – den wir ganz schnell löschen werden, bevor ihn noch jemand liest – mag ich mir gar nicht vorstellen. Du bringst selbst mich dazu, dass ich die Caps-lock-Taste niedergedrückt halte, während Szenen meiner eigenen erniedrigenden Schulzeit vor meinem gequälten inneren Auge vorbeiflattern.**

So, du hast also zu den ANDEREN gehört. Zu den Folterern. Den Kinderquälern. Warum wundert mich das NICHT, Susen?
Und noch was – überlegst du dir nie, dass die Mädchen, die heute deine Tochter Wednesday quälen, moderne kleine Ausgaben deiner selbst sind???
Geh bitte mal in dich. Und wenn du da was findest, melde dich wieder.
Rba.)

# Lange Liebe

Belle stand im Türrahmen. Sie zögerte. Die Küche war nie ihr Revier gewesen. Jonas nahm aus dem Kühlschrank gerade eine Zweiliterflasche Cola. Wednesday drängte sich wie ein junges Hündchen an seine Seite, so nahe, dass sie beinahe stolperten.

Am Küchentisch saß Susen mit Jasmin vor einer halb leeren Flasche Quittenschnaps und zwei Gläsern. Und Belle erinnerte sich an die Liste, die sie erstellt hatte, bevor sie Susen angerufen und sie auf die Ranch eingeladen hatte.

*Gründe, Susen einzuladen:*
Zu wenig Anmeldungen für das
Herbstlager
Hat Susen nicht eine Tochter?
Könnte eine Frau hier gebrauchen
Eine Freundin, meine ich
Wer außer Susen kann beurteilen,
ob ich es geschafft habe?
Vielleicht nimmt sie Manolos Stelle ein?
Vielleicht ist sie Tierärztin geworden?
Ich kann hier mit niemandem reden
Außer mit Manolo
Mit niemandem über Manolo reden
Das meine ich doch

***Gründe, Susen nicht einzuladen:***

Sie ist keine Freundin

Oder nur, solange kein attraktiver Mann in der Nähe ist

Oder irgendein Mann

Sie ist nicht Tierärztin geworden

Am Ende freundet sie sich noch mit Jasmin an

Am Ende schreibt sie eine Kolumne über mich und mein Leben

So war es immer gewesen mit Susen. Belle ärgerte sich in gleichem Maße über sie, wie sie sie liebte. Tag für Tag durchliefen sie alle möglichen Phasen ihrer Freundschaft, heute wie auch früher: auf dem Schulweg, in der großen Pause, beim Mittagessen, während der Freistunden am Nachmittag und dann während des obligaten Telefongesprächs am Abend, das immer so lange dauerte, bis Susens Mutter ihr das Telefon wegnahm.

»Worüber redet ihr nur so lange? Habt ihr nicht den ganzen Tag schon zusammengesteckt?«

Ihre Beziehung musste konstant diskutiert werden: Warum waren sie beste Freundinnen? Wie sah ihre Freundschaft aus? Was bedeutete sie? Und dann redeten sie über das, was sie schon gesagt hatten. Wie sie es gesagt und wie sie es gemeint hatten. Und warum. Und was das wiederum bedeutete.

Sie bestätigten einander immer wieder, dass sie die besten Freundinnen waren, und trotzdem hatte Susen noch andere Freundinnen. »Weniger wichtige«, versicherte sie Belle, »keine, mit der ich später zusammenleben will, und vor allem kann Fabienne ja gar nicht reiten.«

Als ob es nur das wäre. Dass sie reiten konnte. Manchmal hatte Susen keine Zeit für Belle, ging zu einer anderen nach

Hause, zu dieser Fabienne zum Beispiel, die einen Swimmingpool im Garten hatte, den einzigen im Dorf. An anderen Nachmittagen besuchte sie nach der Schule Belle, schlich sich dann aber gleich zu Unika hinauf auf den Dachboden und kam erst wieder herunter, wenn es Zeit zum Gehen war.

Das alles hatte Belle willig akzeptiert. In Mädchenfreundschaften war die Macht ungleich verteilt, darauf beruhten diese Freundschaften, und in ihrem Fall war es eben Susen, die am längeren Hebel saß.

Erst später hatte Belle erkannt, wie kompliziert das alles, überhaupt wie kompliziert das Geflecht der Beziehungen zwischen den Mädchen in der Klasse gewesen war. Wie viel Zeit sie in diese Beziehung gesteckt hatte. Zeit, Worte, Gedanken. »*High maintenance*«, hatte Susen gesagt und damit Manolo gemeint. Doch ihre Beziehung zu Manolo war vergleichsweise einfach. Sie wusste immer und zu jedem Zeitpunkt, was er von ihr wollte. Was er brauchte. Ob sie es ihm immer geben konnte, war eine andere Sache. Oder ob sie es gern gab. Leichten Herzens sozusagen. Manolo änderte nicht täglich die Regeln. Das machten nur Mädchen.

Belle war achtzehn gewesen, als sie Manolo kennenlernte. Sie hatte das Gymnasium gerade abgeschlossen und ihr erstes Pferd zugeritten. Die junge Stute war im Stall geboren worden, Belle war bei der Geburt dabei gewesen, sie hatte ihr den Namen gegeben: Blue. Nach der Blue Mountain Ranch, von der Jamie weggelaufen war. Jamie hatte gesagt: »Wenn sie so weit ist, darfst du sie zureiten.« Das hatte Monate in Anspruch genommen, gleichzeitig legte Belle ihre letzten Examen ab, doch sie hatte alles geschafft: die Formeln im Kopf zu behalten und Blues Vertrauen zu gewinnen. Sie war mehrere Male abgeworfen worden und wurde mit dem Arm in der Schlinge geprüft.

Kurz, Belle fühlte sich unbesiegbar, als sie die einzige Diskothek im Dorf betrat. Sie war mit einer Gruppe von Mädchen gekommen, aber sie hielt sich etwas abseits. Die anderen trugen Leggins und Miniröcke und zu Hahnenkämmen hochgekämmtes und gegeltes Haar, knallroten Lippenstift und kurze, schwarz lackierte Nägel.

Die Vorbereitungen hatten Stunden in Anspruch genommen, Stunden, während derer Belle auf der Couch im Aufenthaltsraum gelegen und gelesen hatte. Als sie sich schon fragte, ob die anderen sie versetzt hatten, ob sie zur Hintertür raus waren, ob sie vielleicht doch lieber schlafen gehen sollte, kamen sie in spitzen Schuhen die Treppe herunter. Belle legte das Buch weg und stand auf.

»Kommst du so?«

Sie zuckte mit den Schultern. Sie war ungeschminkt, das lange Haar offen, frisch gewaschen. Sie trug alte Jeans und ein einfaches langärmeliges T-Shirt, die Ärmel hatte sie bis zu den Schultern hochgerollt, der linke Oberarm war noch blutunterlaufen, schwarz, blau, lila schimmernd.

So betrat sie die Disko. Die Spiegelkugel zitterte, sie schaute sich um. Da stand er an der Bar. Er tanzte nicht. Er trank. Wie es aussah, schon seit einer Weile. Sie ging zu ihm hin wie zu einem kranken Pferd. Blieb eine Weile neben ihm stehen, damit er sich an ihren Geruch gewöhnen konnte, an ihre Anwesenheit. Dann streckte sie eine Hand aus – fast hätte sie sie ihm flach unter die Nase gehalten, im letzten Moment landete sie auf seiner Schulter. Er drehte sich um. Der schönste Mann, den sie je gesehen hatte.

Der ist es, wusste Belle. Das ist der Mann, den ich liebe.

Er sah traurig aus, der Mann, den sie liebte. Etwas Düsteres umgab ihn, was ihn aber nicht weniger attraktiv machte. Langes dunkles Haar, ein schmaler schwarzer Anzug, weißes Hemd, spitze Schuhe – und das in einem Meer von stonewashed Jeans und pastellfarbenen Polohemden.

Mein Mann, dachte Belle. Was ist mit ihm?

Sie würde es herausfinden. Sie fand es immer heraus, auch wenn sie es manchmal nicht in Worte fassen konnte, was mit einem Pferd war. Warum es bockte. Was es brauchte.

»Was trinkst du?«, fragte sie. Wie bei einem Pferd fing sie mit dem an, was sie vor sich sah: Er stand da, er trank. Da konnte man ansetzen.

»Cola-Rum.«

Sie nickte und bestellte noch zwei und blieb dann einfach neben ihm stehen. Wartete. Trank. Legte manchmal eine Hand auf seinen Rücken, prüfte die Muskelspannung, die langsam nachließ. Bald lehnte er sich ein wenig zurück, sie berührten einander beinahe.

Sie zog ihn auf die Tanzfläche, tanzte mit ihm, ihre Arme um seine Schultern, als wiegte sie ein Kind, ganz langsam bewegten sie sich hin und her, auf den Fußballen wippend, unter dem zuckenden Licht der Diskokugel, und dann begann er zu weinen. Sie gingen nach draußen, setzten sich auf das Mäuerchen und rauchten.

»Lass mich nicht allein«, sagte er.

»Habt ihr mir nichts übrig gelassen?«

Jasmin sprang auf und schmiegte sich an Belle. Auf eine Art, die Susen fast obszön vorkam. Überhaupt neigte Jasmin zu unmotiviertem Körperkontakt, etwas, das weder Susen noch Belle je gemocht hatten. Über Jasmins Kopf hinweg wechselten sie einen Blick. Beide verdrehten sie die Augen.

*Gründe, Susen zu mögen:*
Sie versteht mich

*Gründe, Susen nicht zu mögen:*
Sie sitzt mit Jasmin am Tisch
Eine leere Flasche Quittenschnaps vor sich
Sie kichern
Über mich?

Immer noch streichelte Jasmin über Belles Schultern und Arme, als brauche sie Trost. Belle machte sich los. Susen hatte schon ein Glas für sie gefüllt, Belle leerte es in einem Zug.

»Rutsch«, sagte Belle und setzte sich neben Susen auf die schmale Bank. Sie bildeten eine Front. Gegen Jasmin. Jasmin rückte ihren Stuhl in die Mitte der Tischbreite und schaute seelenvoll.

»Belle, du! Hast Susen ja gar nichts von mir erzählt!«

»Muss mir entfallen sein«, sagte Belle. »Sorry, du!«

»Wir reden gerade über die Wölfe«, sagte Susen. Bauer hatte sich nicht erweichen lassen. Entweder Unika Bell oder die Wölfe. Von anderen möglichen Storys wollte er nichts hören. »Das ist ja echt unheimlich. Habt ihr keine Angst?«

Belle zuckte mit den Schultern. »Wir sind ja bisher verschont worden.« Sie klopfte auf die Tischplatte.

»Was wisst ihr schon über Wölfe«, grunzte Jonas. »Ihr versteht gar nichts!« Er hatte sich einen Stapel Butterbrote geschmiert, balancierte sie auf einem zu kleinen Teller, in der anderen Hand hielt er die riesige Colaflasche. Er schlurfte aus der Küche.

»Wölfe werden zu Unrecht verfolgt«, erklärte Wednesday ernst. »Das kommt von den Märchen und von den Sagen. *Der Wolf und die sieben Geißlein* und so. Dabei sind andere Tiere viel gefährlicher, zum Beispiel Heuschrecken. Aber vom Aussterben bedroht sind die Wölfe. Ich werde Unterschriften sammeln. Gibst du mir eine, Mama?«

Susen hasste es, Mama genannt zu werden. »Klar, Liebes«, sagte sie etwas angestrengt.

Jasmin seufzte. »Wen ... wie heißt du noch gleich?«

»Wednesday.«

»Wie ›Mittwoch‹ auf Englisch?« Sie schaute Susen an. Susen hatte keine Lust zu erklären.

»Nach einem Lied, das mein Vater immer gehört hat: *Wednesday on my mind ...*«

»Also Wednesday: Du musst nicht alles glauben, was Jonas sagt.«

»O.k.« Wednesday schnappte sich einen übrig gebliebenen Kanten Brot und folgte dem Jungen aus der Küche. In der Tür blieb sie stehen. »Die Wölfe sind unschuldig! Jonas sagt, sie haben niemanden umgebracht!« Dann schloss sie die Tür hinter sich.

»Da haben sich ja zwei gefunden!« Jasmin seufzte wieder. Sie seufzte ziemlich oft. »Jonas hat es mit den bedrohten Tierarten. Vergangenes Jahr hat er uns alle mit Walen wahnsinnig gemacht. Wer weiß, was ihm als Nächstes einfällt – Dinosaurier?«

»Also gibt es hier nun Wölfe oder nicht?« Susen dachte an ihren Auftrag. Vielleicht sollte sie sich einmal mit Jonas unterhalten.

»Gesehen hat sie niemand«, sagte Jasmin. »Aber was soll es sonst gewesen sein, ein Löwe vielleicht?«

»Was meint er denn, wenn er sagt, die Wölfe haben niemanden umgebracht?«

»Na ja, die Schafe waren genau genommen nicht tot, als man sie fand. Sondern nur schwer verletzt. Sie mussten alle notgeschlachtet werden, also für sie kommt es auf dasselbe raus.«

»Ist es denn sicher, dass es Wölfe waren? Antonin glaubt nicht an sie.«

»Antonin?«, fragte Belle scharf. »Wann hast du dich denn mit Antonin über die Wölfe unterhalten?«

»Gerade eben. Er war draußen am Zaun und … sag mal, gibt es ein Problem?«

»Natürlich nicht, entschuldige.« Belle wusste nicht, warum sie das störte: Susen und Antonin am Zaun. Sie schenkte nach. »Wenn ihr mich fragt, wurde die Sache aufgebauscht. Letztes Frühjahr wurden ein paar Tiere verletzt, Schafe, Ziegen, höchstens drei oder vier im Verlauf des Frühjahrs. Erst verdächtigte man die Hunde der Nachbarn, im Dorf hat jemand Pitbulls, ein Ausländer. Ja, und dann kam plötzlich raus, dass im Tierpark Schneckenberg ein paar Wölfe fehlten, und zwar seit dem Winter. Das war vertuscht worden, um die Öffentlichkeit nicht zu beunruhigen, es sieht auch so aus, als seien sie freigelassen worden und nicht entkommen …«

»Das klingt eigentlich eher nach einem Lausbubenstreich.« Als nach einer Geschichte für *Life.Style*, dachte Susen und legte ihren Stift weg. Jetzt blieb ihr wohl nichts anderes übrig, als Unika Bell zu finden.

## Lotta

Lass mich nicht allein«, hatte Manolo gesagt, und Belle war bei ihm geblieben. Gleich von diesem ersten Abend an. Sie verließen die Diskothek gemeinsam, und Belle begleitete ihn in die Ferienwohnung seiner Eltern. Dorthin hatte er sich zurückgezogen, um zu vergessen.

Was vergessen? Wen vergessen? Lotta.

Lotta, dachte Belle. Sie kannte ein Pferd, das Lotta hieß, aber das würde sie jetzt nicht erwähnen. Das Mädchen auf dem Foto, das er in der Hemdtasche trug, sah auch nicht aus wie ein Pferd. Auch nicht wie ein besonderes Mädchen, es war einfach eine junge Frau mit Gel im Haar und zu viel Lippenstift. Solche gibt es doch zuhauf, dachte sie, solche findest du an jeder Straßenecke, ich hätte dir fünf vorstellen können, vorhin in der Disko, die ganz genauso aussahen.

Einige Tage später warf sie sein Hemd in die Waschmaschine im Keller und wusch das Foto zu weichen Fetzen.

Manolo hatte die Schule abgebrochen. Seit Wochen lebte er hier, ernährte sich aus dem gut gefüllten Tiefkühlschrank seiner Eltern, grübelte, trank die teuren Weine, die seine Eltern im Keller lagerten, und dachte an Lotta.

Warum er ausgerechnet an jenem Abend in die Diskothek gegangen war, konnte er nicht sagen.

Doch Belle wusste es: Es war eine Fügung. Schicksal.

»Lass mich nicht allein«, hatte er gesagt, und das würde sie auch nicht tun. Sie holte ihre Sachen aus dem Internat und zog zu ihm, was konnten sie schon machen, ihr Aufenthalt war bezahlt, ihre Prüfungen abgelegt.

»Ich brauche dich«, sagte er. »Verlass mich nicht«, sagte er. »Ohne dich bin ich nichts.«

Er sagte nicht, dass er sie liebte. Aber er schenkte ihr ein selbst verfasstes Gedicht mit dem Titel *Damaged Goods* und der Kernaussage: Was von mir übrig ist, gehört dir.

Falls das Belle zu wenig war, so ließ sie es sich nicht anmerken. Ihre Entscheidung war in der Diskothek gefallen, als sie die Hand auf seine Schulter gelegt und er sich zu ihr umgedreht hatte. Eigentlich eher ein Erkennen: Das ist er. Da bist du.

Einen Monat später bekam sie den Brief: Notendurchschnitt 4,6. Bestanden. Und sie wusste, was zu tun war.

»Wir müssen hier weg«, sagte sie.

Manolo schaute sie an. »Ja?« Ein bisschen Hoffnung in der Stimme.

Belle war für wenig dankbar. »Wir gehen nach Amerika«, sagte sie und hielt ihm die Flugscheine unter die Nase (Schuldgefühl-Fonds Doktor Fankhauser). Zürich – New York – Denver – Missoula. Die Reise würde gut vierundzwanzig Stunden dauern. Der Rückflug war offen.

»Warum Missoula?«, fragte Manolo.

»Da ist eine kleine, aber anerkannte Universität. Mit einer guten philosophischen Fakultät. Da kannst du auch ohne Abschluss studieren. Du musst nur eine Eingangsprüfung ablegen.«

Sie hatte Unterlagen bestellt, ein Vorlesungsverzeichnis und das Buch eines der Professoren, *Der Todeswunsch in Mythos und Literatur des Wilden Westens*. Sie hatte eine ganze Mappe angelegt, sie war vorbereitet, bereit.

»Und was noch?«

»Die Blue Mountain Ranch«, sagte Belle. »Jamies Eltern. Da können wir erst mal wohnen. Eine halbe Stunde von Missoula entfernt. Da kann ich lernen, Pferde zu trainieren. Reitstunden zu geben.«

»Gibt es denn etwas, das du im Umgang mit Pferden noch nicht weißt?«

Doch er umarmte sie, steckte die Flugscheine ein, suchte eine halbe Stunde lang seinen Pass. Er nahm den Zug nach Zürich und brachte den Rektor seiner ehemaligen Schule mit viel Charme dazu, ihm ein Abgangszeugnis auszustellen, das mit einer kreativen Übersetzung und ein bisschen gutem Willen von der Universität in Montana akzeptiert werden würde.

In Missoula trug er sich an der Universität für Philosophie und Religionswissenschaften ein. Doch Belle ließ sich nicht täuschen: Sein Thema war das gebrochene Herz.

In Montana gab es noch ein solches: das von Cowboy Bill. Er war von einer flüchtigen Barbekanntschaft überlistet und zur Heirat gezwungen worden, mit einer Schwangerschaft, die sich kurz nach der Hochzeit als nicht existent herausstellte. Cowboy Bill war ein anständiger Mann, der heiratet, wenn ein Kind kommt, und verheiratet bleibt, auch wenn er unglücklich ist und an eine andere denkt. Überhaupt hatte er sich nur auf die Affäre eingelassen, weil er meinte, bei Jamie, der Tochter des Ranchbesitzers, keine Chance zu haben. Doch da tauchte ein Mädchen aus der Schweiz auf, das erstens reiten konnte wie Jamie und zweitens Bilder mitbrachte von Jamie, aktuelle Bilder, die dem Cowboy das Vergessen gänzlich unmöglich machten. Außerdem klärte ihn das Mädchen aus der Schweiz auf langen Ausritten rund um die Koppel über den wahren Sachverhalt auf: »Sie liebt dich, du Idiot!«

Wenige Tage später fuhr Belle den klapprigen Laster in die Stadt und Cowboy Jim zum Flughafen. Als sie zurückkam, behandelten die Frauen sie eisig. Vor allem Debbie, Bills Frau.

Belle hielt sich an die Männer, verbrachte die Tage draußen, aß, was sie ihr von ihren Lunchpaketen abgaben, und fuhr dann, kaum war das letzte Pferd versorgt, mit Cowboy Jims klapprigem Kleinlaster zurück nach Missoula, zu Manolo.

In der Nähe der Universität hatten sie eine kleine Wohnung gemietet. Belle legte weiße Tücher über die von Studentengenerationen durchgesessene Couch, den Lesesessel, den klapprigen Campingtisch. Sie kam von der Arbeit auf der Ranch nach Hause und stellte Wildblumen in eine leere Flasche auf den Tisch, sie kochte, was sie auf der Ranch aßen, Fleisch und Kartoffeln, dazu tranken sie Bier. Manchmal trieb Manolo irgendwo eine Flasche Rotwein auf, manchmal lud er Kommilitonen zum Essen ein oder einen seiner Professoren mit seiner Frau. Doch Belle, die um halb fünf aufstehen musste, schlief oft am Tisch ein, vor allem, wenn sie ein Glas Wein getrunken hatte. Sie schob dann ihren Teller zur Seite und legte den Kopf auf die Tischplatte. Manolo schämte sich vor den Professoren, vor den Studenten, manchmal roch sie noch nach Pferd, auch wenn sie geduscht hatte.

»Kannst du nicht auf der Ranch schlafen? Wäre das nicht einfacher? Ich denke nur an dich. Du brauchst doch deinen Schlaf.«

So fing es an. Andere Frauen übernachteten in der Wohnung in Missoula, und wenn Belle nach Hause kam, fand sie Ohrringe auf dem Nachttisch, Parfüm auf dem Kissen.

»Es hat nichts mit dir zu tun«, sagte Manolo. »Unsere Liebe ist stärker.« Und: »Ich kann einfach nicht allein sein.«

Natürlich hätte Belle ihre Arbeit aufgeben und nur für Manolo da sein können. Aber sie tat es nicht. Und erst recht nicht, als Jamie zurück nach Montana kam, mit Bill und Belles Pferden, Santana und Blue.

Jamies und Belles Glück war so offensichtlich, dass Debbie ihre Sachen packte und das Feld räumte.

Wie im Märchen, dachte Belle. So muss es sein. Sie sah, dass es möglich war, dass die wahre Liebe am Ende siegte, und Manolos wahre Liebe war sie. Nicht Lotta, die verschwunden war, vielleicht war sie tot, vielleicht nur weggezogen, vielleicht wollte sie Manolo einfach nicht mehr sehen.

Belle glaubte, sie würden immer in Montana bleiben. Manolo trat eine Stelle als Assistent seines Professors an. Tippte dessen Artikel ins Reine, begleitete ihn auf seinen Reisen zu Indianerstämmen. Manolo kam mit neuen Erkenntnissen nach Hause. Er schrieb ein Buch. Belle las zwischen den Zeilen, dass es auch bei der *Akzeptanz des Unvermeidlichen in den verschiedenen Glaubenskonzepten der amerikanischen Ureinwohner* eigentlich um Lotta ging.

Sie überstanden einen Winter und noch einen. Nachbarn und Kollegen wurden zu Freunden. Sie richteten sich ein.

Belles Mutter kam zu Besuch, schaute sich um und kaufte ein kleines Haus. »Wenn du nun mal hier bleiben willst«, sagte sie. »So kannst du ja nicht wohnen. Und außerdem kann ich mich hierher zurückziehen. Wenn ich das mal brauche.«

Das Haus stand in einem weiten Tal, auf halbem Weg zwischen der Stadt und der Blue Mountain Ranch. Kein Wald, nur der große Himmel über ihnen. *Big Sky.* Ein Bach lief durch das Grundstück, das groß genug war für eine Pferdeweide. Das Haus selbst war aus groben Holzstämmen gezimmert wie die Blockhütte, die Belle und Susen im Wald hatten bauen wollen. Die Holzstämme so dick wie Oberschenkel, an den Enden sorgfältig ineinandergefügt. Wer immer dieses Haus errichtet hatte, war kein elfjähriges Mädchen gewesen.

Zwei Schlafzimmer, von denen Unika gleich eines für sich beanspruchte. Sie brachte ein Vorhängeschloss an der Tür an und nahm den Schlüssel mit, sie trug ihn an ihrem Gürtel wie eine mittelalterliche Konkubine. Belle störte diese geschlossene Tür. Ihre Mutter schloss sie auch ab, wenn sie gar nicht da war. Belle und Manolo lebten in dem anderen Schlafzimmer, dem kleineren, dessen Fenster nach hinten hinausging, zum Blauen Berg.

Ein Bad, ein Wohnzimmer mit offenem Kamin. Und vier Hektar Land darum herum. So weit das Auge reichte. Eines Tages würden sie das Land einzäunen. Ihre Pferde herbringen. Ihre eigene Zucht aufbauen. Jamie würde ihr dabei helfen.

Hier, dachte Belle. Hier kann ich bleiben. Hier bin ich zu Hause. Sie brachte eine Eisenzange von der Ranch mit, um das Vorhängeschloss zu knacken, um sich das Zimmer ihrer Mutter anzueignen, und tat es dann doch nicht.

Dann starb Manolos Vater. Manolo wurde an einer Schweizer Universität eine Stelle angeboten. Und so zogen sie in die Schweiz zurück.

*Für die Schweiz spricht:*
Brauche keine Arbeitsbewilligung
Kann eine eigene Ranch aufziehen
Alte Freunde wiedersehen
Manolos Job
Manolo will es

*Gegen die Schweiz spricht:*
Lotta lebt dort irgendwo
Oder ihr Geist
Muss meine Pferde zurücklassen
Ist dort überhaupt Platz für mich?
Für eine Ranch?
Wie ich sie mir vorstelle?

Die Pferde ließen sie in Montana. Und das Haus mit der verschlossenen Tür.

Bevor sie ging, legte Belle weiße Tücher über die Möbel, einfache Holzmöbel, die ihnen gehörten. Und die sie nicht mitnehmen würden. Sie schaute auf die weißen Formen, unter denen man die Möbel nicht mehr erkannte. Große Tiere konnten darunterstecken oder zusammengekauerte Riesen oder vielleicht eine Maschine, eine Zeitmaschine.

# Zurück

*Manolo will es.* Das war das Ausschlaggebende. Ob er wirklich wegen des Stellenangebotes zurück in die Schweiz wollte oder doch eher wegen der geografischen Nähe zu Lotta, wusste Belle nicht. Sie wusste nur, was er wollte, nicht warum. Und sie gab es ihm.

Ein halbes Jahr lang wartete sie in einer kleinen Stadtwohnung mit dem Essen auf ihn, das sie mehr schlecht als recht zubereitete. Oft wartete sie vergebens, weil er noch ausging, mit Kollegen, mit seinen Studenten, unter denen immer auch Studentinnen waren. Ein halbes Jahr lang aß Belle die Reste auf, das Kaltgewordene, und nahm zehn Kilo zu. Sie verwandelte sich in ein ewig nörgelndes Eheweib, das nachts wach lag und auf seine Schritte horchte. Wenn er endlich nach Hause kam, schrie sie mit fremder Stimme: »Wo warst du?«, und: »Mit wem?«, und: »Bin ich eigentlich niemand?«

Als sie nach diesem halben Jahr immer noch nicht schwanger war, ging sie zum Arzt. Der sagte ihr ganz klar, dass sie das auch kaum noch werden würde. »Vernarbungen«, erklärte er, und sie holte keine zweite Meinung ein.

Stattdessen sagte Belle zu Manolo: »Wir ziehen aufs Land.«

Wieder hatte sie alles vorbereitet und recherchiert, sie hatte einen Hof ausfindig gemacht mit Ställen und auch bereits eine Anzahlung geleistet. Und als dann kurze Zeit später der Bauer starb, verkauften seine erwachsenen Kinder

Belle das Land um den Hof herum. Sie bezahlte mit Fankhausers Geld.

Doktor Fankhauser, ihr Stiefvater, war an einem Herzinfarkt gestorben. Er hatte ihr genauso viel Geld hinterlassen wie seinem Sohn Jürgen, obwohl sie nicht seine leibliche Tochter war: das endgültige Schuldeingeständnis, die letzte Abzahlung. Jürgen würde sich hüten, das Testament anzufechten.

Belle begann mit der Arbeit auf dem Hof, füllte den Stall mit Pferden. Ließ Blue einfliegen – Santana war in Montana gestorben und auf dem Pferdefriedhof am Waldrand begraben worden. Jamie hatte ein Bild geschickt. Sie stand vor einem frisch aufgeschütteten Erdhaufen und hielt ihren Hut in den Händen. Belle sah Jamies ledrige Haut, den langen Zopf, die sehnigen Hände. So würde sie bald auch wieder aussehen.

Blue kam an, und Belle gab ihr die größte Box. Sie nahm Pensionspferde auf, bot Reitstunden und Reittherapie an.

Belle und Manolo heirateten auf dem Hof. Auf der Wiese, wo die Pferde weideten, wurde ein kleines Podest aufgebaut, auf dem der Standesbeamte neben einem indianischen Schamanen stand. Der war allerdings kein Indianer, sondern ein Weißer, der bei den Indianern gelernt hatte, ein Freund von Manolo. Belle kam auf Blue angeritten, es war ein schöner Tag, und sie konnte in Manolos Augen sehen, dass er ihr glaubte und dass er einen Augenblick lang glaubte, er sei jetzt sicher, sicher vor Lotta und vor Lottaträumen und Lottagedanken.

Belle war glücklich. Sie hörte auf zu nörgeln und nahm ihre Stadtkilos wieder ab. Manolo fuhr noch eine Zeit lang zur Universität, manchmal übernachtete er in ihrer alten Wohnung, manchmal nicht allein, das wusste Belle, weil er es ihr erzählte. »Ich hab dich nie angelogen.«

Dann nahm er sich eine Auszeit, um noch ein Buch zu schreiben. Er saß zu Hause und rief nach Belle: »Kannst du mir etwas nachschauen?«, und: »Kannst du mir kurz diktieren?«, und: »Lies doch mal, was ich geschrieben habe, und mach mir eine Zusammenfassung.«

Das konnte Belle nicht.

Dafür kam Jasmin, eine seiner Studentinnen. Dass er schon vorher mit ihr geschlafen hatte, wusste Belle, weil sie alles wusste, auch wenn er meist keine Namen nannte. Das störte Belle nicht weiter. Die einzige Frau, die ihr wirklich im Weg war, war Lotta. Lotta, das Phantom.

Sie hatte sich oft gewünscht, sie könnte Lotta herzaubern. Hatte mit dem Gedanken gespielt, einen Privatdetektiv zu engagieren, sie zu finden, sie anzuflehen, notfalls zu bestechen, mit ihr zurückzukommen. In ihrer Fantasie fand sie Lotta immer auf einer Südseeinsel in einer heruntergekommenen Bar, an einem stürmischen Strand, Palmen, die sich im Wind bogen – sie musste das in einem Film gesehen haben. Lotta, dunkles Haar, roter Lippenstift, ein bisschen verlebt, ein bisschen gezeichnet von den Jahren. Belle würde sie Manolo vor die Füße werfen wie eine Katze, die feierlich die Eingeweide eines erlegten Maulwurfs auf dem Bettvorleger deponiert. »Hier«, würde sie sagen. Und Manolo würde – so stellte sie sich das vor – nur einen Blick auf Lotta werfen, er würde die Stirn runzeln, vielleicht den Kopf schütteln. Dann würde er lachen, endlich befreit. »Sorry«, würde er sagen, »nimm es nicht persönlich, aber ich empfinde nun mal nichts mehr für dich. Wirklich nichts. Nichts, nichts, nichts!« Schluchzender Abgang der nicht mehr ganz jugendlichen Lotta. Manolo in Belles Armen. Er war frei. Endlich frei. Und gehörte ganz und gar ihr.

Dass er die anderen Frauen nur brauchte, um sich von Lotta abzulenken, wusste sie. Mit ihr hatte das nichts zu tun. Selbst wenn sie immer bei ihm wäre, Tag und Nacht zur Verfügung stünde, selbst wenn sie jeden seiner Gedanken aufschriebe, jede Mahlzeit für ihn zubereitete, würde das nichts ändern. Die Gedanken an Lotta konnten eben nur neue Gesichter, neue Körper, eine neue Art zuzuhören vertreiben.

Doch Jasmin wurde schwanger. Und blieb.

Belle gewöhnte sich an sie. Sie freute sich auch auf das Kind. Kinder gehörten auf einen Hof, sie träumte von einem ganzen Haus voller Kinder.

Kurz nach der Geburt von Jonas saß Jasmin heulend am Küchentisch, Milch tropfte aus ihrer Brust. Das muss der Babyblues sein, Belle hatte davon gelesen. Nicht sehr attraktiv, dachte sie, und sie tat, was sie bei einem Pferd getan hätte: Sie drückte das Baby an Jasmins Brust, presste die Nase der Mutter an den Kopf des Kindes, zwang sie, seinen Geruch aufzunehmen. Automatisch nahm Jasmin das Kind, das Kind begann, schmatzend zu saugen, und Jasmin legte den Kopf zurück.

»Autsch«, sagte sie, aber sie weinte nicht mehr. Dann schaute sie Belle an. »Was weißt du über Lotta?«

»Lotta?« Manolo hatte doch nicht etwa ausgerechnet jetzt von Lotta erzählt?

»Weißt du ihren Nachnamen?«

»Nein, tut mir leid.«

Natürlich hatte sie seine Eltern gefragt, hatte sich bei ehemaligen Klassenkameraden erkundigt, niemand konnte sich an eine Lotta erinnern oder überhaupt an eine erste Liebe von Manolo. Belle wünschte, sie hätte das Bild nicht so leichtsinnig zerstört, das Manolo ihr an diesem ersten Abend gezeigt hatte, das Bild war der einzige konkrete Beweis für Lottas Existenz. Das Bild und Manolos nachhaltiges Seufzen und Ins-Leere-Starren. Wie hatte sie ausgesehen? Belle konnte es nicht mehr sagen. Wie tausend andere, hatte sie damals gedacht, wie ihre Mitschülerinnen, wie Mädchen damals halt aussahen. Sie war nichts Besonderes.

Manolo konnte Belle nicht fragen, er reagierte verletzt, ihre Aufgabe war es doch, ihn Lotta vergessen zu lassen, nicht, nach ihr zu fragen. Belle wusste nicht, wer Lotta war, und Jasmin würde es auch nicht erfahren.

Wollte es auch irgendwann nicht mehr wissen. So gab sich Jasmin der Mutterschaft mit einer Passion hin, die sie Manolo entfremdete. Als Jonas klein war, hatte Belle ihn wieder fast für sich.

Nun war Jonas bald vierzehn, und sie hatten sich zu viert auf dem Hof eingerichtet. Jasmin war im Haus, Belle auf dem Hof. Ihr Leben verlief so gleichförmig und routiniert wie das der meisten Familien. Vom Zyklus der Jahreszeiten, Schulferien, Reitlager und Turniere viel mehr geprägt als von Beziehungsdramen. Heute konnte sich Belle den Alltag ohne Jasmin nicht mehr vorstellen. Sie gehörten zusammen. Alle vier.

Seit Manolo nicht mehr unterrichtete, zog er sich in sein Zimmer zurück und dachte nach, und seine beiden Frauen wussten nicht, worüber oder woran er gerade schrieb.

Sein Zimmer war für die Frauen tabu. Wenn er etwas wollte, klopfte er an ihre Türen, eigentlich recht regelmäßig, anfangs hatte er häufiger bei Jasmin angeklopft, was nur natürlich war, später, als Jonas klein war, wieder mehr bei Belle.

Mit der Zeit wurde das nächtliche Klopfen bei beiden seltener, manchmal kam er tagelang nicht aus dem Zimmer. Dann stellte Jasmin das Essen vor seine Tür. Manchmal fuhr er auch für ein paar Tage weg. Ohne ihnen zu sagen, wohin.

Und einmal hatte Jasmin beim Aufräumen einen Brief gefunden, einen Brief aus Schweden, und der Absender war eine L. Jansson. Oder ein L. Jansson? Der Umschlag war leer, der dazugehörige Brief trotz fieberhaften Suchens nicht zu finden, und Manolo, darauf angesprochen, hatte nichts anderes zu sagen als: »Du weißt doch, dass du mein Zimmer nicht sauber machen sollst!« Er warf den Umschlag in den Papierkorb, nachlässig, als ob er ihm gar nichts bedeutete.

Doch als Jasmin später nach dem Umschlag schaute, fand sie ihn nicht mehr. Manolo musste ihn wieder herausgenommen und an einem sicheren Ort aufbewahrt haben.

Lotta existierte also doch.

Jasmin wollte das schwedische Konsulat einschalten. Belle fiel es schwer, von ihrer karibischen Fantasie zu einer skandinavischen zu wechseln, und überhaupt: War die Frau auf dem Bild nicht dunkelhaarig gewesen? Waren Schwedinnen nicht von Gesetzes wegen blond?

## Susen sucht den Sinn des Lebens – in einem Harem auf dem Land

Die Vielehe existiert nicht nur in muslimischen Ländern und amerikanischen Sekten oder in der Fernsehserie *Big Love*. Meine beste Freundin teilt sich ihren Mann seit gut fünfzehn Jahren mit einer anderen. Na ja, man kann sagen, ein Mann, der so gut aussieht – nennen wir ihn mal Frank –, der wird sich vor Angeboten nicht retten können, der wird früher oder später eh fremdgehen. Warum also nicht gute Miene zum bösen Spiel machen, das Unvermeidliche akzeptieren und institutionalisieren? Damit er keinen Grund hat, sie für eine Jüngere zu verlassen? Ja, die andere, die neue, die Zweitfrau – nennen wir sie Karin –, ist natürlich etwas jünger als meine Freundin – nennen wir sie Stella. Aber nicht etwa schöner, und das sag ich nicht aus Loyalität! Wenn Sie Karin, Frank und Stella kennenlernten, einzeln oder zusammen, würde Ihnen nichts auffallen, außer vielleicht, dass der Mann außergewöhnlich gut aussieht. Ansonsten handelt es sich um ganz normale, nicht mehr ganz junge Leute ländlichen Zuschnitts. Sie wissen schon: stonewashed Jeans und lila Kurzhaarfrisur. Was, und diese Leute leben solch aufregende Leben? Während wir coolen Städterinnen mit unseren Dreihundert-Franken-Frisuren und unseren Ed-Hardy-Hemden vor dem Fernseher versauern?

Wie ist es dazu gekommen? Stella zuckt die Achseln. »Eines Tages war sie einfach da«, sagt sie und dann, als wäre es ihr eben erst eingefallen: »Wir wollten von Anfang an eine reine, eine großzügige Liebe leben, ohne bürgerliche Besitzansprüche, ohne Eifersucht.«

»Aha«, sage ich. »Das heißt, du könntest also auch?«

Da muss sie lachen. Sie schaut aber auch traurig, ein anderer Mann hat sie nie interessiert, sie liebt ihren Frank, für ihn würde sie alles tun.

Warum kommt uns das bekannt vor, liebe Leserinnen?

Karin hingegen sieht das anders: »Ich habe mich in das Paar verliebt«, sagt sie, »ich hab sie ja als Ehepaar kennengelernt, ich wollte einfach zu ihnen gehören. Ich liebe sie beide.«

Ach. So hat Stella das aber nicht erzählt...

»Aber verstehen Sie mich nicht falsch, ich bin nicht etwa lesbisch!«

Natürlich nicht.

»Ich konnte ihnen etwas geben, was sie selber nicht hatten, ich konnte ihnen Kinder schenken.«

Stella kann nämlich keine Kinder bekommen. Das war ja auch in der amerikanischen Kultserie *Big Love* der Grund, warum der Ehemann – Bob? Bill? – sich eine zweite Frau zulegte und dann eine dritte. Die erste war nach einer Krebserkrankung unfruchtbar geworden. Ist es also oberste Aufgabe der Ehefrau, Kinder zu gebären? Bei bibeltreuen Mormonen wie bei Schweizer Land-Alternativen? Disqualifiziert sie das Unvermögen, selbiges zu bewerkstelligen, annulliert das ihre sämtlichen möglichen Ansprüche?

»Und wenn er keine Kinder zeugen könnte«, frage ich, »hättest du dann dasselbe gemacht?«

Und wieder lacht Stella verschämt. »Wir haben das nicht geplant«, sagt sie, »es hat sich einfach so ergeben. Jetzt kommt es mir vor, als sei es immer schon so gewesen.«

Einen Sohn haben sie gemeinsam erzogen, der über das Arrangement der Eltern nur die Schultern zuckt. Er kennt ja nichts anderes.

»Frank ist ein Mann mit großen Bedürfnissen«, gibt Stella schließlich zu. Sprich, der Kerl braucht eine Menge Zuwendung. Da kommt eine Vertretung vielleicht schon mal gelegen, vor allem, wenn man, wie meine Freundin Stella, nebenbei noch Haus, Hof und mehrere große Tiere zu versorgen hat.

Je länger ich darüber nachdenke, desto besser gefällt mir die Idee. Wie oft hab ich schon gedacht, ein Mann allein könne mich nicht glücklich machen? Es brauche vielleicht mehrere? Einen zum Reden, einen zum Ausgehen, einen zum Kuscheln?

Immerhin gibt es ja hier auf dem Hof meiner Freundin noch einen Cowboy, der auch nicht von schlechten Eltern ist …

Bei aller Liebe zu meiner Freundin: Den habe ich für mich vorgemerkt. Denn der schöne Frank hat auf mich nun mal keine Wirkung. Ganz abgesehen davon, dass ich mich zur Drittfrau wirklich nicht eigne … Fortsetzung – versprochen – folgt!

(Heilige Scheiße! Susen! Bist du sicher, dass das Stoff für eine Kolumne ist? Das schreit doch nach einem Artikel. Ja ja, schon gut, ich weiß, ich habe gesagt, ich will keine neuen Themen. Ich nehme es zurück. Vergiss es. Finde noch ein paar andere, die so leben, rede mit dem Sohn und deiner Freundin – äh – ich nehm an, die Namen hast du geändert? Und sie auch darüber informiert, dass du über sie schreibst? Wir wollen ja keinen Ärger kriegen.

Was die Kolumne angeht, so werden wir wohl wieder eine von der Halde nehmen. Ich weiß allerdings nicht, was wir da noch haben. In letzter Zeit mussten wir schon öfter mal auf die Reserve zurückgreifen.

Unter uns gesagt, die Herren Magazinmanager in München sind nicht amüsiert.
Aber keine Angst, noch kann ich sie abwimmeln. Wäre allerdings nicht schlecht, wenn du wieder mal mit einem richtigen Knüller ankämst. Einem wie diesem … Lass auf jeden Fall dein Handy an, wenn du ausreitest. Rba.)

# Oft gestellte Fragen

Mitten in der Nacht wachte Wednesday auf. Sie hörte Stimmen. Es roch nach Rauch. Ein Licht flackerte über die Decke. Feuer? Sie schoss auf, stieß sich den Kopf an der niederen Holzdecke.

»Wo bin ich?«

»Schsch! Schlaf weiter.«

Ihre Mutter? In ihrem Zimmer?

Wednesday drehte sich um. Auf dem Fußboden stand eine Kerze. An das andere Bett gelehnt saß Belle, im Schneidersitz, ein Glas Wein in der Hand. Sie lächelte ihr zu.

»Hmm«, machte Wednesday und drehte sich wieder zur Wand. Nach einer Weile setzten die Stimmen erneut ein.

»Wie läuft das denn konkret«, fragte Susen, »habt ihr einen Wochenplan?«

Belle seufzte. Sie kannte diese Fragen. Hatte sie hundertmal beantworten müssen. Sie hatte schon daran gedacht, ein Faltblatt zu drucken: »Oft gestellte Fragen zu unserer Lebensform.«

»Nein«, sagte sie geduldig. »Manolo kommt zu uns. Mal zu ihr, mal zu mir. Wir führen nicht Buch. Auf die Zeit gesehen gleicht es sich aus.«

Nur dass Manolo schon lange nicht mehr zu ihr gekommen war. Oder zu Jasmin. Inzwischen wäre es ihr sogar egal, wenn nur die Tür zu seinem Arbeitszimmer aufgehen würde, in dem er sich seit Wochen verbarrikadierte. Das Arbeitszimmer lag unter dem Dach und war mit einem Waschbecken und einer Schlafcouch ausgerüstet. Es war eine Festung, uneinnehmbar, wie es die Festung ihrer Mutter gewesen war.

»Und was ist, wenn du Lust hast?«

Belle schenkte nach. Oft gestellte Fragen. Immer ging es um Sex. Wer mit wem, wann, wie oft?

Ihre Lust war nicht das Problem. Ihre Lust war leicht zu zügeln. Es war mehr die Angst, die sie nachts wach hielt, die Angst, nicht zu genügen, das Gefühl, ausgeschlossen zu sein. Als Einzige nicht zum Kindergeburtstag eingeladen zu werden. Die Einladungen wurden auf dem Pausenplatz verteilt, sie tat so, als sähe sie es nicht, als interessiere es sie nicht, hoffte noch bis zum Klingeln der Schulglocke, sie bekäme auch einen dieser knallroten Umschläge in die Hand gedrückt. »Wenn du nicht gehst, geh ich auch nicht«, hatte Susen gesagt. Und war dann doch hingegangen. Ihre Mutter hatte Susen verraten, sie hatte gesagt: »Aber sie ist doch bei Sabine, warum bist du nicht dort?«, als Belle an der Tür klingelte. Sie hatte sie dann hereingebeten, hatte mit ihr Maisfladen gebacken, Indianerbrot, genauso, wie es in den Büchern beschrieben wurde, die Belle und Susen zusammen lasen. Sie waren seltsam fad, eigentlich enttäuschend, bis Frau Hugentobler sie in der Friteuse noch einmal aufbuk.

»Und du«, fragte Belle zurück, »was machst du, wenn du Lust hast?«

Susen lachte. »Ich gehe mein schwarzes Notizbuch durch, was denkst du denn?«

»Du hast kein schwarzes Notizbuch!«

»Hab ich nicht?«

»Nein, du Dumme! Weißt du nicht mehr? Du hast doch mal eine Kolumne darüber geschrieben.«

»Ach, stimmt!« Kein Wunder, dass sie es nicht hatte finden können.

»Vergisst du oft, was du geschrieben hast?«

»Immer wieder. Ist schon komisch. Die meisten Schreiber, die ich kenne, können sich aufs Komma genau selbst zitieren. Nur bei mir … es ist, wie wenn ich auf Luft schriebe.«

»Schriebe?«

»Schreibte.«

»Schrüb!«

Kichernd schenkten sie nach, der Wein schwappte über, Wednesday knurrte im Schlaf.

»Schsch!«

»Selber sch!« Susen presste die Hand vor den Mund, prustete. Belle spuckte den Wein aus.

Wednesday wälzte sich herum. »Ich kann nicht schlafen …«, jammerte sie.

Und die beiden Frauen kicherten noch lauter, japsten, schnappten nach Luft, krümmten sich auf dem Holzboden, Tränen liefen über ihre Gesichter.

»Komm, wir gehen in die Küche«, sagte Belle schließlich.

»Nein!« Wednesday schoss auf und stieß sich erneut den Kopf. »Bleibt hier. Ich schlaf auch ganz bestimmt gleich ein!«

»Na gut, wir werden leise sein.«

Wednesday drehte sich zur Wand und atmete ganz langsam. Und nach einer Weile fingen die Frauen wieder an zu reden.

»Weißt du noch im Klassenlager?«, fragte Susen. »Als deine Mutter mit dem Bentley angefahren kam, den ganzen Kofferraum voller Süßigkeiten?«

Belle rollte die Augen. »Peinlich war das!«

»Spinnst du? Das war so cool!« Immerhin hatten die Süßigkeiten Belle Zugang zu den nächtlichen Fressgelagen verschafft.

»Und wie dann die Stauber ins Zimmer kam, mit ihrer glänzenden Nachtcreme und dem Füßchenpyjama …«

»Und wenn Manolo jetzt vor deiner Tür steht?«, kam Susen auf ihr Thema zurück.

Belle zuckte mit den Schultern. »Dann steht er eben da«, sagte sie forsch.

»Ich hab mal was ganz Ähnliches erlebt«, sagte Susen.

Jetzt kommt's, dachte Belle. Die Tatsache, dass sie offen so lebte, wie sie lebte, machte Belle in den Augen anderer Frauen zur Beziehungsexpertin. Das und vielleicht ihre Autorität als Reitlehrerin führten dazu, dass ständig Intimitäten vor ihr ausgebreitet wurden. Als wüsste sie etwas, das die anderen nicht wussten. »Dir kann ich es ja sagen«, begannen diese Berichte. »Mit dir kann ich reden. Du weißt ja, wie es ist.«

Frau Zehnder von der Post hatte eine Affäre mit dem alten Humboldt, der in der Landstraße wohnte. Jeden Morgen, wenn sie ihm die Post brachte, blieb sie auf ein Viertelstündchen bei ihm. Sie saßen auf seiner Couch voller Hundehaare, hielten einander in den Armen und küssten sich.

»Für diese Viertelstunde lebe ich«, sagte Frau Zehnder. »Den Rest des Tages kann man vergessen.«

Jonas' Grundschullehrerin hatte sich in den Vater einer vielköpfigen Familie verliebt. Mehr als zehn Jahre dauerte die Affäre schon an. Jedes Jahr kam ein neues seiner Kinder zu Fräulein Schmid in die erste Klasse, und beim Elternabend blieb er immer als Letzter und half beim Aufräumen. Die anderen Mütter bewunderten seinen Einsatz. »Du hast es gut«, sagten sie zu seiner Frau. »Meiner würde nie…« Und seine Frau nickte müde. Was kümmerte es sie. Am Elternabend hatte sie Ruhe. Dann blieb sie daheim und aß mit den Kindern Fertigpizza vor dem Fernseher, und sie schauten sich Sendungen ohne jeden pädagogischen Wert an. Wenn es nach ihr ginge, konnte ruhig jede Woche Elternabend sein.

Der Pfarrer schlief mit der Asylantin, die die Kirche putzte, ihr Mann mit der Bäckerin, deren Brötchen er austrug – wie elektrische Leitungen spannten sich diese Beziehungen kreuz und quer durch das Dorf, surrten und flirrten und drohten jeden Moment in Flammen aufzugehen. Die Tränen! Die Schwüre! Die Sehnsucht! Die Verzweiflung! Und da war Belle, und da war Jasmin. Sie fuhren zusammen zum Einkaufen, Jasmin packte die Tüten, und Belle lud sie in den Lieferwagen. Wie konnte das sein?

Oft gestellte Fragen.

Belle war zu dem Schluss gekommen, dass es die normale Beziehung nicht gab. Als Kind hatte sie sich an die Vorstellung geklammert, dass es die richtige Familie gäbe, eine heile Welt. Nicht bei ihr zu Hause, aber anderswo. Es musste sie geben, sonst hatte alles keinen Sinn. Es musste sie geben, auch für sie. Vielleicht bei Susen?

»Also vielleicht ist es nicht ganz dasselbe«, fuhr Susen fort, das Kerzenlicht flackerte, »aber ich hatte mal einen Lover, der war bisexuell. Der schlief auch mit Männern. Das hielt ich keine drei Wochen durch. Ich war so eifersüchtig, dass ich jedem gut aussehenden Mann die Fresse einschlagen wollte!«

»Ach.« Was sollte Belle dazu sagen? Es war nicht dasselbe. Nichts war dasselbe. Jede Geschichte war anders.

»Komisch, nicht.« Susen wechselte das Thema. »Wir hätten alles haben können. Und jetzt sitzen wir hier.«

»Wie meinst du das?« Belle wollte nirgendwo anders sitzen. Jetzt, in diesem Moment.

»Schau uns an: Wir sind die erste Generation Frauen, die alle Möglichkeiten hat. Und was machen wir daraus? Wir sitzen auf dem Fußboden und kichern wie die Backfische!«

Belle zuckte mit den Schultern. »Ich habe eigentlich alles, was ich je gewollt habe.«

»Ach, komm schon! Einen geteilten Mann? Einen Reiterhof im Schweizer Hinterland?«

»Genau das.«

Susen schob die Unterlippe vor. Schüttete die letzten Tropfen Wein in ihr Glas.

Belle griff hinter sich und förderte eine zweite Flasche zutage, die sie vorsorglich mitgebracht hatte. Normalerweise trank sie nur an den Abenden mit Manolo. Sie musste um fünf Uhr früh aufstehen. Morgen würde ihr das schwerfallen. Auch egal.

»Und du?« Sie schenkte ein. »Du hast doch auch alles erreicht, was du dir vorgenommen hast – du wolltest doch immer berühmt werden!«

»Ja, aber doch nicht mit einer Kolumne! Ich wollte Popstar werden!« Susen griff sich die leere Flasche und hielt sie wie ein Mikrofon vors Gesicht. *»Fame*!«, sang sie leise und falsch. *»I'm gonna make it to heaven …«* Sie brach ab. »Ich dachte immer, es heißt *›I'm gonna make it together …‹*. Konnte einen richtigen Vortrag darüber halten, dass Erfolg eine kollektive Errungenschaft sein muss … Gott, war ich naiv!«

»Ach, und du hättest den Erfolg geteilt?«

Susen stellte die Flasche wieder hin. »Ich? Natürlich nicht! Du erinnerst dich doch an meine Band, Die Susens? Sagt das nicht alles?«

»Da war ich wohl schon in Amerika.«

Susen schaute in ihr Glas. »Ach so, stimmt ja.«

Manchmal fragte sich Belle, ob sie das Gleiche erlebt hatten. Sich an das Gleiche erinnerten.

»Jedenfalls, weltberühmt bin ich nicht. Außerhalb der Schweiz kennt mich niemand. Und die große Liebe habe ich auch nicht gefunden. Ich wollte immer den berühmtesten Mann der Welt heiraten.«

»Ich dachte, du wolltest einen Indianer heiraten!«

»Ja, schon, aber später …«

»Wer sollte das denn sein?«

Susen prustete wieder los: »Elton John!«

»Elton John???«

Belle hielt die Hand vor den Mund. Beide schielten nach Wednesday, die immer noch so tat, als ob sie schliefe.

»Da bist du ja noch einmal davongekommen«, sagte Belle schließlich.

Susen seufzte. »Trotzdem. Das Leben ist nicht so, wie ich es mir vorgestellt habe.«

»Erinnerst du dich an die Bananen?«

»Wie kommst du jetzt darauf?«

Belle hatte Susen abholen wollen, war den Plattenweg zu ihrem Haus hinaufgegangen, dachte an das Gespräch, das sie in der Pause geführt hatten, über die bevorstehenden Ferien. Belle würde ein Reitlager besuchen, Susen war von Fabienne an die Cote d'Azur eingeladen worden. Belle konnte das Reitlager nicht mehr absagen, und selbst wenn, Fabienne würde sie kaum einladen mitzukommen. Susen würde also zwei Wochen mit Fabienne zusammen sein, zwei Wochen, in denen sich alles ändern konnte. Belle graute jetzt schon vor dem ersten Schultag nach den Ferien, an dem sie freundinnenlos dastehen konnte. Deshalb musste sie Susen vor der Abreise noch einmal sehen. Sich ihrer Freundschaft versichern.

Bevor sie an der Tür klingeln konnte, wurde das Küchenfenster aufgerissen, und eine Banane flog heraus. Sie traf Belle ins Gesicht und fiel ins Gras. Dann ging die Tür auf. Frau Hugentobler stand vor ihr. Mit tränenverschmiertem Gesicht. Puder, Rouge und Mascara mischten sich auf ihren weichen Wangen zu expressionistischer Malerei.

»Oh!«, rief sie. »Belle! Hab ich dir wehgetan?«

»Nein, überhaupt nicht.« Belle hob die Banane auf und reichte sie Frau Hugentobler. Die nahm sie und drehte sie in den Händen. Brach dann, zu Belles Entsetzen, in lautes Schluchzen aus.

»Kein Fleck«, heulte sie, »keine Beule, nichts?«

Sie gingen ins Haus hinein, Frau Hugentobler schloss die Tür – die Nachbarn – und zog Belle in die Küche. Die Küche war aufgeräumt und sauber. Wie immer. Ein schwacher Geruch nach Mittagessen hing noch in der Luft. Tomatensauce, geschmolzener Käse.

»Nichts ändert sich«, rief Frau Hugentobler und legte die Banane zurück in die Obstschale. »Siehst du? Als wäre nichts passiert.«

»Ist denn etwas passiert?«, fragte Belle schüchtern.

»Nein! Nichts! Sag ich doch die ganze Zeit! Nichts passiert, nur die Zeit vergeht. Tage, Monate, Jahre! Bis nichts mehr von mir übrig ist, nichts! Nichts passiert, außer dass wir frühstücken! Zu Mittag essen! Zu Abend essen! Abwasch! *Tagesschau*! *Teleboy*!«

Belle konnte sie kaum verstehen, so laut weinte sie, so abgehackt stieß sie die Worte hervor.

»Ist Susen hier?«, fragte Belle schließlich schüchtern. Frau Hugentobler schaute auf, schnäuzte sich, verwandelte sich langsam wieder in die Frau Hugentobler, die Belle kannte.

»Sie ist oben, Liebes.«

Doch Susen stand auf dem Treppenabsatz und schaute hinunter. Sie verdrehte die Augen, als sie Belle erblickte, schraubte den Zeigfinger in die Stirn.

Später kam Frau Hugentobler in Susens Zimmer. Sie sah wieder aus wie immer, vielleicht ein wenig stärker gepudert als sonst.

»Ihr müsst entschuldigen, Mädchen. Das ist die Abänderung«, sagte sie, stellte ein Tablett auf den Schreibtisch.

»Ihr werdet es noch früh genug erleben. Hormone sind ein Teufelszeug!«

»Mom!«

»Schon gut. Hier, zum Trost etwas Süßes.« Frau Hugentobler ging aus dem Zimmer, und Susen nahm einen der beiden Teller. Vanilleeis mit gebratenen Bananenscheiben.

Belle hatte noch lange darüber nachgedacht, was das Wort »Abänderung« wohl bedeuten mochte. Wenn man ein Kleid abänderte, passte es nachher besser. Was immer mit Frau Hugentobler los war, es schien aber nicht wirklich besser zu passen.

»Ja, meine Mutter«, seufzte Susen. »Kaum zu glauben, dass sie damals jünger war als wir heute. Die Wechseljahre haben ja ihren Schrecken verloren, der Chemie sei dank!« Und sie hob das Glas und prostete Belle zu. »Im Vergleich zu ihr haben wir es doch gut. Aber jetzt sag mal, als du Manolo kennengelernt hast, da hast du dir das nicht so vorgestellt, oder?«

Auch eine oft gestellte Frage: Hast du es dir so vorgestellt? Natürlich nicht. Nichts war so, wie Belle es sich vorgestellt hatte. Nichts.

Wednesday glitt aus dem Schlaf hinaus und wieder in ihn hinein, begleitet vom An- und Abschwellen der erwachsenen Stimmen. Seit sie klein war, schlief sie so am besten. Immer wieder hatte sie ihre Mutter so ausgetrickst, verhindert, dass sie in ein einsames Hotelzimmer abgeschoben wurde, indem sie auf Sofas, in Wohnzimmern, auf Autorückbänken, in Restaurants und Hotelfoyers eingeschlafen war. Es kam nicht darauf an, zu wem die Stimmen gehörten, solange es mehr als eine war.

## Wach

Irgendwo heulte ein Wolf. Er klang sehr menschlich. Und sehr nahe. Susen hielt den Atem an. Antonin glaubt nicht an die Geschichte mit den Wölfen, dachte sie. Leise stand sie auf und schlich zum Fenster. Kein Licht brannte. Nicht im Haus, nicht im Stall, nicht auf dem Vorplatz. Sie öffnete das Fenster. Die Nacht war kühl. Ganz schwarz lag sie vor ihr. Die Sterne schienen heller und zahlreicher, als Susen sie in Erinnerung hatte. Ob sie die Einzige war, die den Wolf hörte?

Antonin glaubt nicht an die Wölfe, wiederholte sie für sich, immer wieder, wie ein Mantra.

Schließlich schloss sie das Fenster und ging ins Bett. Sie hätte gern noch ein bisschen gelesen. Neben ihr auf dem Fußboden stapelten sich die Bücher, die sie mitgebracht hatte (Bücher über Pferde, über Cowboys, über die Liebe im mittleren Alter, Bücher über Hormone), doch es gab kein Leselämpchen, kein Nachttischlicht. Die Kerzen hatte sie schon gelöscht. Sie drehte sich auf die andere Seite, konnte nicht einschlafen, das Kissen war zu weich und roch ein bisschen säuerlich.

Da hat schon jemand drin geschlafen, dachte Susen. Scheiße, sie hat nicht einmal die Betten frisch bezogen!

Belle lag auf dem Rücken und starrte an die Decke. Buchstaben erschienen auf dem weißen Gips und setzten sich zu einer Liste zusammen.

*Was morgen zu tun ist:*
Mirabo bewegen
Voltaire bewegen
Voltaires Bein anschauen
Wenn nötig: Chiropraktiker anrufen
Sättel kontrollieren
Reitgruppe einteilen
Ausstehende Kursgelder eintreiben
Die Dingsda abfangen, die Mutter von … wie heißt sie gleich?
Ausstehende Pension für Cairo verrechnen
Vitamine nachbestellen
Preise besorgen für den Pferdestriegelwettbewerb
Heuballen umladen

Vielleicht konnte sie Mirabo nachmittags bewegen, wenn sie mit der Gruppe ausritt. Wenn sie dann nur nicht zu wild war. Einige der Mädchen ritten noch nicht so lange. Sie wusste nicht mehr, welche. Sie hatte sich die Namen nicht gemerkt. Normalerweise machte sie sich eine Liste mit Stichworten und versuchte, so viele wie möglich zu behalten. Manchmal rutschten ihr dann aus Versehen Ausdrücke wie »Zuckelschritt« oder »Gummiball« heraus. Und dann weinten die so Angesprochenen. Die Mädchen waren in einem empfindlichen Alter, und sie wetteiferten um Belles Gunst. Die Erkenntnis, dass ihr Idol nicht einmal ihren Namen kannte, konnte schon ihr Herz brechen. Zuverlässig erinnerte sich Belle nur an Pferdenamen. An den Namen jedes einzelnen Pferdes, das sie je geritten hatte. Sie sagte sie vor sich hin wie ein Gebet.

Die Liste ratterte über die Zimmerdecke, als würde sie da ausgedruckt, Buchstaben füllten bald jeden Millimeter und legten sich schließlich übereinander. Alles, was sie heute nicht getan hatte, schob sich über das, was sie morgen tun musste. War es wirklich eine gute Idee gewesen, die zweite Flasche aufzumachen?

Keine Zeit, dachte sie. Keine Zeit, keine Zeit, keine Zeit. Jede Minute des Tages war ausgefüllt. Von fünf Uhr früh bis zehn Uhr nachts. Doch in den langen Stunden, in denen sie mit den Pferden arbeitete, schien sie alle Zeit der Welt zu haben. Diese Stunden gehörten ihr. Neben ihr tickte der Wecker, die rote Digitalanzeige ruckelte unerbittlich vor, noch drei Stunden Schlaf, noch zwei, noch eine …

Antonin würde ihr helfen müssen. Gleich als Erstes musste sie mit ihm reden. Sie musste ihn warnen …

Warnen? Wo kam das denn her?

Vor Susen, dachte sie. Er ist ihr nicht gewachsen. Sie macht doch Hackfleisch aus ihm. Das hat er nicht verdient.

Im Hof heulte der Wolf. Belle hielt den Atem an. Keines der Tiere reagierte. Weder die Hunde noch die Pferde. Das muss der Wind sein, dachte sie und drehte sich auf die andere Seite. Da war das Kissen noch kühl.

Die Abänderung, dachte Susen. Sie mochte den altmodischen schweizerdeutschen Begriff für Wechseljahre, den ihre Mutter immer benutzt hatte. Irgendwie schien er ihr passend. Was würde sie abändern? Das wäre doch eine Geschichte. Eine Kolumne. Aber dann müsste sie zugeben, dass sie seit ein paar Monaten Hormone nahm, dass sie das Alter, in dem ihre Mutter am Ende zu sein glaubte, schon überschritten hatte. Mit vierundvierzig.

Na und? Manche fangen eben früh an.

Ich sehe sehr gut aus für mein Alter, dachte Susen trotzig. Ich sehe sogar super aus.

Es war nur … Sie hatte sich alles anders vorgestellt. Sie dachte an die Magazine, die sie als junges Mädchen mit religiöser Andacht studiert hatte: nicht das *Gelbe Heft*, das ihre Mutter abonniert hatte, sondern die französische *Elle*, die bei Fabienne herumlag, die amerikanische *Vogue* und *Vanity Fair*. Sie schaute die Bilder an, und da sie die Artikel und Bildunterschriften nicht lesen konnte, glaubte sie lange, die Modeaufnahmen seien Reportagen. Die Models, die sich auf den Felsen ausstreckten, um Baumstämme rankten, vor Wolkenkratzern posierten, seien international berühmte Frauen, und so sähe ihr Leben, ihr Alltag aus.

Sie dachte sich die Geschichten zu den Bildern aus: Da war die Ärztin, die auf einer Farm in Afrika lebte und einen

Hauslöwen hatte. Mit dem war sie so vertraut – vielleicht sprach sie seine Sprache? –, dass sie sich im Bikini zu ihm auf den Fußboden legen und den Kopf auf sein Fell betten konnte. Sie hielt ein Glas mit einer löwenfellfarbenen Flüssigkeit hoch, als studiere sie den Inhalt. Vermutlich war da ein neuartiges, geheimes Mittel drin, ein Heilmittel, das Krebs bekämpfte, eine Medizin, die sie aus Löwenblut gewonnen hatte. An ihren Armen klimperten schwere Reifen aus Ebenholz, die hatten ihr bestimmt die dankbaren Afrikaner geschenkt, deren Kinder sie geheilt hatte.

Da war die Astronautin, die im silbernen Overall auf der Rolltreppe stand und konzentriert in die Kamera schaute. Sie war auf dem Weg zur Arbeit, fuhr mit der Untergrundbahn zur nächsten Raumstation. Die anderen Pendler, Männer in dunklen Anzügen und kurzen Mänteln, wichen ihr respektvoll aus, doch sie beachtete sie gar nicht. Sie dachte an den kleinen Affen, den sie ins All mitnehmen würde. Im Ärmel ihres Raumanzuges hatte sie Bananen versteckt, sie würde sie einschmuggeln, das war eigentlich verboten, aber die junge Astronautin liebte nun mal Tiere, sie würde alles für ihren kleinen Liebling riskieren, auch ihre Karriere. Auf dem nächsten Bild hatte sie eine riesige Sonnenbrille aufgesetzt, die sie vor den Strahlen im All schützen würde und hinter der sie ihre Gedanken verbarg.

Da war die Meeresbiologin, die in die türkisfarbenen Fluten stieg, das Kleid klebte nass an ihrem Körper, in der Hand hielt sie einen bunt schillernden Fisch – den hatte sie aus dem Aquarium eines teuren Restaurants gerettet, stellte Susen sich vor, gerade, bevor er gekocht werden sollte. In den Sommerferien auf der Insel Elba hatte sie das gesehen: wie der Kellner mit einem Netz einen Krebs aus dem Aquarium fischte und kurz darauf ihren Eltern vorsetzte. Die Biologin würde den Fisch nun ins Meer entlassen, schnell, schnell, bevor er erstickte, keine Zeit, das wild geblümte Kleid auszuziehen, die hochhackigen Sandalen. Ja, nicht einmal die Tasche aus Lackleder warf sie in den Sand…

In allen Geschichten, die sich Susen früher ausgedacht hatte, kamen Tiere vor. Was war passiert, dass Susen heute ein vollkommen tierloses Leben führte? Nichts war so gekommen, wie sie es sich vorgestellt hatte: glanzvoll, unübersehbar, anders.

Zwar war sie im Fernsehen aufgetreten, der Zeitungshändler an der Ecke kannte sie und wies sie zuvorkommend darauf hin, wenn sie irgendwo abgebildet war: »Sehr schönes Bild heute wieder auf der Gesellschaftsseite, Frau Sabatier, muss ja eine tolle Party gewesen sein! Soll ich die Zeitung rollen?« Ihr Kleiderschrank war so groß wie früher ihr Kinderzimmer. Kleider, die direkt aus den Modezeitschriften stammen könnten. Es gab Designer, die explizit an sie dachten, wenn sie ein Kleidungsstück entwarfen, die sie anriefen und sie mit »Darling« ansprachen. Ihre Haare wurden von einem Mann geschnitten, der schwerer zu erreichen war als die Bundesratspräsidentin, was in einem Land wie der Schweiz allerdings nicht viel hieß. Sie hatte Autogrammkarten drucken lassen und brauchte sie auch. Ungefähr einmal im Monat.

Und doch.

Sie musste nur eine Landesgrenze überqueren, und schon war sie ein Niemand. Niemand kannte sie. Niemand beachtete sie. Niemand bot ihr ein Upgrade im Flugzeug, einen besseren Tisch im Restaurant, eine Suite zum Preis eines Doppelzimmers an. Ach, sie musste nicht einmal eine Grenze überqueren: Schon in ihren eigenen vier Wänden war sie ein Niemand. Sollte sie nicht auf Händen getragen, sollte ihr nicht jeder Wunsch von den Augen abgelesen werden? War das nicht der Sinn der Sache? Und wenn sie schon dabei war: Wie kam es, dass sie allein war? Dass niemand sie liebte? Dass niemand nachts nicht schlafen konnte, weil er sich nach ihr verzehrte? Wer war sie eigentlich?

War sie ein Niemand?

Jasmin horchte, ob irgendwo eine Tür aufging. Sie wartete schon lange nicht mehr auf Manolo, sondern auf ihren Sohn Jonas.

Nacht für Nacht schlich er sich aus dem Haus. Sie wusste nicht, wo er hinging. Hatte er eine Freundin? War er nicht etwas zu jung dafür? Jonas war ihr fremd geworden. Ihr sanfter, kleiner Gefährte, ihr Komplize. Hatte er gefährliche Freunde? Nahm er Drogen? Klaute er Autos und fuhr auf den dunklen Landstraßen herum?

Erst wenn sie das leise Klicken der Haustür hörte, konnte sie einschlafen.

Plötzlich war alles klar. Manolo schrieb im Bett. Er hatte sich schon hingelegt, auf seinem Klappfuton, die teuren Kopfhörer aufgesetzt, Bach in den Ohren, Tränen in den Augen. Tränen über sich selbst, die Verschwendung seines Lebens. Plötzlich hatte er einen Einfall: Die Liebe ist eine Erfindung.

Nicht besonders originell, aber ein Anfang. Vor allem, wenn er seine Geschichte, sein verschwendetes Leben einbezog.

Leise stand er auf – damit seine Frauen nicht hörten, dass

er wach war, und auf falsche Gedanken kamen – und ging zum Schreibtisch hinüber. Den Kopfhörer behielt er auf. Er war kabellos. Hatte viel Geld gekostet, das er nicht verdient hatte. Manolo benutzte seinen Computer seit einiger Zeit nur noch zum virtuellen Einkaufen. Das sich aber in ganz realen Paketen manifestierte, denen Rechnungen beigelegt waren. Er hatte seine Methode, den Briefträger abzufangen, die Pakete zu verstecken, mit den Rechnungen war das nicht so einfach.

Banalitäten! Donnerte Bachs Musik in seinen Ohren. Vergeudung! Nun wende dich endlich dem Wesentlichen zu. Dem Göttlichen. Der Liebe. Dir.

Manolo öffnete ein neues Notizbuch. Atmete den Geruch von frischem Papier ein. Schraubte seinen Füller auf. Sein Herz klopfte, sein Atem ging flach. Wenn er es nicht besser wüsste, würde er glauben, er erleide einen Herzinfarkt. Doch er wusste es besser: Es war der Schreibgeist, der in ihn fuhr. Er erkannte die körperliche Empfindung auch nach Jahrzehnten wieder.

Na endlich, dachte er. Geht doch.

Und schrieb: »Die Liebe ist eine Erfindung. Von mir.«

Nur Wednesday war endlich eingeschlafen. Sie schnarchte leise. Träumte von Pferden. Das Heulen hatte aufgehört.

# Euer Freund

Was macht ihr denn eigentlich hier?«, fragte der Mann. »Zwei junge Mädchen, so allein mitten im Wald.«

Junge Mädchen, dachte Susen. Nicht Kinder!

»Und Sie, was tun Sie hier?«, fragte Belle frech zurück.

Susen sah sie erstaunt an. So kannte sie ihre Freundin gar nicht. Belle war doch sonst immer die Schüchterne, die sich im Hintergrund hielt, gern hinter Susen versteckte.

»Ich? Ich geh nur spazieren«, sagte der Mann.

»Sie haben doch gar keinen Hund.«

»Kann man denn nur mit Hund spazieren gehen?«

Susen musste jetzt auch etwas zur Diskussion beitragen. Sie war es nicht gewohnt, Belle so das Ruder zu überlassen. »Mein Vater geht auch allein spazieren«, mischte sie sich ein. »Jeden Tag nach der Arbeit. Weil er abnehmen will.«

»Da hast du es.«

Belle wandte sich schmollend ab. Susen triumphierte.

»Wollen Sie auch abnehmen?«

Schon war der Schrecken vergessen, der in ihren Körper gefahren war, als der Mann so plötzlich vor ihnen stand. Schon wollte Susen lachen über den Impuls, schnell wegzulaufen, der ihre erste Reaktion gewesen war. Weglaufen, alles zurücklassen, den Wagen, die Bücher, die Geranie, egal, nur weg, so schnell sie konnte. Am letzten Sporttag vor den Ferien hatte sie wieder alle Preise gewonnen. Langstrecke, Kurzstrecke, Stafettenlauf. Belle hingegen war langsam. Sie konnte weder eine Stange hochklettern noch einen Ball fangen oder um ihr Leben rennen. Susen hätte sie zurücklassen müssen.

Doch sie konnte ja sehen, dass der Mann eigentlich ganz in Ordnung war. Immerhin behandelte er sie nicht wie kleine Kinder. Jetzt ging er in die Knie und inspizierte den Inhalt ihres Leiterwagens, studierte die Buchtitel, die leeren Kekspackungen. Nahm den Blumentopf in die Hand und stellte ihn vorsichtig wieder zurück.

»Was habt ihr mit all dem Zeug vor?«, fragte er ernst. »Seid ihr etwa von zu Hause weggelaufen?«

Etwas in seinem Ton gab Susen das Gefühl, dass er das verstehen würde. Dass er es nicht schlimm fände. Susen war direkt versucht, Ja zu sagen. Ja, wir sind von zu Hause weggelaufen. Sie wollte ihm gefallen. Wollte das sagen, was er hören wollte. Er war anders als andere Erwachsene. Er hatte etwas an sich. Als ob er in Susen hineinschauen könnte.

Belle hingegen hatte sich demonstrativ wieder auf den Waldboden gesetzt und ein Buch in die Hand genommen. *Die Pferde der Camargue*. Susen wusste genau, dass sie es schon gelesen hatte. Sie hatten sich lange darüber gestritten, wie man den Titel aussprach. Sie hatten noch keinen Französischunterricht in der Schule, doch Susen bestand darauf, dass es »Camargü« heißen musste. Worauf Belle sie eine Idiotin genannt hatte.

»Nicht wirklich weggelaufen«, erklärte sie schließlich dem Mann, »aber wir wollen uns schon ein wenig absetzen von den Alten.« Den Begriff hatte sie erst kürzlich in *Bravo* gelesen und gebrauchte ihn nun zum ersten Mal. »Das hier soll unser Clubhaus werden. Wir müssen es nur noch bauen.«

»Eine sehr gute Idee. Wer ist denn in eurem Club?«

»Nur Belle und ich.«

»Belle, hmm. Und wie heißt du?«

»Susen. Und Sie?«

»Kannst ruhig Du zu mir sagen. Ich heiße Joe.«

»Joe!« Susen war beeindruckt. Sie hatte noch nie jemanden kennengelernt, der Joe hieß. Joe war ein Abenteurername, ein Cowboyname.

»Sind Sie … bist du Amerikaner?«

»Nein, aber ich habe in Amerika gelebt. Warum fragst du?«

»Wir wollen später auch nach Amerika. Belle und ich.«

Belle schaute von ihrem Buch auf und verdrehte die Augen. Susen beschloss, sie zu ignorieren. Vielleicht sollte sie sich eine andere beste Freundin suchen. Fabienne hatte sie eingeladen, in den Sommerferien mit ihr nach Südfrankreich zu fahren. Fabienne hatte ihr die *Bravo* ausgeliehen. Vielleicht passte sie besser zu ihr.

»Was wollt ihr denn dort machen? Lass mich raten – ihr wollt nach Hollywood und euer Glück als Schauspielerinnen versuchen!«

Belle schnaubte.

»Nein, nicht gerade«, sagte Susen verlegen – plötzlich schien ihr Joes Idee sehr viel aufregender, erwachsener als ihre. »Wir wollen einen Pferdehof aufmachen. Irgendwo im Wilden Westen.«

»Hmm.«

Sie hatte es gewusst, die Idee war blöd. Kindisch. »Aber vielleicht gehen wir stattdessen auch nach Hollywood.«

Schließlich träumte sie schon lange davon, ein Star zu werden. Früher hatte sie mit ihrer Barbiepuppe ganze Shows einstudiert, auf einer Schuhschachtelbühne mit Taschenlampenscheinwerfern, komplett mit selbst genähten Kostümen und einem abgebrochenen Streichholz als Mikrofon. Eigentlich war das ihr erster Traum gewesen: berühmt zu werden. Nur weil Belle so pferdevernarrt war, hatte sie sich auf die Ranch-Fantasie eingelassen.

Susen seufzte. Sie würde mit Belle reden müssen. Oder, noch besser, sie würde sich nach den Sommerferien einfach neben Fabienne setzen. Das würde Belle schon verstehen.

Fabiennes Mutter war früher Fotomodel gewesen. Sie kannte bestimmt berühmte Leute. Vielleicht kamen sie sogar zu Besuch. Wenn es der Zufall wollte, würde Susen schon in diesen Sommerferien entdeckt werden. Wer konnte das schon wissen. Dann müsste sie gar nicht mehr zur Schule gehen, müsste nicht mit Belle Schluss machen.

»Wie spät ist es eigentlich?«, fragte Belle plötzlich. »Wir müssen um sechs zu Hause sein.«

Joe schaute auf seine Uhr. »Viertel nach fünf. Ihr habt noch Zeit.«

Das konnte nicht stimmen, weil sie um fünf erst losgezogen waren. Die Idee, ein Clubhaus zu bauen, war ihnen spontan gekommen, nachdem sie schon einen Nachmittag lang halbherzig einen Stapel alter *Geo*-Hefte, die sie in der Altpapiersammlung gefunden hatten, nach Bildern von Pferden, von Reitern, von Amerika durchgeblättert hatten. Susen wusste auch, dass Belle nicht um sechs zu Hause sein musste. Belle konnte kommen und gehen, wann sie wollte. Ein Privileg, von dem sie allerdings nur selten Gebrauch machte. Nein, wirklich. Belle war langweilig. Belle war noch ein Kind. Susen brauchte eine andere beste Freundin. Und deshalb nickte sie, obwohl sie es besser wusste, nickte, als glaubte sie Joe. Natürlich würde ihre Mutter schimpfen. Und wenn schon. Sie würde sich schon eine Ausrede einfallen lassen.

»Ich will euch ja nicht zu nahe treten«, sagte Joe, »aber weit seid ihr noch nicht mit eurem Clubhaus.«

»Tja, wir … wir wollten …«

»Ich kann euch helfen. Ich habe schon viele Hütten gebaut. Was haltet ihr denn von einem Baumhaus?«

»Einem Baumhaus? Das wäre so toll!« Susen sprang auf und klatschte in die Hände. Ein Baumhaus! Wie in diesem Kinderfilm!

»In Amerika baut man Clubhäuser grundsätzlich auf Bäumen«, erklärte Joe. »Soll ja nicht jeder reinkommen können.«

»Genau! Weißt du denn, wie man ein Baumhaus baut?« Schon kam es ihr ganz natürlich vor, Joe zu duzen. Er lächelte.

»Klar kann ich das. Als ich noch in Amerika lebte, hatte ich ein Clubhaus in einem Redwood Tree. Wisst ihr, was ein Redwood Tree ist?« Er wandte sich immer noch an sie beide, obwohl Belle ihn demonstrativ nicht beachtete. »Redwood Trees sind die ältesten Bäume der Welt. Sie werden hundert Meter hoch.«

»So ein Blödsinn!« Belle klappte das Buch zu und stand auf. »Das glaub ich nicht, und überhaupt, wir können unser Clubhaus selbst bauen. Nicht, Susen?«

Susen antwortete nicht sofort.

»Nicht, Susen?«, wiederholte Belle mit dem flehenden Unterton, der das Ende ihrer Freundschaft besiegelte.

»Nicht so gut wie Joe«, sagte sie schnippisch. Sie trat etwas näher an ihn heran. »Du kannst ja gehen, wenn du nach Hause musst.«

Belle verschränkte die Arme. Sie ging nicht.

»Hey Mädels, streitet euch doch nicht meinetwegen!« Er zwinkerte Susen zu. »Ich bin doch euer Freund.«

## Kreistanz

So hatte Susen sich das nicht vorgestellt. Das dicke Pony ruckelte unter ihr, die Nähte ihrer Jeans scheuerten schmerzhaft, und die neuen Cowboystiefel würden bald ruiniert sein. Statt mit wehendem Haar an der Seite eines Cowboys über die Stoppelfelder zu jagen, zuckelte sie immer nur im Kreis herum. Belle stand in der Mitte des Reitplatzes und hielt das Pony an der langen Leine.

»Lollipop ist sechsundzwanzig Jahre alt«, sagte sie stolz. Und als Susen nicht gleich reagierte: »Das ist uralt für ein Pony! Und schau ihn dir an: Sein Fell glänzt, seine Augen sind klar, er ist in Topform. Nur Zähne hat er nicht mehr alle. Ich muss ihm immer Haferbrei kochen.«

»Du kochst für dein Pony, aber nicht für deinen Mann?«, japste Susen. Die ungewohnte Bewegung, das unkontrollierte Auf- und Abhüpfen auf dem Ponyrücken verursachte ihr Seitenstechen.

Belle lachte. »Jasmin kocht für meinen Mann«, sagte sie dann. Ihre Frau fürs Grobe. Sie schüttelte den Kopf. »Also Susen, jetzt konzentrier dich mal. Konzentrier dich auf die Bewegung des Tieres.«

»Bleibt mir denn was anderes übrig?«

»Stell dir eine Schale vor, in der eine Steinkugel hin- und herrollt. Das ist dein Becken.«

Susen konnte sich keine solche Schale vorstellen. Sie dachte an eine flache Schale aus Muranoglas, die sie neulich bei einer Kollegin gesehen hatte, leuchtende Farben, grün und rot. Eine Steinkugel würde die sofort zertrümmern. Wieso sollte man …

»Mit dem Becken treibst du das Pony an.«

Lollipop war stehen geblieben und streckte sich nach dem grünen Gras auf der anderen Seite des Zauns.

Susen hatte genug. Sie ließ sich über den Hals des Tieres nach vorn gleiten und mehr oder weniger elegant in die Sägespäne fallen.

»Susen!«

»Danke, du, das war toll!« Sie stand auf und klopfte ihre Hose ab. Lollipop hatte nicht einmal aufgeschaut.

Belle rollte die Longe über ihren Unterarm auf, während sie auf sie zukam. »Wenigstens etwas hast du mit meinem Mann gemein.«

Sie sagte das so gern: mein Mann. Auch wenn es gegen alle von Manolo vertretenen und von ihr mit glühendem Eifer übernommenen Grundsätze verstieß. Die da waren: Unsere Liebe ist rein. Frei von Besitzansprüchen. Frei von bürgerlichem Pragmatismus. Allein unsere Gefühle definieren sie. Jeden Tag neu.

»Ach ja, was denn?«

»Ihr könnt nicht reiten. Ihr mögt keine Pferde.«

»Ach, sag das nicht. Ich liebe Pferde!« Susen kletterte auf den Zaun, setzte sich auf die oberste Latte und tätschelte großmütig Lollipops Rücken. »Zumindest theoretisch!« Susen grinste. »Vielleicht doch gut, dass ich nicht Tierärztin geworden bin, was?«

Belle wickelte das Ende der Longe um einen Zaunpfahl.

Dann schwang sie sich neben Susen auf die oberste Latte. Die Leine löste sich etwas, und Lollipop entfernte sich ein paar Schritte. Systematisch rupfte er die grünen Halme aus, zermalmte sie in seinem fast zahnlosen Maul, um sie dann unzerkaut auf den Boden fallen zu lassen.

»Er weiß, dass er nicht beißen kann, aber er kann nicht anders.« Belle zuckte mit den Schultern. »Es ist Instinkt, und der ist stärker als die Vernunft.«

»Tja, da kenn ich andere ...«

Sie lachten, sie boxten sich in die Oberarme, versuchten, sich gegenseitig aus dem Gleichgewicht zu bringen, vom Zaun zu schubsen.

»Hör auf!«, rief Susen schließlich. »Nicht immer auf die Kleineren!«

Die Sonne schien. Belle schloss die Augen. Im Hof fuhren die ersten Mütter vor, die ihre Töchter zum Reitlager brachten. Sie musste sie begrüßen. Herumführen. Beruhigen. Musste die noch ausstehenden Kursgelder eintreiben, Einzahlungsscheine verteilen – die Buchhaltung für diesen Monat fiel ihr ein, der Anruf beim Steuerberater, die Rechnung des Tierarztes, Cairos Hufe, die Sättel für die Mädchen ...

Wann hatte sie das letzte Mal so in der Sonne gesessen? Vielleicht hatte sie Susen deshalb eingeladen. Susen schien alle Zeit der Welt zu haben.

Belle öffnete die Augen. Antonin stand vor dem Stall und striegelte Voltaire. Die Mädchen und ihre Mütter scharten sich um ihn. Er schaute zu Belle und Susen hinüber und hob die Hand.

Belle nickte. Sie sollte jetzt vom Zaun springen und zu den Ankömmlingen hinübergehen, aber sie konnte nicht. So selten setzte sie sich hin, dass sie jetzt gar nicht mehr aufstehen konnte.

»Mal im Ernst«, fragte Susen, »Manolo mag keine Pferde?«

»Er zieht Esel vor.«

»O.k., Belle. Das lasse ich jetzt lieber unkommentiert.« Susen breitete die Hände aus, wie um zu zeigen, dass sie keine Waffe trug. »Du weißt nicht, was mich das kostet.«

»Ach, du bist unmöglich!« Belle lachte. Es war seltsam befreiend, so über Manolo zu lachen. Sie fühlte sich auf kribblige, kichernde, verbotene Art lebendig. War das der Grund, warum die Frauen in ihrer Reitgruppe so gern und so ausgiebig über ihre Ehemänner herzogen?

»Worüber redet ihr dann?«, fragte Susen weiter, unverfroren, frech. »Da er sich ja nicht für Pferde interessiert?«

»Über seine Arbeit«, sagte Belle erstaunt. Worüber denn sonst? Erst als sie es ausgesprochen hatte, fiel ihr auf, wie das klang. Wir reden über seine Arbeit. Nicht über meine.

Abgesehen davon stimmte auch das nicht ganz. Manolo redete nur dann mit ihr über seine Arbeit, wenn noch ein zusätzliches Publikum dabei war, Studenten, Leser, Bewunderer. Ich will dich nicht verderben, sagte er. Du bist meine Naturkraft, sagte er. Das Denken ist nicht dein Ding. War es Jasmins Ding?

»Ist das nicht seltsam«, sagte Susen, die sich einen Grashalm zwischen die Zähne gesteckt hatte, »wir sind doch eigentlich beide Expertinnen. Ich meine, wir sind auf unserem Gebiet erfolgreich und anerkannt. Nur zu Hause hört uns niemand zu. Interessiert sich niemand für das, was wir machen. Wenn es nach unseren Familien ginge, könnten wir genauso gut nicht arbeiten.«

Belle runzelte die Stirn. »Das stimmt doch nicht«, wollte sie sagen. »Bei mir ist das anders. Meine Familie interessiert sich sehr wohl…« Ach, wem wollte sie etwas vormachen? Susen? Ihrer ältesten Freundin? Susen kannte sie besser als irgendwer sonst. Susen wusste, wer sie gewesen war, bevor sie die »Pferdeflüsterin vom Hinterland« wurde. Wer sie immer noch war.

»Mir macht das nichts aus«, sagte sie stattdessen trotzig. »Ich finde es sowieso schwierig, über das zu reden, was ich mache. Ich kann das nicht erklären. Es ist etwas, das man macht, nicht beschreibt.«

»Ja, schon, aber sehnst du dich nicht manchmal nach jemandem, der dir zuhört? Mit dem du über all das reden kannst, was dich umtreibt?«

»Nein, ich…« Belle klappte ihren Mund wieder zu. Ich habe Antonin, hatte sie sagen wollen. Antonin? »Ich brauche das nicht«, beendete sie ihren Satz schließlich. »Pferde reden ja auch nicht.«

»Gut für dich!« Susen seufzte. »Ich muss mich manchmal in den Arm kneifen, um zu fühlen, dass es mich gibt. Und weißt du, was ich manchmal tue?«

»Nein, was denn?«

»Sag's aber nicht weiter: Ich lese meine eigenen Kolumnen! Ich habe sie ausgeschnitten und in einem Ordner gesammelt, und manchmal nehme ich sie hervor und lese eine nach der anderen. Oder meine Leserbriefe – von all den Frauen, die glauben, ich hätte ihnen etwas voraus!« Susen lachte abfällig. »Ganz schön peinlich, was?«

Belle zuckte mit den Schultern.

»Und du«, insistierte Susen, »komm schon, und du?«

Belle zögerte. Sie dachte an Antonin, aber sie wollte ihn

nicht erwähnen. Sie konnte sich denken, was Susen aus diesem Geständnis machen würde – war es wirklich ein Geständnis?

»Ich kann mit Manolo schon reden«, sagte sie. »Nur nicht über Pferde.«

Worüber redeten sie eigentlich?

»Wir reden über uns«, sagte sie. Da war Susen still.

## Mädchen

Den schweren Sattel auf der Schulter stolperte Wednesday in den Stall. Sie ließ sich nicht anmerken, dass er etwas zu schwer für sie war, dass ihre Knie einknickten und die ungewohnten Stiefel in ihre Kniekehlen schnitten.

»Danke«, sagte Antonin und nahm ihr den Sattel ab. »Kommt Belle nicht?«

Wednesday schüttelte den Kopf. »Sie redet draußen mit einer Frau.«

Die Reitschülerinnen kamen hinter Wednesday in den Stall und standen nun im Kreis um Lollipop herum. Zehn Mädchen zwischen neun und zwölf, von denen sie kein einziges kannte. Sie blieb dicht neben Antonin stehen. Als gehörte sie zu ihm. Als gehörte sie zur Einrichtung. Und beäugte die anderen Mädchen. Sie teilte sie in Brüste und keine Brüste ein. So hatten sie sich auch aufgereiht, vermutlich ohne sich abzusprechen. Wednesday wusste um die Bedeutung von Brüsten, seit sie eine Klasse übersprungen hatte. Vorher hatten sie in ihrem Bewusstsein keinen Platz eingenommen, sie hatte keine, und ihre Mutter hatte auch keine.

»Bevor ihr den Sattel auflegt«, sagte Antonin, »streicht ihr mit der flachen Hand über die Kuppe des Pferdes. So.« Er griff nach der nächsten verfügbaren Kinderhand, das war die von Wednesday, und führte sie über Lollipops Rücken, der warm und knochig war. Die BH-Fraktion hielt den Atem an. Wednesday trat einen Schritt zurück. Als Antonins spezieller Schützling hätte sie alle älteren Mädchen gegen sich. Das wollte sie verhindern. Andererseits könnte es auch ein Vorteil sein, man würde ihre Nähe suchen, sie nach Antonin ausfragen. Sie blieb also bei ihm stehen, nicht zu nah, nicht zu weit weg. Ein Mädchen musste strategisch denken, wenn es in der Gruppe überleben wollte, das hatte sie in den vergangenen fünf Wochen gelernt.

Früher hatte Wednesday darüber nicht nachgedacht, es war nie nötig gewesen. Sie hatte ihre Freundinnen gehabt und ihre Feindinnen wie jedes Mädchen. Wer doof war und wer nicht, das wurde Tag für Tag aufs Neue bestimmt, das Bienenreich der Mädchen war täglich in Aufruhr. Sie machten diese Wellenbewegungen mit, so gut sie eben konnten. Nur nicht stolpern, nicht hinfallen, nicht niedergetrampelt werden. Wednesday konnte sich nicht vorstellen, wie Jungen lebten, in einer Welt ohne diese Wellen, in einer Welt, in der Worte und deren Wiederholungen keine Bedeutung hatten, in der Loyalitäten nicht diskutiert und abgewogen und entschieden wurden, sondern einfach da waren.

»Ich will aber ohne Sattel reiten«, sagte eines der Mädchen. »So wie Belle.«

»Am Ende der Woche werdet ihr das auch tun«, sagte Antonin. »Aber jetzt noch nicht.«

Das Mädchen murrte. »Ich komm aber schon ewig hierher!«

Antonin winkte ein anderes Mädchen heran. »So, versuch du mal, den Sattelgurt anzuziehen.«

Das Mädchen trat näher. »Tu ich ihm nicht weh?«

Der Gurt lag fest um Lollipops dicken Bauch.

»Zwei Finger musst du durchschieben können. So.« Er machte es vor, und dann traten die Mädchen an, steckten den Finger zwischen Lollipops Bauch und den Sattelgurt. Antonin hielt den Steigbügel fest, und ein Mädchen nach dem anderen kletterte in den Sattel. Hinauf und wieder hinunter. Lollipop stand geduldig da, mit hängendem Kopf.

»Ich glaub, er ist eingeschlafen«, sagte Wednesday, und ein paar der Mädchen lachten. Die würden diese Woche ihre Freundinnen sein, entschied Wednesday und stellte sich zu ihnen.

»Und jetzt drehen wir eine Runde«, sagte Antonin. »Schön der Reihe nach, eine nach der anderen. Du fängst an!«

Das größte Mädchen stieg in den Sattel, und er führte das Pony hinaus auf die Koppel. Am Halfter befestigte er die Longe, brav trottete Lollipop im Kreis herum.

»Langweilig«, maulte das Mädchen, das schon ewig hierher kam. »Wann können wir endlich richtig reiten?«

»Ich kann das alles schon! Ich will galoppieren!« Eine andere schaute ihn herausfordernd an.

»Ich muss erst sehen, wie ihr im Sattel sitzt«, erklärte Antonin geduldig – zu geduldig, fand Wednesday, sie dachte an ihren Papa, der schon längst gesagt hätte: »Weil es eben so ist!«, oder: »Weil ich es sage!« Die Mädchen würden Antonin nicht gehorchen, fürchtete Wednesday, oder nur, weil sie sich in ihn verliebt hatten. Wednesday kam mit Chaos nicht gut klar, sie brauchte klare Regeln und Strukturen, sie liebte es, ihren Stundenplan abzuschreiben und die Felder mit verschiedenen Farben auszufüllen, sie trug auch ihre Freizeitbeschäftigungen ein, ihre Wochenenden mit Papa.

»Spinnst du jetzt komplett?«, hatte ihre Mutter sie angeschnauzt, als sie auf dem Stundenplan eingetragen fand: »Lesen im Bett: 20.30 bis 21.30 Uhr. Lichter aus: 21.30 Uhr. Schlafen: 21.30 bis 6.30 Uhr.«

»So etwas schreibt man doch nicht auf!«

Wednesday konnte es ihr nicht erklären, das Gefühl von Sicherheit, das sie erfüllte, wenn sie schwarz auf weiß vor sich sah, was sie wann genau tun würde. Natürlich konnte sie ihren Stundenplan nur selten einhalten, weil ihrer Mutter immer wieder etwas Neues einfiel: »Wir fahren aufs Land«, zum Beispiel, »ist das nicht toll, auf einen Pferdehof, da wirst du reiten können. Hast du dir das nicht immer schon gewünscht?«

Ja, schon, aber sie hätte die erste Ferienwoche mit ihrem Vater verbringen sollen, und für die zweite war sie bei Seraina eingeladen, einer Freundin aus der alten Klasse, mit der sie kaum mehr Kontakt hatte.

»Du kannst doch ein andermal zu ihr«, hatte ihre Mutter gesagt, »sei doch mal flexibel! Herrgott, du bist so stur wie eine Achtzigjährige!«

Vielleicht bin ich im Kopf ja schon achtzig, dachte Wednesday, während sie einen neuen Ferienplan aufstellte. Doch jetzt war sie froh, dass sie hier war. Hier hing eine Tabelle am Kühlschrank, da stand ganz genau, wer wann wo war, wer wann kochte, wer wann abwusch. Jasmin war grün, Belle blau und Jonas rot eingetragen. Antonin meldete sich mit Bleistift zum Essen an oder ab. Von Jonas hing außerdem noch ein Schulstundenplan da, in dem auch Nachhilfestunden, Jugendriege, Jungschützenverein, Trompetenstunden und Fußballtraining eingetragen waren. Allerdings schien er sich nicht daran zu halten. Soweit Wednesday das beurteilen konnte, hatte Jonas sich meist in seinem Zimmer eingeschlossen, wenn er eigentlich in der Jugendriege, im Jungschützenverein oder in der Trompetenstunde sein sollte. Der Einzige, der an der Kühlschrankfront nicht vertreten war, war Manolo.

Auch im Stall hing an jeder Box eine Tabelle: wann gefressen, wie viel, wie lang geritten, seit wann auf der Weide. Tierarzt, Impfungen, Akupressur, Chiropraktiker.

»Die Viecher leben ja besser als du«, hatte Susen zu Belle gesagt, »und wann schickst du sie zur Pediküre?«

So eine Bemerkung war typisch für ihre Mutter. Wednesday hatte sich wie immer in diesen Momenten voller Scham von ihr abgewandt. Vielleicht vergaß man dann, dass sie zu ihr gehörte, doch Belle hatte nur gelacht und gesagt: »Hier steht's doch: Mittwochnachmittag um vier, Hufe schneiden und neu beschlagen.« Und dann hatte sie ihre Hände ausgestreckt, die sehnig, fleckig, hart waren, die Fingergelenke verdickt, die Nägel schwarz.

Wusste ihre Mutter überhaupt, was sie sagte? Sie wusste es nicht. Zu diesem Schluss war Wednesday schon vor Jahren gekommen.

Ein Mädchen nach dem anderen drehte seine Runden auf Lollipop, Schritt, Trab, Galopp. Antonin beobachtete jedes Kind und teilte ihm dann ein Reitpferd zu, das es während der ganzen Woche betreuen würde. Füttern, striegeln, die Box ausmisten. Satteln, aufzäumen, reiten.

Währenddessen standen die anderen Mädchen in kleinen Gruppen am Zaun, warteten, bis sie an die Reihe kamen, tuschelten. Wednesday hatte sich neben die Mädchen gestellt, die vorhin gelacht hatten.

»Wie lange reitest du schon?«, fragte schließlich eines der Mädchen.

»Gar nicht«, sagte Wednesday, »das ist das erste Mal.« Harmlos. Bescheiden. »Ich hoffe nur, dass ich nicht runterfalle.« Unterlegenheit markieren. Von mir geht keine Gefahr aus. Es gibt keinen Grund, mich anzugreifen.

»Ach was«, sagten ihre neuen Freundinnen, »du fällst bestimmt nicht runter!«

»Du bist bestimmt megabegabt!«

Angie und Delfina hießen sie und gingen beide in die fünfte Klasse. »Ich auch« sagte Wednesday, dass sie schon in der sechsten Klasse war und eine Klasse übersprungen hatte, würde sie hier nicht sagen.

»Du hast ein megacooles Armband«, sagte Angie, »zeig mal!« Sie steckten die Köpfe zusammen, und als Delfina drankam, schauten sie ihr zu.

»Cairo«, sagte Antonin, doch Delfina ging nicht wie die anderen zum Stall, um die Box mit ihrem Pferd zu finden. Stattdessen blieb sie am Zaun stehen und wartete auf Angie und Wednesday. Sie waren die Letzten.

Eigentlich war jetzt alles gut, eigentlich könnte Wednesday sich entspannen, doch da kam ihre Mutter angestiefelt. Sie trug einen Cowboyhut aus Stroh, den Wednesday noch nie gesehen hatte, und kniehohe rosa Stiefel, die Stiefel waren neu, sie hatte sie am Tag der Abreise gekauft. Zum Reiten, hatte sie gesagt, dabei hatten die Stiefel Absätze, die einem Pferd nur wehtun würden. Sie hatte ihre Jeans in die Stiefel gestopft, ganz enge Jeans, die sie bei H & M in der Kinderabteilung gekauft hatte, ein Meisterstück, auf das sie unheimlich stolz war und das sie bei jeder Gelegenheit erwähnte.

»Bitte nicht«, murmelte Wednesday, »bitte nicht, bitte nicht.«

»Kennst du die etwa?«, fragte Delfina.

Angie saß jetzt auf Lollipops Rücken und schaukelte recht unglücklich hin und her.

Wednesday nickte. »Das ist meine Mutter.«

Manchmal half es, dass ihre Mutter berühmt war – »Hab ich die nicht im Fernsehen gesehen?« –, manchmal auch nicht. Ihr Lehrer in der dritten Klasse war gerade deswegen besonders streng gewesen: »Du brauchst nicht glauben, nur weil deine Mutter im Fernsehen zu sehen war, kriegst du eine Sonderbehandlung.« Als ob sie um eine gebeten hätte.

»Lebt deine Mutter auch hier auf der Ranch?«, fragte Delfina.

Wednesday nickte resigniert.

»Meine fährt mich«, sagte Delfina, »und holt mich ab. Wir wohnen nicht weit. Vielleicht kannst du mich ja mal besuchen. Vielleicht kannst du auch mal bei mir übernachten.«

»O ja«, sagte Wednesday, aber nicht mit der nötigen Begeisterung, denn sie beobachtete ihre Mutter, wie sie über den sandigen Boden der Koppel ging, mit einem übertriebenen Hüpfer dem Pferd auswich, sich nahe zu Antonin stellte und leise auf ihn einredete. Wednesday sah, wie Antonin die Longe schleifen ließ und Lollipop die Gelegenheit nutzte und stehen blieb. Er steckte den Kopf zwischen den Zaunlatten hindurch und begann, auf der anderen Seite zu fressen, wo das Gras grün war und hoch stand.

»Hey«, rief Angie, und Antonin schaute auf. Und dann zu Wednesday und Delfina hinüber. Schuldbewusst, dachte Wednesday.

»Du kannst auf Lollipop reiten, nachher«, sagte er zu Angie und half ihr aus dem Sattel, »aber erst ist noch Wednesday dran.«

In der Mitte der Koppel gingen Wednesday und ihre Mutter aneinander vorbei, Susen wiegte sich in den Hüften, sie kniff ein Auge zu und machte ein O.k.-Zeichen mit dem Daumen. Wednesday seufzte. Warum gab sie sich überhaupt solche Mühe, warum versuchte sie es immer wieder, wenn ihre Mutter ja doch alles kaputt machte?

Als sie auf dem Pferd saß, bestätigte es sich erneut: Die beiden anderen Mädchen, die sie vor einer halben Stunde noch zu ihren neuen Freundinnen gezählt hatte, steckten die Köpfe zusammen und lachten – bestimmt über ihre Mutter mit ihrem lächerlichen Cowboyhut. Sie hasste ihre Mutter, hasste, hasste, hasste sie.

Wenn sie doch nur bei ihrem Vater leben könnte. Aber dann würde Susen ihre Kolumne verlieren, die im Wesentlichen auf ihrem Status als alleinerziehende Mutter und Single auf Männersuche beruhte, und das wäre auch nicht fair.

Also blieb ihr nur eins: noch mehr Klassen zu überspringen, das Gymnasium mit fünfzehn abzuschließen und auszuziehen. Dann würde sie Pläne schmieden und auch einhalten, dann würde sie ein ordentliches Leben führen, und sie würde Freundschaften schließen mit Mädchen, die nicht wussten, wer ihre Mutter war, die sie nie zu Gesicht bekamen. Nie, nie, nie.

Lollipop trottete im Kreis herum, als würde er schlafwandeln. Antonin ließ die Leine durchhängen und starrte vor sich hin. Wednesday seufzte. Schließlich blieb das Pony stehen, und sie schwang sich mit gestreckten Beinen aus dem Sattel, wie sie es bei Belle gesehen hatte. Griff die Leine ganz oben am Halfter, führte das Tier zu Antonin zurück, der zusammenzuckte, als sei er aus einem Traum aufgeschreckt.

»Ich nehme Voltaire«, sagte sie kalt und stapfte davon. An Angie und Delfina vorbei und auf den Stall zu. Voltaire, den Belle gestern geritten hatte. Kein Pferd für Anfänger. Er würde sie abwerfen, sie würde im feuchten Sand liegen, von den Schulpferden umringt, auf denen die anderen Mädchen saßen und mit weit aufgerissenen Mündern auf sie herunterlachten, sie auslachten. Steif ging sie auf den Stall zu. Und dann, ein Wunder: »Wednesday, Wednesday, warte doch! Warte auf uns!«

Sie drehte sich um. Angie und Delfina waren ihr nachgelaufen. Sie waren ihr, Wednesday Weber, BH-Größe null, nachgelaufen.

Mutter hin oder her!

## Susen sucht den Sinn des Lebens – im Glauben an feministische Früherziehung

»Wissen Sie«, sagte der Lehrer zu mir, »wenn man Kinder hat, muss man Opfer bringen.«

Ich schaute auf die Uhr. Obwohl sie gar keine Datumsanzeige hat. War ich in eine Zeitmaschine geraten? Wo befand ich mich? In Zürich im Jahre 2004.

»Ach so«, sagte ich unverbindlich, denn ich habe kein Interesse daran, mehr Zeit als nötig in Schulzimmern zu verbringen – an meine Schulzeit habe ich nämlich nicht die allerbesten Erinnerungen. Doch mit einer Tochter wie meiner bleibt das nicht aus. Wednesday ist vorwitzig, frühreif, neunmalklug: eine dunkelhäutige Pippi Langstrumpf sozusagen. Haben wir uns nicht genau das gewünscht? Starke Mädchen, die schon emanzipiert zur Welt kommen. Die nicht erst die alten Kämpfe ihrer Mütter und Großmütter ausfechten müssen. Die die Gleichberechtigung mit der Muttermilch aufgesogen haben? Allerdings empfindet Wednesday sich nicht eigentlich als gleichberechtigt, sondern als den Jungen haushoch überlegen.

Aber es ging ja hier nicht um sie, sondern um mich. Mit mir hatte der Lehrer ein Hühnchen zu rupfen, nicht mit meiner Tochter. Oder wenn, dann nur indirekt: Kein Wunder, dass das Kind Probleme macht, BEI SO EINER MUTTER.

»Ich bin ja selbst eigentlich Künstler«, sagte er, »ich bin erst Lehrer geworden, als ich eine Familie gegründet habe. Ich wollte für meine Kinder da sein. Ich wollte nicht verpassen, wie sie aufwachsen ...«

Ach, aber ich etwa schon? Ich arbeite doch zu Hause, wollte ich sagen. Ich bin die ganze Zeit zu Hause oder fast die ganze Zeit, sicher aber mehr als Sie! Doch ich sagte es nicht, weil ich wusste, was er für einen Trumpf im Ärmel hatte: die Ehefrau. Die intakte Familie.

Das sind die Augenblicke, in denen ich mich frage, warum ich diesen hirnrissigen Auftrag angenommen habe, mich öffentlich zu meinem Privatleben zu äußern. Und zu Wednesdays, die sich das schon mehrmals verbitten wollte. Pech, Baby, wir müssen auch essen. Und die Stromrechnung bezahlen. Es können nicht alle Lehrer werden.

»Das ist toll«, sagte ich also zu der Trantüte, »ich bewundere Lehrer. Das ist der wichtigste Beruf, den es überhaupt gibt. Und übrigens, ich bin keine Künstlerin, nur eine einfache Journalistin ... Alleinerziehende Mutter außerdem.« (Letzteres kann ja für oder gegen einen sprechen, je nach Zivilstand des Gegenübers und nach seiner Zufriedenheit damit.) Ich geb's ja zu, ich klimperte ein bisschen mit den Wimpern, ich zupfte an meinem Hemd (das darf man nur, wenn man wie ich einen Nullbusen hat, ätsch!). Ich wollte nur möglichst schnell hier rauskommen, denn ich war mit einer Freundin verabredet, wir wollten ins Kino gehen, es war Wednesdays Vaterabend.

»Hat Wednesday Probleme zu Hause?«, wollte der Typ jetzt wissen. »Gibt es etwas, das sie bedrücken könnte?«

»Nein, eigentlich nicht.«

»Ach – ist nicht Ihre Beziehung zu Ende gegangen?«

»Beziehung?« Ich runzelte die Stirn, dann fiel es mir wieder ein: Ernesto! Ich lächelte. »Sie lesen meine Kolumne«, sagte ich, nicht ohne Befriedigung. »Das freut mich. Nein, Ernesto war nichts Ernstes. Wednesday wurde davon nicht berührt.«

Jetzt hätte ich gehen können, und es hätte eins zu null für mich gestanden, doch da sagte der Typ doch wirklich, ich erinnere die Leserinnen: im Jahre 2004 sagte der Typ: »Sie meldet sich zu oft. Sie entmutigt die weniger guten Schüler. Sie müsste sich mehr zurückhalten.«

»Oder vielleicht sollte sie eine Mädchenschule besuchen«, sagte ich, stand auf und ging. Eigentlich stand es nun zwei zu null für die schlagfertige Kolumnistin, aber ich konnte mich nicht recht freuen.

Hat sich wirklich so wenig geändert seit dem Tag, an dem meine Mutter in die Schule gerufen wurde, weil ihre einzige Tochter, nämlich ich, in eine Schlägerei verwickelt gewesen war?

»Das gehört sich nicht für ein Mädchen«, hatte mein Lehrer gesagt und meine Mutter: »Wo leben Sie denn eigentlich! Wir sind in den Siebzigerjahren, falls Sie es noch nicht gemerkt haben!«

Hätte man ihr damals prophezeit, dass ich dreißig Jahre später ein ganz ähnliches Gespräch führen würde, hätte sie den Vogel gezeigt: »Ach was! Wir sind nicht aufzuhalten«, hätte sie gesagt, »wir sind die letzte Generation, die sich noch unterdrücken lässt, aber auch das hat ein Ende – oder sehen Sie etwa einen BH an mir?« (Das konnte sie sich auch nur leisten, weil sie, wie ich, einen Nullbusen hatte).

O Mutter, haben wir total versagt?

»Nicht doch«, sagte meine Freundin später an der Bar, den Film hatten wir ausfallen lassen, wir waren gleich zum Champagner übergegangen. »Schau uns an: frei, wild, unwiderstehlich.«

»Und betrunken«, wollte ich sagen. Stimmung kam an diesem Abend jedenfalls keine mehr auf. Und Ablenkung zeigte sich auch nicht am Horizont.

(O.k., das könnten wir vielleicht mal als Meinungsstück bringen, wenn grad wieder mal eine Schulreform angesagt ist. Oder hundert Jahre Frauenbewegung oder so etwas – da fällt mir gleich der alte Witz ein: Ich bin absolut für die Frauenbewegung, ich hasse es, wenn sie so reglos unter mir liegen …
O.k., ist ja schon gut.
Wie dem auch sei: Als Kolumne funktioniert das nicht. *Remember*, wir wollen eigentlich nicht so viel über deine Tochter und dafür mehr über dein Nachtleben erfahren. Und mit »wir« meine ich nicht etwa die Redaktion, die darauf auch verzichten könnte, sondern deine treuen Leserinnen. Und wir wissen ja, dass diese mit deinen mütterlichen Reaktionen selten bis gar nie einverstanden sind.
Vergiss in dem Zusammenhang bitte nicht, dass deine Stelle als Kolumnistin von der Anzahl Leserbriefe abhängt, und ich meine damit natürlich positive Leserbriefe! Du kannst es dir nicht leisten, die Fans, die du hast, zu enttäuschen. *Susen and the City, please!* Rba.)

## Stoff

»Unika Bell«, sagte Bauer.

»Mann, bist du stur!«

»Sagen wir es so: Wenn du uns Unika Bell exklusiv geliefert hast, hast du nachher die Carte blanche. Dann kannst du über Cowboys schreiben und über ländliche Nebenfrauen, so viel du willst.«

»Aber, Bauer …«

»Zwei Worte, Susen: Unika. Bell.«

Susen hasste es, wenn ihre eigenen Tricks gegen sie verwendet wurden. Sie hasste es, zitiert zu werden. Immerhin hatte er die Wölfe nicht mehr erwähnt. Die Vorstellung, sich mangels anderer Zeugen ausführlich mit Jonas unterhalten zu müssen, war ihr äußerst unangenehm. Der Junge war geradezu besessen von den grauen Tieren. Alles an ihm irritierte Susen: sein Fanatismus, seine gekrümmte Körperhaltung, das fettige Haar, das in sein Gesicht fiel. Aber so waren Jungen in diesem Alter nun einmal. Sie hatte schon gewusst, warum sie sich damals an ältere Semester gehalten hatte.

Sie musste mit Wednesday reden. Sie wollte nicht, dass ihre Tochter so viel Zeit mit diesem seltsamen Jungen verbrachte. Sie folgte ihm wie ein Hündchen, oder sollte sie sagen, ein Wolfswelpe? Ach was. Susen schüttelte den Kopf. Ihre Tochter hörte ohnehin nicht auf sie.

»Zwei Worte, Susen«, äffte sie Bauer und damit sich selbst nach. »Unika! Bell!«

Die Fernsehserie *Steter Tropfen*, die Antwort der Schweiz auf *Dallas* und *Denver Clan*, ging im wahrsten Sinn des Wortes auf eine Schnapsidee zurück: Vier Fernsehredakteure hatten sich eines Abends in einer Kneipe bei viel Grappa überlegt, wie sie die Zuschauer zurückholen konnten. Öffentlich bekannte sich zwar niemand dazu, regelmäßig *Dallas* oder *Denver Clan* zu sehen, doch zu den Sendezeiten waren die Straßen leer gefegt, die Lokale verwaist, die Anrufbeantworter eingeschaltet. »Zufällig beim Umschalten hängen geblieben«, sagte man etwa. Oder: »Als ich letzte Woche die Grippe hatte …«

Die Redakteure bestellten noch eine Runde und kritzelten mehr und mehr Vorschläge und Ideen auf Papierservietten, wie man den Pomp und Glamour von *Dallas* und *Denver Clan* in die Schweiz verlegen könnte.

»Ein Schloss!«

»Adlige und Arbeiter! Geil!«

»Genau, ein Weingut. Mit Winzern und schönen – Winzertöchtern.«

»Und ein widerlicher Schlossherr mit einem widerlichen Lachen …«

»Nein, nein, das muss eine Frau sein, ein weiblicher Bösewicht, das zieht, eine alte Hexe, die die Fäden in der Hand hält, die alle terrorisiert!«

»Und dazu engagieren wir die … die …«

»Ich weiß: Unika Bell!«

Da war es einen Augenblick lang still, die Tragweite des Vorhabens war erkannt, und eine neue Runde Grappa wurde bestellt.

Am nächsten Morgen in der Redaktionssitzung ging es den vier Herren sehr schlecht. Mehr tot als lebendig hingen sie in den Stühlen, vor sich große Wassergläser, in denen sich Brausetabletten auflösten. Sie hatten nichts zu sagen. Nur der Jüngste meldete sich zu Wort. Und weil er noch dieselbe Jacke wie am Vorabend trug und seine ganze Konzentration darauf verwenden musste, sich nicht zu übergeben, griff er in seine rechte Jackentasche, zog einen Stapel zerknitterter Papierservietten hervor und improvisierte verzweifelt: »Eine Seifenoper, die in der Schweiz spielt – so à la *Dallas* und *Denver Clan*, aber hausgemacht sozusagen: Die Handlung trägt sich auf einem Schloss zu, da könnte man ein echtes nehmen, Schweizer Kulturgut sozusagen, eine alteingesessene Familie, Adlige, die nebenbei ein Weingut betreiben. Dazu die üblichen Elemente, äh …« Er strich eine Serviette glatt und versuchte, die verschmierten Buchstaben zu sinnvollen Wörtern zusammenzufügen. »Äh, also Arme und Reiche, die Bauern in den Weinbergen und die Adligen auf dem Schloss, versteht ihr, schöne Bauerntöchter, unerfüllte Liebe, miese Geschäfte, ein paar Leichen im Keller, figurativ gesprochen, aber auch ganz wörtlich, Hauptfigur ist die … Herzogin … äh … Gräfin … Irgendwas, deren Gemeinheit nicht zu überbieten ist, die intrigiert und Fäden spinnt und Fäden in der Hand hält und die auf ihrem Schloss oben hockt wie eine Spinne im Netz … Und … Hmm … Ach ja, genau! Und für diese Rolle, und jetzt haltet bitte alle mal den Atem an, für diese Rolle wollen wir Unika Bell verpflichten – den einzigen echten Hollywoodstar, den die Schweiz je hervorgebracht hat. Damit haben wir den Glamfaktor schon mal sicher. Große Namen, schöne Kleider, dramatische Kulissen, und wenn wir damit die Zuschauer nicht zurückgewinnen, heiße ich nicht Meier!«

Zufrieden setzte er sich wieder, seine Saufkumpane schauten ihn mit offenem Mund an, vor allem der, der wirklich Meier hieß. Waren sie sich nicht gestern noch einig gewesen, dass dieser amerikanische Schwachsinn unter ihrem Niveau war? Dass sie mit anspruchsvollen Kultursendungen dagegensteuern, das Volk erziehen wollten?

»Unika Bell«, sagte jemand. »Lebt die überhaupt noch?«

»Ich hab gehört, sie braucht Geld.«

»Na gut, wenn ihr die kriegt…« Der Programmleiter raffte seine Unterlagen zusammen, die Redakteure warfen noch einmal je zwei Vitaminbrausetabletten ein und trugen dann die bekritzelten Servietten zu einem jungen Drehbuchautor, dessen Mutter hundertvierundachtzig Folgen von *Dallas* auf Video aufgezeichnet hatte. Der Rest wurde Geschichte, und die Servietten sind nun im Fernsehmuseum hinter Glas ausgestellt.

*Steter Tropfen* wurde eine Sensation. Die ganze Schweiz klebte vor dem Fernseher. Unika Bell erlebte ein Comeback amerikanischen Ausmaßes. Vor der Serie war die häufigste Reaktion auf die Nennung ihres Namens die Frage »Lebt die überhaupt noch?« gewesen. Jetzt wurde sie zu einer Institution. Ihr Name und auch der Name ihrer Rolle, Gräfin Hubertine von der Felsenegg, wurden in Gesprächen, an Mittagstischen, am Telefon überall im Land mit derselben Vertrautheit genannt wie die Namen von Freundinnen und Familienmitgliedern. Ihre unübertroffene Gemeinheit – Alexis aus dem *Denver Clan* war eine sensible Amateurin im Vergleich zur ihr – erregte die Gemüter. Politiker wetterten gegen sie und den von ihr vorgeführten Untergang von Moral und guten Sitten. Feministinnen, die fest an die moralische Überlegenheit des weiblichen Geschlechts glaubten, verurteilten sie. Andere lobten die Tatsache, dass endlich eine Frau mit Macht im Fernsehen zu sehen war, ein potenzielles Vorbild für junge berufstätige Frauen. Frauen identifizierten sich mit ihr, ließen sich von ihr anstecken, eine Welle von Scheidungen im ersten Laufjahr der Serie ging auf Unika Bells Konto. Sie bekam Morddrohungen und hässliche Briefe, sie wurde mit altem Gemüse beworfen und von den Medien verfolgt, Frauen hielten sie auf der Straße an und umarmten sie, sie bekam Liebesbriefe, Doktoranden machten sie zu ihrem Thema, und ihr Fanclub zählte vorübergehend mehr Mitglieder als der von Elvis Presley. Die Serie wurde in allen europäischen Ländern ausgestrahlt, und Unika Bell war glücklich. Sie liebte die Rolle. Sie war Gräfin Hubertine. Sie legte die Rolle zehn Jahre lang nicht ab, zehn Jahre, in denen sie gern und oft und überall gesehen war und in denen sie die Presse auch immer wieder in ihre Altstadtwohnung einlud, sich auf ihren mit Tigerfell bezogenen Sofas fotografieren ließ, barfuß und in seidene Kimonos gehüllt.

Doch nach Absetzen der Serie verschwand Unika Bell von der Bildfläche, ganz plötzlich, von der Presse erst leidenschaftlich, dann immer nachlässiger gesucht und schließlich vergessen.

»Ich störe Sie doch nicht, junge Frau?«

Susen fuhr zusammen. »Sie haben mich erschreckt!« Der alte Mann war lautlos neben ihr aufgetaucht. Vielleicht hatte er auch schon lange da gestanden. Ungehalten klappte sie ihr Handy zu. Bauer hatte kein Einsehen gezeigt. Schließlich war ihr nichts anderes übrig geblieben, als in ihr Telefon zu krächzen und zu husten und so zu tun, als breche die Verbindung ab. Ob der Alte das gehört hatte?

»Kann ich Ihnen helfen?«

»Nein«, sagte er freundlich. Seine Stimme war tief und irgendwie vertraut. Er setzte sich auf die Bank, die an der Hauswand stand, eine alte Bank aus einem halben Baumstamm, die Sitzfläche in hundert Jahren wohlverdientem Ausruhen blank poliert, wie es sich gehörte. Er trug einen abgewetzten schwarzen Anzug, ein sauberes weißes Hemd und einen speckigen Hut, an dessen Band eine Reihe von Ansteckern glänzte, kleine goldene Kühe.

Solche hatte Susen schon gesehen. In der Werbung für Appenzeller Käse. Nur waren sie hier nicht im Appenzell. Aber Kühe waren wohl überall in.

Der alte Mann zog eine Pfeife aus der Jackentasche und zündete sie umständlich an.

»Stört es Sie?«, fragte er, nachdem er schon ein paar Züge gepafft hatte.

»Und wenn?« Susen setzte sich neben ihn und nahm eine Schachtel Zigaretten aus der Brusttasche ihres Cowboyhemdes.

»Haben Sie Feuer?«

»Sie haben Zigaretten, aber kein Feuer?«

Susen grinste. Der Alte gefiel ihr. »Ich rauche eigentlich nicht«, sagte sie, und er nickte, als leuchte ihm das vollkommen ein.

»Susen Sabatier«, sagte sie und streckte die Hand aus. Der alte Mann nahm sie. Seine Hand war wie aus Papier. Susen hatte Angst, sie zu drücken, Angst, sie könnte zerfallen.

»Ich bin der alte Max.«

»Ist das ein Name?«

»Der einzige, der mir passt.«

»Hmm.« Susen hatte eine Idee. »Wie lange leben Sie eigentlich schon hier?«

»Oh, schon ewig.«

»Dann kennen Sie also alle hier.«

»Wen, alle?«

»Alle, die zur Familie gehören.«

»Ach, Sie meinen Manolos Frauen?«

»Frauen? Gibt es da noch mehr?«

»Belle, Jasmin …« Der Alte zählte sie an den Fingern ab. »Nein, Sie haben recht, das sind alle. Im Moment.«

Susen schnaubte. Eins zu null für den Alten.

»Ich meinte eigentlich Belles Familie. Ihre Mutter, um genau zu sein.«

»Wie sieht die denn aus? Wär die was für mich?«

Susen tat, als wäge sie die Frage ernsthaft ab. »Ich weiß nicht … Was ist denn Ihr Typ?«

»Hmm.« Der Alte blinzelte. Die Sache schien ihm genauso viel Spaß zu machen wie Susen. »Ich will ganz ehrlich sein: Frauen sind generell nicht mein Typ.«

»Oh!« Susen zog an ihrer Zigarette. Hatte sie richtig verstanden? Der Alte beobachtete sie. Seine Äuglein glänzten. Machte er sich lustig über sie?

»Meinen Sie …«

»Genau, was ich sage. Ich stehe nicht auf Frauen.«

»Oh.«

»Das sagten Sie bereits. Ihre Zigarette …«

Sie war bis zum Filter abgebrannt. Susen ließ sie fallen. Sie steckte sich eine neue an. Der alte Mann zückte sein Feuerzeug. Die Art, wie er sich ihr entgegenbeugte, hatte etwas Kokettes. Konnte es sein? Susen nahm einen Zug. Dachte nach.

»Ich fahr an den Arsch der Welt«, hatte sie sich von ihren Freunden verabschiedet. »Auf Wiedersehen, *good bye*!« Kein

Nachtleben, keine Kultur, wenn sie Pech hatte, nicht einmal Fernsehen. »Ruft mich an«, hatte sie gebettelt, »schickt mir mal eine SMS, eine MMS. Ich will gar nicht daran denken, was ich alles verpasse!«

Und jetzt das: eine offen gelebte Ménage à trois. Ein Cowboy, der aus einem Knotenpunkt der Kultur geflohen war. Ein uralter, schwuler … Ja, was war der alte Mann? Ein Bauernknecht vielleicht? Der einfach auf dem Hof geblieben war, den Belle mitsamt der alten Bank vor dem Haus übernommen hatte?

Es war ihr zweiter Tag auf dem Blauberghof. Wenn das so weiterging, konnte sie sich hier mit Geschichten versorgen, die bis ans Ende ihrer Laufbahn reichen würden.

»Und, wie gehen Sie damit um?«, wandte sie sich schließlich wieder an den Alten, der sie wohlwollend musterte.

»Wie geh ich womit um?«

Drückte sich ein Bauernknecht so aus? »Mit ihrer Homosexualität.« Tapfer hatte sie das Wort ausgesprochen. Einen Augenblick lang hing es zwischen ihnen in der Luft. Schnell redete Susen weiter. »Das kann ja nicht ganz einfach sein, in diesem, nun, sagen wir, ländlichen Umfeld.«

»Liebes Kind!« Der Alte klopfte auf ihr Knie. Seine Hand hatte kaum Gewicht. »Ich habe nicht gesagt, ich sei homosexuell.«

»Aber …«

»Denken Sie darüber nach!« Er stand auf, erstaunlich geschmeidig, ging über den Kiesplatz zurück zum Stall, in dem er offenbar wohnte, auch Antonin hatte da sein Zimmer, wenn Susen sich recht erinnerte. Gleich über den Tieren. Im Gehen kickte der alte Mann Kiesel vor sich her wie ein Kind.

Susen stand auch auf. Sie musste unbedingt gleich noch einmal mit Bauer reden.

## Blind

»Was siehst du?«

»Nichts.« Wednesdays Augen waren mit einem weichen Tuch verbunden. Es roch nach Stall und Zigarette.

»Gut.« Belles Stimme klang beruhigend nah.

Wednesday wusste, dass sie in der Mitte der Koppel war. Die anderen Mädchen standen am Zaun, aufgeregt schnatternd. Belle hatte Wednesday die Augen verbunden und sie dann auf Voltaires Rücken gesetzt. Ohne Sattel, ohne Zügel.

»Leg die Hände auf deine Oberschenkel. Entspann dich.«

Hörte sie Gelächter? Wednesday stellte sich die Mädchen vor, die sich in Trauben an den Zaun drängten. Sie tuschelten. Machten sich über sie lustig, die wie ein Sack auf dem harten Pferderücken saß, auf einer kratzigen Wolldecke, die jeden Moment rutschen konnte.

»Entspann dich«, wiederholte Belle, und Wednesday hätte am liebsten gelacht. Ein Mädchen durfte sich nicht entspannen. Nie. Denn dann käme der Angriff. Aus dem Hinterhalt. Wednesday hatte es oft genug erlebt. Mädchen nutzten solche Momente der Nachlässigkeit, um sich selbst einen Vorteil zu verschaffen. Man konnte nicht wachsam genug sein.

»Schritt«, rief Belle, und Voltaire setzte sich in Bewegung. Einen panischen Moment lang glaubte Wednesday, vom schaukelnden Pferderücken zu rutschen, in den Sand zu fallen, vor aller Augen, dem Gelächter ausgeliefert. Gerade hatte sie in Angie und Delfina Verbündete gefunden. Hatte weitere Punkte gemacht, indem sie ihr Pferd selbst ausgesucht hatte. Belle hatte sie als Erste für die Vertrauensübung ausgewählt. Sie hatte ihr allerdings nicht gesagt, worin diese bestand. Wusste das Pferd, dass es im Kreis gehen musste?

»Atmen!«, rief Belle. »Vergiss das Atmen nicht. Ein – und aus. Pass dich seinem Rhythmus an. Ein – und aus. So ist gut.«

Wednesday konzentrierte sich auf das Atmen – jetzt nur nichts falsch machen. Sie zählte das Schritttempo mit, ein, zwei, drei, vier, aus, zwei, drei, vier.

»Vertrauensübung«, sagte Belle. »Wer vertraut wem? Du dem Pferd oder das Pferd dir?«

»Beides!«, rief eine Stimme vom Zaun her.

»Richtig. Man kann sich ein Pferd nicht untertan machen. Das Pferd ist immer stärker als wir. Wenn es uns reiten lässt, dann, weil es uns vertraut. Ihr müsst das Vertrauen eures Pferdes gewinnen und umgekehrt. Deshalb machen wir diese Übung.«

»Hände auf den Schenkeln lassen. Ganz locker.«

Und gerade, als Wednesday sich halbwegs an das Schaukeln des Pferdes, den Rhythmus des Atems gewöhnt hatte, schnalzte Belle mit der Zunge, und Voltaire fiel in einen langsamen, ruhigen Galopp. Wednesday schrie auf und krallte sich in seiner Mähne fest.

»Ganz ruhig bleiben! Einfach weiteratmen. Hände auf die Schenkel.«

Wednesday blieb gar nichts anderes übrig, als zu tun, was

Belle von ihr wollte. Sie legte die Hände auf die Schenkel, sie atmete weiter, sie gab sich dem Rhythmus des Pferdes hin. Plötzlich war es einfach. Sie sah nichts, sie hörte nichts. Sie war eins mit dem Pferd, auf seinem Rücken angewachsen. Ihr Körper ein Fortsatz von seinem. Seine Bewegung war ihre und umgekehrt.

»Jaaa«, rief Belle. Alle anderen Schrittarten waren einfach. Voltaire in den Trab und dann zurück in den Schritt fallen zu lassen, schließlich anzuhalten. Einfach, weil sie eins waren. Weil ihre Gedanken seine waren.

»Sehr gut«, sagte Belle und klopfte anerkennend auf ihr Knie. »Kannst das Tuch abnehmen.«

Erstaunt sah Wednesday die Mädchen am Zaun stehen. Sie hatte sie vergessen. Ganz und gar vergessen.

Eines nach dem anderen traten die Mädchen mit den ihnen zugeteilten Pferden zur Vertrauensübung an. Belle stand in der Mitte der Koppel. Die Sonne schien warm, und zwischendurch schloss auch sie die Augen.

»In eurem Kopf darf nichts anderes mehr sein als das Pferd«, sagte sie zu sich selbst wie zu den Mädchen. »Das ist das ganze Geheimnis. Konzentration.«

»*Focus, little girl*«, hatte Jamie immer gesagt. »*Focus.*«

Das hatte ihr nach der Sache im Wald das Leben gerettet. Oder sie wenigstens vor dem Durchdrehen bewahrt. In Montana hatten sie außerdem einen Esel gehabt, der Focus hieß. Das einzige Huftier, das Manolo mochte.

Belle schloss wieder die Augen und spürte, wie die Mädchen sich den Pferden anvertrauten. Und ihr. Und dann spürte sie jemanden in ihrem Rücken. Einen vertrauten Geruch. Eine gewisse Wärme. Antonin. Wenn die Mädchen nicht da gewesen wären, hätte sie sich dem Gefühl ganz hingeben können. Doch als sie die Augen öffnete, sah sie ihn aus dem Stall kommen.

Mit Susen.

»Komm schon«, bettelte Susen. »Sprich mit mir.«

»Ich rede ja mit dir.«

»Du weißt schon, was ich meine!«

Antonin grinste. »Ein Interview? Also gut.«

»Super!«

Sie setzten sich auf die Bank, auf der Susen sich mit dem rätselhaften alten Mann unterhalten hatte. Susen fischte einen schmalen Notizblock aus ihrer Brusttasche und einen Miniaturbleistift, auf dem »Ikea« stand.

»Du bist ja richtig hightechmäßig ausgerüstet, was?«

»Machst du dich lustig über mich?«

»Vielleicht ein bisschen.«

»Glaub mir, die wenigen Male, die ich ein Aufnahmegerät benutzt habe, funktionierte es nicht, oder ich hatte den falschen Knopf gedrückt. Diese Methode ist viel zuverlässiger.«

»Wenn nur der Bleistift nicht abbricht.«

»Hier!« Susen nahm einen anderen Stift aus ihrer Tasche, einen hellbraunen Konturenstift, den sie für Lippen und Augen benutzte und an dessen stumpfen Ende ein Spitzer befestigt war. Auf diesem Stift stand »Chanel«.

»Ich bin beeindruckt.«

Sein Ton war vielversprechend. Neckend, herausfordernd.

Susen griff nach Antonins Hand und drehte sie um. Die Haut war rau, aber seine Finger waren lang und schmal. Keine Bauernhand. Susen nahm den goldenen Deckel von ihrem Augenbrauenstift und malte ein lachendes Gesicht in Antonins Handfläche. Punkt, Punkt, Komma, Strich …

Er zog die Hand zurück und schloss sie um das Lächeln.

O.k., dachte Susen.

»Aber jetzt mal ernsthaft«, verteidigte sie ihre Arbeitsweise. »Ein Aufnahmegerät verführt einen dazu, nicht richtig zuzuhören. Man kann's ja später noch einmal abhören. So bin ich gezwungen, ganz da zu sein und wirklich aufzupassen. Und das kannst du mir glauben oder nicht, meist muss ich danach meine Notizen nicht einmal anschauen. Ist alles da drin!« Und sie klopfte sich mit dem Chanel-Stift an die Schläfe.

»Du arbeitest eigentlich so ähnlich wie wir hier.«

Interessant, dachte Susen. Gibt es einen Mann auf der Welt, der nicht bei der ersten Gelegenheit auf seine eigene Arbeit zurückkommt? Der alte Schriftstellerwitz fiel ihr ein: »Aber genug von mir, reden wir von Ihnen: Sie haben doch bestimmt mein neues Buch gelesen?«

»Ganz da sein, sich nicht auf Hilfsmittel verlassen – genau das sagt Belle auch immer. Du arbeitest ohne Aufnahmegerät und sie ohne Sattel, aber im Grunde ist es dasselbe. Lustig, denn auf den ersten Blick seid ihr so verschieden. Wie lange kennt ihr euch eigentlich schon?«

»Ewig, hat sie's dir nicht erzählt? Wir sind zusammen zur Schule gegangen. In der fünften Klasse waren wir unzertrennlich. Belle wollte damals schon einen Pferdehof führen.«

Sie auch, aber das gehörte nicht hierher.

»Wie war sie damals?«

»Wer, Belle?«

Er nickte. Plötzlich schüchtern.

O.k., ich nehm's zurück, dachte Susen. Er ist nicht wie andere Männer. Sein Thema ist nicht seine Arbeit, seine Bedeutung, seine Macht. Stattdessen nutzt er jede Gelegenheit, um das Gespräch auf Belle zu lenken.

»Sie war so wie jetzt«, sagte sie. »Klar im Kopf, unabhängig und manchmal arrogant.«

»Keine schlechte Charakterisierung!« So, wie er sie angrinste, könnte sie glauben, er sei an ihr interessiert. Warum redete er dann die ganze Zeit über Belle?

Susen nahm ihren Notizblock und schlug damit spielerisch auf seinen Oberschenkel. Auf die dreckstarrende Jeans. »Hör mal, ich wollte eigentlich ein Interview mit dir machen, nicht umgekehrt!«

Er zwinkerte ihr zu. »Sorry, das muss ich falsch verstanden haben.«

»Komm schon!«

Er stand auf. »Warum sollte ich dir ein Interview geben? Ich habe nichts zu erzählen.« Das sagte er ganz beiläufig.

Nein, dachte Susen, er ist definitiv nicht wie andere Männer. Er gefiel ihr. Dass er offensichtlich in Belle verliebt war, irritierte sie nicht nachhaltig. Denn Belle war ja nicht in ihn verliebt. Susen war sich dessen sicher. Sonst wäre sie sofort zurückgetreten. Da hielt sich Susen eisern an ihren ureigenen Moralkodex, den sie mit zwölf, dreizehn Jahren in nächtelangen Diskussionen mit Fabienne und unter Zuhilfenahme der Ratgeberkolumnen aus *Bravo* entwickelt hatte. Was geht und was nicht. Einer Freundin den Mann wegnehmen, das geht nicht. Definitiv nicht. Aber hier lag ein anderer Fall vor, denn Belle wollte Antonin ja gar nicht. Belle wollte Manolo und nur Manolo.

Susen griff nach Antonins Hand. Sie war warm. Hart und irgendwie krustig. Probehalber hielt sie sich die Hand an die Wange. Und wollte sie nicht mehr loslassen.

»Ich lass dich noch einmal entkommen«, sagte sie. »Noch dieses eine Mal.«

Er drückte ihre Hand in einem unausgesprochenen Einverständnis. Dann entzog er sie langsam. Sein Daumen strich über ihre Handfläche. Susen lächelte.

Belle hatte ja schon alles. Einen Mann, einen Hof und viele Pferde. Sie hatte außerdem auch eine Nebenfrau und ein Kind, das nicht ihres war. Und Wölfe in der Nachbarschaft. Sie hatte mehr, als sie handhaben konnte. Die Verehrung des Cowboys war ihr doch bestimmt lästig. Susen würde sich also opfern und ihn ablenken. Genau genommen tat sie Belle einen Gefallen.

## Pfefferschoten

Wo ist eigentlich deine Mutter?«, fragte Susen. Die Frage klang beiläufig, nicht so, als läge Susen etwas an der Antwort, ja, eigentlich so, als erinnere sie sich kaum an sie.

»Lebt sie noch?«

Jetzt war sie zu weit gegangen, sie hätte es bei der ersten Frage belassen sollen.

»Warum willst du das wissen?«

»Nur so – ich hab deine Mutter immer gemocht.«

»Ich weiß.« Belle wandte sich ab, räumte das von Susen mehr schlecht als recht abgespülte Geschirr zurück in das

Becken und ließ heißes Wasser darüberlaufen. »Ich wusste früher nie, ob du wegen mir kamst oder wegen ihr.« Dann drehte sich Belle wieder zu Susen um, die am Holztisch saß und ihre Einkäufe auspackte, sorgfältig eingewickelte Gewürze und Wurzeln, die sie fürs Abendessen eingekauft hatte. Jasmin hatte sie ins Nachbardorf gefahren, wo sich neben der Autowerkstatt ein kleines, aber gut sortiertes asiatisches Lebensmittelgeschäft befand.

»Das Angebot ist nicht mal schlechter als in Zürich«, sagte Susen, um das Thema zu wechseln. Belle ging nicht darauf ein.

»Sag bloß, du bist wegen meiner Mutter hier?«

»Wie kommst du denn darauf – lebt sie etwa bei dir?«

Belle wusch das Geschirr noch einmal ab. Susen wickelte unterdessen winzig kleine Chilischoten aus, die so scharf waren, dass schon die Berührung ihre Fingerspitzen verbrannte. Irgendwo hatte sie gehört, dass Kriminelle sich die Fingerspitzen verätzten, damit ihre Fingerabdrücke nicht mehr erkennbar waren, wo war das noch gleich gewesen? Sie musste sich wirklich eine Kartei anlegen, ein Ablagesystem für all diese mondänen Details, die sie täglich aufschnappte. Denn wenn sie sie verwenden wollte, wusste sie nicht mehr, wo sie sie herhatte.

Jetzt fiel es ihr wieder ein: Ein Fotograf hatte ihr das erzählt. Sie waren für *Life.Style* zusammen nach New York geflogen. Bei der Einreise hatte er Schwierigkeiten bekommen, weil seine Fingerkuppen vom jahrzehntelangen Hantieren mit Entwicklerflüssigkeit ganz verätzt waren. Der Einreisebeamte hatte ihn festgehalten. Schließlich gab es Kriminelle, die sich absichtlich die Finger verätzten, Mitglieder der japanischen Mafia zum Beispiel – oder war es die russische?

»Deshalb müssen wir dem schon nachgehen, Sie verstehen, und wir entschuldigen uns für die Unannehmlichkeiten, Sir.«

Belle räumte das Geschirr weg. Mit unnötigem Geklapper, so schien es Susen.

»Sorry, ich wollte dich nicht verärgern. Ich dachte nur …«

»Susen, du bist Journalistin. Du weißt doch, dass meine Mutter Journalisten hasst!«

Hasst, dachte Susen. Gegenwart. Sie lebt also noch. »Du schmeichelst mir«, sagte sie. »Ich mit meiner kleinen Kolumne.«

Belle setzte sich an den Tisch. Nahm aus der Küchenschublade einen Beutel mit Tabak und drehte sich eine dünne Zigarette. »Es ist keine kleine Kolumne«, sagte sie, den Kopf über ihre Bastelei gesenkt.

»Danke.« Susen war überrascht und geschmeichelt. »Echt, du liest sie?«

»Jede Woche.« Belle zündete die Zigarette an.

Erinnerst du dich an die türkischen Zigaretten deiner Mutter?, wollte Susen fragen und erzählen, wie enttäuscht sie gewesen war, als ihr aufging, dass es Marihuana-Zigaretten gewesen waren, an denen Unika Bell sie nicht hatte ziehen lassen. Wie die anderen über sie gelacht hatten, als sie den Geruch Jahre später im Jugendkeller wiedererkannt und ganz cool gefragt hatte: »Kann ich auch so eine türkische Zigarette haben?« Und wie sie die Schmach blitzschnell abgewendet hatte: »So nennt man das eben in Zürich, sagt bloß, ihr wart noch nie da?« Eine gute Geschichte. Susen war sich ziemlich sicher, dass sie sie in die Mappe mit der Aufschrift »Roman« gelegt hatte, wo sich auch ihre vielen abgelehnten Kolumnen befanden. Oft musste sie zwei, drei

Versionen abgeben, bis Bauer zufrieden war. Mal passte ihm der Ton nicht, mal fand er, sie hätte ihr Thema verfehlt. Seit der Sache vor dem laufenden Fernseher war das natürlich auch nicht besser geworden. Unterdessen schickte er ihr so gut wie jeden Text zurück. Eines Tages würde sie alle ihre abgelehnten Kolumnen als Buch veröffentlichen. Sie hatte auch schon einen Titel: *Susen Sabatier Uncut.*

Aber all das erzählte Susen Belle nicht. Stattdessen nahm sie den Tabaksbeutel an sich. Drehte eine, nicht weil sie das Bedürfnis hatte zu rauchen, sondern weil sie ihren Händen etwas zu tun geben wollte.

»Und – wie findest du sie? Die Kolumnen?« Warum fragte sie das? Hatte Belle nicht gesagt, sie lese sie jede Woche?

Belle zuckte mit den Schultern. »Ich lese sie gern. Aber ich merke immer, wenn du lügst!«

»Ach, ich lüge doch immer«, sagte Susen leichthin.

Belle nickte. Das hatte sie offensichtlich hören wollen.

»Ist schon gut«, sagte sie dann versöhnlich. »Wegen meiner Mutter, meine ich. Ich hab deine ja auch besonders gern gehabt.«

»Das stimmt, du hast dich immer bei ihr in der Küche rumgetrieben!«

»Ich fand's da schön. Es war so anders als bei uns. Frau Czerny fauchte mich schon an, wenn ich nur in die Küche kam.«

»Ja, und meine Mutter hat dich gnadenlos ausgenutzt, du warst immer so begierig, ihr im Haushalt zu helfen.«

»Ganz im Gegensatz zu dir!«

Sie lachten.

»Vielleicht hätten wir einfach tauschen sollen …«

Das Lachen erstarb. Dann wäre Susen die gewesen, die niemand vermisst hätte, als sie eine ganze Nacht lang nicht nach Hause kam.

Als Susen damals endlich in ihre Straße einbog, kam ihr ihre Mutter entgegen, sie trug noch ihre Schürze, und die Holzsohlen ihrer Gesundheitssandalen klapperten auf dem Asphalt. Von Weitem rief sie nach Susen, und als sie sie in den Armen hielt, stellte Susen verwundert fest, dass sie geweint hatte. Ihr Gesicht war ganz nass, Tränen tropften in Susens Haar.

»Endlich!«, rief sie. »Wo warst du, ich hab mir solche Sorgen gemacht. Todesängste hab ich ausgestanden! Oh, Susen!«

Es war Sommer und gerade erst dunkel geworden. Susen hatte jedes Zeitgefühl verloren, als sie blind durch den Wald gerannt war, voller Wut auf Belle. Was bildete die sich eigentlich ein? Sich plötzlich so aufzuspielen? Sie wusste nicht, wie lange sie im Wald herumgeirrt war, bis sie endlich an eine vertraute Weggabelung gekommen war, von der aus sie nach Hause fand. Dass sie zu spät zum Essen kommen würde, wusste sie. Aber sie hatte keine Ahnung, wie spät es wirklich war.

»Kurz vor zehn«, sagte ihre Mutter.

Susens Mutter fragte nicht nach Belle, obwohl sie ja wissen musste, dass die Mädchen zusammen losgezogen waren, und Susen sagte nichts. Niemand vermisste Belle bis zum nächsten Morgen. Vorher noch fiel es Susens Mutter ein, nach dem Leiterwagen zu fragen.

»Meine Mutter lebt sehr zurückgezogen«, nahm Belle den Faden wieder auf. »Du weißt doch, wie sie ist.«

»Ich vermisse sie«, sagte Susen. »Sie war sehr wichtig für mich.«

Manchmal schaute sie sich die Wiederholungen von *Steter Tropfen* im Fernsehen an und unterhielt sich mit der alten Frau auf dem Bildschirm. »Wo sind Sie denn?«, fragte sie dann. »Sie haben mir noch nicht alles erzählt. Lassen Sie mich jetzt nicht hängen. Sie haben doch gesagt, wir seien aus einem Holz geschnitzt!«

»Nun, sie ist nicht hier, wenn du das meinst«, sagte Belle. Und dachte: Warum bist du wirklich hier?

»Aber du weißt, wo sie ist?«

Belle wandte sich ab.

Und Susen lenkte ein. »Nun komm schon, es ist mir eigentlich egal, ich frag ja nur. Grüß sie doch einfach von mir, wenn du sie siehst, das ist alles.« Sie schob den Aschenbecher, den Tabaksbeutel beiseite und neigte sich vor, sodass ihre Gesichter sich beinahe berührten: »Und jetzt erzähl mir mal von dem Cowboy, das ist viel wichtiger.«

»Dem Cowboy?« Belle runzelte die Stirn. Wie Jamie es getan hatte, als sie nach den Indianern gefragt hatte.

»Susen, vielleicht ist dir aufgefallen, dass wir hier Pferde halten. Cowboys sind Kuhtreiber. Darum heißen sie auch *Cow*boys, verstehst du?«

Dieser Ton. Da war er wieder. Belle war immer klüger gewesen als Susen, sie musste eine Aufgabe nur anschauen, und die Zahlen sortierten sich zu Lösungen, die Worte stellten sich auf dem Papier zu richtigen Antworten zusammen. Während Susen sich stundenlang über die Schularbeiten beugte. Ganze Nachmittage vergingen ohne sie, die hinter geschlossenen Fenstern saß und die draußen spielenden Kinder trotzdem hören konnte. Sogar die Stimmen konnte sie unterscheiden, selbst wenn sie nicht nur das Fenster schloss, sondern auch noch den Rollladen herunterließ. Dann fiel das Licht in schmalen Streifen auf den Schreibtisch, auf ihr Aufgabenblatt, und verwirrte sie noch mehr, verwischte die Zahlen, die Buchstaben, bis sie nichts mehr erkannte. Am nächsten Morgen musste sie dann bei Belle abschreiben. Manchmal machten sie die Aufgaben auch zusammen, wenn Belle an der Tür klingelte, am Mittwochnachmittag, und Frau Hugentobler sagte: »Tut mir leid, Belle, aber bevor sie die Aufgaben nicht fertig hat, darf Susen nicht rauskommen.«

»Ich helf ihr«, sagte Belle dann, »ich hab sie schon gemacht.«

Und dann, wenn sie sich zusammen über Susens Hefte beugten, hatte Belle manchmal diesen Ton, diesen beherrschten, geduldigen Ton, als hätte sie es mit einer Schwachsinnigen zu tun.

»In meiner Welt ist ein Mann, der hauptberuflich auf einem Pferd sitzt, ein Cowboy«, sagte Susen trotzig. Mit verschränkten Armen schaute sie Belle an. »Willst du nicht über ihn reden?«

»Doch, natürlich. Nur gibt es da nichts zu sagen. Ich weiß nichts über ihn.«

Das stimmte natürlich nicht. Belle wusste sehr viel über Antonin, wollte es aber Susen nicht erzählen. Weil es sie unweigerlich zu ihrer Mutter zurückführen würde. Sie konnte nicht über Antonin sprechen, ohne Unika Bell zu erwähnen.

»Schade. Er interessiert mich. Ich sag's dir ehrlich.«

Was Susen von Antonin wollte, war klar. Nicht aber, warum Belle das so störte.

Antonin gehört mir, dachte Belle unmotiviert.

Susen schnitt die Chilischoten in dünne Streifen, kratzte sorgfältig die Kerne vom Fruchtfleisch. Die Streifen legte sie nebeneinander auf das Schneidebrett, so regelmäßig, als wolle sie ein Stück Stoff aus ihnen weben. Belles Magen knurrte. Sie war nahe daran, Susen das Messer aus der Hand zu reißen, alles selbst klein zu schneiden, hektisch, grob, egal, wenn es nur bald zu essen gab. Stattdessen nahm sie einen halben Laib Brot aus dem Holzkasten, brach einen Kanten davon ab und stopfte ihn sich in den Mund.

»Verdirb dir nicht den Appetit!« Susen schaute auf. »Das ist mein Paraderezept. Im Grunde genommen das Einzige, was ich wirklich kochen kann.«

Sie drückte das Messer beinahe zärtlich auf die dunkelroten Streifen, schnitt sie zu winzigen, gleichmäßigen Würfelchen, die scharfe Ausdünstung trieb ihr Tränen in die Augen. Während sie konzentriert arbeitete, fragte sie Belle aus. Es fiel ihr leichter, wenn sie sie nicht anschaute.

»Sag mal, stört es dich nicht, dass Jasmin so unattraktiv ist?«

Belle, die geglaubt hatte, alle denkbaren Fragen zu ihrer Lebensform schon gehört und beantwortet zu haben, lachte überrascht auf.

»Warum sollte mich das stören?«

»Ja, weil es dich doch irgendwie abwertet, findest du nicht?«

»Abwertet?«

Susen wollte niemanden beleidigen. Sie tat es trotzdem oft, mit der Unbeschwertheit derer, die sich sicher fühlen. Zu denen hatte Belle nie gehört. Sicher war sie nur im Sattel. Auf dem Pferderücken.

»Ich meine, was hat sie schon zu bieten, was du nicht

selbst hast und besser kannst? So mein ich das.« Als Kompliment eigentlich. »Ich meine, jetzt mal ernsthaft, sie sieht wirklich nicht besonders gut aus, o.k., sie hat ein ganz hübsches Gesicht, aber sie ist dick, reiten kann sie auch nicht, und dass sie studiert hat, na, hör mal … Wir wissen doch, wie!«

»Dauert es noch lange?« Jasmin steckte den Kopf zur Tür hinein. Es war ihr nicht anzumerken, ob sie etwas gehört hatte.

»Ja, eine gute Stunde noch«, sagte Susen. »Thai Food braucht eben seine Zeit.«

»Es ist nur, der Bub hat Hunger. Er ist es gewohnt, um halb sieben zu essen.«

»Der Bub?« Susen grinste. »Meinst du den schlaksigen jungen Mann, der eben mit einer Familienpackung Chips und einer Zweiliterflasche Cola in sein Zimmer verschwunden ist?«

»Eben«, sagte Jasmin trotzig. »Das passiert genau dann, wenn er nicht zur gewohnten Zeit isst. Das versuch ich ja gerade zu vermeiden.«

Susen zuckte mit den Schultern. »Sorry«, sagte sie unbekümmert, und Jasmin blieb nichts anderes übrig, als den Rückzug anzutreten.

Belle fühlte ein seltenes Bedürfnis, sie zu verteidigen. »Normalerweise kocht sie. Das ist sozusagen ihr Revier.«

»Die drei K«, nickte Susen. »Küche, Kinder und … Was war es gleich noch?«

»Kirche, glaube ich.«

»Quittenschnaps!«

»Susen!« Belle warf einen Brotkanten nach ihr. Brach sich ein neues Stück ab. Ihr Magen knurrte hörbar, doch Susen ließ sich nicht aus der Ruhe bringen. Mit aufreizender Langsamkeit richtete sie die Zutaten, die sie brauchte, in kleinen Tellern und Schüsseln um sich herum an. Klein gehackter Knoblauch. Koriander. Zerdrückte Pfefferkörner. Bald war jede Tasse und jeder Unterteller benutzt. Die müssen wir dann alle wieder abspülen, dachte Belle.

»Komm schon, jetzt mal ehrlich: Was hast du gedacht, als du Jasmin zum ersten Mal gesehen hast?«

»Dass sie Manolo gut tut«, sagte Belle steif.

»Ja ja, das klingt aber irgendwie auswendig gelernt! Jetzt sag schon, echt.«

Belle kramte im Geist nach einer Liste.

*Gründe, Susen einzuladen:*

Jemanden zum Reden haben

Ganz für mich allein

Jemanden, der auf meiner Seite ist

Immer auf meiner Seite

»Na ja. Ich glaube, ich bin nicht trotz Jasmin, sondern wegen Jasmin immer noch glücklich mit Manolo. Es schleicht sich bei uns keine Gewohnheit ein, weißt du, er ist für mich nie selbstverständlich geworden, so wie ein Möbelstück oder ein Haustier. Wenn ich andere Frauen über ihre Männer reden höre – wie über lästige Kinder oder schwer erziehbare Tiere. Sie regen sich darüber auf, dass sie Dreck ins Haus bringen, dass sie Arbeit machen. Diese Männer tun mir leid, sag ich dir …«

»Ja, aber bist du für ihn selbstverständlich geworden?«, unterbrach sie Susen, ohne vom Schneidebrett aufzuschauen.

Belle setzte sich. War sie das? Sie hatte sich das nie überlegt. Unsere Liebe ist anders, dachte sie, unsere Liebe ist etwas Besonderes, wer kann das schon verstehen? Niemand. Schon gar nicht jemand wie Susen.

»Weißt du, das wahre Problem ist Lotta«, sagte sie schließlich.

»Lotta? Wer ist denn das schon wieder?«

»Manolos erste Liebe. Er ist nie über sie hinweggekommen.« Und sie erzählte ihr von dem Bild, von den leeren Blicken, von der Erforschung des gebrochenen Herzens und des Schicksals. Vom Briefumschlag im Papierkorb.

Susen hörte zu. Dann lehnte sie sich zurück. Verschränkte die Arme. »*Buuuuullllshit*!«

Belle schnappte nach Luft. *Bullshit?*

Sie musste zugeben, die Geschichte klang absurd, wenn sie sie am Küchentisch einer Unbeteiligten erzählte, einer, die nichts wusste von der Besonderheit ihrer Liebe, ihrer Einzigartigkeit.

»Komm schon. Ein beinahe fünfzigjähriger Mann, der seine erste Liebe nie vergessen hat? Seit wann haben Männer so ein gutes Gedächtnis?«, fragte Susen. »Jetzt mal ernsthaft.«

Sie stand auf, um ihre Hände zu waschen und mit einer aufgeschnittenen Zitronenhälfte abzureiben. »Ich hasse den Küchengeruch, du nicht?«

Belle zuckte die Schultern. Wenn sie so weitermachte, würde das Essen in einer Stunde noch lange nicht fertig sein. Sie sorgte sich weniger um Jonas als um Manolo. Er hatte angedeutet, er würde zum Essen herunterkommen. Zum ersten Mal seit Wochen. Sie fürchtete, er würde den Elan verlieren, wenn es zu lange dauerte. Vielleicht könnte sie ihm unter dem Vorwand, einen Aperitif zu servieren, ein paar Käsestangen unterjubeln? Manolo war zu dünn. Manolo musste essen. Manolo …

»Komm schon, die hat er doch erfunden«, sagte Susen.

»Erfunden?«

»Nein, wirklich, denk mal fünf Minuten darüber nach.«

»Ich hab schon länger als fünf Minuten darüber nachgedacht. Glaub mir.«

Dieser Gedanke war ihr auch schon gekommen. Genau der. Und andere Gedanken. Zum Beispiel: eine gewöhnliche Liebe. Das wär mal was. Eine ganz gewöhnliche Liebe, die nichts Besonderes ist. Das wäre … schön? Doch bevor sie das aussprechen konnte, unterbrach Susen ihre Gedanken schon wieder.

»Und da bist du nicht zum selben Schluss gekommen? Komisch. Du warst doch immer die Klügere von uns beiden. Na ja, meistens jedenfalls.«

Belle wandte sich ab. In ihrem Kopf formte sich schon die nächste Liste.

*Gründe, Susen nicht zu mögen:*

Sie hat mich alleingelassen

Sie ist weggelaufen

Das strich Belle gleich wieder durch, denn sie hatte es ja so gewollt. Hatte gewünscht, dass Susen weglaufen, davonkommen sollte, hatte sie nicht überhaupt noch »Lauf!« gerufen, »Lauf weg!«, oder: »Schnell!«? Gut möglich. Nur eine kleine, dünne Stimme hatte gesagt, bleib hier, dann weißt du es auch, dann sind wir gleich, dann bin ich nicht mehr die Einzige, dann bin ich nicht mehr allein.

Eine ganz dünne Stimme, die sich ganz tief in ihrem Hinterkopf verbarg und die Belle leicht übertönen konnte.

## Hobbytrommler

Nachdem Belle die Küche unter dem Vorwand, nach Manolo zu sehen, verlassen hatte, stand Susen auf. Über dem Spülbecken hing ein kleiner Spiegel. Sie zog sich die Lippen nach, fuhr sich durch die Haare. Antonin würde mit ihnen essen, aber wenn sie ehrlich war, machte das Wiedersehen mit Manolo sie noch nervöser.

Susen war nicht unbedingt stolz auf ihr Verhalten bei Belles und Manolos Hochzeit.

Sie hatte sich damals gerade von einem Liebhaber getrennt beziehungsweise war vielmehr von ihm verlassen worden und hatte deshalb schon vor der eigentlichen Trauungszeremonie einige Gläser Champagner getrunken.

Dabei hatte ihr Unika Bell zur Seite gestanden. »Ich hab ihn schließlich bezahlt«, sagte sie und nahm sich ein Glas und dann noch eines.

Die Gläser waren pyramidenförmig aufeinander gestapelt und von oben wasserfallartig gefüllt worden, der Champagner rann über die Ränder der Kelche und in das sattgrüne Gras.

Unendlich dekadent und vornehm war es Susen vorgekommen, dass man Champagner so vergeuden konnte. Als sei er Regenwasser. Blumendünger. Sie konnte sich nur schwer beherrschen, nicht ein Glas von ganz unten rauszuziehen, das ganze perlende Gebilde einstürzen zu lassen und dann mädchenhaft die Hand vors Gesicht zu schlagen und leise, kokett »Ups!« zu sagen.

»Tu's nicht«, sagte Unika.

Die Hochzeitsfeier fand im Freien statt, auf der Wiese vor dem Hof, den sie später Blauberghof nennen würden. Barfuß und ganz in Weiß kam die Braut auf ihrem Lieblingspferd angeritten, wie im Traum, dachte Susen und: Das war auch mal mein Traum. Dann kam zwar kein Indianer, aber immerhin ein Mann mit langem, dunklem Haar, ebenfalls ganz in Weiß, ebenfalls barfuß, er hielt das Pferd fest, und die Braut ließ sich in seine Arme gleiten. Die ganze Gesellschaft hielt den Atem an.

So hatte Susen noch nie einen Mann angeschaut, wie Belle jetzt Manolo anschaute. Als sähe sie nur ihn. Keine Gäste, keine Champagnerpyramide, kein Bauernhaus, ja, nicht einmal das Pferd schien noch zu existieren.

Das will ich auch, hatte Susen sich in diesem Augenblick geschworen. Genau das.

Einen Mann so anschauen. Es konnte sein, dass sie einfach das wollte, was Belle hatte, den Jugendtraum leben: die Ranch, die Pferde, den langhaarigen Mann. Ein Mann – das war das einzige Element des Traums, das sie sich auf die Schnelle greifen konnte.

Sie stapfte auf den Mann zu, der Manolo am ähnlichsten sah, einen selbst ernannten Indianer aus dem Schweizer Hinterland, der bei der Trauung voller Hingabe getrommelt hatte. Susen hatte sich seine Hände angesehen und gedacht: Warum nicht? Sie zog es vor, nicht so genau über ihre Motive nachzudenken.

»Hilfst du mir mal eben?« Sie baute sich vor dem jungen Mann auf und schaute ihn herausfordernd an.

»Womit?«

Normalerweise machte es ihr nichts aus, zurückgewiesen zu werden. Es kam zwar nicht oft vor, aber wenn, dann nahm sie es sportlich, mit einem Schulterzucken. Man kann nicht immer alles haben. Sie behielt sich ja auch das Recht vor, etwaige unerwünschte Avancen zurückzuweisen. Da war sie fair. Vielleicht auch, weil sie es nicht so ernst nahm: Die Liebe war ein Spiel. Sie liebte, aber nicht so, dass es wehtat. Bisher hatte sie das als ihre Stärke angesehen, aber jetzt fragte sie sich, was ihr entging. Wenn sie nicht so liebte wie Belle. Einen Mann nicht so anschauen konnte wie Belle Manolo. Deshalb konnte sie den Hinterwald-Indianer nicht so einfach ziehen lassen.

»Ich zeig's dir gleich. Komm mit!« Sie hielt ihm eine Hand hin, er ließ sich von ihr ins Haus ziehen. Sie ging mit ihm die Treppe hinunter in den Keller, in dem es kühl und dunkel war. Das Licht fiel durch eine Ritze herein, Staubflocken tanzten darin.

»Und jetzt?« Er zierte sich.

»Hol mir eine Flasche runter!« Sie zeigte auf eine Weinflasche, die hoch oben in einem Holzregal lagerte.

Er reckte sich, sein Hemd rutschte hoch, sie legte beide Hände auf seinen nackten Rücken. Er drehte sich um, sie zog ihn an sich, ihre Hände jetzt an seinen knochigen Hüften. Er ließ sich mitziehen, stolperte. Eine Weile standen sie so unter den Regalen mit den Flaschen und den dickbauchigen grünen Einmachgläsern, die noch von der Bäuerin stammten, die doch schon seit zehn Jahren tot war. Susen schmiegte sich an seine schmale Brust, die leicht nach Sandelholz roch, ein Hippieduft, *summer of love*, und in ihrem Kopf lief ein rasender Film ab. Sie sah sich nackt, verwickelt, verschlungen mit diesem Jungen, dessen Namen sie nicht einmal wusste, hier unter den vorwurfsvollen Blicken der Einmachgläser, sie fielen auf den nackten Steinboden, jetzt, jetzt, keine Sekunde konnte sie warten, nichts konnte sie aufhalten, immer würde sie diesen Jungen so anschauen wie Belle Manolo.

Er machte sich los.

»Sorry, hey, aber das geht mir doch etwas zu schnell.« Er steckte die Hände in die Hosentaschen, schaute zu Boden. »Ich fühle mich irgendwie benutzt, weißt du.«

»Benutzt?« Susens Verstand setzte nur langsam wieder ein.

»Ich bin nicht wie andere Männer, du. Für mich ist Sexualität etwas Heiliges. Das hier«, er deutete auf die verstaubten Regale, »macht es irgendwie billig.«

»Ja, aber ...« Ich will dich doch lieben, heiraten, anschauen, als gäbe es niemand anderen auf der Welt ... Ihre Gedanken verpufften wie ihr Atem, der langsamer wurde. Schon war sie wieder sie selbst. Schon gut, winkte sie ab. Doch er konnte es nicht lassen.

»Du bist eine sehr schöne Frau. Eine sehr anziehende Frau«, sagte er salbungsvoll. »Aber du hast einfach nicht die seelische Tiefe, die ich mir von einer Gefährtin wünsche.«

»Du bist nicht Belle!« Susen fuhr herum, und da stand Manolo, die Arme über seinem Rüschenhemd verschränkt, ein spöttisches Lächeln auf den Lippen.

»Was du nicht sagst!«

Susen bemühte sich um einen würdigen Abgang, doch Manolos herablassendes Lächeln machte es ihr nicht leicht. Sie konnte es sich nicht verkneifen, im Gehen gegen das Regal zu treten.

Hätte sie denn ahnen können, dass die ganze Konstruktion einstürzen, dass die Einmachgläser in tausend Scherben zerschellen und der dunkelrote Pflaumensaft das Hemd des Bräutigams wie Blut tränken würde? Einen Augenblick lang hoffte sie, sie hätte ihn getötet. Ihm konnte sie noch weniger verzeihen als dem Hobbytrommler.

Laberer, Salbaderer, Lahmarsch, Nervsack, dachte Susen. Sie hatte ihn mit vielen Schimpfwörtern belegt, gleich da in der Vorratskammer und später in Gedanken: Trantüte, Schnösel, Fernsehprediger. Doch es blieb etwas zurück, etwas, das sie nicht benennen konnte, etwas Brennendes, etwas wie Scham. Es war eines dieser Ereignisse, an das sie kaum zurückdenken konnte, ohne ein körperliches Unwohlsein zu empfinden.

Diese Erlebnisse, das wusste sie seit Langem, machten ihre besten Geschichten aus. Susen folgte nicht der klassischen Devise *Write what you know*, sondern *Write what hurts.* Schreib nicht über das, was du kennst, sondern über das, was wehtut. Was dir peinlich ist. Was macht, dass du dich windest auf dem Schreibtischstuhl, dass du die Hände ringst, bevor du sie wieder auf die Tasten legst.

Denn das sind die Dinge, die uns verbinden, die peinlichen Erinnerungen, das, was wehtut, das, was alle kennen und worüber niemand redet. Das bestätigten ihr die Leserbriefe, das sagten die Frauen, die zu Susens Lesungen kamen und vor ihrem Tisch Schlange standen, um sich ein Buch signieren zu lassen. »Genauso«, sagten sie, »genauso geht es mir auch.«

»Dass das endlich mal gesagt wird.«

»Danke.«

Ein Erlebnis von derart ätzender Peinlichkeit wanderte direkt in die Mappe mit der Aufschrift »Roman«. Das würde ein Buch werden, das in den Händen der Leserinnen in Flammen aufgehen würde, ihnen brennend in den Schoß fallen, sie dort versengen würde, wo ihre eigene Pein lagerte. Wenn sie über Susens Kolumnen schmunzelten, würden sie beim Lesen ihres Buches aufschreien. Vor Schreck, vor Schmerz, vor Überraschung. Es würde ein Buch werden wie kein anderes. Kein Wunder, dass Susen es nicht schreiben konnte. Noch nicht.

## Küchentischphilosophie

Eine Beziehung ist wie ein Haustier«, sagte Manolo beim Abendessen. Er hob das Glas. »Also – auf unsere Menagerie!«

So ein Schwachsinn, dachte Susen. Aber, immer noch, ein verdammt schöner Mann.

Manolo wusste, dass Susen ihn nicht mochte, und ging mit diesem Wissen um wie mit einem Geheimnis, das von einer besonderen Verbindung zwischen ihnen zeugte. Tiefe Blicke, angedeutetes Lächeln.

»Prost«, sagte Susen. Und wandte sich dann an Manolo. »Beziehungen sind also wie Haustiere. Dann bist du wohl der tierliebende Typ, der einen Hund UND eine Katze haben muss – und vielleicht auch noch ein Meerschweinchen?«

Herausfordernd schaute sie ihn an. Wednesday legte das Gesicht in die Hände, Belle lächelte nachsichtig, doch Manolo nickte nur feierlich.

»Da liegst du gar nicht so falsch. Ich meine, die Beziehung zwischen zwei Menschen ist im Grunde ein eigenes

Wesen. Etwas Drittes, das von beiden Beteiligten genährt wird.«

»Oder, in diesem Fall, von allen dreien.«

Manolo beugte sich vor. Susens Widerspruch schien ihn zu beleben. »Du verbeißt dich in ein Detail. Zwei, drei, vier Beteiligte, das ist nicht der springende Punkt. Um bei dem Bild zu bleiben: Die Beziehung ist das Haustier. Manche Haustiere stehen unübersehbar überall im Mittelpunkt, es sind große, kraftvolle Tiere mit glänzendem Haar und gesunden Zähnen, aber ihre Besitzer sind kaum mehr zu erkennen, so wenig ist von ihnen übrig geblieben. Sie haben alles, was sie ausmacht, an das Tier verfüttert. Andere Haustiere sind eher unscheinbare Wesen, die wie Geckos über die Wand huschen, im Hintergrund bleiben, nur von ihren Haltern beachtet, und die haben es nicht nötig, sich über ihre Haustiere zu inszenieren oder gar zu definieren.«

Gewäsch, dachte Susen irritiert. Sie hatte kein Haustier, nur einen leeren Hamsterkäfig. Vielen Dank auch für dieses tröstliche Bild, Herr Küchenphilosoph!

»Und wie würdest du dann deine Menagerie hier beschreiben?«, fragte sie frech. »Sind deine Haustiere wohlgenährt oder unscheinbar, oder sind es gar Schautiere?«

Manolo ließ sich nicht provozieren. Im selben feierlichen Ton fuhr er fort: »Es erstaunt mich nicht, dass dich mein Bild irritiert. Lass mich raten, was es bei dir auslöst… das Bild eines leeren Katzenkorbs?«

Belle unterbrach ihn. »Ich finde das Bild sehr gelungen. Sehr eindrücklich. Ist das etwas, woran du gerade arbeitest?«

Er seufzte. »Ja, in der Tat, ich befasse mich mit der Liebe.«

»Ach, wie wunderbar! Davon hast du mir ja gar nichts gesagt!«, mischte sich Jasmin ein.

»Es ist noch nicht ganz spruchreif. Ich versuche etwas anderes. Etwas Neues.«

»Ich bin so stolz auf dich!« Dann wandte Jasmin sich an Susen: »Mein Haustier ist eine Löwin. Groß, stark und frei.«

Das klang wie eine Warnung. Susen ließ sich nicht beirren. »Nicht im eigentlichen Sinne ein Haustier, oder?«

»Haustiere sind pervers!«, mischte sich plötzlich Jonas ein, der von der Schärfe des Currys völlig unbeeindruckt einen großen Teller voll in sich hineingeschaufelt hatte. »Das Bedürfnis, Tiere zu unterdrücken, beweist nur die Unterlegenheit des Menschen! Wir haben Angst vor den Tieren, deshalb sperren wir sie ein oder jagen sie oder nutzen sie aus, statt dass wir mit ihnen leben und von ihnen lernen.«

»Genau!«, sagte Wednesday.

»Interessanter Ansatz.« Manolo sah seinen Sohn mit gerunzelter Stirn an. Als fragte er sich, wo dieser lange Lümmel plötzlich herkam. Was er an seinem Tisch machte. »Um diesen Gedanken auf mein Bild anzuwenden: Wir haben Angst vor der Natur unserer Beziehungen, das heißt der Sinnlichkeit, der Erotik, und deshalb machen wir sie uns untertan. Indem wir sexuelle Beziehungen bestimmten Regeln unterwerfen. Sie dadurch verfremden. Wir nehmen ihnen das Gefährliche, was ihre eigentliche Natur wäre … Hmm … Ja … das muss ich mir gleich aufschreiben.«

»Zahlst du mir auch Copyright?«, knurrte Jonas, und Susen seufzte. Sie hätte gern weiterdiskutiert, aber Belles leuchtend stolzer Blick hielt sie davon ab. Ist er nicht klug?, sagte Belles Blick. Mein Mann.

Ich will nach Hause, dachte Susen.

Sie wollte zurück in die Stadt, sie wollte mit einer Freundin an einer Bar sitzen und liebevoll über die Männer lästern, mit denen sie später nach Hause gehen würden, sie wollte unverbindlichen Spaß. Keine tiefen Blicke, keinen Schmerz, keine Küchentischphilosophie. *Sex, Gewalt und gute Laune*, fiel ihr aus heiterem Himmel ein Filmtitel ein – oder war es ein Buch gewesen? Fast wäre er ihr herausgerutscht, nur Wednesdays gequälter, beschwörender Blick hielt sie davon ab.

Wenn ihre Tochter eine Mappe mit peinlichen Momenten hätte, dann wäre nur sie drin. Ihre Mutter. Alles, was sie dachte, machte oder sagte, war Wednesday peinlich. Und zwar schmerzhaft peinlich, ätzend peinlich, sie konnte es ihr ansehen und nachempfinden.

Susen erinnerte sich genau: Ihre Mutter kam in die Schule, die Haushaltsschürze noch umgebunden, die Haare zu einer Frisur hochgesteckt, die ihr auf unbestimmte Art »amerikanisch« erschien, ihre Holzpantoffeln klackerten auf dem glatten Linoleumboden. So platzte sie in die Schulstunde, ging an den kichernden Schülern vorbei zum Lehrerpult und sagte: »Sie! Meinen Sie eigentlich, Sie müssten dem Mädchen nichts beibringen? Jetzt ist sie in der vierten Klasse und kann immer noch kein V von einem F unterscheiden! Was machen Sie eigentlich den ganzen Tag?« Die Schüler senkten ihre Köpfe über die Bücher, das war ja noch besser als erwartet, nicht nur eine willkommene Unterbrechung der Stunde, sondern ein richtiger kleiner Skandal. Die verhaltene Aufmerksamkeit der Klasse feuerte Lou nur noch mehr an: »Sie meinen wohl, das lohnt sich nicht, die heiratet ja doch! Aber da täuschen Sie sich. Das wird sie nicht, nicht, wenn ich es verhindern kann!«

Da hatte Susen sich genauso gewunden wie Wednesday jetzt gerade, eine genauso schmerzliche Grimasse gezogen, die kaum als entschuldigendes Lächeln durchgehen konnte. Da hatte Susen sich geschworen, erstens ganz bestimmt zu heiraten, und zwar einen Indianer, nach Belles Wegzug sollte es dann ein Filmschauspieler oder ein Popstar sein. Elton John! Und zweitens, sie würde Kinder haben, denen sie nie peinlich war, im Gegenteil, sie würde ihnen eine Freundin sein, die anderen Kinder würden sie beneiden und sagen: »Ich wünschte, ich hätte so eine coole Mutter …«

Wednesday wand sich auf ihrem Stuhl, und Susen sagte nichts, fragte sich nur, was sie falsch gemacht hatte, wie das verdammt noch mal hatte passieren können, sie hatte doch alles daran gesetzt, cool zu sein. Sie tat sozusagen nichts anderes, als cool zu sein, tagaus, tagein.

Da mischte sich Antonin ein, als hätte er ihre Gedanken gelesen, ihre oder Wednesdays oder von beiden. Er sagte mit seiner ruhigen Stimme, seinem Berglerakzent: »Wednesday hat das sehr gut gemacht heute.«

Belle schaute auf und von Manolo weg. »Fand ich auch. Ein Naturtalent. Und dann noch auf Voltaire. War das deine Idee, Antonin?«

»Nein. Sie wollte das.«

»Das reimt sich!«, warf Susen ein. »Voltaire, sie wolltäh Voltaire …«

Belle ignorierte sie. »Interessant. Warum wolltest du gerade auf Voltaire reiten?«

Weil mir in dem Moment alles egal war. Weil meine Mutter alles verdorben hatte und es nicht mehr darauf ankam. Aber das sagte Wednesday nicht laut. Sie blinzelte schüchtern in Belles Richtung. »Weil du ihn geritten hast.«

»Mutig, Kleine!«, sagte Antonin. »Das ist kein Pferd für Anfänger.« Wednesday grinste in ihren Teller, und Susen war still. Da kam sie nicht mehr mit.

Manolo hob entnervt die Stimme, doch Belle hörte ihm nicht mehr zu. Jonas stand auf, murmelte eine Entschuldigung, sein Stuhl fiel krachend nach hinten, und er schlurfte aus der Küche.

»Räum wenigstens noch deinen Teller ab«, rief Jasmin hinter ihm her, während sie schon seinen Stuhl wieder hinstellte und seinen Teller nahm. Sie zuckte die Achseln. »Was kann man da machen?« Niemand antwortete.

Belle erzählte Wednesday, wie Voltaire zu ihnen gekommen war, ein früherer Springchampion mit gerissener Sehne am Vorderfuß, ein Fall für den Metzger. Belle hatte ihn gesund gepflegt – Akupressur und chiropraktische Behandlungen – und als Schulpferd eingesetzt. Er hatte die Tendenz, aus heiterem Himmel einen Riesensatz zu machen, über ein imaginäres Hindernis, das nur er sah. Das musste nach Möglichkeit verhindert werden, denn sein Bein hatte sich nie hundertprozentig erholt.

Susen schnaubte.

Wednesday nickte ernst.

Susen sah vierhundert mal dreißig Franken unter einem Haufen Pferdemist verschwinden, das Geld für all die Ballettstunden, die Wednesday seit ihrem sechsten Lebensjahr genommen hatte, die neuen Tutus und Leotards, die sie alle sechs Monate gebraucht hatte, die zertanzten Schuhe, Spitzenschuhe, Satinbänder, Kostüme, selbst genäht, Aufführungen, Proben, Abholen um halb zehn Uhr nachts im Dunkeln, einen Ausgehabend nach dem anderen hatte sie aufgegeben, und wofür das alles? Für Pferdemist.

Sie sah ein Tutu von schweren Pferdehufen zertrampelt, rosa Fetzen flogen hoch, das Pferd galoppierte weiter, ungerührt, das Tutu blieb im Dreck zurück, Susen wollte es aufheben und an sich drücken.

Susen selbst hatte nie Ballettstunden nehmen dürfen, das war etwas für die »Mehrbesseren«, viel zu teuer, wo käme man da hin. Ihre Tochter sollte es besser haben. Außerdem sollte sie einen schönen Körper bekommen, einen dünnen, graziösen, wie aus Stein gemeißelten Körper. Wednesday war groß und kräftig, sie hatte noch keine Brüste, aber durchaus schon Hüften und einen ausladenden Po. Das war natürlich das viel beschworene afrikanische Blut, aber Susen hätte es lieber in Form einer dunkleren Haut gesehen als in diesen Hüften, diesem entenförmigen Po.

»Ist Reiten eigentlich gut für die Figur?«, rutschte ihr heraus, und jetzt hatte sie es sich nicht nur mit ihrer Tochter verdorben, sondern auch mit Antonin, der sich irritiert abwandte, vielleicht auch verwirrt. Wenn jemand so wenig sagte, konnte man nicht sicher sein, wie viel er verstand. Vielleicht war er ja dumm, der Cowboy.

»Ich frag ja nur«, verteidigte sie sich.

»Tja, schau mich an«, sagte Belle und hob das unförmige Jeanshemd hoch, darunter zeigte sich ein flacher Bauch im weiß gerippten Unterhemd, die stonewashed Jeans aus den Neunzigerjahren lotterte um ihre Taille, sie hatte sie mit einem türkisbeschlagenen Gürtel zusammengezurrt.

Antonin stand auf und ging aus der Küche. Die Tür blieb hinter ihm offen stehen.

Manolo war einen Augenblick lang still. Er schüttelte den Kopf. Dazu fiel nicht einmal ihm etwas ein.

Etwas beschämt ließ Belle das Hemd wieder fallen.

»Jetzt sag bloß, das ist ein Türkisvogel an deiner Gürtelschnalle!«, rief Susen schließlich etwas schrill.

## Max

Im Hof holte Wednesday Antonin ein. Hüpfend versuchte sie, mit ihm Schritt zu halten. »Gehst du zu den Pferden?«, fragte sie. »Kann ich mitkommen? Kann ich helfen?« Sie würde sich nicht abschütteln lassen.

»Ich geh den alten Max besuchen«, sagte er. »Hast du ihn schon kennengelernt?«

Wednesday schüttelte den Kopf. »Ich habe ein bisschen Angst vor ihm.«

»Angst?«

»Er sieht so komisch aus. Irgendwie nicht echt.«

Antonin blieb stehen. »Findest du? Hmm. Interessant.« Er nahm ihre Hand. »Vor dem alten Max brauchst du aber keine Angst zu haben. Er gehört sozusagen zum Hof. Belle hat ihn mit dem Inventar übernommen, mit den Pferden, mit den Weiden. Er isst nie mit der Familie, aber Belle oder ich bringen ihm immer was.«

»Sollen wir ihm was holen?« Von dem Curry, das ihre Mutter gekocht hatte, war nichts übrig geblieben. Sie hatte sich verrechnet, für vier gekocht statt für sechs. Wednesday fragte sich auch, ob der alte Max Thai Food mochte.

»Ich hab noch was bei mir oben.« Sie stiegen die Holztreppe hinauf, Antonin schloss einen Wandschrank auf, der sich zwischen den beiden Zimmertüren befand. Dort verbargen sich eine kleine Vorratskammer, ein Kühlschrank und eine elektrische Kochplatte. Auf einem Tablett richtete er Brot, Salami und Käse an, dazu eine kleine Flasche Weißwein und ein Glas. Dann klopfte er an der Tür zu seiner Linken.

»Wer ist da?« Eine rauchige, dunkle Stimme, überraschend voll.

»Ich bin's«, rief Antonin. »Ich habe dein Abendessen. Und Besuch.«

»Besuch?« Der alte Mann öffnete die Tür und blinzelte sie an. Er trug einen seidenen Kimono über einem schwarzen Anzug und weißem Hemd.

»Wer soll denn das sein?«

»Ich heiße Wednesday.«

»Es ist aber Monday«, kicherte der Alte. »Na, dann komm rein.« Er trat zur Seite, ein winziger Mann, kleiner noch als Wednesday, obwohl er Pantoffeln mit kleinen Absätzen trug, die auf dem Holzboden klapperten. Im Zimmer, das erstaunlich groß war, lief der Fernseher. Auf dem größten Flachbildschirm, den Wednesday je gesehen hatte, war ein alter Film zu sehen, schwarz-weiß, ohne Ton. Ein Mann mit einem dünnen Schnurrbart küsste eine Frau mit lackiertem Haar, ein kleiner Hund sprang neben ihnen in die Höhe, auf und ab, auf und ab, während sie sich mit aneinandergeschweißten Lippen, ansonsten jedoch völlig reglos küssten. Antonin stellte das Tablett auf den niedrigen Couchtisch und schaltete den Fernseher mit der Fernbedienung aus.

»Gibt es nichts Warmes?«, fragte Max.

»Heute nicht.«

»Na, dann eben nicht. Bitte, nehmt doch Platz.«

Am Fußende des schmalen Bettes standen zwei elegante Sessel aus dunkelrotem Leder. Max setzte sich in den einen, Wednesday in den anderen.

»Ich lass euch dann mal allein«, sagte Antonin. »Zeig ihr doch deine Trophäen!«

»Was denn für Trophäen?«, fragte Wednesday. Sie dachte an ausgestopfte Tiere, erlegte Löwen, Elefanten.

»Max macht bei jedem Wettbewerb mit, den er finden kann. Von Zeitschriften, Radiosendern und den Geschäften hier in der Gegend«, sagte Antonin. »Und er gewinnt oft. Er hat einen ganzen Schrank voller Zeug!« Er nickte zu der Zimmerecke, in der ein schwarz lackierter chinesischer Schrank stand. Dann ging er und ließ sie allein.

Es gibt keinen Grund, Angst zu haben, erinnerte sich Wednesday. Auch wenn der alte Mann aus der Nähe noch seltsamer aussah als von Weitem. Die vielen Falten in seinem Gesicht waren wie in dunkles Holz geschnitzt. Seine Haut sah aus wie gefärbt. Vielleicht geschminkt. Seine Augenbrauen waren buschig und weiß. Aufgeklebt, dachte Wednesday. Und überhaupt, welcher alte Mann trug schon bestickte Pantoffeln mit Absätzen? Die Möbel passten auch nicht recht zu einem alten Bauernknecht, der außerdem nach Parfüm roch. Wednesday kannte das Parfüm.

»Joy«, sagte sie.

»Wie bitte?«

»Joy, dein Parfüm. Meine Mutter hat dasselbe.«

»Aha. Und wer ist deine Mutter?«

»Susen Sabatier«, sagte Wednesday zögernd. Der alte Mann würde doch nicht von ihr gehört haben?

»Nein, so etwas! Die kleine Susen hat ein Kind! Wer hätte das gedacht. Und so ein großes Kind noch dazu!«

»Kennen Sie denn meine Mutter?« Gerade klein erschien sie Wednesday nicht unbedingt.

»Ach, Belle hat so viel von ihr erzählt. Und jetzt ist sie hier und ihre große Tochter auch. Ist das denn die Möglichkeit!«

»Ich bin hier im Reitlager«, sagte Wednesday, die nicht länger als nötig über ihre Mutter reden wollte. »Ich habe Voltaire. Die ganze Woche.«

»Hör mal, mit Pferden kenne ich mich nicht so aus. Ich kenne nur den Philosophen. Mir sind alle Bücher zu lang.«

»Wie bitte?«

»Das hat er gesagt: ›Mir sind alle Bücher zu lang.‹«

»Wer hat das gesagt?«

»Na, Voltaire! Der Philosoph natürlich, nicht das Pferd.«

»Ach so.« Der alte Mann war definitiv komisch. Wednesday fragte sich, ob sie die Einzige war, die das merkte.

»Natürlich nicht sein wichtigstes Zitat. Warte mal …« Er sprang auf und breitete die Arme aus: *»Si c'est ici le meilleur des mondes possibles, que sont donc les autres?* Wenn das die beste aller Welten sein soll, wie sehen dann wohl die anderen aus?«

Er verneigte sich leicht vor der verblüfften Wednesday. »Na, wie war ich?«, fragte er.

»Ich … sehr gut«, sagte sie höflich. »Wirklich sehr gut.

Kann ich jetzt die Trophäen sehen?«

»Meine Gewinne? Ja, natürlich.« Der alte Max ging zu dem chinesischen Schrank in der Ecke und öffnete ihn. Der Inhalt ergoss sich auf den Zimmerboden: Plüschtiere, in Plastik gebundene Fotoalben, Küchengeräte, Radiowecker, Plastikblumen, zusammengerollte Poster, Keksdosen, Porzellanhunde, bestickte Kissen, ein Tischfernseher, ein sprechender Grabstein und Dutzende von Briefumschlägen, in denen Geschenkgutscheine steckten.

»Such dir was aus«, sagte der alte Mann.

Wednesday war bereits aufgesprungen, hatte die Hände zusammengeschlagen und »Wow!« geflüstert. Der Schrank spuckte immer neue Schätze aus, er schien die Gegenstände in seinem staubigen Inneren herzustellen und auf den Teppich zu entladen. Wednesday kniete sich inmitten der Warenflut nieder. Von Nahem sah allerdings alles ein bisschen schäbig aus.

»Nicht so toll, hmm?«

»Doch, super!« Sie drückte einen Stoffhund an sich. Sein Fell knisterte an ihrem Pullover. Ihre Haare stellten sich auf. »So einen Hund hab ich mir immer gewünscht!«

Der alte Mann nickte. »Ich weiß«, sagte er. »Ich weiß alles.«

## Susen sucht den Sinn des Lebens – auf fremden Hochzeiten tanzend

»Immer Brautjungfer, nie Braut«, jammern die Amerikanerinnen gern, für die das Heiraten aus unerfindlichen Gründen immer noch das Höchste aller Ziele ist.

Bei mir ist es genau umgekehrt: Ich bin viel lieber Brautjungfer als Braut. Oder, da dieser Part in unseren Breitengraden doch eher überholt ist, sagen wir so: Ich tanze lieber auf fremden Hochzeiten als auf meiner eigenen.

Und kann es daher nur begrüßen, dass Heiraten offenbar seit einiger Zeit wieder Mode ist. Dieselben Freunde, Verwandten und Bekannten, die mich damals auslachten, als ich – hauptsächlich des schicken Namens wegen, ich gebe es zu – Herrn Sabatier ehelichte, heiraten nun. Und ihre Kinder auch. Damals mussten wir ja noch vor Verwandten und Bekannten rechtfertigen, dass wir einen so konventionellen Schritt überhaupt in Erwägung gezogen hatten. Dass wir einen Vertrag mit dem Staat abschlossen. Ganz allgemein »den Staat in unserer Beziehung mitmischen« ließen. Ein veraltetes patriarchalisches Konzept mittrugen, das auf Leibeigenschaft basierte. Sogar meine Mutter, einst die Verkörperung traditioneller Lebensform, kanzelte mich von der Höhe ihrer Hausfrauenbefreiung aus ab: »Kind, wieso musst du unbedingt denselben Fehler machen wie ich!«

Was war unser Argument gegen diese Vorwürfe? »Wir lieben uns«, sagten wir treuherzig und mit dem dümmlichen Grinsen, das Frischverliebten auf der ganzen Welt gemein ist. »Wir finden das eben romantisch.«

Dazu muss man auch sagen, dass Sabatier und ich uns einen ganzen Monat kannten, als wir vor den Standesbeamten traten. Besonders romantisch war es dann. Ich trug nicht einmal ein weißes Kleid, sondern einen knallengen gestreiften Stretchmini und schwere Stiefel. Weniger ist mehr, war damals meine Devise, was Kleidung betraf.

Zehn Minuten im Stadthaus, ein langes Mittagessen bei unserem Lieblingsitaliener, bei dem unsere trinkfesten Freunde die Rechnung so hoch trieben, das wir sie noch abstotterten, als wir schon wieder getrennt waren. Ganz zu schweigen von den anzüglichen Reden und politischen Parolen, die wir uns anhören mussten.

Unsere Ehe hielt, wie gesagt, nicht lange. Kurz nach der Hochzeitsreise stellte sich heraus, dass meine ständige Übelkeit nicht der griechischen Küche zuzuschreiben war, sondern einer Schwangerschaft. Die älter war als unsere Beziehung.

Hoppla! Man kann es dem Sabatier nicht verübeln, dass er das Weite gesucht hat.

Mit einem schicken Nachnamen und einem eigensinnigen Kind aus der Erfahrung hervorgegangen, glaube ich durchaus noch an die Liebe. Wenigstens vorübergehend. Nur Heiraten will ich nicht mehr, das ist mir einfach zu kompliziert. Und zu teuer. Umso mehr liebe ich fremde Hochzeiten: Nicht nur, weil sie immer eine gute Entschuldigung bieten, ein neues Kleid zu kaufen. Und warum nicht auch einen Hut.

Ich liebe das ganze Drumherum: die krampfhaft originellen Einladungen, die unverschämten Wunschlisten, das viel zu üppige Essen, die Band, die immer dieselben Oldies spielt. Doch am meisten liebe ich die Emotionen, die an diesen Anlässen immer hochgehen wie Sturmwogen.

Meine eigenen vor allem.

Obwohl ich selbst nie eine große Liebe gefunden habe, die länger als ein Jahr hielt, vergieße ich bei jeder Trauungszeremonie ein paar Tränen der Rührung. Ob die Schwüre nun selbst formuliert oder religiösen Ritualen entnommen wurden, mit zitternder Stimme vorgetragen oder zu Gitarrenbegleitung gesungen oder gar getrommelt werden. Ich falle immer wieder auf sie herein. Ewige Treue, gute Zeiten, schlechte Zeiten, für immer, Amen, ach ja …

Wenn nachher der Champagner ausgeschenkt wird, befinde ich mich schon im genau richtigen Zustand rührseliger Auflösung. So weich gekocht finde ich alles wunderbar, die Tischdekorationen, die Reden, zu denen ich oft und gern beisteuere, die Musik, die anderen Gäste. Die vor allem. Deshalb gehe ich grundsätzlich allein zu Hochzeiten: weil ich sie nicht allein verlasse.

Im Überschwang der Gefühle verliebe ich mich immer gleich in den Bruder, den besten Freund, den Klon des Bräutigams. Leiste mir sozusagen meine eigene Hochzeit – ohne Konsequenzen. So wie andere am Glück des Paares teilnehmen, indem sie ein Stück der Hochzeitstorte essen. Bei mir äußert sich das eben ein bisschen anders.

Irgendetwas ist dran an den Männern, die ich auf Hochzeiten kennenlerne. Nicht, dass diese Begegnungen länger dauern als andere, aber ich glaube mehr an sie. Vielleicht hat es mit dieser Weichheit, dieser Durchlässigkeit zu tun, die mich auf Hochzeiten überkommt. Es ist wie eine Droge, und wie bei jedem Rausch wache ich irgendwann auf, betrachte nüchtern den Mann an meiner Seite und fasse mir an den Kopf: Was habe ich mir dabei bloß gedacht? Was macht der Hobbypriester, der Bandleader, der falsche Indianer in meinem Bett? Der Glanz von Champagner und schönen Worten blättert allzu schnell ab, zurück bleibt nur ein leichter Kater – bis zur nächsten Einladung.

(Chapeau, Susen. Ein sehr schöner Text. Was man von deiner Einstellung allerdings nicht gerade behaupten kann ... Du lässt wirklich nichts aus! Ich darf mir gar nicht vorstellen, was du auf Beerdigungen anrichtest. Und doch ... Jetzt weiß ich wieder, warum ich dich damals eingestellt habe. Du hast nicht die geringste Scheu, dich vor den Leserinnen zu entblättern. Im übertragenen Sinn natürlich! Komm mir ja nicht auf dumme Gedanken. Du hast kein Schamgefühl. Keinen Selbsterhaltungstrieb. Darauf sprechen die Leute an. Weiter so! (Schreibenderweise, natürlich.)
In dem Zusammenhang fällt mir ein, *Life.Style* sollte eigentlich auch eine Hochzeitsseite haben. So was wie die in der *New York Times on Sunday*. Muss ich unbedingt verfolgen. Schade, dass ich dich nicht losschicken kann, um über die Hochzeiten zu berichten, liebe Susen. Du wärst von der Schreibe her ideal, aber vom Charakter ... Nein, du würdest dich wohl zu leicht ablenken lassen ... Rba.)

# Einsteigen

Immer wieder stiegen Mädchen aus dem Reitkurs in Antonins Zimmer ein. Die Stalltreppe hoch oder von außen durchs Fenster. Jedes Mal dachte er daran, das Birnenspalier zu entfernen, und vergaß es dann doch wieder. Sie warteten auf ihn, saßen an seinem Tisch oder auf seinem Bett, ein- oder zweimal hatte sich eines ausgezogen bis auf den mit Taschentüchern ausgestopften BH. Manchmal legten sie auch nur Geschenke hin. Billiges Rasierwasser in großen Flaschen. Ein gemustertes Halstuch. Ein Stück Seife. Manche schrieben ihm schwärmerische Briefe: »Ich finde dich megalieb, wie du mit den Pferden umgehst, man merkt, dass du Tiere verstehst. Ich möchte dich gern näher kennenlernen. Wir sind uns so ähnlich. Ich weiß, dass du auch so fühlst. Gib mir in der nächsten Stunde ein Zeichen.«

Er brachte die Briefe, die Geschenke, die Mädchen (wieder angezogen) zu Belle. Wie Opfergaben, und Belle redete mit den Mädchen, notfalls mit ihren Müttern.

»Wir können nicht vorsichtig genug sein«, sagte sie. »Heutzutage ist so schnell etwas passiert.«

Sie ließ ihn auch nicht allein mit den Mädchen ausreiten.

Antonin war den Mädchen dankbar. Eines Tages würde Belle einen dieser Briefe lesen und denken: Hmm, stimmt doch eigentlich, er ist ein feiner Kerl, dieser Antonin, und sich in ihn verlieben … Die Wahrscheinlichkeit war allerdings gering, Antonin wusste das. Er sah doch, wie sie ihren

Mann anschaute. Oft musste er seinen Teller nach draußen tragen, weil er diese Blicke nicht mehr aushielt.

»Ich bringe Max etwas zu essen«, murmelte er dann und ging zu ihm hinauf, aß in stiller Eintracht mit dem Alten. Manchmal fuhr er ins nächste Dorf und aß da, dort gab es zwei Gasthöfe, im übernächsten Dorf außerdem eine Diskothek. In all diesen Lokalen saßen Frauen und lächelten ihm zu, junge Frauen, schöne Frauen, schlanke Frauen, dicke Frauen, alte Frauen. Er konnte mit keiner von ihnen etwas anfangen. Doch manchmal tat er es trotzdem.

Warum ihn die Frauen so ansahen, wusste er nicht. Er war weder besonders groß noch besonders gut aussehend und außerdem krankhaft schüchtern. Nur, wenn er etwas getrunken hatte, konnte er den weltgewandten Hotelierssohn hervorkehren, der leicht und elegant plauderte und immer und überall den richtigen Ton fand. Antonin musste deshalb viel trinken, damit er nicht immer allein dasaß.

Als er klein war, war er oft beim Bauern gewesen, der das Hotel Alpenglühn mit Eiern, Milch und Fleisch versorgte, hatte mit den Tieren gespielt, die er bald auf der Speisekarte des Hotels wiederfand.

Einmal hatte er in einem Gummistiefel ein junges Kätzchen entdeckt und mitsamt dem Stiefel nach Hause getragen. »Darf ich es behalten?«

»Du weißt doch, Antonin, dass Tiere nicht erlaubt sind.« Und wieder zurück, mit dem Gummistiefel.

»Da hat sich der Chaib also versteckt!« Der Bauer zog das Kätzchen aus dem Stiefel, drehte ihm den Hals um und warf es auf den Schrotthaufen. Dann schlüpfte er in den Gummistiefel und bewegte zufrieden seine Zehen.

Antonin stahl sich in den Stall und stellte sich vor, wie er die Tiere retten würde, eines nach dem anderen aus dem Stall führen, in Sicherheit bringen und den Stall dann anzünden, wenn der Bauer schlief. Vielleicht auch gleich das Haus über dem Bauern anzünden, warum nicht.

Trotzig verweigerte er zu Hause Milch, Eier, Fleisch – er war Veganer, bevor er wusste, was ein Veganer war.

Im Stall des Bauern hatte Unika Bell ihn gefunden. Sie war jedes Jahr Gast im Alpenglühn. Manchmal zweimal. Zeigte ihre alten Filme, unterschrieb Autogrammkarten, mehr gab Unika Bell nicht zum Besten. Sie fand Antonin im Stall, wo er sich mit einem Kalb unterhielt. Das Kalb würde geschlachtet werden, und er musste wieder zur Schule. Vielleicht hatte er laut gesprochen. Er wusste nicht, wie lange Unika da gestanden hatte. Was sie gehört hatte. Er schaute auf, und sie war da. Ganz in Schwarz, mit einer Feder auf dem Kopf und spitzen, geschnürten Stiefeletten. Sie passte nicht auf den Hof. Sie passte nicht in die Landschaft. Normalerweise blieb sie in ihrem Zimmer. Später fragte sich Antonin, warum sie ausgerechnet an diesem Tag in den Stall gekommen war. Ob sie ihn gesucht hatte? Sie hatte ihn einen Augenblick lang nur angeschaut.

»Ich weiß den perfekten Ort für dich«, hatte sie gesagt. »Warte nur, bis du erwachsen bist!«

Also hatte er den Stall des Bauern nicht angezündet. Er glaubte ihr, glaubte, dass es sich lohnen würde, erwachsen zu werden, dass eines Tages alles gut würde, dass es einen Platz für ihn gebe.

Und sie hatte Wort gehalten. Er war einundzwanzig Jahre alt, hatte die Schule abgeschlossen und ein Studium der Agrarwissenschaft angefangen, eher halbherzig, denn eigentlich wartete er. Wenn sie nicht käme, wenn sie nicht Wort hielte, dann würde er den Bauern von seinem Hof vertreiben und seine Mutter mit biologisch angebautem Gemüse beliefern. Oft saßen sie abends zusammen und redeten über die Zukunft, über seine Ideen und Theorien. Es redete gern mit seiner Mutter. Rosina Kummer führte vegetarische Gerichte auf der Speisekarte ein, sie plante einen Hühnerstall, in dem glückliche Tiere freiwillig Eier legen sollten, einen Garten, eigene Kräuter, sie räumte ein Büro für Antonin aus, »für später«, sagte sie, »ganz unverbindlich«.

Und dann kam sie, Unika Bell. Frühmorgens hielt die Limousine vor dem Hintereingang des Hotels, er wusste, dass sie es war, sie musste gar nicht erst aussteigen. Er sah sie durch sein Fenster, er stand immer früh auf, das musste sie gewusst haben. Er packte ein paar Sachen zusammen, hinterließ seiner Mutter eine kurze Notiz und ging leise die Treppe hinunter, trat aus dem Hotel in die kalte Bergluft. Der Tag würde schön werden, frisch und klar.

Das Fenster glitt hinunter. Eine Sonnenbrille füllte es aus.

»Steig ein, mein Junge.«

Er stieg ein. Unika Bell hatte die Beine ausgestreckt, die Füße auf einen Reisekorb gelegt, in dem eine Katze fauchte. Ihre hochhackigen Pumps lagen daneben auf dem Boden. Er hatte vergessen, wie klein sie war. Als er sie das letzte Mal gesehen hatte, hatte sie eng geschnürte viktorianische Mode getragen. Jetzt wirkte sie ganz streng im Herrenanzug, mit breitkrempigem Hut und Sonnenbrille.

»Guten Morgen«, sagte er.

»Guten Morgen, mein Junge.« Sie hielt ihm die Hand hin, und er wusste, dass er sie küssen sollte oder wenigstens mit den Lippen berühren. An den Fingern trug sie klobige Ringe mit großen Steinen, die wie buntes Glas funkelten. Er fragte sich, ob er einen der Ringe küssen sollte. Während er noch zögerte, kicherte sie und entzog ihm ihre Hand.

»Schon gut, schon gut.« Jetzt klang sie jung. »Weißt du noch, was ich dir versprochen habe?«

»Ja.« Er nickte eifrig. »Sie wissen genau den richtigen Ort für mich.«

Der Wagen hatte sich in Bewegung gesetzt, ohne dass er es gemerkt hätte. Er rollte weich wie auf Schienen.

»Ich glaube schon«, sagte sie, »ich glaube schon. Ich täusche mich ja selten, weißt du.« Der Wagen rollte, und sie redeten über andere Dinge. Was er gemacht hatte in der Zwischenzeit. Was er vom Leben wollte. Was er sich vorstellte. Antonin hatte noch nie mit jemandem so reden können, nicht einmal mit seiner Mutter. Er könnte sich in Unika Bell verlieben.

»Du musst mir nur zwei Dinge versprechen«, sagte sie dann.

»Alles, was Sie wollen.«

»Erstens, du darfst dich nicht in meine Tochter verlieben. Sie hat schon genug am Hals. Ich meine – entschuldige bitte, so wollte ich es nicht ausdrücken. Du weißt schon, was ich meine.«

»Kein Problem. Ich wusste nicht, dass Sie eine Tochter haben.«

»Ja, und sie ist zwanzig Jahre älter als du, aber das muss ja nichts heißen.«

Wusste sie, dass er sich zu älteren Frauen hingezogen fühlte? Auch zu ihr, wenn er ehrlich war – hatte er nicht jahrelang von ihr geträumt, sie würde ihn befreien, sie würde ihn an den richtigen Ort bringen, an den Ort, wo er hingehörte? Unika Bell war seine Version vom Ritter auf dem weißen Pferd. Der Ritterin auf dem weißen Pferd, musste man wohl sagen. So, wie sie ihn jetzt ansah, streng, aber auch ein bisschen amüsiert, wusste sie auch das.

Sie nickte. »Zweitens, du musst mir helfen.«

»Was immer Sie wollen.«

»Ich will verschwinden. Du musst mich verschwinden lassen.«

Er nickte, als wisse er genau, wie sie das meinte.

Der Wagen hielt an, er schaute Unika an, sie lächelte, nickte. »Steig aus, mein Junge, wir sind da.«

Und er stieg aus dem Wagen und sah sich um, sah das alte Bauernhaus, den großen Stall, die sanft ansteigenden Weiden und die Pferde. Die vielen Pferde. Die Obstbäume, die wie Wächter auf den Hügelkuppen standen, wie Ornamente um das Bild herum, das sich ihm bot. Und dann galoppierte ein Pferd in dieses Bild hinein, ein weißes Pferd natürlich, und auf seinem Rücken saß eine Frau. Als sie abstieg und ihr langes Haar schüttelte, war es schon um ihn geschehen. Unika Bell seufzte neben ihm, sagte aber nichts.

»Belle, Liebes, das ist der junge Mann, von dem ich dir erzählt habe. Antonin Kummer, Belle Braun.«

Er streckte die Hand aus. Sagte nichts.

»Freut mich«, sagte Belle und drückte seine Hand. Er zog sie zurück. Dann nahm er ihr die Zügel aus der Hand und führte ihr Pferd zum Stall. Er rieb es mit Stroh ab, bürstete sein Fell, er schaute nicht zu den beiden Frauen hinüber.

»Auf die Weide«, rief Belle hinter ihm her, und als er endlich aufschaute, sah er sie Arm in Arm mit ihrer Mutter zum Bauernhaus hinübergehen.

Eine halbe Stunde später folgte er ihnen. Er hatte sich am Kaltwasserhahn im Stall gewaschen, die Haare aus dem Gesicht gekämmt, hatte sich die Rede zurechtgelegt: »Es tut mir leid, Madame, ich kann mein Versprechen nicht halten. Ich liebe ihre Tochter, und ich bleibe gern hier, aber nur, wenn ich sie heiraten darf.«

Doch in der Küche beim Kaffee saß auch Belles Mann. Antonin sah, wie ihr Blick ihm folgte, wenn er aufstand und zum Fenster trat.

Arschloch, dachte Antonin, erst einmal ohne Grund, nur weil er Belles Mann war, nur weil sie ihn so anschaute.

»Zucker? Milch?«, fragte Belle, und er nickte zu beidem, und dann legte Unika ihre Hand auf seine und schaute streng. »Wir haben noch etwas zu besprechen, junger Mann.«

»Ja, hey«, sagte Belle, »willkommen auf dem Blauberghof, ich hoffe, es gefällt dir hier, wir sind auf jeden Fall froh, dass du da bist.«

»Absolut«, stimmte der Mann feierlich zu. »Übrigens, Manolo Braun, ich bin der Herr des Hauses.«

»Freut mich.« Das klang gepresst.

»Ich zeige ihm sein Zimmer«, sagte Unika, »ich kenne mich ja aus, und wie gesagt, wir haben noch was zu besprechen.«

»Hmm«, machte Belle, sie hörte schon nicht mehr zu, hatte schon das Interesse verloren. Sie wandte sich Manolo zu, sah nichts mehr außer ihm.

Sie hatten sich in dem erstaunlich geräumigen Zimmer über dem Stall auf sein Bett gesetzt, Antonin Kummer und Unika Bell. Sie hatte seine Hand gehalten und gesagt: »Ich hab dich doch gewarnt!« Und dann: »Bleibt es bei deinem zweiten Versprechen, Antonin? Du wirst mir doch nicht beide brechen?«

»Nein, Madame«, hatte er gesagt, und er hatte Wort gehalten.

Das war vor fünf Jahren gewesen. An seinen Gefühlen hatte sich nichts geändert. Das zweite Versprechen immerhin hatte er eingelöst, das war eine Verlässlichkeitsrate von fünfzig Prozent, besser als null.

»Was tust du denn hier?«

»Siehst du das nicht?«

Im Gegensatz zu den jungen Mädchen hatte sie sich mit dem Rücken zur Tür auf sein Bett gesetzt. Im ersten Augenblick hatte er nur eine schmale dunkle Form im Gegenlicht gesehen. Bei seinem Eintreten drehte sie sich um. Im Gegensatz zu den schüchternen Mädchen kicherte Susen nicht, errötete nicht, sie hatte sich auch nicht ausgezogen, sie saß einfach auf seinem Bett und rauchte. Sie lächelte schief, dann wandte sie sich wieder zum Fenster. Er ging um das Bett herum und blieb vor ihr stehen. Auf dem Fußboden stand ihr Weinglas, als sie sich danach bückte, klaffte ihr Hemd auf.

Er setzte sich neben sie.

»Hast du auf mich gewartet?«

»Sieht es so aus?«

Er lächelte. »Es sieht so aus.«

# Telefon

Wednesday war es gewohnt, allein zu schlafen. Sie hatte keine Angst. Es war die Wut, die sie wach hielt. Musste ihre Mutter immer, wirklich immer, alles verderben?

Wednesday war im Stall gewesen. Hatte nach Voltaire gesehen, ihm einen schrumpligen Apfel auf ihrer flachen Hand angeboten, zum Dank, dass er sie nicht abgeworfen, nicht blamiert hatte. »Das ist kein Pferd für Anfänger«, hatte Antonin gesagt. Doch sie hatte sich gleich mit Voltaire verstanden, er wusste, was sie von ihm wollte. Er nahm den Apfel und zermalmte ihn, Schaum trat zwischen seinen Lippen hervor und tropfte auf Wednesdays Arm.

Danke, Voltaire.

Der Weg zu Antonins Schlafzimmer führte durch den Stall. In der Box von Voltaire versteckt, an seinen warmen, starken Hals gelehnt, sah sie erst ihre Mutter die Stiege hinaufsteigen. Und dann, ein wenig später, Antonin. Und noch ein bisschen später Belle. Belle kam sehr schnell wieder herunter. Ihre Mutter nicht. Antonin auch nicht.

Wednesday blieb lange bei Voltaire und setzte ihm die Lage auseinander.

»Mir ist es ja eigentlich egal«, erklärte sie dem Pferd, »ich hab ja nichts dagegen, ich würde mich sogar freuen, wenn ich einen Stiefvater bekäme, aber doch nicht Antonin! Der ist hundert Jahre jünger als Mama! Alle Mädchen in der Gruppe schwärmen für ihn. Wenn die rauskriegen, dass er was mit meiner Muter hat, drehen die durch, und ich bin schuld. Ich werde nie Freundinnen haben, nicht solange sie meine Mutter ist!«

Voltaire nickte nachdenklich. Wednesday hielt ihm einen Büschel Heu hin. Er schnupperte daran – kein Zucker?, sagte sein Blick – und nahm es dann gnädig. Kaute, malmte, die Halme verschwanden langsam zwischen den Lippen. Wie Spaghetti, dachte Wednesday. Voltaire bleckte die Zähne, als lachte er. Er verstand sie.

»Weißt du, manchmal glaube ich wirklich, sie macht es mit Absicht. Dass ich die Klasse übersprungen habe zum Beispiel, das war ganz allein ihre Idee. Sie hat nämlich selbst keine Freundinnen, musst du wissen, na ja, außer Belle, aber von der hab ich erst vor ein paar Tagen zum ersten Mal gehört, so eng können die nicht sein. Und ich glaube nicht, dass Belle das cool findet, wenn Mama was mit Antonin anfängt.«

Sie nannte Susen konsequent Mama und nicht Susen, wie diese es wünschte. Und auch nicht modern *Mom*. Susen war ihre Mama, egal, was sie beide von dieser Tatsache hielten, sie konnten sie nicht ändern, keine von ihnen.

»Weißt du, es hat sie megagenervt, dass ich Freundinnen hatte in meiner alten Klasse. Und sie nicht. Nur so Frauen, mit denen sie ausgeht oder mal ins Kino, und wenn sie nach Hause kommt, macht sie sich über sie lustig, über ihre Kleider und was sie gesagt haben. Das sind keine Freundinnen, und drum soll ich wohl auch keine haben! In der vierten Klasse war ich richtig gern. Unsere Lehrerin, Frau Amacher, war megalieb und hat mir immer Extraaufgaben gegeben, ich hätte gut in der Klasse bleiben können, das sagte ja auch die Schulpsychologin, aber meine Mutter will eben immer mit mir angeben. Hochbegabt! So ein Quatsch. Sie nervt, echt! Jetzt soll ich ihre Freundin sein, nur weil sie selbst keine hat. Alles sollen wir zusammen machen, blöde Theaterstücke anschauen und Ausstellungen und die gleichen Kleider tragen! Das kann ich einfach nicht, ich kann es wirklich nicht, ich hab es versucht, aber ich kann es nicht, ich bekomme Bauchweh, wenn ich es versuche, ich schwör's, das ist die Wahrheit. Und jetzt hab ich gar keine Freundinnen mehr, und nächste Woche kann ich nicht mal Seraina sehen. Meine einzige Chance auf ein normales Leben ist diese Woche hier, das verstehst du doch, Voltaire, und du hilfst mir dabei, ich weiß es, du hilfst mir dabei, cool auszusehen vor den anderen, vielleicht morgen, wenn wir galoppieren. Wirf mich nicht ab, bitte, Voltaire.«

Voltaire war unterdessen im Stehen eingeschlafen, was Wednesday nicht persönlich nahm, sondern als Zeichen, auch ins Bett zu gehen. Draußen überraschte sie die Dunkelheit, die vollkommen sternenlose Nacht. Kein Licht brannte im Hof. Die Nacht war schwarz und so still, dass sie dicht wirkte wie ein Tuch. Sie ging auf die erleuchteten Fenstervierecke im Haupthaus zu. Ihre Füße schlurften durch den Kies. Als sie leise die Tür öffnete, dachte sie: So fühlt man sich als Teenager, wenn man zu spät nach Hause kommt. Normalerweise war es ihre Mutter, die sich nachts hereinschlich, gegen den Garderobenständer taumelte und im Dunkeln kicherte.

Wednesday tappte leise durch den dunklen Flur, ohne Licht zu machen, an der Küchentür vorbei, hinter der sie Stimmen hörte, vielleicht Belle, aber sie war nicht sicher. Die Treppenstufen knarrten, ihre Schlafzimmertür quietschte, aber niemand streckte den Kopf in den Flur, niemand rief: »Wer ist da?« Sie lagen alle in ihren Betten und stellten sich schlafend, so wie sie es auch immer machte, wenn ihre Mutter mitten in der Nacht nach Hause kam.

Wednesday fühlte sich seltsam erwachsen. Sie zog sich im Dunkeln aus, warf ihre Kleidung auf den Boden, legte sich in Unterwäsche ins Bett. Sie hatte sich das Bett an der hinteren Wand ausgesucht, das näher bei der Tür stand.

Sie konnte nicht schlafen. Schließlich erhob sie sich und stellte sich ans Fenster, schaute in die Dunkelheit, hinter der sich der Stall befand. Unten schliefen die Tiere, oben brannte Licht. Bei Max und bei Antonin. Ein Schatten huschte über den Hof, auf den Stall zu. Als er ins Licht trat, erkannte sie Jonas. Sie wäre ihm gern nachgelaufen, in den Stall, vielleicht hätte er ihr dann das Geheimnis gezeigt, das wirklich coole, wirklich geheime Geheimnis. Doch sie konnte nicht in den Stall zurück.

Ihre Mutter war dort.

Sie trat vom Fenster weg. Dachte an ihren Vater. Wenn sie ein Handy hätte, würde sie ihn anrufen. In ihrer Klasse hatten die meisten ein eigenes Handy, nur sie noch nicht. Dann fiel ihr ein, dass sie sich in einem Handyloch befanden – wenigstens hatte ihre Mutter das behauptet, als sie auf dem Weg hierher noch mit Oma Lou geredet hatte, verbotenerweise beim Autofahren. Wednesday musste ihr das Steuer halten. »Ich muss jetzt aufhören«, hatte Susen gesagt, »wir kommen in ein Handyloch.«

Unter einem Handyloch stellte sich Wednesday eine Grube vor, in der alte Telefone lagen, haufenweise ausrangierte, überholte, kaputte Handys. Eine Grube, aus der sie sich ein Auslaufmodell angeln und in die Hosentasche stecken konnte.

Vielleicht hatte sie aber auch gelogen. Das machte sie oft,

wenn sie mit Oma Lou redete. Wednesday mochte Oma Lou, die immer bereit war, mit ihr Karten zu spielen, mit Streichhölzern als Währung oder mit Monopolyscheinen. Ihre Mutter hingegen spielte nie, weder Brettspiele noch Kartenspiele und schon gar nicht mit Puppen. Oma Lou war schon in Ordnung, außer dass sie sie konsequent Wendy nannte, was Wednesday störte. Noch mehr störte sie, dass Oma Lou ihr von ihren Amerikareisen immer diese alten, fettfleckigen Servietten und Papierhüte einer Fastfood-Kette mitbrachte, die »Wendy« hieß. Gelb und rot war der Schriftzug.

Im Flur vor der Küchentür hing ein alter Telefonapparat, ein schwarzer Kasten, fest an die Wand geschraubt, der Hörer an einer geringelten Schnur, die Wählscheibe aus Metall, die Zahlen von Generationen von Fingern ausradiert. Wednesday erinnerte sich plötzlich an diesen Apparat, sie sah ihn vor sich und konnte an nichts anderes mehr denken. Sie nahm die dünne Decke vom Bett und legte sie um ihre Schultern wie einen Königsmantel. Auf nackten Füßen schlich sie hinaus. Der Flur war dunkel, die Treppe steil, die Holzdielen kalt und rau. Aus der Küche kamen immer noch Stimmen. Allzu spät konnte es also nicht sein. Es beruhigte sie, dass außer ihr noch jemand wach war, dass sie nicht allein war. Sie legte die Hand auf die Türklinke und nahm sie dann wieder weg. Sie brauchte niemanden. Unter der Küchentür ein Lichtstreifen. Sie fand den Schalter im Flur und zündete das Licht an, eine nackte Glühbirne, die über ihr baumelte. Sie wählte die Nummer ihres Vaters.

Der Anrufbeantworter.

»Hallo, Papa, ich bin's. Ich wollte nur … hmm … Ich wollte nur Gute Nacht sagen. Wir sehen uns am Montag. Tschüs!«

Als sie auflegte, ging die Küchentür auf, und Belle stand vor ihr.

»Wednesday, wieso bist du denn um diese Zeit noch auf?«

Und du?, wollte Wednesday sagen, hast du nicht gesagt, du willst früh ins Bett?

Hinter Belle zeigte sich jetzt Jasmin, sie hatte geweint, ihr Gesicht war mit Schminke verschmiert.

Geschieht ihr recht, dachte Wednesday. Sie mochte Jasmin nicht, die Belle den Mann weggenommen hatte. Da konnte ihre Mutter lange erklären, dass das eine freie Entscheidung gewesen war, mit der Belle keine Probleme hatte, Wednesday glaubte das nicht. Wer würde schon freiwillig seinen Mann teilen wollen? Belle liebte Manolo, das konnte jeder sehen, vor allem ein Kind.

»Ich geh ins Bett«, sagte Jasmin. Nur einen abwesenden Blick auf Wednesday werfend, merkte sie gar nicht, wie das Mädchen sie anfunkelte. »Gute Nacht dann.« Flüchtig küsste sie Belles Wange.

»Ihr müsst ganz genau wissen, was ihr wollt, ihr dürft nur daran und an nichts anderes denken«, hatte Belle am Nachmittag im Reitunterricht gesagt. »Wenn ihr so reitet, könnt ihr nicht miteinander plaudern, dürft ihr euch nicht ablenken lassen, könnt ihr nicht mal in Gedanken abschweifen, ihr müsst euch ganz auf das Pferd konzentrieren und auf nichts anderes.«

Es leuchtete Wednesday nicht ein, dass Belle mit der Kraft ihrer Konzentration diese dicke Frau nicht vertreiben konnte.

»Warum bist du noch auf, ist dir nicht gut?«

»Nein, ich wollte nur meinen Papa anrufen. Wie spät ist es überhaupt?«

»Gleich zehn. Oje, ich sollte auch ins Bett. Komm, ich bring dich nach oben.«

Zehn ist doch noch gar nicht spät, dachte Wednesday. Zu Hause ging sie oft um zehn ins Bett oder auch noch später.

Belle schien ihre Gedanken zu erraten, denn sie legte eine Hand auf Wednesdays Schulter, schob sie sanft zur Treppe und sagte: »Wir stehen um fünf schon auf. Wenn du willst, kannst du den Wecker stellen und uns im Stall helfen. Hast du einen Wecker?«

Wednesday nickte und zeigte ihr ihre Armbanduhr. »Eingebaut.«

»Nicht schlecht«, sagte Belle und fragte dann doch: »Schläft deine Mama schon?«

»Ja«, log Wednesday, »tief und fest.« Sie wusste, dass Belle wusste, wo Susen war. »Schon lange«, log sie. »Schon seit Stunden.«

Im Flur kam ihr Jonas entgegen. Er legte einen Finger auf die Lippen. Sie nickte unmerklich. Ihre Decke wischte über den Holzboden, als sie an ihm vorbeiging.

## Herzinfarkt

Unter dem Vorwand, eine Zigarette rauchen zu wollen, schlich Belle nach draußen. Manolo unterhielt sich in der Küche noch mit Jasmin, die einen Fertigpudding anrührte, weil sie von Susens Curry nicht satt geworden war. Belle nahm zwei Gläser und die halb leere Weinflasche mit und ging quer über den Hof zum Stall. Sie wollte beim alten Max vorbeischauen, noch ein Glas mit ihm trinken, vielleicht ein bisschen reden. Der alte Max schlief schließlich nie, er lebte in einem Zustand zwischen Traum und Tag. Bald würde er sterben, das sagte er selbst. Allerdings seit Jahren.

Vor der Tür zu Antonins Kammer blieb sie stehen. Spitze Schreie drangen durch das dünne Holz. Eine Katze, dachte sie. Sie brauchte einen Augenblick, um zu erkennen, wer diese Töne von sich gab. Und warum. Ertappt zuckte sie zusammen. Schüttelte sich. Sie stellte die Flasche, die Gläser vor die Tür zu Max' Kammer und rannte die Treppe hinunter. Wie eine abgestochene Sau, dachte sie böse. Kein Stil, dachte sie. Nie gehabt. Hört ja jeder von Weitem, dass das nicht echt ist.

Warum war sie bloß so wütend? Hatte sie es nicht gewusst?

Sie ging in die Küche zurück. Manolo war weg. Der Pudding stand unberührt auf dem Tisch. Jasmin machte den Abwasch. Wasser spritzte, Geschirr klirrte.

»Ich helf dir«, sagte Belle.

»Nein, schon gut. Wenn ich schon nicht gekocht habe … Fair ist fair. Aber nahrhaft war es ja nicht gerade, was diese Susen aufgetischt hat, findest du nicht? Das bisschen Krebsschwanz und dann die scharfe Sauce und nicht mal genug Reis für alle. Ich will ja nichts sagen, aber Jonas ist noch im Wachstum, und Antonin arbeitet den ganzen Tag an der frischen Luft. Wir leben hier schließlich nicht wie die Städter am Schreibtisch und auf Dauerdiät, stimmt doch! Und schau dir das an, jedes einzelne Schüsselchen hat sie gebraucht, hier!« Sie hielt einen tiefen Kinderteller aus Plastik hoch, der in der Mitte mit einer gelben Ente bedruckt war. Einer verblichenen gelben Ente. »Ich wusste nicht mal, dass wir den noch haben«, sagte Jasmin. »Nein, ich sage dir!«

»Was?«, fragte Belle nach, die unterdessen begonnen hatte, die abgewaschenen Schüsseln abzutrocknen und in die Schränke zu räumen.

»Wie was?«

»Was sagst du mir?« Belle hasste rhetorische Fragen, Floskeln, die nichts bedeuteten, unfertige Sätze, die in der Luft hängen blieben, eigentlich fast alles, was aus Jasmins Mund kam. Jasmin verstand immer noch nicht. Schaute sie aus runden Augen an.

»Du hast gesagt: ›Ich sage dir …‹ – also: Was sagst du mir?« Jetzt kam Belle sich kleinlich vor.

Jasmin presste die Lippen zusammen, wandte sich wieder dem schmutzigen Geschirr zu, griff in den Schaum, in das heiße Wasser. Sie trug gelbe Handschuhe aus Gummi.

»Ja, jetzt, da du deine schicke Freundin hier hast, musst du mich natürlich nicht mehr verstehen! Jetzt kannst du schon so tun, als sei ich zu dumm, um mit dir zu reden. Dabei habe ich schließlich studiert und nicht du! Und nächste Woche, wenn sie abgereist ist, dann bin ich wieder gut genug! Aber dann ist es vielleicht zu spät, Belle!«

Es geht nur, wenn du sie auch liebst, sagte Manolo immer. Du kannst das, sagte er. Du hast so viel Liebe.

»Es tut mir leid, Jasmin. So hab ich's nicht gemeint.«

»Und wie sie Manolo anschaut, hast du das nicht gemerkt? Oder ist dir das egal?«

»Susen kann Manolo nicht ausstehen«, sagte Belle.

Jasmin schnappte nach Luft. »Und so eine lädst du ein? In sein Haus.«

Mein Haus, dachte Belle. Gerade deshalb, dachte Belle. Wer sonst könnte verstehen, was in mir vorgeht? Aber Susen hatte sie verraten. Susen war in Antonins Zimmer eingedrungen, um dort herumzuschreien wie eine aufgespießte Seele. Belle schüttelte sich.

»Und nicht nur das, sie hat auch Jonas so angestarrt, der Junge ist erst dreizehn, das ist doch pervers. Da wundert einen ja gar nichts mehr.«

»Was wundert einen nicht?«, fragte Belle, obwohl sie sich ja eben noch vorgenommen hatte, nett zu Jasmin zu sein.

»Jonas hat's nicht leicht zurzeit. Die Probleme in der Schule, und ich hab immer noch keine Alternative gefunden. Weißt du, was Privatschulen kosten? So geht es einfach nicht weiter. Sein Klassenlehrer behandelt ihn ungerecht. Er hat keine Freunde, er ist nicht so wie die anderen Jungs, die nur Fußball im Kopf haben. Er ist sensibel, mein Jonas. Es ist schwierig für einen Jungen in seinem Alter, so abgelegen zu wohnen. Kein Wunder, dass man da auf Gedanken kommt…«

»Was für Gedanken denn?«

»Na, Gedanken eben! Es ist einfach nicht gut für einen heranwachsenden Jungen, so allein zu sein. Und dann kommt so ein Weibsbild daher, mit der Bluse offen bis hier!« Mit dem Handschuh deutete sie Susens Ausschnitt an, eine Schaumflocke blieb auf ihrem T-Shirt sitzen, auf ihrem weichen Bauch. Belle hatte den Anschluss verloren. Was hatte Susens Bluse mit Jonas' Gedanken zu tun?

»Manchmal frage ich mich, ob wir nicht besser in die Stadt ziehen sollten. Da könnte Jonas die Rudolf-Steiner-Schule besuchen, die wird nämlich nach Einkommen bezahlt. Da würde er bestimmt junge Leute kennenlernen, die ihm näher sind, Freundschaften schließen, auf andere Gedanken kommen.«

»Überlegst du dir das im Ernst?« Belle wusste nicht, was

sie davon halten sollte. Sie hatte sich Jasmin nie weggewünscht. Das würde alles verändern.

»Warum nicht? Auf wen soll ich Rücksicht nehmen, auf dich vielleicht? Nimmst du etwa Rücksicht auf uns?«

»Jasmin, ich …«

»Ist doch wahr! Lädst so eine zu uns nach Hause ein, ohne zu fragen, ob uns das auch passt, so eine Sch … JOURNALISTIN!«

Schlampe, hatte sie eigentlich sagen wollen. Belle biss sich auf die Lippen. Sie hätte gelacht, wenn sie nicht die Tränen in Jasmins Augen gesehen hätte. Um Manolo hatten sie sich in all den Jahren nie gestritten. Susen, dachte Belle. Sie bringt alles durcheinander.

»Ja, lach nur!«, schrie Jasmin. »Lach mich nur aus! Aber denk dann nicht, ich sei noch da, wenn du dich bei mir entschuldigen willst!«

»Jasmin, ich hab doch nicht …«

»Raus! Raus aus meiner Küche!«

Belle pfefferte das Handtuch auf den Küchentisch und ging nach oben in ihr Zimmer. Wütend wie sie war, konnte sie nicht einschlafen. Sie dachte an Susen. Sie hatte es fertiggebracht, sich mit Jasmin zu zerstreiten. Nach all den Jahren. Was, wenn Jasmin ihre Drohung wahr machte? Und dann ihr Gejaule. Was fiel ihr eigentlich ein. Was glaubte sie denn, wo sie sei. Sie konnte ja nicht wissen, dass der alte Max nie schlief. Null Rücksicht. Aber so war sie immer schon gewesen. Und Antonin? Antonin musste morgen früh raus. Er brauchte seinen Schlaf. Doch was ging Belle Antonins Schlaf an, und überhaupt, vielleicht hatte ja er Susen eingeladen? Vielleicht hatten sie sich verabredet. Immerhin hatte er das Esszimmer ziemlich überstürzt verlassen.

Welcher Teufel hatte sie geritten, ihr Hemd zu heben, ihren Bauch zu zeigen? Glaubte sie im Ernst, sie könne mit Susen konkurrieren? Susen in ihren schicken Kleidern, ihren offenen Blusen? Susen mit dem glänzenden schwarzen Haar?

Sie legte sich im Geist eine Liste an, mit brennenden Augen ins Dunkel starrend:

*Warum jeder Mann Susen vorziehen würde:*

Sie weiß, was sie will

Sie riecht nicht nach Stall

Sie kann ganz harmlose Sachen sagen, und es klingt wie eine Einladung

Ein Geheimnis

Sie bewegt sich wie eine Blume

Wie eine Blume? Was sollte denn das nun wieder heißen? Und überhaupt, der einzige Mann, an dem sie interessiert war, mochte Susen nicht einmal.

Als hätte sie ihn herbeibeschworen, stand Manolo plötzlich vor ihrer Tür, klopfte leise, rücksichtsvoll, sie hätte es überhören können. Aber sie sprang aus dem Bett, riss die Tür auf und schlang sich um ihn, mit einer Heftigkeit, die sie beide überraschte, rücklings fielen sie auf Belles Bett, Arme und Beine ineinander verknotet. Lass mich nicht los, lass mich nicht los! Die Liste löste sich auf, die Buchstaben wirbelten an der Zimmerdecke durcheinander und verblichen wie der Rauch einer im Aschenbecher vergessenen Zigarette. Jetzt, dachte Belle.

»Jetzt«, sagte sie, »jetzt!« Und sie merkte erst gar nicht, dass er aufgehört hatte.

Er grunzte, griff sich an die Schulter, rollte von ihr.

Nicht aufhören!, wimmerte Belle in ihrem Kopf. Einen Moment lang bewegte sie sich weiter, als sei er noch in ihr. Nicht, nicht, nicht.

Er stöhnte. »Belle«, stöhnte er. »Belle, mein Herz!«

Da glaubte sie noch, er meinte sie. »Ja. Ja. Ja.«

»Mein Herz, mein Herz.«

Jetzt lag er auf dem Rücken neben ihr. Auf ihrem nackten Körper war plötzlich nur noch Luft, kalte, abgestandene Zimmerluft.

»Belle, hilf mir. Ich glaube, ich sterbe.«

So hatte sie sich bis vor Kurzem auch noch gefühlt. Oder wenigstens beinahe. Beinahe.

»Wie, du stirbst?« Grob sagte sie das, unverhältnismäßig grob.

Er krümmte sich in den Laken, umklammerte seine linke Schulter. »Mein Herz, ich glaub, ich hab einen Herzinfarkt«, stöhnte er, »oh … Belle …! Tu doch was!«

»Einen Herzinfarkt?« Muss das sein, dachte sie, muss das ausgerechnet jetzt sein? Musst du immer nur an dich denken? Kalt schaute sie ihn an, ungerührt nahm sie zur Kenntnis, wie er sich krümmte, wie er sich wand.

Wo kam diese Wut her, wenn er doch im Sterben lag? Belle stand auf. Sie ging ins Badezimmer. So wie sie war, nackt. In der Fensterscheibe spiegelte sich ihr weißer, knochiger Körper. Die Hände bis zu den Ellbogen, das Gesicht bis zum Brustbein, am runden Ausschnitt ihres T-Shirts entlang, waren braun und ledrig, der Rest der Haut war weiß und zart.

Absurd, dachte Belle. Sie wusste nicht, ob sie ihren zweifarbigen Körper meinte, ihren Anzug aus weißer Haut, oder

Manolo. Seinen Herzinfarkt. Hätte er den nicht ein bisschen, nur ein kleines bisschen später haben können?

Ihr Körper war klamm vor Enttäuschung. Dabei hatte sie gar nicht damit gerechnet, dass er zu ihr kommen würde. Der Blick, mit dem er sie bedacht hatte, als sie beim Abendessen ihr Hemd hochgehoben, ihren Bauch gezeigt hatte. Angeekelt. Kalt. Sie war ganz sicher gewesen, dass er sie dafür bestrafen würde. An Jasmins Tür klopfen, sodass sie es hören konnte. Oder, schlimmer noch, in sein Arbeitszimmer zurückkehren, für weitere Wochen.

Sie spritzte sich kaltes Wasser ins Gesicht. Dann machte sie einen Waschlappen nass und ging mit ihm zurück ins Zimmer zu Manolo. Und auf dem Flur, nur drei Schritte lang zwischen Schlafzimmer und Bad, stellte sie sich vor, dass er in der Zwischenzeit an diesem Herzinfarkt gestorben wäre. Während sie im Badezimmer gewesen war. Er wäre tot, und sie wäre frei.

Frei?

Wo kamen diese Gedanken her? Frei! Sie hatte nie etwas anderes gewollt, als mit Manolo zusammen zu sein. Ihn glücklich zu machen. Ihm zu genügen. Wenn er sie anschaute, wusste sie, wer sie war. Nur dann.

Es ist Susen, dachte sie. Sie pflanzt diese Gedanken in meinen Kopf.

Sie bringt alles durcheinander.

Sie macht alles kaputt.

Belle presste sich den kalten, tropfenden Waschlappen ins Gesicht. Atmete den leicht modrigen Geruch ein – die Wäsche musste gemacht werden, dachte sie, dringend, und der Moment war vorbei. Sie ging in ihr Zimmer zurück, setzte sich aufs Bett und legte Manolo den Lappen aufs Gesicht.

»Der ist ja nicht mal kalt«, sagte er. »Ich brauche einen Arzt.«

»Du brauchst ein Aspirin«, sagte sie. »Das hab ich doch irgendwo gelesen, Aspirin ist gut bei Herzinfarkten, ich hol dir eines.«

Sie brachte ihm die Tablette und ein Glas Wasser und einen frischen Waschlappen aus dem Wäscheschrank im Flur, er roch noch nach Waschpulver. Sie saß neben ihm, bis er eingeschlafen war. Sein Atem ging regelmäßig. Im Schlaf war sein Gesicht womöglich noch schöner.

Belle lag lange wach. Sie konnte die Bilder nicht aus ihrem Kopf verbannen: Wie sie schreiend über den Hof lief, nackt, in Tränen aufgelöst, in Antonins offene Arme. Während Manolo tot auf dem Bett lag.

Schließlich stand sie auf und zog sich an. Sie ging über den dunklen Hof und durch den Stall, an den schnaubenden warmen Leibern ihrer Tiere vorbei, sagte ihre Namen im Geist auf wie ein Gebet: Voltaire, Lollipop, Sovash. Sie stieg die Treppe hoch. Vor Antonins Kammer blieb sie stehen, legte eine Hand auf die Tür. Als könnte sie durch das Holz hindurchgreifen. Ihn anfassen. Ihn zu sich ziehen. Aus Susens Fängen befreien.

Die Geräusche waren verstummt. Belle stellte sich vor, wie sie schliefen. Susens schwarz gefärbte Haare auf Antonins Brust. Das Bild steckte in ihrer Kehle fest. Es ließ sich nicht aushusten. Wenn sie es nicht besser wüsste, könnte sie glauben, sie sei in Antonin verliebt.

»Hast du überhaupt je mit einem anderen Mann geschlafen?«, hatte Susen sie gefragt. »Ist Manolo der einzige? Der einzige überhaupt? Du warst ja so jung, war Manolo der erste?«

Allein die Frage zeigte, wie wenig sie wusste. Wie wenig sie verstand. Um diese Frage stellen zu können, musste man unschuldig sein. Musste man, wie Susen, keine Ahnung haben.

Wie hatte sie sich je einbilden können, sie könnten Freundinnen sein? Sie und Susen oder sie und irgendein anderes normales, unberührtes, unbeschmutztes Mädchen?

Sie hatte Bilder im Kopf. Die anderen nicht.

Belle nahm die Hand von der Tür wie von Antonins Schulter, vorsichtig, um ihn nicht zu wecken. Dann drehte sie sich um, öffnete die andere Tür, die leise knarrte. Es war dunkel, nur der Fernseher leuchtete matt, Ameisen flimmerten über den Bildschirm. Eine seltsam beruhigende Gegenwart, in der man sehr wohl schlafen konnte, wie das leise Schnarchen bezeugte.

»Rutsch mal«, sagte sie und legte sich neben den uralten Körper, der Max hieß.

Das Wasserbett gluckste leise.

## Susen sucht den Sinn des Lebens – wo die wilden Kerle wohnen

Morgens um fünf, ich liege allein im Bett. Draußen ist es noch nicht einmal Tag. Das Bett ist schmal, die Decke dünn, mich fröstelt. Einschlafen kann ich nicht mehr. Ich krieche tiefer unter die dünnen Daunen und versuche, mich an ähnliche Situationen zu erinnern: Morgens um fünf, ich komme mit einem neuen Liebhaber nach Hause oder zurück ins Hotelzimmer, wir fallen ins Bett. Morgens um fünf, er steht auf, um noch eine Flasche Champagner aus der Minibar zu holen. Morgens um fünf, wir sind ineinander verkeilt, als das Telefon klingelt.

Zu »Morgens um fünf mit einem neuen Mann im Bett« fällt mir alles Mögliche ein. Aber nicht das: Morgens um fünf steht er auf, um die Tiere zu füttern. Steigt aus dem Bett und direkt in die Jeans vom Vortag, die neben dem Bett sozusagen von allein steht, noch in die schweren Stiefel gestopft, Arbeitsstiefel übrigens, keine Cowboystiefel – wie schade.

Schon schwirrt mir ein Paar durch den Kopf, das ich vergangene Woche bei Western Wear gesehen habe, aus weichem, schwarzem Leder, vorn künstlich abgeschabt, mit dunkelbraunen Applikationen, ein Adler, glaube ich, oder ein Totempfahl. Ich habe sie in die Hand genommen, als ich vergangene Woche da war, um mir das passende Schuhwerk zu besorgen, und habe mir den Mann dazu vorgestellt, der solche Stiefel tragen kann, ohne lächerlich zu wirken. Vielleicht werde ich später in die Stadt fahren und sie ihm besorgen, neben sein Bett stellen, ein kleines Geschenk im Vorübergehen sozusagen.

Nichts überstürzen, Susen! Im Western Wear war ich, um mich auszustaffieren, auf meinen Besuch auf der Pferderanch vorzubereiten – wissen die geneigten Leserinnen übrigens, warum es »Pferderanch« und nicht »Pferdefarm« heißt? Weil auf einer Farm Getreide angebaut wird. Weil ein Hof mit Tieren eine Ranch ist. Das weiß nicht jeder, aber die Besitzerin eben dieser speziellen Pferderanch hat jahrelang in Amerika gelebt, bei den richtigen Cowboys in Montana, dem Staat, der *under big sky* liegt, unter dem großen Himmel also. In Montana tragen die Cowboys auch Cowboystiefel, nicht diese schweren, geschnürten Treter, die wir in der Punk- und Postpunkära mit geblümten Fähnchen und zerrissenen Strümpfen kombinierten. Cowboys übrigens sind ganz streng genommen auch nicht Männer auf Pferden, sondern einfach Kuhtreiber. Deshalb heißt es ja auch *COWboy* und nicht *HORSEboy*, nicht wahr. *Horse hunk*, Pferdeschönling, würde es ohnehin besser treffen in diesem ganz speziellen Fall, aber nein, die offizielle Bezeichnung lautet *ranch hand*. Hofgehilfe. Das ist mir dann doch zu unromantisch, ich bleibe bei Cowboy.

Ich strecke die Nase aus der Bettdecke und sehe mich im Zimmer um, das genauso aussieht, wie man sich so ein Cowboyzimmer vorstellt: Boden aus groben Holzlatten, ein altes Bett, mit grobem weißem Leinen bezogen. Eine Petroleumlampe auf dem Nachttisch, darauf ein gerahmtes Bild. Als ich gestern Abend auf ihn gewartet habe, nahm ich es in die Hand und studierte die Frau, die elegant in einem Sessel sitzt. Sie trägt ein dunkelgrünes Kostüm, die schlanken Knie unter dem engen Rock übereinandergeschlagen, einen strengen Knoten aus dunklem Haar, eine Perlenkette, attraktiv auf zeitlose, klassische Art.

Und schon überschlagen sich meine Gedanken. Ist es das, was ihm gefällt? Dieser klassische Stil? Hätte ich die Kinderjeans, die rosa Stiefel doch nicht kaufen sollen? Bin ich hier fehl am Platz? Gefalle ich ihm überhaupt? All die wirren Gedanken, die man sich macht, während man auf einer fremden Bettkante sitzt und auf einen Mann wartet, dessen Zeichen man ziemlich sicher schon richtig gedeutet hat – aber was, wenn nicht?

Das ist Extremsport, den wir hier betreiben, meine Damen, das Adrenalin rauscht in den Ohren, die Angst, sich lächerlich zu machen, ist schlimmer als die, nur durch ein dickes Gummiseil gesichert von einer Klippe zu springen. Das Seil kann reißen, die Zeichen können falsch verstanden worden sein, ganz falsch, und dann sitzt man da mit offener Bluse, bis aufs Innerste entblößt.

Während ich auf ihn warte, studiere ich also das Bild, und plötzlich erkenne ich die Frau: Es ist seine Mutter.

Eine bekannte Hôtelière, aber das ist hier nicht das Thema. Sondern das: Seine Mutter ist in meinem Alter. Sodass ich sie automatisch als Konkurrenz einordne. Nun ist der Hang zum jugendlichen Liebhaber ja seit Jahren, seit Demi und Ashton, ein Trend – doch einer der wenigen, die an mir vorübergegangen sind. Ich habe mich immer wohler gefühlt in der Rolle der übermütigen jugendlichen Spielgefährtin, habe also immer eher die Gesellschaft älterer Herren gesucht. Und jetzt das: ein *Cowboy*. Mit Betonung auf *boy*. So jung ist der Mann, dass ich seine Mutter sein könnte. So jung, dass er nach einer fröhlichen Nacht ohne jeden Schlaf in seine Hose steigt, seine Stiefel schnürt und geht, um die Tiere zu füttern.

Keine Kühe. Sondern Pferde. Und Hunde und Katzen. Und einen uralten Mann, der auf der anderen Seite des Flurs wohnt, der seinen Kopf aus der Tür steckt und mich zu Tode erschreckt, als ich, nur in ein weißes Leintuch gewickelt, zur Toilette schleiche. Ja, die Toilette befindet sich draußen auf dem Flur. Und auf dem Treppengeländer liegt ein Sattel. Aus schwerem Leder, mit silberbeschlagenem Knauf. Auch dazu fällt mir nichts ein.

Nichts in meinem bisherigen Leben hat mich auf diesen speziellen Morgen, in dieser Kammer, auf diesem Hof, früh um fünf vorbereitet. Und ich bin ziemlich sicher, dass ich das gut finde.
Ziemlich sicher.

(O.k., o.k., wir haben es kapiert, du hast endlich wieder mal einen abgekriegt, die Redaktion lässt die Korken knallen und die Leserinnen sowieso, aber würde es dir etwas ausmachen, dieses seltene Ereignis ein BISSCHEN fröhlicher zu beschreiben? Ein kleines bisschen leichtfüßiger? Sodass man nicht gleich fürchten muss, dich demnächst in Stücke gehackt in einer Tiefkühltruhe irgendwo auf dem Land wiederzufinden? Wäre das vielleicht möglich?
Das ist ein Tagebucheintrag, Susen, keine Kolumne. Und langsam gehen uns die Themen aus. Wenn ich richtig rechne, hast du bisher genau null brauchbare Texte vom Pferdehof geliefert. Null.
Und wenn wir schon dabei sind: Unika Bell??? Schon irgendeine Spur von ihr? Oder, wahlweise, von den Wölfen, die die Gegend unsicher machen sollen? Und bitte, BITTE, schalte dein Handy ein, ja? Rba.)

# Streit

Susen wachte davon auf, dass die Tür aufgetreten wurde und gegen die Wand knallte. Sie musste noch einmal eingeschlafen sein, hatte einen seltsamen Traum gehabt, in dem Bauer vorkam. Er versuchte hartnäckig, ihr einen gebrauchten Schlafsack zu verkaufen. Sein schlagkräftigstes Argument war, dass er früher ihm gehört hatte. »Warum sollte ich den haben wollen, das ist doch widerlich!«, rief Susen wieder und wieder. An sich hatte sie nichts dagegen, aus diesem speziellen Traum aufzuwachen. Doch nicht unbedingt so.

Sie schoss hoch und stieß sich den Kopf an der niedrigen Decke. Nicht zum ersten Mal.

Im Türrahmen stand Belle. Breitbeinig wie John Wayne und ebenso freundlich gestimmt. »Pack deine Sachen«, sagte sie. »Ich will dich nicht länger hier auf dem Hof haben!«

»Spinnst du? Was ist denn mit dir los?« Susen zerrte am Leintuch, zerrte es über ihre nackten Brüste, die sich unter Belles Blick noch nackter anfühlten.

»Du weißt genau, was ich meine!« Wild sah Belle sich im Zimmer um. Susens Kleider, auf dem Boden verstreut, ihre idiotischen Stiefel, Antonins Unterhemd.

Susen kroch tiefer unter die Decke.

»Hör doch erst mal zu«, wagte sie sich aus dem verblichenen Großblumenmeer hervor, das so gar nicht in ihre Bauernhausfantasie passte. Wenn sie länger hier bliebe, würde sie Bettwäsche von Country Chic mitbringen, aus grobem weißem Leinen. »Belle, das kann doch jetzt nicht dein Ernst sein. Ja, ich hab mit Antonin geschlafen. Und?«

»Musst du immer gleich vulgär werden? Typisch für dich.«

»Belle, ich hab dir doch am ersten Tag schon gesagt, dass Antonin mich interessiert. Was ist also dein Problem?«

»Mein Problem? MEIN Problem???«

Belle bückte sich nach einem der hochhackigen rosa Stiefel und warf ihn zum Bett hin. Ohne Susen zu treffen. Wenn sie gewollt hätte, hätte sie gezielt. »Du hast ein Problem! Nicht ich. Du trampelst hier rein und meinst, du weißt alles, dabei hast du keine Ahnung, keine Ahnung von nichts.« Sie bückte sich nach dem zweiten Stiefel. Dieser landete auf dem Bett.

Susen zog den Kopf ein.

Plötzlich musste Susen an die Pferde denken, die sich auf der Weide gebalgt hatten. Sie legen die Rangordnung fest, hatte Belle gesagt. Sie müssen wissen, ob sie der Leitstute vertrauen können. Stutenbiss, dachte Susen. Sie hatte gemeint, sie wisse, was der Ausdruck bedeute. Das wahre Ausmaß ging ihr erst jetzt auf.

Sie fühlte sich eindeutig weggebissen. Ausgerechnet sie, Susen, die Anführerin aller ewigen Mädchen. Sie setzte sich etwas gerader hin, die Decke fest vor die Brust gepresst.

»Hey, worum geht es hier eigentlich? Doch nicht um Antonin?«, fauchte Belle.

»Das hast jetzt aber du gesagt!«

»Ist doch klar! Es geht dir überhaupt nicht um ihn. Er ist doch nur ein Spielzeug für dich. Keinen Gedanken verschwendest du an ihn! Ob er vielleicht seinen Schlaf braucht? Ob es vielleicht gefährlich ist, übermüdet auf einem Pferd zu sitzen? Nein, das alles interessiert dich nicht. Du denkst wie immer nur an dich, Prinzessin Susen!«

Stück für Stück warf sie Susens Kleider aufs Bett, und Susen wagte sich langsam wieder unter der Decke hervor. Eines nach dem anderen zog sie die Teile an, die vor ihr landeten, das Hemd mit dem rosenbestickten Revers, die breite Männeruhr, der dünne – nicht rote – Seidenschal, die Kinderjeans. Sie trug keine Unterwäsche, keine Strümpfe in den engen Stiefeln. Wie praktisch, dachte Belle bitter.

»Schau dich doch mal an!« sagte sie.

Susen schaute an sich herunter. Das Hemd klaffte über ihrer nackten Brust auf. »Das muss so sein«, verteidigte sie sich. »Das Hemd hat ja nicht mal Knöpfe. Es ist so *designed.*«

»Und was hindert dich daran, etwas darunter zu tragen?«

»Belle, jetzt mach aber einen Punkt. Du klingst schon wie meine Mutter.«

Susen hätte beinahe gelacht. Aber sie konnte sehen, wie ernst es Belle war. Sie hatte Antonins Unterhemd vom Boden aufgehoben und hielt es jetzt in der Hand, als wüsste sie nicht, was sie damit anfangen sollte. Nach Susen werfen wollte sie es offensichtlich nicht. Also behielt sie es einfach in der Hand.

»Können wir einen Kaffee trinken, während du mir die Leviten liest?«, bat Susen. Sie stand auf, trat auf Belle zu und versuchte, einen Arm um sie zu legen. Belle wich zurück.

»Du stinkst.«

Susen schaute ihre Freundin an, die jetzt in Gedanken verloren das Unterhemd des Cowboys an ihr Gesicht drückte. Und sofort wieder sinken ließ.

Na wunderbar. Susen seufzte entnervt. Liebte Belle ihn also doch. Ja, wenn sie das gewusst hätte! Dann hätte sie sich doch gar nicht erst an Antonin herangemacht. Sie hatte ja auch ihre Ehre. Und warum hatte sie das nicht gewusst? Sie war doch sonst nicht so blind. Es gab nur eine Erklärung: Belle wusste es selbst nicht. Susen ging zum Fenster und riss es weit auf. Die fahle Herbstsonne fiel herein, die feuchte Luft, in der ein Rest von Nebel hockte, füllte die kleine Kammer. Verdrängte die Dünste der vergangenen Nacht. Susen schaute hinaus. Die ersten Mädchen waren eingetroffen und führten ihre Pferde aus dem Stall. Antonin ging von einer zur anderen und half ihr beim Striegeln, Satteln, Hufe auskratzen. Sein Hemd hing aus der Hose, und er bewegte sich wie ein Mann, dem die Welt gehörte.

Susen seufzte wieder. Sie drehte sich zu Belle um, ging einen Schritt auf sie zu und streckte eine Hand nach ihr aus. »Nun komm schon, Belle, sei doch nicht so!«

Ist doch alles easy, wollte sie sagen. Du liebst ihn, und er liebt dich, das hier hat keine Bedeutung, vergiss es. Es war vielleicht unschön, unelegant, zugegeben, ich entschuldige mich dafür. Aber vollkommen bedeutungslos.

Doch bevor sie etwas sagen konnte, schlug Belle ihre Hand weg und fuhr sie an: »Du hast doch von nichts eine Ahnung. Tust immer so groß und verstehst dabei nichts, rein gar nichts! Meinst du, ich hätte es nicht gemerkt? Dass du mich loswerden wolltest? Ja, du warst so dumm, du wolltest mich loswerden und mit dem Mann allein sein! Dümmer geht's doch nicht!«

Susen ließ sich auf das ungemachte Bett plumpsen. Das war es also. »Joe?«, fragte sie nach.

»Joe, Joe«, äffte Belle sie nach. »Glaubst du etwa, das ist sein richtiger Name? Dann bist du noch dümmer, als ich dachte!«

Das war sein richtiger Name, aber Susen wollte nicht kleinlich sein. Es war wohl nicht der Moment dafür. Sie holte tief Luft. Dreiunddreißig Jahre lang hatte sie nicht über die Sache im Wald gesprochen. Mit niemandem. Mit wem sollte sie auch darüber reden?

Mit Belle.

»Belle, hör mir zu.« Belle setzte sich jetzt auch auf das Bett, in sicherem Abstand zu Susen. Susen nahm ihre Hand, die freie Hand, die sich nicht in Antonins Unterhemd krallte, und hielt sie fest, als Belle sie wegziehen wollte. »Es tut mir leid. Es tut mir echt leid. Ich bin einfach weggerannt. Ich hab nicht mehr denken können, nicht an dich und an nichts anderes.«

»Das ist deine Entschuldigung? Dass du nicht denken konntest?«

»In dem Moment konnte ich nicht denken, Belle, komm schon, du warst doch dabei!« Susen suchte nach Worten. Sie hatte nie versucht, eine Erklärung für ihr Verhalten zu finden. In all den Jugendbüchern, die sie gelesen hatte, hatte sie sich ganz selbstverständlich mit der Heldin identifiziert. Natürlich würde auch sie mit den Indianern gegen die Soldaten kämpfen, die Pferde vor dem Feuer retten, mutig dem Schlachter entgegentreten, natürlich wäre sie eine Heldin, es musste sich nur eine Gelegenheit dazu bieten.

Stattdessen war sie, als sich die Gelegenheit bot, zum ersten und einzigen Mal in ihrem behüteten Vorstadtleben, geflohen. Weggerannt, so schnell sie konnte, und hatte ihre beste Freundin zurückgelassen.

Diese Erinnerung war es, die sie nicht ertragen konnte; noch weniger als alle anderen Peinlichkeiten aus ihren Mappen zusammen. Diese Erinnerung musste so weit wie möglich weggeschoben, unter Alltäglichkeiten begraben, vergessen werden. Die Erleichterung, als sie erfuhr, dass Belle weggezogen war! Die brannte noch mehr. Durch ihr Weggehen hatte Belle ihr ermöglicht, mehr noch, erlaubt, zu vergessen. Bis heute.

Susen atmete noch einmal tief ein. Das hier war ihre Chance.

»Ich hab dich allein gelassen«, sagte sie, »und es tut mir leid. Aufrichtig leid. Und, was noch schlimmer ist, ich hab dich nie gefragt, was damals passiert ist. Auch das tut mir leid. Vielleicht noch mehr.« Atmen, Susen. Ein, aus, ein, aus. »Aber ich frag dich jetzt, Belle. Was ist damals passiert?«

Schweigen hing im Zimmer. Dann entzog Belle Susen ihre Hand. Noch einmal presste sie Antonins Unterhemd an ihre Brust, dann legte sie es auf das Bett und stand auf.

»Oh, Susen«, sagte sie, »du verstehst wirklich überhaupt nichts.« Ihre Stimme klang jetzt nachsichtig, beinahe zärtlich. Auch ein wenig resigniert. »Ich hab dich doch weggeschickt, Dummerchen. Weißt du nicht mehr? ›Hau ab‹, hab ich geschrien. Und du bist abgehauen.«

Sie ging aus dem Zimmer. Susen blieb mit ihren Worten allein. Sie ließ sich auf das Bett zurückfallen und zog die Decke über sich, das verwaschene Blumenmeer.

## Waschlappen

Manolo saß an seinem Schreibtisch. Seine Hände griffen wild in die Computertastatur, schon hatte er das Notizbuch, den edlen Füllfederhalter weglegen müssen, seine Gedanken liefen zu schnell. Sie rannten ihm davon, entwischten ihm, schnell, schnell, selbst tippend kamen seine Finger kaum mit.

Nichts peitscht so auf wie die Erfahrung des nahen Todes, dachte er. Jetzt wusste er also Bescheid. Er könnte verrecken, ohne dass es Belle wirklich berühren würde. Das Einzige, was sie gestern interessiert hatte, war ihr Orgasmus gewesen. Hätte er ihr den gegeben, hätte er ruhig auch abkratzen können. Keine besonders beruhigende Erkenntnis. Doch sie passte nahtlos in seine philosophischen Fragmente der vergangenen Jahre. Die er mehr schlecht als recht gestern beim Abendessen zu formulieren versucht hatte. Immer wieder unterbrochen von dieser Susen, die bei der Verteilung der Hirnzellen wohl ziemlich weit hinten in der Reihe gestanden hatte.

Hoppla. Streichen. Seiner unwürdig.

Was er hatte sagen wollen: Immer mehr verstärkte sich das Gefühl, er habe ein Monster herangezogen. Das reine, fabelhafte Einhorn, das sein Beziehungstier gewesen war, verwandelte sich in einen gefräßigen Wolf, der ihn bald mit Haut und Haar zu verschlingen drohte. Schon hatte er seine Schaffenskraft aus seiner Brust gerissen und gierig verschlungen. Das Blut tropfte noch von seinen Lefzen, als er schon nach Karriere, Anerkennung, finanzieller Sicherheit schnappte. Der Verlust der Arbeitsstelle brachte ganz automatisch ein Versiegen sozialer Kontakte mit sich. Der Wolf leckte sich das Maul. Anregende Diskussionen, elegante Esseneinladungen, bewundernde Blicke schöner Frauen, Küsse in Hausfluren und fremden Badezimmern: alles weg. Alles dem Haustier, dem Beziehungsmonster, zum Fraß vorgeworfen. Und es war immer noch nicht satt.

Jetzt hatte es noch vor dem Frühstück eine seiner treuesten Illusionen verschlungen: Belles Liebe. All die Jahre hatte er fest an sie geglaubt. Nur so hatte er alles zusammengehalten. Mit dem Glauben an ihre Liebe. Aber die Liebe, das sagte er ja selbst so elegant, die Liebe war eine Erfindung.

Letzte Nacht, im Angesicht seines nahenden Todes, hatte Belle ihr wahres Gesicht gezeigt. Sie hatte ihn an seinen Platz verwiesen. Waschlappen, dachte er und notierte den Gedanken mitten in den laufenden Text: Sie hatte einen alten Waschlappen benetzt und ihn außerdem auf dem Weg zu seinem Krankenlager an ihr eigenes Gesicht gepresst. Man hatte den Abdruck noch sehen können, und ihr leichter Stallgeruch hing in dem müden Stück Stoff, das sie halbherzig auf seine Stirn gelegt hatte, lauwarm und nutzlos wie …

Wie er?

Der alte Waschlappen?

Natürlich musste er an der Formulierung noch arbeiten, aber das Bild schien ihm geradezu genial. Das war doch seine wirkliche Rolle, in seiner Familie und generell, als Mann in der heutigen Welt: Er war dazu da, die Frauen zu befriedigen. Auf welcher Ebene auch immer. Ihre Wünsche und ihre Bedürfnisse bestimmten seine Existenz.

Mit anderen Worten: Er war ein Waschlappen.

Schnell, schnell, schreib es auf. Bevor es zu spät ist.

Jetzt war alles nur noch eine Frage der Zeit. Er schrieb, als könne ihm jeden Augenblick die Tastatur unter den Fingern weggerissen werden. Eine durchaus realistische Vorstellung. Er hatte Jasmin lange genug hingehalten. Irgendwann würde sie sich von der verschlossenen Tür seines Arbeitszimmers nicht mehr aufhalten lassen. Er fürchtete diesen Moment schon seit einiger Zeit. Aber bisher hatte er darauf vertraut, Belle auf seiner Seite zu wissen. Ha! Er meinte, das Monster schmatzen zu hören, während er wie besessen in die Tasten griff. Vielleicht sollte er einen Bären aus ihm machen. Ein Wolf war noch zu harmlos.

Es klopfte an der Tür. Manolo seufzte. Konnte er aus dem Fenster springen? Über den Hof entkommen? Aus dem Bären wurde ein Hase. Er öffnete die Tür. Jasmin stand vor ihm. Diesmal brachte sie keinen Kaffee und auch keinen Kuchen.

»Es reicht«, sagte sie.

Und er: »Ich weiß.«

Und das wäre ein schöner Schlusssatz gewesen, einer, den er sich für sein Buch hätte aufsparen können, aber Jasmin hatte kein Gefühl für Dramaturgie, für die Kunst des Auslassens, das hatte er immer vermisst an ihr, ein Sprachgefühl, das seiner würdig wäre. Und so ließ sie den perfekten Schlusssatz untergehen in einem Schwall von Vorwürfen: »Ich hab mir ja schon einiges bieten lassen hier, und ich hab mich nie beschwert – oder hab ich mich je beschwert? Nein, hab ich nicht. Aber das geht zu weit. Nein, wirklich, das geht zu weit. Das muss ich mir nicht bieten lassen. Seit fünfzehn Jahren bin ich hier das Dienstmädchen, ich kümmere mich um alles, das Haus, das Essen, die Wäsche, während Madame durch die Wälder galoppiert und sich großartig vorkommt dabei. Ist ja schon gut, ich beklage mich nicht, ich bin gern Hausfrau, aber dann will ich auch was dafür bekommen. Wie jede andere auch. Ein bisschen Anerkennung, mal ein Dankeschön, ist das zu viel verlangt? Stattdessen bringt sie diese Stadtschnepfe her, die mir die ganze Küche versaut und sich an meinen Sohn heranmacht, auf eine Art, die einfach nur widerlich ist, vulgär. Dass du das nicht merkst, ist ja klar, du findest sie wahrscheinlich noch attraktiv, die mit ihrem Ausschnitt bis hier, aber dass sie Belle gegen mich aufhetzt, das ist nun wirklich …«

Manolo saß still, in seinem Kopf drehten sich die Gedanken, er versuchte, der Tirade zu folgen, er war auf sie gefasst gewesen, aber etwas stimmte nicht, inhaltlich stimmte sie nicht. Vorsichtig brachte er eine seiner Verteidigungsstrategien an, die er im Voraus einstudiert hatte: »Du weißt doch, dass ich nur wegen meiner eigenen Vaterproblematik so zurückhaltend bin. Und du bist eine so wundervolle Mutter …«

»Ich? Natürlich bin ich das. Aber darum geht es doch jetzt wohl nicht!«

»Nicht?« Das hatte Manolo schon vermutet. Aber worum ging es dann? Jasmin seufzte entnervt.

»Es geht um Susen!«, rief sie.

»Ach.« Das hätte er sich ja denken können. Susen. Immer diese Susen – gab es nicht einen Film, der so hieß? Ein Kinderbuch? Er schüttelte den Kopf und trat auf Jasmin zu. »Vergiss Susen«, sagte er. Vorsichtig nahm er sie in die Arme. Sie ließ es etwas steif über sich ergehen. »Sie ist nicht wichtig.« Er zog sie näher. Sie legte den Kopf an seine Brust. Der Hase sprang vom Fensterbrett und plusterte sich wieder auf. Nicht ganz zu Bärengröße, aber immerhin.

# Sturzflug

Die Pferde drängten sich im Hof, die Mädchen machten sich bereit. Durch den Streit mit Susen hatte sich der geplante Ausritt verzögert. Belle würde den Ausflug abkürzen müssen, wenn sie zum Mittagessen zurück sein wollten. Die Mädchen, die alle in der näheren Umgebung wohnten, wurden abgeholt und am Nachmittag wieder gebracht. Jasmin weigerte sich seit ein paar Jahren, Mittagessen für zwölf Halbwüchsige zu kochen.

Belle hatte einen ausgedehnten Galopp geplant, der Höhepunkt jedes Ausritts. Doch die Galoppstrecke, ein langer Waldrand, lag eine gute Stunde entfernt.

Susen, dachte Belle. Sie bringt wie immer alles durcheinander.

Die Pferde waren ungeduldig, sie standen schon viel zu lange so auf dem Vorplatz. Sie verstanden die Verzögerung nicht. Ihre Unruhe übertrug sich auf die Mädchen. Belle riss sich zusammen. Sie durfte sich ihren Unmut nicht anmerken lassen. Ruhig dirigierte sie die Mädchen in eine Zweierreihe. »Sovash neben Cairo, Savannah neben Lollipop«, sie nannte die Namen der Pferde, weil sie sich die der Mädchen nicht merken konnte, sie verschmolzen mit den Tieren, wurden zum Fortsatz des Pferderückens, nur einen wusste sie: »Wednesday neben mich an die Spitze!«

Die anderen Mädchen seufzten bewundernd. Vorn neben Belle zu reiten war eine Ehre, die sie alle anstrebten. Doch dazu musste man das richtige Pferd haben – Belle reihte die

Gruppe so auf, wie es dem Charakter der Pferde entsprach, ohne Rücksicht auf die komplizierten Beziehungsgeflechte zwischen den Mädchen. Die Mädchen bewunderten Belle atemlos, so wie sie selbst einst Jamie bewundert hatte. Um ihre Gunst gekämpft hatte.

Wednesday hatte allein dadurch, dass sie auf dem Hof wohnte, dass sie ihre Mahlzeiten mit Belle und Antonin einnahm, von Anfang an eine Sonderstellung in der Gruppe eingenommen. Dass sie außerdem ein schwieriges Pferd wie Voltaire ritt und sich so Belles Anerkennung verdiente, machte sie zum Star. Selbst die BH-Fraktion suchte ihre Nähe. Triumphierend lenkte Wednesday ihr Pferd zwischen den anderen hindurch nach vorn. Wenn jetzt nur nicht ihre Mutter halb nackt aus dem Stall gerannt kam, war alles gut.

Mirabo tänzelte ungeduldig, sie war eine Einzelgängerin, mochte die Gruppenausritte nicht. Belle tätschelte abwesend ihren Hals. »Schon gut, altes Mädchen.« Am liebsten wäre sie mit ihr losgejagt, allein über die Weiden, zum Waldrand hinauf. Weg. Weg von Manolo, der in ihrem Bett lag, immer noch im Glauben, er sei in der Nacht beinahe gestorben.

»Kannst du nicht hier bleiben«, hatte er sie gebeten, »nur dieses eine Mal?«

»Du weißt genau, dass das nicht geht.«

»Warum kann Antonin nicht mit den jungen Wilden raus?«

»Nein.« Antonin hatte eine anstrengende Nacht hinter sich. Früher hätten sie das ausgesprochen. Sie hätten darüber geredet. Vielleicht gelacht. Belle fand es nicht zum Lachen.

Manolo legte stöhnend den Kopf in die Kissen zurück. Meine Kissen, dachte Belle.

»Und wenn es mir plötzlich wieder schlecht geht?«

»Ruf Jasmin, wenn du etwas brauchst.«

»Und wenn ich dich brauche? Belle?«

Sie hatte getan, als hätte sie ihn nicht gehört. Ihre Laune war nicht besser geworden. Sie hatte Jonas angeschnauzt, der den letzten Kaffee getrunken und keinen neuen gemacht hatte. Antonin, der beim Satteln der Pferde unverschämt fröhlich vor sich hin pfiff. Eines der Mädchen, das seinen Helm zu Hause vergessen hatte, war in Tränen ausgebrochen, und sie hatte es einfach stehen lassen. Neben seiner Mutter, die sich sichtlich überlegte, ihr Geld zurückzuverlangen.

Wenn er doch wirklich gestorben wäre, dachte sie und erschrak über den Gedanken. Trotzdem sah sie sich an seinem Grab stehen. Auf Antonin gestützt. Antonin! Sie schüttelte wild den Kopf, Mirabo machte einen Satz zur Seite. Sie hatte nicht aufgepasst.

Und sie passte auch nicht auf, als plötzlich laut hupend und Abgase hustend ein klappriges Taxi auf den Hof und mitten in die Gruppe hineinfuhr. »Ruhig bleiben!«, rief Belle, doch zu spät, die Pferde stoben auseinander, eines sprang über den Zaun und auf die Weide, Voltaire bockte und warf Wednesday ab. Hart landete sie auf dem Rücken, der Aufprall nahm ihr den Atem. Ihr Reithelm wurde weggeschleudert. Eigentlich blöd, dachte Wednesday noch, dass der nicht auf dem Kopf hält. Und dann wurde es vor ihren Augen schwarz.

Wednesday lag auf einem breiten Bett, das sie nicht kannte, schaute an eine Decke, die sie nicht kannte, drehte sich um und erbrach sich in eine Schüssel, die ihr vorsorglich entgegengehalten wurde.

Dann beugte sich ein Gesicht über sie. »Oma?«

»Mein lieber Schatz, das hab ich nicht gewollt! Wer hätte denn gedacht, dass dieser Idiot plötzlich so loshupt!«

Hinter Lou stand Susen. Die Haare wild, die Bluse offen. Dunkle Schlieren von gestern unter den Augen, einen nassen Waschlappen in der Hand.

»Hier, mein Schatz.« Als Susen sich vorbeugte, um ihrer Tochter das Gesicht abzuwischen, sah Wednesday zum ersten Mal die Ähnlichkeit zwischen ihrer Mutter und ihrer Großmutter: das flächige Gesicht, die dunklen Haare, der breite Mund. Die flache Brust. Das Einzige, was sie von ihnen geerbt hatte, das und die etwas auseinanderstehenden Schneidezähne, die sie als Glückskind auszeichneten. Das behauptete wenigstens ihr Vater, *la dent du bonheur* nannte er diese Lücke. Wednesday begann zu weinen.

»Ich will meinen Papa«, schluchzte sie.

Die beiden Frauen warfen sich einen Blick zu. »Sie braucht einen Arzt«, entschieden sie.

»Ich schau schnell nach, ob dieser Idiot von Taxifahrer noch da ist«, sagte Lou.

»Ich zieh kurz ein frisches Hemd an«, sagte Susen.

Und dann war Wednesday allein in dem fremden Zimmer. Sie guckte sich um und erkannte den Flachbildschirm des alten Max. Sie richtete sich auf. Der Alte erschien aus dem Nichts, nahm die eklige Schüssel vom Bettrand, wischte ihr noch einmal mit einem frischen Tuch über das Gesicht und reichte ihr dann die Fernbedienung.

»Hier«, sagte er. »Wenn du fernsehen kannst, ohne dass es dir schlecht wird, hast du definitiv keine Gehirnerschütterung.«

»Hey!« Belle trat an den Zaun. Antonin schaute auf. Er hatte Voltaire eingefangen und ritt an der Spitze der Gruppe um den Übungsplatz. Die Pferde hatten sich beruhigt und trotteten brav hintereinander her. Antonin ließ sie komplizierte Figuren beschreiben, Schlangenlinien, diagonal kreuzen, aneinander vorbei. »Gebraucht euren Kopf«, rief er den Mädchen zu, »nicht die Hände!« Diese Übungen waren eigentlich zu schwer für sie, aber es war ihm auf die Schnelle nichts Besseres eingefallen. Immerhin blieb ihnen so gar nichts anderes übrig, als sich zu konzentrieren. Das aufgeregte Geschnatter und vereinzelte Schluchzen verstummte nach und nach.

»Angie, du führst!«, rief er und blieb am Zaun stehen. Belle schaute zu ihm auf. Sein Gesicht lag im Gegenlicht. Sie konnte seinen Ausdruck nicht erkennen, und plötzlich wurde sie wütend. So wütend, dass sie ihn am liebsten geschlagen hätte. Mitten in das dunkle Schattengesicht, in die ungerührte Miene. Sie wollte ihn vom Pferd reißen, sie wollte ihn zu Boden werfen, auf ihn einprügeln mit geballten Fäusten … Sich auf ihn stürzen. Sich in ihn verkrallen.

»Wie geht es ihr?«

Sie antwortete nicht, sondern trat gegen den Pfosten. Sie konnte nichts sagen. Wusste nicht einmal mehr, warum sie hier stand. Ihr wurde heiß, wie eine Dusche lief die Hitze über ihren Kopf. Sie wusste, dass sie rot wurde.

Wenn das die Abänderung ist, dachte sie. Hormone entschuldigen alles, auch Mord. Ich bring ihn um.

Voltaire legte die Ohren zurück. Antonin tätschelte seinen Hals. »Was ist denn los, Belle?« Als sie nicht antwortete, sprang er vom Pferd und duckte sich unter dem Zaun hindurch zu ihr. Sein Körper streifte sie, und sie machte einen

Satz zurück. Bevor sie sich auf ihn werfen, ihn vor aller Augen zu Brei schlagen würde. Die Fäuste hatte sie schon geballt. Sie atmete schnell.

»Belle …«

»Wie konntest du!« Sie keuchte.

»Was hab ich denn getan?«

»Komm schon!«

Die Pferde waren langsamer geworden, die Mädchen schauten neugierig zu ihnen hinüber.

»Trab!«, befahl Antonin, und die Pferde fielen in leichten Trott. »Angie, große Volten, linke Hand!«

Die Pferde beschrieben einen Kreis auf der anderen Seite des Reitplatzes. Er wandte sich wieder Belle zu.

»Ich habe mit Susen geschlafen«, sagte er.

Belle presste die Lippen zusammen. Genau so hatte Susen auch reagiert. Hatte es einfach ausgesprochen, als sei es nichts Besonderes. Da hatten sich ja die Richtigen gefunden. Die passten ja großartig zusammen. Was regte sie sich so auf?

»Meinst du das?«, fragte Antonin nach.

»Was interessiert mich … Hör mal, du kannst tun und lassen … Aber …«

Er nahm ihre Hand.

Belle riss sich los. »Ausgerechnet Susen!«

»Es bedeutet nichts.« Wieder versuchte er, ihre Hand zu fassen. Sie gab sie ihm nicht.

»Ach, das ist ja nett! Und das macht es etwa besser?«

»Nichts bedeutet etwas.«

Er griff nach ihr, trotzig verbarg sie ihre Hände auf dem Rücken. Er packte ihre Schultern, zog sie an sich, hinter das Pferd, das ungerührt graste.

»Nur du.«

Einen Augenblick lang war es still. Sie konnte sich verhört haben. Bestimmt hatte sie sich verhört. Oder sie konnte sich gegen ihn sinken lassen. Ihre Knie knickten ein, unelegant, ein Straucheln mehr als ein Sinken, er hielt sie fest. Fest an sich gepresst.

Sie schloss die Augen. Hier würde sie bleiben.

Nur einen Augenblick, dachte sie, nur einen winzigen Augenblick. Dann trat sie ins Blickfeld der Mädchen zurück.

»Zweierkolonne!«, rief sie. Viel zu laut. »Macht euch bereit, wir reiten aus.«

»Und Wednesday?«, fragte jemand.

»Es geht ihr gut. Ich hole sie.«

Jetzt konnte sie nur hoffen, dass das auch stimmte. Sie hatte sich ganz bestimmt verhört. Es konnte nicht anders sein.

Belle umarmte den alten Max mit einer Vertrautheit, die Wednesday erstaunte. »Und?«

»Sie hat sich durch sechsunddreißig Sender gezappt, mir wurde schon vom Zusehen schwindlig.«

»Gott sei Dank!« Belle setzte sich auf die Bettkante, vorsichtig, um die Matratze, die mit Wasser gefüllt war, nicht zum Schaukeln zu bringen. Sie strich Wednesday übers krause Haar. Die Haut ihrer Hand war so rau, dass sich die Haare in ihr verfingen. Es ziepte, aber Wednesday sagte nichts.

»Du hast mir einen schönen Schrecken eingejagt«, sagte Belle. »Aber Runterfallen gehört zum Reiten.«

»Was ist mit Voltaire?«

»Oh, er hat sich schnell beruhigt. Antonin hat ihn eingefangen, er wartet auf dich.«

Wednesday schwang ihre Beine auf den Boden. Das Wasserbett schwappte.

»Darf ich? Jetzt gleich?« Sie angelte nach ihren Stiefeln. Belle lachte.

»So gefällst du mir. Ja, jetzt gleich, die Gruppe wartet auf dich. Wir haben die Pferde beruhigt, jetzt ist es wichtig, dass wir wie geplant ausreiten.«

»Heißt das, dass ich trotzdem noch vorn neben dir reiten darf?«

»Das heißt es.«

Belle legte eine Hand auf Wednesdays Kopf, als sie aus dem Zimmer gingen, und rupfte ihr damit noch ein paar Haare aus.

»Hals- und Beinbruch!«, rief der alte Max hinter ihnen her. »Toi, toi, toi und pft, pft, pft!« Er hatte Wednesdays Platz vor dem Fernseher eingenommen und spuckte auf den Fußboden. Auf dem Bildschirm schüttete eine alte Dame gerade ein wenig vertrauenerweckendes weißes Pulver in ein Glas Rotwein. Mit dem Finger rührte sie um, bis das Pulver sich aufgelöst hatte, leckte den Finger dann ab und nickte anerkennend.

»Du Luder«, sagte der alte Max. Mehr zu sich selbst.

## Umstände

Susen und Lou waren schon auf der Autobahn, auf halbem Weg zum Krankenhaus in der Kantonshauptstadt, als sie merkten, dass sie Wednesday vergessen hatten.

Was mach ich jetzt? Susens erster Gedanke galt Belle. Was sollte sie jetzt von ihr denken? Was war sie bloß für eine

Mutter! Und dann erst: Wednesday – war sie in Ordnung, ging es ihr gut? Ihr zweiter Gedanke. Immerhin.

»Gib mir mal meine Tasche!«

Ihre Mutter langte nach hinten. »Da müsstest du aber auch mal Ordnung machen. Kind!«

Sie hatten den Mini genommen. Der Taxifahrer hatte beim Anblick der steigenden Pferde die Flucht ergriffen, noch bevor Lou ihn bezahlen konnte. Was ihr ganz recht war, denn sie hatte kein Geld dabei. Das hatte sie Susen aber noch nicht gestanden. Und wie es dazu gekommen war, dass sie ohne Geld in ein Taxi gestiegen und aufs Land gefahren war.

»Such mir das Handy raus.«

Susen nahm die nächste Ausfahrt, sie musste irgendwie den Weg zurück zum Blauberghof finden. Unterwegs anhalten, Medikamente besorgen, ihre Abwesenheit erklären, vernünftig, ja notwendig erscheinen lassen: Wir sind zur nächsten Apotheke gefahren. Sicher ist sicher. Hier, nimm das, mein liebes Kind!

Belle schob sich in das Bild. Belles kühler Blick. Ihre Arroganz. So war es immer gewesen: Belle ließ sie spüren, dass sie etwas wusste, von dem Susen keine Vorstellung hatte. Doch was war das?

Immerhin wusste Susen etwas, das Belle offensichtlich nicht wusste: dass Antonin sie liebte. Und sie hätte es ihr auch gesagt, großzügig wie sie war, wenn sie sie nicht so von oben herab behandelt hätte. Wie immer schon.

»Belle«, hatte er gesagt. Gestern Nacht, im Dunkeln. »Belle, Belle.« Nicht nur einmal. Es hatte wie ein Gebet geklungen. Sie hatte umso lauter geschrien, hatte ihn übertönt, ausgeblendet. Darin war sie gut.

Was sie nicht hören wollte, hörte sie nicht. Was sie nicht denken wollte, schob sie zur Seite. Es war eine Gabe: die frechen Gedanken, die sich ungefragt an die Oberfläche wagten, zurückzuschubsen in den kreisenden Strudel in ihrem Kopf, in dem sich alles wieder auflöste und mischte. Das hatte sie jahrelang geübt, jahrzehntelang. Wenn es sein musste, steckte sie die Finger in die Ohren, kniff die Augen zusammen und sang laut: »Lalala lala la!« Wie ein Kind im Wald.

Wie ein Kind im Wald.

Ihre Mutter hatte Meditationsübungen mit ihr gemacht. Die Sache im Wald war zeitlich mit Lou Hugentoblers Ausbruch aus der traditionellen Hausfrauenrolle zusammengefallen. Sie hatte sich einer Frauengruppe angeschlossen und aufgehört zu kochen. Der Familientisch wurde aufgelöst, stattdessen nahm sich jeder aus dem Kühlschrank, was er wollte, und aß es irgendwo, meist vor dem Fernseher. Karl Hugentobler verbrachte so viel Zeit im Restaurant Rössli, dass man im Dorf munkelte, er habe ein Verhältnis mit einer der Kellnerinnen. In Wirklichkeit ging es ihm nur um die warmen Mahlzeiten.

Lou lernte, ihre Gefühle auszudrücken, indem sie auf Sofakissen eindrosch. Sie klemmte einen Spiegel zwischen die Beine, um ihre Schamlippen beschreiben zu können, wie es die Gruppe forderte. Dabei wurde sie von ihrem jüngeren Sohn, Börni, erwischt, der ein Jahr lang nicht mehr mit ihr redete. Vielleicht als Reaktion auf dieses für beide Seiten traumatische Erlebnis stellte sie das Bügelbrett in den Keller und richtete sich das Bügelzimmer als privates Refugium ein. Das sie abschloss. Da brannte sie Räucherstäbchen ab und hörte Musik, da empfing sie ihre Freundinnen, da schlief sie auch immer öfter.

Das Betreten dieses Zimmers war der Familie verboten, doch eines Nachmittags, nach der Sache im Wald, lud sie Susen dahin ein. Machte ihr einen Kräutertee, legte einheimische Harfenklänge auf und befahl ihr, die Augen zu schließen.

»Jetzt meditieren wir mal«, sagte sie. »Stell dir vor, dein Geist ist ein trüber Teich. Stell dir vor, deine Gedanken sind Fische. Sie springen hoch in die Luft und klatschen dann wieder ins Wasser. Einer nach dem anderen. Schau sie dir an, und lass sie dann wieder ins Wasser zurücksinken. Lass sie untertauchen, lass sie verschwinden … Deine Gedanken lösen sich auf … Jetzt hast du alles vergessen … Alles, was passiert ist …«

Dass ihre Mutter da ein paar Bilder und Anweisungen durcheinander gebracht hatte, merkte Susen erst, als sie später selbst Meditationskurse nahm. Später, als es in ihrer Generation Mode wurde. Da wurde ihr erst klar, dass es eigentlich darum ging, die Gedanken aus den trüben Sümpfen ihres Geistes aufsteigen und weiterziehen zu lassen. Bis der Teich am Ende klar und durchsichtig war. Doch das Bild hatte sich in ihr festgesetzt, ebenso die Gewohnheit, störende Gedanken dahin zurückzuschubsen, wo sie herkamen.

»Kind, wirklich!« Lou räumte die Handtasche ihrer Tochter aus, strich zerknitterte, aber unbenutzte Papiertaschentücher glatt und faltete sie neu zusammen. Schraubte Lippenstifte zu, verstaute sie im Schminketui, legte einen Abfallhaufen im Seitenfach der Beifahrertür an. »Hast du irgendwo eine leere Plastiktüte?«

»Mutter, das Handy!«

Lou fand das winzige Ding, das bonbonrosa schimmerte. »Du willst doch nicht beim Fahren telefonieren? Kind, weißt du, was das kostet, wenn du erwischt wirst? Hundert Franken musste der Hans Eberhard vom Pokerverein Hinterwald neulich zahlen, ich sage dir …«

»Ich weiß, Mutter.« Sie seufzte.

»Ich will dir nicht sagen, was du zu tun hast. Du bist schließlich erwachsen. Ich meine nur …«

»Schon gut. Ruf du an. Belles Nummer ist gespeichert.«

»Ach.« Ihre Mutter schaute sie an. »Ich dachte, die lebt in einem Handyloch?«

»Mutter!« Susen seufzte wieder. »Belle hat doch einen ganz normalen Anschluss!«

»Das hättest du mir ja auch mal sagen können.«

»Hab ich doch!«

Manchmal träumte Susen von ihrer Mutter. In diesen Träumen versuchten sie, durch eine zähflüssige Masse zueinander zu schwimmen. Belle versuchte zu reden, versuchte, ihr etwas zu sagen, es ging nicht, das klebrige Zeug füllte ihren Mund, klebte ihre Zähne zusammen, erstickte sie. Die Masse war süßlich wie der Milchreis im Schlaraffenland und zäh wie die übergroßen Karamelltafeln, die ihr als Kind den Mund verstopft hatten. Wenn Susen dann aufwachte, war ihr übel.

»Ja, soll ich jetzt anrufen oder nicht?«, fragte ihre Mutter.

Susen bremste. Vor ihr tauchte die Einfahrt zum Krankenhaus auf, aber die brauchte sie wohl nicht mehr. Außer, sie wollte sich dort in der Apotheke eindecken. Wie würde das aussehen? Hier, mein Kind, ich bin extra in die Stadt gefahren, um dir eine Kopfschmerztablette zu besorgen?

Sie zögerte.

»Wo muss ich denn drücken?«, fragte Lou. »Die Tasten

sind so klein, ich kann die Zahlen gar nicht sehen. Dass du damit zurechtkommst! Du bist doch auch nicht mehr die Jüngste! Hast du noch keine Lesebrille? Ich hab in deinem Alter schon eine gehabt. Du, die kriegt man heute überall, im Supermarkt, in der Drogerie, ohne Rezept! Wenn du willst, besorg ich dir eine. Es gibt ganz schicke Modelle.«

Susen fädelte sich wieder in den Verkehr ein. Sie musste nur die Hauptstraße finden oder eine Kreuzung, einen Wegweiser, Straßenschilder.

»Wo fahren wir hin?«

»Zurück zur Ranch natürlich!«

»Ach, Susen …«

Weiter vorn das grüne Zeichen, das die Autobahn ankündigte.

»Ich muss dir etwas sagen.«

Susen kannte den Ton. »Mama?«

»Sei mir nicht böse, Kind, aber …«

»Was, Mama?«

»Ach, nichts.« Lou Hugentobler drückte sich tief in den Sitz, als fürchte sie, geschlagen zu werden.

So, wie sie da saß, erinnerte sie Susen an einen Zeitungsausschnitt, den sie neulich gelesen hatte.

Sie duckt sich wie eine Omega-Wölfin, dachte Susen. Genau so. Die Omega-Wölfin, die in der Rang- und Fressordnung des Rudels zuunterst steht, hatte auf dem Pressebild viel kleiner ausgesehen als die anderen Tiere. Susen hatte sich vorsichtshalber ein paar Informationen aus dem Internet heruntergeladen, falls sie Bauer bald etwas vorlegen musste. Ein paar lokale Zeitungsnotizen aus dem vergangenen Frühjahr berichteten von mehreren verstümmelten Schafen und Ziegen in der Gegend, von Bauern, die sich zusammenschlossen und ihre Weiden bewachten, mit Sturmgewehren aus Armeebeständen ausgerüstet. Und dann, etwas größer, der Skandal: eine Pressemitteilung des Tierparks Schneckenberg, dass im Winter eine Wölfin verschwunden sei, und zwar war sie nicht etwa ausgerissen, sondern offensichtlich befreit worden, ein sorgfältig in den Zaun geschnittenes Loch und Spuren von teuerstem Beefsteak deuteten auf ein Kidnapping hin. Die Sache sei vertuscht worden, um die Bevölkerung nicht zu beunruhigen, Wölfe genössen einen unverdient schlechten Ruf beim Volk und seien eigentlich ziemlich harmlos, vor allem einzelne Tiere. Aber, um genau zu sein, die Sache verhielt sich so, dass die Wölfin bei ihrem Verschwinden trächtig gewesen sei. Theoretisch könnte es also bereits ein ganzes kleines Rudel sein. Die Wölfin übrigens hieß Julia.

Sie hatte außerdem ein paar allgemeine Informationen über Wölfe gefunden, über ihren Lebensrhythmus und ihre Verhaltensweisen, über die Bedeutung des Wolfes in deutschen Märchen, in russischen Sagen, über Werwölfe und Fabelwesen.

Susen hatte die Geschichte im Kopf schon zusammengesetzt. *Cut and paste.* Ausschneiden und zusammenkleben. So entstanden schließlich die meisten Artikel: aus anderen Zeitungsseiten zusammengestückelt wie Erpresserbriefe.

Einen Titel hatte sie auch schon: *Image ist alles.*

Die Stellung im Rudel wird stark vom Auftreten bestimmt. Je bestimmter, je frecher ein Wolf sich gibt, desto eher steigt er auf. *Cut and paste.* Ein paar Gedanken zu den Pendlern im Vorortzug, die sich mit Aktenköfferchen den Zugang zum blutüberstömten Beutetier beziehungsweise zum freien Sitzplatz erkämpfen. Nur Rüpel steigen auf. Der Wolf, der zuunterst in der Rangfolge ist, das Omega-Tier, darf erst fressen, wenn die anderen satt sind. Die blutigen Knochen abnagen, das haarige Fell zwischen den Zähnen. Doch wer sich nicht vordrängt, wird nicht respektiert. *Cut and paste.* Die Omega-Wölfe schleichen geduckt, den Bauch am Boden, den Schwanz zwischen den Beinen. Werden sie nur angeknurrt, rollen sie sich gleich auf den Rücken und strecken die Pfötchen vor: Sieh doch, ich bin ganz harmlos. Ich weiß, wo mein Platz ist. *Cut and paste.* Mit den Omega-Tieren gibt sich kein anderes ab. Doch da nur die Auserwählte des Leitwolfs, des Alpha-Männchens, Junge werfen darf, hat jedes Rudel auch ein Omega-Weibchen. *Cut and paste.* Power-Paare, Loser-Paare. Beispiele aus dem wahren Leben. Abziehen der geduckten Tiere im Nebel, im treibenden Schnee… Etwas Romantisches halt.

Und Susen wusste schon, was Bauer dazu sagen würde: Mädchen, du sollst über die reißenden Wölfe auf dem Blauberg berichten. Nicht über dein Liebesleben.

Oder so ähnlich. Sie schüttelte den Kopf.

»Sollen wir nicht erst anrufen?«, fragte ihre Mutter schüchtern. »Fragen, wie's ihr geht?«

»Doch, mach das.«

»Weil, wenn es nicht so wahnsinnig eilt, könnten wir noch kurz bei dir vorbeischauen.«

»Hast du was vergessen?«

In diesem Augenblick dudelte das rosa Bonbon die Ode an die Freude. Lou zuckte zusammen, das winzige Handy wurde lebendig, sprang wie ein kleines Tier, wie von den Klingeltönen angetrieben, aus ihren Händen und dudelte am Boden des Mini weiter.

»Ach, herrje!«, rief Lou und bückte sich.

Susen hatte unterdessen die Autobahneinfahrt gefunden. Mit einem Auge beobachtete sie den heranrasenden Verkehr, mit dem anderen ihre Mutter.

»Da sieht's aber auch aus!« Lous Stimme klang verzerrt von unten. »Kind, wusstest du, dass dein Auto ein Loch hat? Ich kann die Straße sehen!«

Schließlich hatte sie das Handy gefunden.

»Grüne Taste!«, rief Susen und schlüpfte zwischen zwei Laster. »Drück die grüne Taste!«

»Schon gut. Ich bin ja nicht blöd.« Lou drückte auf das grüne Telefonsymbol.

»Hallo? Nein, ich bin ihre Mutter. Ja, ich erinnere mich an Sie. Natürlich. Wie geht es Ihrem Magen? Hatten Sie nicht mit dem Magen …«

»Ist es Belle? Ist es Wednesday?«, zischte Susen. Lou schüttelte den Kopf und wandte sich ab.

»Ach so. Ja, wenn das so ist. Ja, ich werde es ihr sagen. Da kann man nichts machen. Aber ja doch. Kein Problem. Nicht das Geringste. Wir waren ohnehin schon auf dem Weg dahin.«

Ohne ihre Tochter um Nachhilfe zu bitten, beendete sie das Gespräch und steckte das Handy weg.

»Das war dein Vorgesetzter«, sagte sie. »Der Herr Bauer. Ein sehr netter Mann. Leider hat er einen nervösen Magen, das kann einem schon das Leben vermiesen …«

»Mutter … Was wollte er?«

»Na ja, er muss dich sehen. Ich hab ihm gesagt, wir sind auf dem Weg nach Hause. Er trifft uns dort.«

»Nach Hause? Aber Mutter, ich muss schnellstens zurück auf die Ranch! Ich muss mich um Wednesday kümmern!«

»Na, na! Das hat doch Zeit.«

»Du bist wirklich unmöglich, Mutter. Deine Enkeltochter bedeutet dir wohl gar nichts?«

»Sag das nicht, Susen! Wenn es nicht dringend wäre, würde ich doch nicht … Susen, ich weiß nicht, wie ich es dir sagen soll, aber es gibt noch einen anderen Grund, warum du wirklich erst nach Hause musst.«

»Mama? Willst du mir etwas sagen?«

Lou Hugentobler duckte sich in den Beifahrersitz. »Das hat keine Eile, Kind, gar keine Eile.« Und bittend hob sie ihre Hand wie die Omega-Wölfin ihre Pfote. Schlag mich nicht. Beiß mich nicht.

## Kaulquappen

Habt ihr denn keine Angst, so allein im Wald? Zwei Mädchen, allein im Wald?«, fragte Joe, und schon an der Art, wie er »Mädchen« sagte, erkannte Belle, was er wollte. Augenblicklich fand sie sich damit ab.

Susen hingegen merkte nichts. Susen wusste so etwas nicht, normale Mädchen wussten so etwas nicht. Belle wusste es von Doktor Fankhauser und auch von Jürgen, Doktor Fankhausers Sohn.

Nicht ihr Vater, nicht ihr Bruder. Das hatte er gleich beim ersten Mal klargestellt: »Ich bin ja nicht dein Vater«, hatte er gesagt, »das wäre pervers.« Dass er das gesagt hatte, war vielleicht noch schlimmer gewesen als das andere, denn Belle hatte sehr wohl geglaubt, dass Doktor Fankhauser ihr Vater war, auch wenn er anders hieß als sie, auch wenn sie ihn nicht Papa nennen durfte. Trotzdem, er war ein Mann, er war mit ihrer Mutter verheiratet, sie lebten unter einem Dach, das machte ihn in ihren und allen anderen Augen zu ihrem Vater. Aber offensichtlich nicht in seinen. Und sie hatte schon geweint, bevor es richtig wehtat.

Dabei gab es gar keinen Grund zu weinen, das war eine schöne Sache, eine natürliche Sache, sie sollte lernen, es zu genießen – gib zu, dass du es genießt. Alles ganz normal eigentlich, außer dass ihre Mutter nichts wissen durfte, das musste er ihr nicht extra einschärfen. Die Leute verstehen nichts, die Leute sind dumm. Und er musste es ja wissen.

»Wisst ihr nicht, wie gefährlich das ist? Haben euch eure Eltern nicht gewarnt?«, fuhr Joe fort.

»Was ist gefährlich?«, fragte Susen frech zurück, und Belle schloss die Augen, sie wollte es hinter sich bringen. Alles Reden lief ja doch nur auf eines hinaus. Doch das konnte Susen nicht wissen, und so fragte sie naseweis weiter: »Wovor sollen wir denn Angst haben?«

Der Mann grinste, das Spiel begann ihm Spaß zu machen, mehr Spaß, als er erwartet hatte. Was für ein unverhofftes Glück, zwei Mädchen so allein mitten im Wald anzutreffen, weit weg vom Weg. Er musste ihnen gefolgt sein, das wurde Belle plötzlich klar, anders konnte es nicht gewesen sein, er war die ganz Zeit hinter ihnen her gewesen, vielleicht hatte er gehört, worüber sie gesprochen hatten, ziemlich sicher hatte er das gehört, ihre Gedanken, ihre Pläne, wie viele Kinder sie haben wollten, wie ihre Pferde heißen würden. Kein Wunder, dass er gleich vom Clubhaus angefangen und so getan hatte, als kenne er sie!

Belle hasste den Mann plötzlich mit einer glühenden Hitze, mehr als sie Fankhauser je gehasst hatte oder Jürgen. Sie wünschte, er würde zur Sache kommen, und sie konnten es hinter sich bringen, sie wünschte, Susen würde zur Besinnung kommen und weglaufen. Susen würde sich retten. Aber Susen wusste von nichts. Sie hatte keine Ahnung.

»Böse Männer«, sagte der Mann, »im Wald lauern böse Männer, wusstet ihr das nicht? Lauern auf Mädchen wie euch, Mädchen die allein unterwegs sind. Haben eure Eltern euch wirklich nichts gesagt?«

Susen schüttelte den Kopf. »Klar haben sie das. Aber ich hab noch nie einen gesehen.«

Er seufzte gespielt. »Na gut, dann werd ich euch aufklären müssen. Bleibt mir ja nichts anderes übrig. Also sagen wir mal, ich wäre ein böser Mann.« Grinste wieder. »Und das hier«, er hob einen Tannenzapfen auf, »das hier wäre ein Bonbon oder ein Stück Schokolade. Also, dann würde ich sagen: ›Hallo, kleines Mädchen, magst du ein Stück Schokolade haben?‹« Er streckte Susen, die einen Rock trug, den Tannenzapfen hin, und gehorsam griff sie danach.

»Und dann, während du abgelenkt bist, wenn du nichts Böses denkst und deine Schokolade isst« – brav machte Susen Schmatzgeräusche – »macht der böse Mann das!«

Und beiläufig langte er unter Susens Rock.

Belle wandte sich ab.

»Hey!«, sagte Susen und trat einen Schritt zurück.

»Und du?« Der Mann griff unter Belles Kinn, drehte ihr Gesicht zu sich, studierte es. »Lass mich raten«, sagte der Mann. »Du weißt das alles schon.«

Belle rührte sich nicht. Er ließ das Kinn los.

»Dann weißt du bestimmt auch, wie Kinder gemacht werden?«

Belle verdrehte die Augen.

»Ich weiß, ich weiß das!«, rief Susen eifrig, sie wollte nicht außen vor bleiben, und Belle hätte sie ohrfeigen können. Susen, die immer alles wusste, die bestimmte, welche Jeansmarke angemessen war für die Schülerinnen der fünften Klasse und welche Art von Rock man tragen konnte, ohne »fräuleinig« zu wirken, was damals ihr schlimmstes Schimpfwort war. Susen, der die anderen Mädchen alles nachmachten, Susen, die sie alle als oberste Instanz akzeptiert hatten – dass ausgerechnet Susen so dumm sein konnte!

»Ich weiß: Es hat mit Liebhaben zu tun, man muss sich richtig lieb haben, damit man Kinder bekommt!«

Lieb haben? Doch, so hatte es ihre Mutter beschrieben, vor Jahren. Susen war damals noch klein gewesen, sie hatte die Erklärung akzeptiert und nie nachgefragt. Schließlich passte es zu dem, was sie zu Hause sah, Vater und Mutter, die sich lieb hatten, beim Fernsehen aneinanderkuschelten, manchmal im Vorübergehen küssten.

»Und was noch?«, fragte der Mann. »Was heißt ›lieb haben‹ genau, was meinst du damit, beschreib es mir.«

»Man muss nackt sein?« Susens Stimme klang unsicher.

»Nackt, ja, das stimmt, und was noch, ich meine, was passiert genau, du weißt doch, wie du nackt aussiehst, hast du denn schon mal einen nackten Jungen gesehen?«

»Ach das!« Das wusste sie, sie hatte ja Brüder. Vor Erleichterung rief Susen viel zu laut: »Das Schnäbi meinst du!«

»Ja, das Schnäbi, was ist mit dem? Hast du schon mal eins gesehen? Gefällt es dir?«

»Wääh!« Susen machte ein Kotzgeräusch. Deutete unterstützend an, dass sie sich lieber den Finger in den Hals stecken würde. Der Mann war unterdessen ganz rot im Gesicht geworden, und Belle wusste, was das bedeutete.

»Möchtest du mal eines anfassen?«

»Sicher nicht!«

So ging es hin und her und immer weiter, der Mann hatte schon ganz glänzende Lippen, weil er sie immer wieder mit der Zunge ableckte. Glänzend und rot waren sie und dünn, und Belle wusste, dass sie gleich kotzen würde, also machte sie dem Spiel ein Ende und sagte grob: »Das steckt der Mann bei der Frau rein, das Schnäbi, und dann macht er so hin und her, und dann kommen Samen raus, die sind weiß und sehen aus wie Kaulquappen, und die schwimmen dann in den Bauch der Frau und machen dort das Kind. So geht das. Ganz einfach.«

»Rein?« Susen war fassungslos. »Steckt das … rein???«

Das konnte doch nicht wahr sein. Wer würde so etwas tun? Ihre Eltern etwa? Bestimmt nicht!

»Iiiih!«, rief sie, »wähh!«

»Ja, wusstest du das etwa nicht?«, fragte der Mann, ganz einfühlsam. »Erschreckt es dich? Macht es dir Angst?«

Susen schnitt nur eine Grimasse.

»Ich weiß«, sagte der Mann, »dir ist nicht ganz klar, wo der Mann das Schnäbi reinsteckt, ob es passt, aber mach dir da keine Sorgen, komm, ich zeige es dir. Jetzt stell dir mal vor, wie das aussehen würde, stell dir vor, dieser Tannenzapfen hier wäre ein Schnäbi und …«

Doch bevor er Susens Rock noch einmal anheben konnte, hatte sie sich endlich in Bewegung gesetzt. Sie machte einen Satz zurück.

»Das glaub ich nicht! Das ist widerlich! Du bist widerlich!«, schrie sie Belle an.

»Blöde Kuh! Hau ab! Lauf!«, schrie Belle zurück, und dann rannte Susen endlich, rannte davon und rannte durch den Wald. Erst nach einer Weile blieb sie stehen, ihre Seiten

(Abgelehnt: Spinnst du eigentlich komplett? Damit vergraulst du nicht nur unsere Inserenten, sondern beleidigst auch gleichzeitig Feministinnen, Homosexuelle, Friseure, Schönheitschirurgen und Dickerchen, die alle zu unseren Abonnenten gehören. Liest du das Magazin, das dir deinen Lebensunterhalt sichert, eigentlich auch selbst? Manchmal frage ich mich wirklich. Immerhin muss ich dir zugute halten, dass du es jedes Mal schaffst, mich mit dem Einblick in einen neuen ungeahnten Abgrund deiner Seele zu erstaunen. Aber als Kolumne geht so was nicht.
Na ja, dann nehmen wir halt wieder eine von der Halde, ich glaube, wir haben noch was zum Thema Schuhe. Das kommt inzwischen häufiger vor, als es sollte, Susen, und ich will dir nicht verschweigen, dass es der Chefredaktion auch schon aufgefallen ist. Sogar der Konzernleiter hat sich bei der letzten Sitzung eingemischt. Also, reiß dich zusammen. Um deinetwillen!
Gott, ich weiß es jetzt schon, ich werd dir nicht mehr ins Gesicht sehen können, ohne an Kaulquappen zu denken. Vielen Dank auch! Auf dieses Bild hätte ich wirklich verzichten können. Rba.)

## Bilder

Nur du, dachte Belle. Nur du. Sie presste die Lippen zusammen, jetzt nur nicht den Mund aufreißen, es hinausschmettern in den stillen Wald: Nur du, nur du!

Jetzt nur nicht zu Wednesday sagen: »Er liebt mich.« Jetzt kein Lied anstimmen, nur nicht singen. Nicht jauchzen.

Ihre Lippen verzogen sich zu einem dümmlichen Grinsen, sie biss sich auf die Innenseite der Wangen, aber es nützte nichts.

»Freust du dich so?«, fragte Wednesday.

»Ja.«

Jetzt nur nicht mehr sagen, nicht zum anderen Pferd hinüberlehnen und das Mädchen umarmen. Sie meint nicht das, sie meint nicht dich, sie meint nur: Freust du dich, dass nichts passiert ist, dass wir trotzdem ausreiten können?

»Ja, ich freue mich«, sagte Belle noch einmal. Sie atmete tief ein und legte den Kopf zurück. Er liebt mich. Ich habe es gewusst. Etwas in ihr riss den Arm hoch, ballte die Hand zur Faust, stieß sie in den Himmel hinein, mitten in die Wolken und rief: *Yes! Yes!*

Sie musste den Verstand verloren haben. In ihrem Kopf klickerten Bilder durcheinander, setzten sich neu zusammen. Antonins Ankunft auf dem Hof, die Art, wie er ihr die Hand gegeben, wie er sie angeschaut hatte ... ach! Es war nicht auszuhalten. Sie hatte es gewusst, sie hatte es nur nicht wahrhaben wollen.

»Hast du dir einen Verehrer auf den Hof geholt?« Manolo

hatte sie von Anfang an geneckt, hatte sie immer wieder auf Antonins Blicke und Gesten aufmerksam gemacht, als wollte er sie provozieren. Das hatte Belle damals geglaubt. Dass er sie provozieren wollte. Von seinen eigenen Eskapaden ablenken. Er verbrachte damals viele Nächte in seinem *pied-à-terre* in der Stadt, vermutlich nicht allein. Jasmin weinte oft, und wenn er auf den Hof kam, stritt sie mit ihm. Belle nicht, Belle nahm es hin, sie wusste, dass er zurückkommen würde. Er kam immer zurück. Und richtig, kaum hatte ihre Mutter angekündigt, dass sie den perfekten Reitstallmanager für sie gefunden hatte, tauchte auch Manolo wieder auf, und er brachte sogar seinen Reservepyjama und sein zweites Rasierset zurück. »Ich muss doch ein Auge auf dich haben«, sagte er, und Belle sollte es recht sein.

»Und auf mich?«, hatte Jasmin gefragt, mit schmollend vorgezogener Lippe. Er hatte sie geküsst, aber nichts gesagt.

Das alles fiel Belle jetzt wieder ein, sie konnte das Rattern und Klickern in ihrem Kopf direkt hören, mit dem all die Puzzleteilchen an ihren Platz fielen.

Jeder Blick, jede Bemerkung, jede zufällige Berührung in den vergangenen fünf Jahren bekam plötzlich eine Bedeutung. Belle wollte die Augen schließen und jeden einzelnen Moment noch einmal durchleben. Stattdessen lenkte sie die Mädchengruppe weiter, die vertrauten Wegen entlang durch den Wald.

»Wenn ich groß bin, will ich auch so leben wie du«, sagte Wednesday neben ihr, das Mädchen plapperte schon seit einer geraumen Weile auf sie ein. Belle zwang sich, ihr zuzuhören.

»Also, ich meine natürlich nicht genauso wie du. Ich will nämlich nicht heiraten. Und Kinder haben. Nur Pferde. Dafür ganz viele Pferde. Meine Mama sagt zwar …«

»Hmm«, machte Belle, und schon waren ihre Gedanken wieder bei Antonin.

Warum hatte sie nichts gemerkt?

Sie hatte es nicht wahrhaben wollen. Das war die einzige Erklärung.

Susen. Sie hatte Susen gebraucht. Deshalb hatte sie sie eingeladen. Ja, jetzt war alles klar, jetzt ergab alles Sinn. Sie hatte Susen eingeladen, damit sie ihr die Augen öffnete.

Ja. Ziemlich sicher war sie gerade dabei, den Verstand zu verlieren. Das war aber auch egal. Alles war egal. Nichts hatte mehr die geringste Bedeutung. Manolos Launen. Susens offen stehende Hemden. Jasmins Tränen.

Nur du.

Mirabo schleuderte den Kopf hoch. »Und du, natürlich«, murmelte Belle.

Und dann riss sie sich zusammen, riss sich mit einer gewaltigen Anstrengung von den Bildern los, von Antonins Stimme. Sie würde früher umkehren als geplant, das war ihre Belohnung, wenn sie sich jetzt verdammt noch mal zusammennahm.

Etwas Graues blitzte zwischen den Bäumen auf.

Ein Wolf, dachte Belle. Ein Bild.

Eine andere Art von Bild. Eine andere Art, den Verstand zu verlieren.

Doch Mirabo reagierte nicht wie sonst darauf. Sie blieb ruhig, und der graue Umriss verschwand hinter einem Baum. Belle führte die Gruppe an den Waldrand zum Galopp. Der Galopp war die Mutprobe, die Belohnung. Die Mädchen freuten sich schon den ganzen Weg darauf.

»Bist du bereit?«, wandte sie sich an Wednesday. Sie hatte schon Schülerinnen verloren nach solchen Stürzen. Mädchen, die nie wieder auf ein Pferd steigen wollten. Doch Wednesday war anders. Sie nickte begeistert. Belle lächelte. Wednesday war wie sie. Für sie war es alles eins: das Reiten und das Runterfallen, das Ausmisten des Stalls, das Bürsten der Tiere, das Reiten an der Longe, das Galoppieren am Waldrand. Es gehörte alles zusammen.

»Also los.«

Der graue Fleck folgte in Belles Augenwinkeln. Wölfe, dachte Belle, sind wir jetzt dran? Mirabo schüttelte den Kopf.

War es wirklich? War es ein Bild?

Belle fiel es manchmal schwer, das zu unterscheiden. Was war wirklich, was ein Bild? Jahrelang hatte sie solche Bilder, manchmal ganze Filme gesehen und für real gehalten. Sie gehörten zu ihrer Welt. Bilder von Feuerbällen, Explosionen. Wenn sie in einem Auto saß, sah sie Unfälle, ineinanderrasende, sich überschlagende, in Flammen aufgehende Fahrzeuge. Einstürzende Brücken, fallende Pfeiler. Wenn sie durch den Wald ritt: fallende Bäume, erschlagene Körper, verdrehte Glieder, brechende Knochen, Blut, ganze Ströme von Blut sah sie manchmal, Wasserfälle von Blut, die im Augenwinkel an ihr vorbeischossen.

Sein Glied, das er »Joggel« nannte und mit einem Gesicht versehen hatte. Punkt, Punkt, Komma, Strich. Aufgemalt mit Mamas rotem Lippenstift. »Spiel mit ihm. Fass ihn an. Joggel ist traurig, du musst ihn trösten. Streicheln, so!«

So hatte es angefangen.

Sie sah den Joggel durch die Luft fliegen, abgetrennt durch einen Messerhieb, spritzendes Blut.

Die Pferde reagierten sofort auf ihre entgleisenden

Gedanken, auf die ratternde Diashow in ihrem Kopf. Sie schnaubten, bockten, sie blieben stehen, rissen den Kopf hoch. Rissen Belle von den Bildern weg.

»Konzentrieren«, rief Jamie dann. »*Focus, little girl!*« Die Pferde verlangten ihre volle Aufmerksamkeit.

Belle drängte die Bilder an den Rand ihres Bewusstseins. Anfangs unter größter Anstrengung, dann immer selbstverständlicher. Mit der Zeit wurden die Bilder weniger und immer weniger. Nur manchmal blitzen sie noch auf, im äußersten Winkel ihres Blickfeldes. Nur ganz kurz. Sie sah sich fallen, auf dem Boden aufschlagen, sah ihren Kopf wie eine reife Melone platzen. Ihr eigenes Blut in den Waldboden sickern.

Sie dachte an eine Wassermelone, die ihr auf dem Supermarktparkplatz heruntergefallen war, in den Ferien in Italien. Sie war zu schwer, zu groß, zu rund gewesen für ihre Kinderhände. Die Frucht schlug auf dem heißen Asphalt auf, platzte, der klebrige Saft spritzte, die schwarzen Samen flogen heraus. Doktor Fankhauser ohrfeigte sie, und ihre Mutter… ihre Mutter hatte im Laden noch eine Sonnenbrille anprobiert, ihre Mutter hatte nichts gesehen.

»Wo hatte ich nur meine Augen, all die Jahre, wo hatte ich meinen Kopf?« Etwas musste sie aber doch gemerkt haben, denn Belle musste gar nichts sagen. Nichts erklären. Nur, dass sie ihren Stiefvater nie wieder sehen wolle. Als sie das sagte, wurde ihrer Mutter alles klar. Belle konnte es in ihren Augen sehen. Also musste sie doch etwas gewusst haben. Mindestens geahnt – eine Ahnung, die durch Belles eigentlich unverbindlichen Satz bestätigt wurde. Wahr wurde.

Belle sah zu, wie ihre Mutter die ganze Geschichte zusammensetzte, Stück für Stück. Sie fühlte nichts dabei.

Gemeinsam lagen sie im großen Bett unter dem Dach, ihre Mutter hielt sie in den Armen, weinte, klagte sich an, während Belle seltsam ungerührt blieb. Irgendwann musste sie eingeschlafen sein, sie wachte allein in dem großen Bett auf. Ihre Mutter hatte unterdessen gepackt. Den Wagen bestellt. Belle wusste nicht, was sie zu Fankhauser gesagt hatte. Jedenfalls hatte sie das Haus zusammen mit Belle für immer verlassen. Und mit viel Geld.

Neben ihr zitterte Wednesday vor Tatendrang. Sie wollte galoppieren. Sie wollte es allen zeigen.

»Einerreihe!«, rief Belle, und nacheinander fielen die Pferde in ruhigen, regelmäßigen Galopp, den Waldrand entlang, eine Zeit lang begleitet von einem grauen Schatten, dann nicht mehr.

Ein aufrecht gehender Wolf? Ein Wolf auf zwei Beinen? Dann war dieses Bild auch weg. Alles fiel von Belle ab, bis auf das Galoppieren der Pferde, das Dröhnen der Hufe, der Geruch von trockenem Gras, Wednesdays Lachen, aus vollem Hals. Der Waldrand zog eine sanfte Kurve, und plötzlich tauchte zwischen Mirabos Ohren ihr Hof auf, inmitten der sanft absteigenden, frisch gemähten Wiesen. Sie zügelte das Pferd, und es fiel in Trab, dann in Schritt. Die Mädchen formierten sich wieder zu zweien. Dann blieben sie stehen.

Wie Spielzeug lagen die Häuser in der Kuhle. Umringt von alten Bäumen, die wohlwollend auf sie herunterblickten. Nebelfetzen hingen an den Dächern wie Brautschleier. Darüber eine bleiche Sonne. Eine heile Welt. Belle hatte alles erreicht. Sie hatte ihren Kindheitstraum verwirklicht. Ihre eigene heile Welt geschaffen.

»Ich muss hier weg.«

Der Gedanke war plötzlich da, ganz klar. Als hätte es nie einen anderen gegeben. Sie musste weg, und sie wusste auch, wohin. Und mit wem.

Sie drehte sich zu Wednesday um. »Auf dem Rückweg führst du«, sagte sie. Ohne zu zögern setzte sich Wednesday an die Spitze.

»Einerkolonne!«, jauchzte sie, und dann galoppierte sie los, den Waldrand entlang zurück. Belle ließ ein Mädchen nach dem anderen an ihr vorbeiziehen und bildete mit Mirabo den Schluss.

Nur du, dachte sie, nur du. Nur du.

## Schulden

Redakteur Bauer kam ihnen im Treppenhaus entgegen. Er trug eine riesige schwarze Mülltüte aus Plastik über der Schulter und sah aus wie eine Art schmutziger Nikolaus.

»Hey, Schmutzli«, sagte Susen.

Bauer blieb stehen. Er setzte die Tüte ab und umarmte Susen. »Du musst jetzt ganz tapfer sein«, sagte er.

Tapfer sein?, dachte Susen. Was meinte er damit? Tapfer sein. Das sagten sie im Fernsehkrimi immer, wenn jemand gestorben war. Sie riss sich von ihm los. Er hielt sie zurück.

»Susen!«

»Nein!«, schrie sie. »Nein, nein, nein!«

Ihre Stimme brach aus ihr heraus wie Spiegelscherben, hart, tödlich, spitz. Ihre Fäuste trommelten gegen Bauers Brust. Er versuchte, ihre Arme festzuhalten, doch Susen war stärker.

»Um Gottes willen, Susen!«, rief ihre Mutter schrill. »Susen, beruhig dich doch!«

Türen wurden geöffnet, Nachbarn streckten ihre Köpfe hinaus, schauten missbilligend auf das Schauspiel, das sich ihnen bot: die schreiende, aufgelöste Frau, der überquellende Abfallsack, der schmuddelige Mann mit dem Dreitagebart.

Die Freundin des Ensembleschauspielers, der im Penthouse wohnte, rief gehetzt: »Ferdinand schläft doch noch, Susen, bitte! Wie soll er denn heute auftreten!«

Ferdinand selbst, zerzaust: »Heyyy, Susen, altes Mädchen, lange nicht gesehen, wie läuft's denn so?«

Und die ganze Zeit schrie Susen. Jeder Ton bahnte sich einen blutigen Weg aus ihren Eingeweiden, durch ihre Brust, ihre Kehle, wie Rasierklingen spie sie die Schreie aus, die nichts von ihr übrig lassen würden. Nie würde sie aufhören können zu schreien. Solange sie schrie, musste sie nicht denken. Solange sie schrie, musste sie nichts hören. Sie würde so lange schreien, bis sie tot umfiel.

»Kennst du sie etwa?«, zischte die Freundin den Schauspieler an. »Das hast du mir aber auch nie erzählt!«

Und immer noch schrie Susen.

»So jetzt«, sagte Lou schließlich scharf. Sie nahm ihre Tochter bei den Schultern, zog sie von dem hilflosen Bauer weg und schüttelte sie. »Hör auf mit dem Theater!«, rief sie grob.

Und Susen verstummte erschrocken. Gegen die Vergangenheit kam sie nicht an.

»Kind, nun beruhig dich doch! So schlimm ist es auch wieder nicht.«

»Es sind doch nur Möbel«, sagte Bauer.

»Möbel?« Susens Knie knickten ein.

»Na ja, und die Wände ... Aber die haben dir ja nie gefallen.«

»Wände ...« Susen sackte auf dem Treppenabsatz zusammen. Sie zitterte. Würde sie sich je wieder rühren können?

»Ja, was hast du denn gedacht?«

»Wednesday.«

»Wednesday? Nein, um Gottes willen, Kind!« Lou setzte sich neben ihre Tochter und strich ihr über das glatte schwarze Haar.

»Ein Kind ist gestorben«, sagte der Schauspieler zu seiner Freundin. »Das ist jetzt wirklich nicht der Moment für Eifersuchtsszenen!« Er schob sie in ihre Wohnung zurück.

Bauer wischte sich über das Gesicht und setzte die Brille wieder auf, die Susen ihm von der Nase geschlagen hatte. »Ich bring den Müll runter«, sagte er. »Ich treff euch dann oben.«

»Bauer«, rief Susen. Doch er hörte sie nicht mehr. »Es tut mir leid«, murmelte sie trotzdem.

»Komm jetzt, Susen.« Ihre Mutter zog an ihrem Arm, zog sie hoch. »Ich sag doch, es ist alles nicht so schlimm.«

Die Tür zum Loft stand offen. Weiße Pulverspuren führten hinein, Fußabdrücke. Die Gipswände waren eingestürzt. Eingetreten. Große Löcher in den verbleibenden Wänden. Die Kunstteppiche zerfetzt, die Bilder lagen auf dem Boden, das Glas zersplittert. Die Möbel aufgeschlitzt, weiß quoll die Füllung aus dem Sofa, aus den Ledersesseln. Geschirr zerdeppert, Blumen aus den Vasen gerissen, zertrampelt. Der Fernsehbildschirm eingeschlagen, die DVDs mit einem Hammer zertrümmert, der provokativ noch neben den Scherben lag.

»Ich muss die Polizei rufen«, sagte Susen. Ihr Hals kratzte noch von ihren Schreien. Sie räusperte sich.

»Hast du das Telefon gesehen? Wo ist meine Tasche?«

»Nicht!« Lou hielt sie am Arm fest. »Tu's nicht. Ruf die Polizei nicht an.«

»Hast du dich mal umgeschaut?« Susen machte sich los.

»Nicht«, wiederholte Lou.

»Mama – hast du mir etwas zu sagen?« Susens Stimme klang heiser.

Lou ließ den Kopf hängen. »Es ist alles meine Schuld«, sagte sie kleinlaut.

»Wie denn das?« Susen stand mit hängenden Armen in der Mitte des jetzt wieder offenen Raumes. Eigentlich, dachte sie, gefällt es mir ja so viel besser.

»Das waren die Amerikafans. Ich schulde ihnen Geld.«

»Die Amerikafans?«, fragte Susen nach. »Die netten, wohlerzogenen älteren Leute, die ich immer am Flughafen sehe, wenn ich dich abhole?« Braun gebrannte, gut gekleidete Rentner in praktischen Stretchjeans, in der Mitte des Beins rasiermesserscharf gefaltet, und blitzsauberen, leuchtend weißen Turnschuhen. Die Haare der Frauen waren pflegeleicht geschnitten und gewellt. Die Reisepapiere trugen sie sicherheitshalber um den Hals, und in jeder Handtasche befanden sich desinfizierende Feuchttüchlein für alle Fälle.

Lou nickte. »Genau die.«

»Das musst du mir erklären.«

»Du weißt doch, dass ich die Reisen organisiere, schon seit Jahren, ich bin ja die, die sich auskennt in Vegas.« Wie ein echter Insider ließ sie das »Las« gleich weg. »Das heißt, ich kümmere mich um die Flugtickets und die Unterkunft und ziehe das Geld von ihnen ein …«

»Oh, Mama …«

Susen wusste, was jetzt kam. »Du hast das Geld unterschlagen.«

»Unterschlagen? Ich bitte dich! Ich bin doch keine Kriminelle! Also wirklich, was du immer von mir denkst!«

Susen breitete die Arme aus. »Und was ist das?«

»Nun, sagen wir, ich habe mir erlaubt, eine Art Honorar mitzuverrechnen. Schließlich habe ich viel Zeit für das Organisieren der Reisen aufgewendet.«

»Und deshalb …«

»Ich konnte ja nicht wissen, dass sie ernst machen würden!«

»Haben sie dich etwa bedroht?«

Lou zuckte mit den Schultern.

»Mama, wie lange geht das schon so?«

Lou wandte sich ab und begann, Glasscherben in der flachen Hand zu sammeln.

»Mama?!«

»Na ja, ein paar Jahre schon …« Lous Stimme war leise. Sie sprach zum Fußboden. »Ich dachte halt jedes Mal, ich würde das Geld zurückgewinnen und könnte es ihnen mit Zinsen zurückgeben. Sie müssen irgendwann die Geduld verloren haben.«

»Das kann man wohl sagen.«

»Es ist der Werner, weißt du. Der war früher bei einer Wach- und Schließgesellschaft. Er spielt sich gern auf. Die anderen sind nicht so. Aber Werner … Es geht ihm nicht nur ums Geld.«

»Was denn noch?«

»Nun ja, ich glaube, er hat sich etwas von mir erhofft. Er hat nachts im Hotel immer an meine Zimmertür geklopft.«

»Herrgott, Mutter!«

Lou zog den Kopf ein und beugte sich tiefer über die Scherben.

»Pass ja auf, dass du dich nicht schneidest!«

Susen folgte ihrer Mutter und sammelte die Bilder ein, die aus den kaputten Rahmen gefallen waren. Schnappschüsse, Familienfotos, die ihre Mutter überall aufgehängt hatte. Ihre Brüder beim Fischen, in orangefarbenen Schwimmshorts und halblangen Prinz-Eisenherz-Frisuren. Sie selbst am Esstisch in der Pension auf der Insel Elba, eine riesige Languste in die Kamera haltend. Alles war orange auf diesen Bildern. Susen strich sie glatt und legte sie aufeinander. Plötzlich dachte sie wieder an den Nachmittag, an dem sie ihren Selbstmord vorgetäuscht hatte. Auch da hatten sie zusammen aufgeräumt. Nebeneinander, schweigend.

Später kam Bauer dazu und teilte Mülltüten aus. Eine Weile arbeiteten sie so zu dritt.

»Was für ein Glück, dass Sie hier sind«, sagte Lou schließlich. »Was für ein glücklicher Zufall!«

»Ja, eigentlich …« Bauer räusperte sich. »Eigentlich hätte ich etwas mit Susen zu besprechen.«

»Was denn?«

»Vielleicht ist jetzt nicht der richtige Zeitpunkt …«

»Aber nicht doch, setzt euch in die Küche, da sieht's noch recht ordentlich aus, trinkt einen Kaffee auf den Schreck. Ich mach hier weiter, kein Problem!«

Lou flatterte um sie herum, trieb sie in die Küche, schaltete sogar die Maschine ein – ach, sie wusste also doch, wie man sie bediente? – und warf Susen bedeutungsvolle Blicke zu. Doch Susen glaubte nicht, dass Bauer ihr einen Antrag machen würde. Sie ließ sich bei der Zubereitung der Cappuccinos Zeit. Bauer ließ sich beim Einrühren von drei Löffeln Zucker Zeit.

»Susen«, sagte er schließlich. »Es tut mir leid.«

Susen atmete aus. »Was?«

»*Life.Style* hat deine Kolumne abgesetzt.«

## Geheim

Mega … Mann … das war mega!« Wednesday fand keine Worte. Sie glühte.

»Belle hat noch nie eine Reitschülerin vorausgaloppieren lassen«, sagte Angie. »Schon gar nicht eine, die erst angefangen hat. Aber so wie du reitest, ist es kein Wunder.«

»Belle mag dich eben am liebsten«, bestimmte Delfina neidlos.

Wednesday widersprach nicht. Wie konnte sie? Es war offensichtlich. Wednesday vergaß Bescheidenheit und Unterwerfung, vergaß alle Regeln im Umgang mit anderen Mädchen. Alles, was sie sich so mühevoll angeeignet hatte, war in diesem einen grandiosen Galopp von ihr abgefallen. Belle hatte sie an die Spitze gesetzt. Sie war das Alpha-Mädchen.

Sie saßen in ihrem Versteck auf dem Heuboden. Zusammen hatten sie die schweren Strohballen verschoben und umgeschichtet und so einen kurzen Gang geschaffen, der in einem Halbrund endete, das von außen nicht einsehbar war. Hier trafen sich die Mädchen nach den Reitstunden. Den Boden hatten sie mit einer alten Satteldecke ausgelegt, sie hatten Bücher hinaufgebracht, Getränke aus dem alten Dosenautomaten im Hof und Vorräte von zu Hause. Wednesday hatte eine Keksdose aus der Küche mitgenommen, sie einfach unter ihrer Kapuzenjacke versteckt. Es war eine spezielle Dose, die Jasmin immer hinter die Kuchenformen außer Sichtweite stellte. Wednesday mochte Jasmin nicht. Es geschah ihr nur recht, beklaut zu werden. Umso größer war Wednesdays Enttäuschung, als sich in der Dose nur eine angebrochene Schachtel Zigaretten und ein Feuerzeug befanden.

»Cool!«, rief Delfina und steckte sich eine in den Mund.

»Spinnst du?« Wednesday riss ihr das Feuerzeug aus der Hand. »Willst du hier alles abfackeln, oder was?«

»Oh!« Delfina schaute sich um.

»Trockenes Stroh, Feuer, keine gute Idee«, sagte Wednesday in dem altklugen Ton, der sie bei anderen Mädchen unbeliebt machte. Sie hörte es, aber sie konnte es nicht ändern. Es war auch nicht nötig. Jetzt bestimmte sie die Regeln. Jetzt war sie das Alpha-Mädchen.

Delfina duckte sich und murmelte: »Sorry.«

Angie holte eine Schachtel Schokowaffeln unter ihrer Jacke hervor. »Hab ich zu Hause mitgehen lassen.«

Wednesday nahm sich zuerst.

»Hattest du denn gar keine Angst?«

»Nein.« Wednesday musste nicht einmal lügen. Sie hatte ebenso wenig Angst, wenn sie auf einem Pferd saß, wie wenn sie auf ihren eigenen Füßen stand. Das Pferd war Teil von ihr oder umgekehrt. »Ich hab noch nie was so mega … Mann, das war …« Sie konnte es immer noch nicht in Worte fassen. Die Mädchen nickten ehrfürchtig. Belles ruhiger Blick, als sie sie vorbeiließ. Der Wind. Voltaires Hals, die lange Mähne, der Blick zwischen seinen Ohren hindurch, nichts als ein Stück Waldrand vor sich. Sie, Wednesday Weber, die vor vier

Tagen zum ersten Mal auf einem Pferd gesessen hatte. An der Spitze. Das Getrappel der Hufe hinter ihr. Das Schnauben der Pferde.

»Ich bin letztes Jahr auch runtergefallen«, sagte Delfina. »Auch hier im Reitlager. Es ist nichts passiert, aber ich hab so geweint, dass sie meine Mutter anrufen mussten. Sie kam mich dann abholen. Ich hatte solche Angst, dass ich gar nicht mehr wiederkommen wollte. Ich hab das Lager einfach abgebrochen. Obwohl Belle extra noch mit mir geredet hat. Sie hätte mir sogar eine Privatstunde gegeben, aber ich wollte nicht. Ich hatte japanische Angst.«

»Panische«, korrigierte Wednesday, sie konnte es nicht lassen. »Sorry, erzähl weiter.«

»Ich muss euch was sagen.« Mit den runden Augen, die ein Mädchengeheimnis ankündigten, sah Delfina von Angie zu Wednesday. »Ich hab immer noch Angst. Ich bin auch dieses Jahr nur gekommen, weil ich musste. Meine Mutter sagt, man muss im Leben etwas durchziehen können. Sonst bringt man's zu nichts. Aber eigentlich reite ich gar nicht gern.« Sie schlug die Hände vors Gesicht und begann zu weinen. Unbeholfen tätschelten die beiden anderen Mädchen ihren runden Rücken.

»So was von krass«, sagte Angie, und Wednesday gab einen beruhigenden Laut von sich. Eigentlich hätte sie viel lieber noch länger von sich gesprochen. Ihr Moment im Mittelpunkt war ihr sehr kurz vorgekommen. Konnte es das wirklich schon gewesen sein?

Schließlich beruhigte sich Delfina. Sie nahmen sich mehr Kekse. Öffneten eine Coladose, die nur müde zischte. Dem Design nach zu schließen, hatte sie schon lange im Automaten gelegen.

»Wer war das eigentlich in dem Taxi, deine Oma?«

»Wo ist deine Mutter?«

Wednesday seufzte. Ihre Luftblase platzte mit einem leisen, höhnischen Plopp. Hatte sie wirklich geglaubt, sie könne sich ewig oben halten? Beinahe erleichtert nahm sie ihre gewohnte Position wieder ein.

»Mann, meine Mutter ist so was von peinlich!«

»Ach, so schlimm wie meine kann sie gar nicht sein!«

»Sie hat mich vergessen! Ich schwör's, sie wollte mich zum Arzt bringen und hat ganz einfach vergessen, mich mitzunehmen.«

»Wow!«

»Krass!«

»Wenn sie Pech hat, merkt sie es erst, wenn sie dort ankommt. Nein, echt, das hat sie schon tausendmal so gemacht. Sie hat mich schon überall vergessen: in der Schule, im Ballett, im Laden, zu Hause. Sie ist sogar schon zu meinen Ballettaufführungen gefahren und hat vergessen, mich mitzunehmen! Ich schwör's, manchmal vergisst sie, dass es mich gibt.«

Wednesday hatte sich selbst beinahe zu Tränen gerührt, die anderen Mädchen strichen tröstend über ihre Arme. Als ihre Mütter im Hof hupten, schauten sie einander an.

»Geht nur«, sagte Wednesday gönnerhaft. Als ob sie ihre Erlaubnis bräuchten. »Ich bleib noch ein bisschen hier.«

»Bist du sicher?« Sie standen mit einer gewissen Erleichterung auf, zwar konnten sie nicht reiten wie Wednesday, aber immerhin hatten ihre Mütter nicht vergessen, dass sie existierten.

Wednesday blieb allein zurück. In der Schachtel waren noch Kekse. Sie nahm sich eine Handvoll, aß sie beim Lesen, mit dem *Roten Seidenschal* war sie beinahe fertig, die Fortsetzung, *Der Türkisvogel*, hatte sie zum Glück auch schon in ihr Versteck geschafft. Später würde sie noch einmal nach Voltaire schauen. Sie hatte Zuckerwürfel für ihn eingesteckt.

»O.k., willst du es jetzt sehen?«

Wednesday fuhr auf.

»Bitte, nicht schreien!« Mit erhobenen Händen trat er vor. Wednesday hatte ihn nicht kommen gehört. Sie war in den *Türkisvogel* vertieft gewesen, in dem die freiheitsdurstige Heldin im Internat eingesperrt war. Genauso würde es ihr gehen, wenn sie in etwas mehr als einer Woche wieder auf der Schulbank säße, zwischen den Mädchen, die sie verachteten und bei denen das Anführen eines Galopps auch nichts zählte.

Vielleicht würde sie von zu Hause weglaufen. Es gab vermutlich keine Indianerstämme in der Gegend, aber vielleicht konnte sie ja bei Belle bleiben.

»Jonas! Was tust du hier?« Sie klappte das Buch zu, bevor er fragen konnte, was sie gerade las. Es war ihr auf unbestimmte Art peinlich, als könne er durch das Buch in sie hineinsehen.

»Willst du eine Schokoladenwaffel?«

»Na gut.« Er setzte sich neben sie und stopfte sich drei Waffeln gleichzeitig in den Mund.

»Wie hast du mich gefunden?«

Er schnaubte. »Das war wirklich kein Kunststück! Ihr Mädchen baut jedes Jahr dasselbe Versteck! Immer ganz am Rand, höchstens zwei Reihen tief in die Strohballen hinein. Meins ist viel weiter hinten, das findet man wirklich nur, wenn man weiß, wo es ist.« Er musterte sie prüfend. »Wenn du willst, zeig ich es dir.«

»Cool!« Wednesday stand auf. »Ich hab heute den Galopp angeführt.« Sie konnte es nicht lassen.

»Da bist du wohl stolz auf dich, was?«

Wednesday zuckte mit den Schultern. »Warum reitest du eigentlich nicht?«

»Was denkst du denn?«

»Ich weiß es nicht.«

»Weil ich ein echter Tierfreund bin, verstehst du, ein Freund der Tiere. Und als solcher kann ich es nicht mit meinen Überzeugungen vereinbaren.«

»Ach so. Verstehe.« Das tat sie natürlich nicht. Wednesday hielt sich durchaus für Voltaires Freundin. Hatte er etwa keinen Spaß an dem Galopp gehabt?

Jonas schnaubte. »Du verstehst gar nichts. Aber … auch egal. Also, komm!« Und er ließ sich auf alle viere nieder und verfiel wieder in diesen unheimlichen Krabbelgang. Wednesday folgte ihm gebückt zwischen den Strohballen hindurch. Der Durchgang war manchmal sehr schmal, Jonas schob hier und da einen Ballen etwas zur Seite oder hob ihn auf einen anderen Stapel. Nach kurzer Zeit schon hatte Wednesday die Orientierung verloren. Auf dem Heuboden oben war es warm und dunkel, das späte Sonnenlicht fiel durch die Ritzen zwischen den Holzlatten, Staub tanzte in der Luft. Schließlich erreichten sie einen Strohballen, der mit einem roten Tuch gekennzeichnet war. Jonas drehte sich zu ihr um.

»Bist du bereit?«

»Glaub schon.«

»Eine ehrliche Antwort. Also, komm!«

Er fasste den Ballen an den Schnüren, die ihn zusammenhielten, und hievte ihn mit einer gewissen Anstrengung zur Seite. Dahinter öffnete sich eine große Höhle, in der Jonas aufrecht stehen konnte. Neugierig trat Wednesday vor.

»Warte! Dreh dich um.« Folgsam drehte sie sich zur Wand aus Stroh. Ein Licht flackerte, Jonas musste eine Taschenlampe angezündet haben. Sie hörte ihn rumoren, hörte ein wischendes Geräusch, als werfe er einen Teppich auf den Boden, ein Tuch über einen Tisch.

»Jetzt!«

Sie drehte sich um. Schrie auf. Schlug die Hände vor den Mund. Jonas hatte sich umgezogen, hatte sich einen Mantel aus buschigem weißgrauem Pelz übergeworfen. Er war ihm zu klein, die Ärmel zu kurz, er reichte kaum bis an die Knie. Wednesday hätte gelacht, wenn da nicht sein Blick gewesen wäre. Der ihr Angst machte. Auf dem Kopf trug er eine graue Maske aus Pappmaschee, ein Halbgesicht mit spitzen Ohren. Darunter seine Augen, ganz schwarz, erwartungsvoll. Die Taschenlampe leuchtete sein Gesicht von unten an und verzerrte es gruselig. Langsam hob er die andere Hand vor sein Gesicht. An der rechten trug er einen schwarzen Lederhandschuh. Die fünf Finger waren mit Messerklingen verstärkt. Wie starre Krallen standen sie ab, er musste die Finger gespreizt halten, damit die Klingen nicht gegeneinander klirrten. Langsam bewegte er sie im Schein der Taschenlampe.

»Na, was sagst du jetzt?«

Wednesday sagte nichts.

»Jetzt weißt du es also. Ich bin ein Wolf. Ein Omega. Ich werde mich hier absetzen. Ich gründe einen neuen Stamm mit meiner Omega-Braut. Dann ziehen wir durch das ganze Land.«

»Jonas…« Wednesday wich zurück, presste sich gegen den Strohballen. Er gab in ihrem Rücken nach. Konnte er sie meinen mit der Omega-Braut? Ich bin doch jetzt ein Alpha-Mädchen, wollte sie sagen. Doch wer würde ihr das schon abnehmen? Sie glaubte es ja selbst nicht.

»Meine erste Wahl hat mich verlassen. Julia. Sie ist gestorben. Ich hab den Fehler gemacht, sie anzubinden. Ich wollte sie festhalten. Habe sie mit Sachen aus dem Kühlschrank gefüttert, ihr Milch hingestellt. Menschenfutter. Ich wollte ihr meine Vorstellungen aufzwängen. Dann ist sie gestorben. Jetzt weiß ich es besser. Ich muss so leben wie sie, nicht umgekehrt.«

Plötzlich richtete er die Lampe auf Wednesday. Das Licht blendete sie. Er kam auf sie zu. Sie schloss die Augen.

»Bist du denn ein Wolf, Jonas?«, fragte sie. Ihre Stimme war hoch und voller Tränen. Sie hörte selbst, dass sie kindisch klang. Wenn sie jetzt nur nicht weinen musste.

»Ich dachte, du kapierst es.« Unter der Maske presste Jonas seine Lippen zusammen. »Ich dachte, du seist anders. Ich dachte, aus uns kann noch etwas werden. Verstehst du, seit ich Julia verloren habe… ich brauche eine neue Gefährtin. Wirklich.« Jetzt stand er direkt vor ihr, zog sie an sich, die Messerspitzen drückten durch ihren Pullover in ihre Haut. »Aber du bist wie alle anderen, Tiere interessieren dich nur, solange sie süß und knuddelig sind. Du hast null Ahnung von der Natur!« Jonas wurde immer lauter. »Du willst dich auch nur bedienen und nichts beitragen. Du willst der Natur nichts zurückgeben. Und mir? Was ist mit mir?«

»Du bist doch nicht die Natur!«, schrie Wednesday verzweifelt. Jonas ließ sie so plötzlich los, dass sie taumelte. Sie stützte sich auf einen Strohballen und brachte die ganze Wand ins Wanken.

»Du blöde ... Menschin!«, zischte Jonas.

»Selber Mensch!« Ihr früherer Lehrer fiel ihr wieder ein, der ihr vorgeworfen hatte, sie sage immer alles, was sie wisse. Hätte sie doch den Mund gehalten. Jonas machte einen Schritt auf sie zu. Unten hörte sie das langsame Klappern von Hufen, beinahe schon ein Schlurfen, das musste der alte Lollipop sein.

»Was ist hier los?«, rief Antonin von unten her.

Wednesday drehte sich um und rannte gebückt aus dem Versteck. Im Gehen stieß sie mit aller Kraft die Strohballen um.

»Antonin!«, schrie sie. »Hilfe!«

»Wednesday?«

Jetzt wusste sie nicht mehr, wo sie war. Welche Strohballen hatte Jonas auf dem Hinweg verschoben, sie hatte nicht aufgepasst, woher hätte sie auch wissen sollen, dass sie aufpassen musste? Immer präsent sein, sagte Belle. Sie konnte ihn hören hinter sich, das Wischen des Pelzes auf dem Boden. Bestimmt krabbelte er wieder auf allen vieren.

»Antonin!«

»Wo bist du?«

»Hier!«, schrie sie und dachte gleichzeitig, wie sinnlos das war, da er sie nicht sehen konnte. Doch dann stand er vor ihr. Nahm sie in die Arme.

»Ist ja gut, ist ja gut!«

»Jonas ... Er hat ...«

»Ich weiß. Ich kümmere mich um alles.«

Wednesday glaubte ihm sofort. Vielleicht wäre es gar nicht so schlimm, ihn als Stiefvater zu haben.

## Geordnete Verhältnisse

Die Küche kam Belle kleiner vor als sonst. Antonin schien sie ganz auszufüllen. Als sie vom Ausritt zurückgekommen war, hatte er ihr geholfen, Mirabo zu versorgen. Sie hatten einander nicht berührt und kein Wort gewechselt. Belle wagte kaum, ihn anzusehen. Zwischen ihnen war eine kompakte Masse, eine dichte Schicht unausgesprochener Wünsche. Sie flirrte zwischen ihnen. Wenn sie die Hand ausstreckte, dachte Belle, durch diese Schicht hindurch und ihn berührte, würde sie explodieren, würde die ganze Welt in Flammen aufgehen.

Fast wünschte sie, er würde die Küche verlassen. Damit sie wieder Platz hatte. Damit sie atmen konnte. Andererseits konnte sie nicht garantieren, dass sie ihm nicht nachlaufen würde.

Erst muss ich mit Manolo reden, mahnte sie sich streng.

»Ich muss mit euch reden.«

Hatte sie laut gedacht? Nein, es war Jasmin, die das gesagt hatte. Sie stand vor dem Tisch, die Hände auf die Hüften gestützt. Sie trug ihre hüftlange Tigertunika, die sie nur zu speziellen Anlässen trug, und hatte den Tisch feierlich gedeckt. Allerdings, das sah Belle erst jetzt, nur für drei.

»Nichts für ungut.« Jasmin wandte sich an Antonin. »Könntest du mit Wednesday beim alten Max essen? Das hier ist eine Familiensache.«

Antonin zögerte. »Ich wollte eigentlich auch mit euch reden.«

Belle sog scharf die Luft ein, Manolo runzelte die Stirn.

»Über Jonas«, sagte Antonin schnell und ohne zu Belle hinüberzuschauen. »Der Junge hat ein echtes Problem.«

»Ich weiß.« Jasmin klang nun etwas ungeduldig. »Genau darum geht es ja. Aber ich möchte das Problem gern in der Familie lösen. Wenn es recht ist.« Ihre Stimme war scharf geworden.

»Na gut, wenn du meinst.«

»Ich habe euch auch was Schönes gekocht: hausgemachte Lasagne und drei verschiedene Gemüse als Vorspeise. Hier.« Sie nahm eine Form aus dem Ofen, stellte sie auf ein Tablett, auf dem sie schon Teller und Besteck angerichtet hatte. »Guten Appetit.«

»O.k. Bis morgen dann«, sagte Antonin. Niemand antwortete.

Manolo wartete, bis Antonin die Tür hinter sich und Wednesday geschlossen hatte, bevor er sich an Jasmin wandte. »Was ist denn nun mit Jonas?«

»Diese Frage! Dass du überhaupt fragen musst! Das sagt doch schon alles. Dein Sohn existiert ja gar nicht für dich.«

»Das stimmt doch gar nicht, Jasmin, und das weißt du auch. Ich unterstütze deine Suche nach einer Privatschule in jeder Hinsicht.«

»Außer in finanzieller …«

»Jasmin!« Belle setzte sich an den Tisch. Sie fiel vor Hunger fast um. Oder vor Sehnsucht. Jedenfalls konnte sie sich nicht länger aufrecht halten. »Das ist nun aber wirklich nicht fair.«

»Wenn du es sagst!« Jasmin nahm eine Platte aus dem Kühlschrank, auf der die öligen Gemüsescheiben lagen. Aus dem Ofen ein Knoblauchbrot, noch in der Folie. Sie stellte alles auf den Tisch und schenkte Prosecco in drei verschiedenartige Gläser.

»Haben wir denn etwas zu feiern?«, fragte Manolo mit hochgezogenen Brauen. Er wusste ganz genau, was jetzt kommen würde. Er konnte nicht glauben, dass er in die Falle getappt war. Wie ein Anfänger. Er war davon ausgegangen, dass sie ihn allein erwischen wollte. Hatte sich in der Küche, mit den anderen, sicher gefühlt. Er suchte Belles Blick. Wo stand sie? War sie noch seine Verbündete?

Belle sah auf ihren Teller. So hungrig sie war, sie konnte nichts essen. Sie musste krank sein.

»Können wir nicht später reden?«, fragte sie. Erst musste sie selbst mit Manolo reden.

*Dinge, die Manolo mit Vorsicht beizubringen sind:*

Ich werde dich verlassen

Ich habe mich verliebt

In Antonin

Ja, Antonin

*Vorhersehbare Reaktion:*

Hab ich es nicht gleich gesagt?

Ich freue mich für dich

Selbst, wenn es wehtut

Denn ich liebe dich

Und deshalb will ich dein Glück

Selbst, wenn es mit einem anderen ist

Davor fürchtete sich Belle nicht. Schwieriger war, was als Nächstes kommen würde.

*Dinge, die Manolo mit Vorsicht beizubringen sind:*
Ich werde den Hof verlassen
Zusammen mit Antonin
Und den Pferden
Ich werde nach Montana zurückkehren
In mein kleines Haus
*Under big sky*

*Vorhersehbare Reaktion:*
Und ich?
Was ist mit mir?
Was wird aus mir?

Du hast doch Jasmin, würde sie sagen. Und Jonas. Du hast deine Familie.

»Ich habe mich verliebt.«

Klirrend fiel Belles Gabel auf ihren Teller. Sie schrak auf. Was hatte sie gesagt? Nichts. Wieder war es Jasmin, die Belles Gedanken aussprach.

»Du?«, rief Belle, »DU hast dich verliebt???« Gerade noch konnte sie ein »auch« verschlucken. Das konnte nicht sein. Nicht Jasmin. Ich, ich, ich habe mich doch verliebt.

»Sagst du gar nichts?« Herausfordernd schaute Jasmin ihren Mann an.

Manolo lächelte milde. Vielleicht war er auch nur müde. Er hatte sich so lange vor dieser Aussprache gefürchtet, dass er jetzt kaum mehr die Kraft hatte zu reagieren. Doch er riss sich zusammen und steuerte ein paar lange zurechtgelegte

Sätze bei: »Jasmin, du weißt doch, wie ich dazu stehe. Mein persönlicher Schmerz tut nichts zur Sache. Weil ich dich liebe, kann ich nur dein Glück wollen. Selbst wenn es mit einem anderen ist.«

»Mit anderen Worten, es ist dir egal.« Jasmin riss ein Stück von dem noch heißen Knoblauchbrot ab und stopfte es sich in den Mund. Butter rann über ihr Kinn. Mit einer wütenden Bewegung wischte sie sie ab.

»Wer ist es denn?«, fragte Belle. Als ob das etwas zur Sache tat.

»Manfred.«

»Manfred?«

Jasmin verdrehte die Augen. »Tut nicht so, als hättet ihr noch nie von ihm gehört. Doktor Manfred Zanoni, der Leiter der Rudolf-Steiner-Schule in der Stadt. Ich habe ihn bestimmt schon erwähnt. Aber ihr hört mir ja nie zu!«

»Ach, deshalb also …« Belle verstummte.

In der Mittelschule im Dorf würde Jonas dieses Jahr sitzen bleiben. Seine Lehrer bescheinigten ihm soziale Unreife und vielleicht eine Lernstörung. Das wollte Jasmin nicht so einfach hinnehmen. Seit einiger Zeit bemühte sie sich um einen Platz für ihn in der Rudolf-Steiner-Schule. Das Aufnahmeverfahren schien einigermaßen kompliziert zu sein, denn Jasmin wurde immer wieder zu neuen Terminen bestellt. Manchmal hatte sie danach angerufen. Es sei zu spät, um auf den unbeleuchteten Landstraßen noch nach Hause zu fahren, sie sei zu müde, sie schlafe bei einer Freundin auf dem Sofa.

Auf dem Sofa, dachte Belle. So, so!

»Und was geschieht jetzt?« Ob Manolo seinen Prinzipien treu bleiben und mit dem glücklichen Paar zusammenleben würde? Belle glaubte es nicht. Ein Mann mit zwei Frauen war etwas anderes als eine Frau mit zwei Männern.

»Wir ziehen zu ihm in die Stadt, Jonas und ich.«

»Du ziehst aus?«

Nein, nein, nein, dachte Belle. Du kannst nicht ausziehen, nicht jetzt. Ich ziehe doch aus, ich gehe weg. Ich, ich, ich!

»Bist du sicher, dass du das willst?«, fragte Manolo. Gelassen wie der Fernsehprediger, als den Susen ihn schon mal bezeichnet hatte.

»Warum, würdest du mich etwa zurückhalten?« Er antwortete nicht. Jasmin nickte. »Das dachte ich mir doch. Manfred und ich wollen heiraten. Er hat um meine Hand angehalten. Er will mich ganz für sich allein!« Sie reckte ihr Kinn, das schon wieder butterig glänzte.

»Heiraten! Du sagst doch immer, Heiraten sei nichts für dich!«, rief Belle.

»Die traditionelle Ehe ist eine bürgerliche Falle«, nickte Manolo.

»Ich habe eben meine Meinung geändert. Was regst du dich so auf, Belle? Man könnte fast meinen, dir liege mehr an mir als ihm.« Anklagend zeigte sie auf Manolo, der milde und etwas abwesend lächelte.

»Sollen wir nicht essen?«, fragte er. »Ist doch schade um das schöne Gemüse.«

»Wie kannst du nur so gelassen sein!«, fuhr Belle ihn an. »Macht dir das alles gar nichts aus?«

»Ach, Belle. Meinst du wirklich, ich könnte Jasmin umstimmen?«

»Du versuchst es ja nicht einmal.«

Jasmin wartete einen Augenblick, und als nichts mehr kam, sagte sie trotzig: »Nein, du könntest mich nicht umstimmen.

Selbst wenn du wolltest. Ich denke ja nicht nur an mich, sondern auch an meinen Sohn. Er braucht eine stabile Umgebung, geordnete Verhältnisse.«

»Geordnete Verhältnisse! Das kannst du doch nicht ernst meinen!«

»Warum nicht? Du siehst ja, wie schwierig das alles für ihn ist. Diese ... Promiskuität hier. Das Konsequenzlose. Gerade in dem Alter ist es wichtig, dass er sich irgendwo orientieren kann.«

»Worüber wollte Antonin denn mit dir reden?« Belle konnte es nicht lassen. Wenigstens seinen Namen musste sie in den Mund nehmen.

Jasmin atmete tief ein. »Jonas hat in letzter Zeit ... einiges angestellt. Ich kann mir vorstellen, dass ihm Antonin auf die Schliche gekommen ist.«

»Was denn?«

»Na, was ein Heranwachsender eben so macht, wenn er sich langweilt! Nichts Schlimmes ... Lass uns nicht mehr darüber reden. Wir ziehen noch heute Abend hier aus. Gleich nach dem Essen. Die Sache hat sich erledigt. Das kannst du Antonin so sagen.«

»Wenn du meinst.«

»Wollen wir nicht endlich essen?« Manolo stopfte die Vorspeisen mit gutem Appetit in sich hinein. Die Anspannung der vergangenen Tage und Wochen hatte ihn ausgezehrt. Jetzt fühlte er sich beinahe leicht. Alles würde gut werden. Das spürte er. Alles, vor allem sein Buch.

# Stöckelschuhe

Der alte Max trug Stöckelschuhe.

Sie hatten mehrmals an seine Tür geklopft, doch der Fernseher lief so laut, dass er sie nicht hörte. Schließlich bat Antonin, der das Tablett trug, Wednesday, die Tür zu öffnen. Sie trat ein, und da saß der alte Max in seinem Ledersessel, die Beine ausgestreckt, auf den anderen Sessel gelegt, die Füße in eleganten Pumps mit Knöchelriemen.

»Herrgott noch mal!« Antonin stellte das Tablett ab, lief zum Fernseher und drehte den Ton aus.

Der alte Max fuhr auf.

»Ach, wie nett! Mit euch habe ich heute Abend nun gar nicht gerechnet. Wednesday, setz dich doch. Wie fühlst du dich denn?«

Mit einer geschmeidigen Bewegung zog er seine Beine an, sodass Wednesday auf dem zweiten Clubsessel Platz nehmen konnte.

»Mir? Gut«, murmelte sie abwesend. Sie konnte ihren Blick nicht von den Schuhen lösen, die knallrot glänzende Sohlen hatten. Der alte Max fing ihren Blick auf.

»Louboutins«, sagte er. »Brandneu. Im Internet bestellt. Großartige Sache, das Internet. Manolo hat es mir gezeigt. Ein Philosophieprofessor mit Sinn fürs Praktische! Willst du mal reinschlüpfen? Du wirst nie wieder andere Schuhe tragen wollen.«

Er löste die Knöchelriemen. Unter den Schuhen trug er hauchdünne schwarze Seidenstrümpfe. Der Rest von ihm sah aus wie immer, er hatte ein weißes Hemd und eine schwarze Manchesterhose an.

Zögernd streckte Wednesday ihre Füße aus. Sie sah von Weitem, dass ihr die Schuhe zu klein waren, doch dem Zauber der roten Sohlen konnte sie sich nicht entziehen. Sie nahm die Schuhe und steckte ihre Hände hinein. Tipp, tapp, machte sie in der Luft.

»Was hast du denn für eine Größe?«, fragte der alte Max.

»Vierzig.«

»Schade. Da hab ich gar nichts für dich. Ich trage sechsunddreißig.«

»Meine Mutter hat Größe sechsunddreißig«, sagte Wednesday wehmütig. Susen würde diese Schuhe lieben. Wo war sie bloß? Warum hatte sie nicht angerufen? Vielleicht war es endlich passiert, und ihre Mutter hatte ihre gesamte Existenz aus ihrem Gedächtnis gelöscht. Sie würde nie wieder von ihr hören, müsste sich nie wieder für sie schämen. Sie könnte sich eine neue Mutter aussuchen oder ganz einfach hier bleiben.

Plötzlich musste Wednesday weinen.

»Ach herrje, was ist denn, Schätzchen? Ist doch nicht so schlimm! Heutzutage haben alle Mädchen große Füße. Das heißt nicht, dass du keine Stöckel tragen kannst. Ganz im Gegenteil, gerade wenn man groß ist, sollte man Absätze tragen. Dann erst recht!«

Der alte Max kniete sich neben Wednesday und nahm sie in seine knochigen Arme. Der vertraute Duft von Joy tröstete Wednesday ein wenig.

»Sie hat heute einiges mitgemacht«, sagte Antonin. »Erst der Sturz, dann der lange Ausritt und dann …«

»Und dann was?« Max schaute auf.

»Sie ist mit Jonas zusammengestoßen.«

»O nein!«

»Doch. Diesmal ist er zu weit gegangen. Wir müssen etwas tun. Ich wollte ja gleich mit den anderen reden, aber sie haben da eine Familiensache zu besprechen. Jasmin sagte, es ginge auch um Jonas.«

Wednesday zog die Nase hoch. Sie schaute vom einen zum anderen und sagte schließlich: »Ich hab Hunger.«

Antonin lachte. Er verteilte die Lasagne auf die Teller und reichte sie ihnen. Er selbst aß im Stehen. Im Fernsehen lief ohne Ton eine Sendung, die Wednesday bekannt vorkam. Die Leute trugen knallige Kleider und aufgebauschte Frisuren. Immer wieder wurden Weinberge und Weingläser eingeblendet.

»Das kenn ich«, sagte sie. »Das schaut meine Mutter auch immer.«

Und schon war sie wieder den Tränen nahe.

»Na, na!« Max drehte den Ton auf. Erst, als sie die Teller leer gegessen hatten und die Serie zu Ende war, wandte er sich wieder an die beiden.

»So, und nun erzählt mal, was heute passiert ist.«

Wednesday hielt die Stöckelschuhe auf ihrem Schoß wie Plüschtiere.

»Jonas ist der Wolf«, sagte sie.

## Erfundene Liebe

Manolo trug seinen weißen Pyjama. Er saß im Schneidersitz auf Belles Bett und lächelte. Seine Zehennägel waren ebenfalls weiß lackiert, das bemerkte Belle erst jetzt. Die Farbe der Trauer in China, fiel ihr ein. Besonders traurig wirkte Manolo allerdings nicht.

»Komm her, meine Schöne.« Er streckte die Hand aus. Belle nahm sie. So hatte er sie schon lange nicht mehr genannt. Er zog sie zu sich, und so saßen sie nebeneinander: sie immer noch in ihrer schmutzigen Reithose, er im weißen Pyjama. Sie legte ihren Kopf an seine Schulter.

»Komisch, ich hätte nie gedacht, dass es so endet«, sagte er. »War das arrogant von mir?«

»Vielleicht.« Sie boxte ihn in die Seite. Plötzlich fühlte sie sich ihm wieder ganz nahe. Gleichzeitig fürchtete sie sich vor dem, was kommen würde.

Unausweichliche Veränderungen.

»Ich habe Jasmins Gegenwart ganz selbstverständlich hingenommen. Das ist immer gefährlich.«

»Ja – ich auch«, sagte Belle langsam. Genau das hatte sie getan. Jasmin war immer da. Nie wäre sie auf die Idee gekommen, dass Jasmin den ersten Schritt tun würde. Allerdings hätte sie bis vor einer Stunde auch nie gedacht, dass sie selbst Manolo verlassen würde.

Die Gewissheit war plötzlich da gewesen. So war es immer: Entscheidungen keimten in ihr, ohne dass sie diese Entwicklung bewusst wahrnahm. Sie spielte mit ihren Listen herum, und plötzlich waren sie da, die Entscheidungen, fertig ausgereift und unumstößlich. Dann konnte sie, ohne mit der Wimper zu zucken, ihr ganzes Leben auf den Kopf stellen. Ohne die geringste Angst. Weil ihr gar nichts anderes übrig blieb. So war sie ins Internat gefahren, so hatte sie Manolo nach Amerika mitgenommen, so war sie auf diesen Hof gezogen. Und so würde sie ihn auch wieder verlassen.

»Du bist ein Tobias«, hatte ihre Mutter zu ihr gesagt, im Fond der Limousine, auf dem Weg ins Internat. Und ihr aus einem Buch zitiert, in dem es hieß: »Tobias warf seine Mütze über Bord.«

»Erst wirfst du deine Mütze über Bord, dann springst du hinter ihr her ins Wasser. Das ist schon mutig, mein Mädchen!«

Belle kam es nicht mutig vor. Sondern unausweichlich.

Doch jetzt hatte sich Jasmin vor sie gedrängt. Belle konnte sich nicht vorstellen, ihren Entschluss jetzt noch umzusetzen. Jetzt, da Manolo sie brauchte. Andererseits …

»Soll ich noch einmal mit ihr reden?«, fragte Belle. »Ich war in letzter Zeit nicht besonders nett zu ihr. Und über Susen hat sie sich auch geärgert.« Vielleicht konnte sie Jasmin ja noch umstimmen. Wenn Jasmin blieb, konnte sie gehen.

»Belle, es hat nichts mit dir zu tun! Das hat sich lange angebahnt. Alle Anzeichen waren da: Sie hat sich kaum mehr bei mir beklagt. Sie war selten da, und wenn, dann war sie still und unbeteiligt. In Gedanken schon weit weg. Jeder weiß doch, was das heißt. Ich wollte es nur nicht wahrhaben.«

Belle schüttelte den Kopf. »Und jetzt will sie heiraten! Ich verstehe es immer noch nicht. Rutsch mal.« Sie zwängte sich zwischen Manolos gekreuzte Beine. Lehnte sich mit dem Rücken an ihn. Er pustete auf ihre Haare.

»Du solltest eine Dusche nehmen«, sagte er.

»Manolo … Wir haben hier eine Krise!«

»Haben wir? Eine Krise?«

»Du bist unmöglich! Was soll denn jetzt aus uns werden?«

Sie machte sich keine Illusionen: Manolo war nur deshalb so gelassen, weil er sich ihrer immer noch sicher fühlte. Das hieß nicht, dass er den gleichzeitigen Verlust beider Frauen, seines Sohnes und seines Hauses ebenso leicht nehmen würde. Ganz zu schweigen davon, dass er keine Arbeit und kein Geld hatte.

Er legte seine Hand wie eine Klammer auf ihren Kopf und drehte ihn zu sich. Er küsste sie auf die Stirn. »Jetzt, Baby«, sagte er feierlich, »jetzt gibt es nur noch uns beide.«

Belle schloss die Augen. In guten wie in schlechten Zeiten, dachte sie. Da hast du es. *Baby.* Sie liebte es, »Baby« genannt zu werden. Es erinnerte sie an Amerika. Trotzdem. Sie befreite sich aus seiner Klammer, wandte sich von ihm ab. Sie würde bleiben. Aber sie würde nicht mehr alles hinnehmen.

»Uns beide und Lotta«, sagte sie zur Wand.

»Lotta?«

»Uns beide hat es doch nie gegeben«, sagte sie. »Es gab immer nur uns beide und Lotta.«

»Lotta«, wiederholte Manolo langsam. »Hast du also mein kleines Geheimnis erraten.«

»Erraten?«

»Oder warst du etwa in meinem Arbeitszimmer?«

»Sie beschränkt sich nicht aufs Arbeitszimmer, Manolo!« Warum konfrontierte sie ihn ausgerechnet jetzt?

»Baby, Baby«, sagte Manolo nachsichtig. »Du erstaunst mich immer wieder. Und, was meinst du dazu? Soll ich weitermachen? Wird es gut?«

Belle stand auf. »Manolo – was zum Teufel meinst du mit weitermachen? Natürlich nicht! Natürlich sollst du nicht weitermachen! Hast du sie etwa wiedergesehen?«

»Was zum Teufel meinst DU? Wovon redest du überhaupt?«

»Von Lotta!«

»Meinem Roman?«

»Deinem Roman?«

»Lotta ist der Titel meines Romans. *Lotta oder Die Erfindung der Liebe*. Ich bin noch nicht sehr weit damit, deshalb habe ich dir nichts davon gesagt. Aber du weißt natürlich, wie viele, viele Jahre ich schon darüber nachdenke …«

»Ein Roman?«

»Es ist eine Liebesgeschichte«, fuhr Manolo fort. »Und gleichzeitig eine Art philosophische Abhandlung über die Liebe, verstehst du, ein ganz neuartiges Konzept, eine neue Buchform. Ich denke wirklich schon lange darüber nach, eigentlich seit Jahren. Man könnte gar sagen, schon immer.«

»Lotta ist eine Romanfigur«, wiederholte Belle.

»Lotta bist du, Baby!«

»Lotta!« Belle ballte die Fäuste. »Lotta ist deine erste Liebe, sie hat dich verlassen, sie hat dein Herz gebrochen, mit letzter Kraft hast du dich in die Berge geschleppt, in die Ferienwohnung, wo ich dich aufgelesen … aufgepäppelt …« Sie keuchte. »Lotta … ist …«

»… eine Romanfigur.«

»Das kann nicht sein, das kann nicht sein. Du hast doch damals noch keinen Roman geschrieben.«

»Wie kannst du dir da so sicher sein?«

»Nein, das kann nicht sein. Da gab es doch dieses Foto«, sagte sie. »Wer war das auf dem Foto?«

»Auf welchem Foto?«

»Du hattest ein Bild, am ersten Abend, in deiner Hemdtasche, du hast es mir gezeigt. ›Das ist Lotta‹, hast du gesagt. Ich hab das Hemd gewaschen und das Bild zerstört, aber es war da, es hat existiert.«

»Ach, das?« Er lachte. »Das war doch meine Schwester. Komm schon, du musst sie doch erkannt haben.«

»Deine Schwester? Deine SCHWESTER?« Hilflos trat Belle gegen das Bett. Susen hatte recht, dachte sie. Er hat sie erfunden. Ich wollte es nicht wahrhaben. Susen hatte recht, das ärgerte sie mehr als alles andere.

»Ich habe sie doch für dich erfunden, Baby. Als ich dich kennenlernte, wusste ich gleich, dass ich dir etwas bieten musste. Du liebtest meine Versehrtheit, mein Leiden, von Anfang an …«

»Geh. Hau ab.«

»Ich wusste, dass ich dir nicht genügen würde, nicht einfach so, nicht ohne ein Drama, ein Geheimnis, ein altes Unglück.«

»Geh! Raus aus meinem Zimmer!«

»So wie ich ja auch deine Versehrtheit liebe, deine Abgründe, deine Geheimnisse …«

Belle ging zur Tür. »Ich zähle bis drei.«

Manolo war jetzt aufgestanden. Er breitete die Arme aus und sah mehr denn je aus wie ein Heiliger. »Aber Belle!«, rief er. »Verstehst du denn nicht? Ich habe es für dich getan, weil ich dich liebe, weil ich dich nicht verlieren wollte. Es gibt nur dich. Es hat immer nur dich gegeben!«

Belle riss die Tür auf. Jasmin stand reglos dahinter. In jeder Hand einen Koffer. Jetzt stellte sie sie krachend auf den Boden.

»Das hat mir gerade noch gefehlt«, sagte sie. »Danke, Manolo.«

## Listen

Susen saß auf dem Fußboden und weinte. Vor den Fenstern ihres Lofts flimmerten die Neonreklamen. Es war mitten in der Nacht, und sie hatte vergessen, Wednesday anzurufen. Jetzt war es zu spät.

»Na, das war wohl alles ein bisschen viel heute.« Bauer ließ sich schwerfällig neben sie sinken. Seine Gelenke knackten, und er stöhnte, als er mit dem Hintern auf den Boden plumpste. Er versuchte, seine Beine zu kreuzen, musste das Vorhaben aber bald aufgeben. Unauffällig rutschte er zurück, bis er sich an eine von Lous Gipswänden anlehnen und die Beine ausstrecken konnte. Immer noch eine höchst unbequeme Stellung. Trotzdem legte er einen Arm um Susen und zog sie an sich.

»Na, na, na.«

Susen heulte hemmungslos in sein Hemd. »Ich bin eine schreckliche Mutter! Kein Wunder, dass sie mich hasst. Sie hat allen Grund dazu.«

»Nicht doch, nicht doch.«

»Ich hab sie einfach vergessen! Sie könnte tot sein, schwer verletzt, im Krankenhaus …«

»Dann hätte Belle dich doch angerufen. Es geht ihr gut.

Bestimmt ist sie heute mit den anderen ausgeritten und hat den Schrecken vergessen.«

»Nein, du verstehst mich nicht, Bauer! Es ist ja nicht das erste Mal. Ich habe Wednesday schon so oft vergessen.« Susen zählte an den Fingern auf: »Auf dem Straßenfest, im Schuhgeschäft, auf einer Demonstration, im Wartesaal, in den Kulissen vom Schultheater, beim Impfen, im Kinderwagen vor einem Café und immer wieder zu Hause. Ich habe sie so oft vergessen, dass es mir nur recht geschehen würde, wenn sie zu ihrem Vater zieht. Das will sie doch ohnehin. Vielleicht sollte ich sie einfach lassen. Vielleicht wäre sie bei ihm besser aufgehoben. Der hat sie jedenfalls noch nie irgendwo vergessen.« Jetzt heulte sie wieder.

Bauer zog sie an sich und murmelte beruhigend in ihr Haar.

»Bauer«, sagte sie schließlich gegen seine Brust. »Bist du eigentlich kein Mann?«

Er schob sie ein Stückchen von sich weg und zwang sie so, ihn anzuschauen.

»Wie kommst du denn darauf? Probleme mit dem Kurzzeitgedächtnis?«

»Langzeit würde es wohl eher treffen.« Sie grinste unter Tränen. »Nein, ich frage nur, weil jeder andere Mann jetzt sofort versuchen würde, das Problem für mich zu lösen. Strategien zu entwerfen, Ratschläge zu erteilen, mir zu sagen, was ich zu tun habe.«

Bauer zuckte mit den Schultern. »Ich bin eben nicht wie andere Männer.«

Sie schaute ihn aufmerksam an. »Das kann man wohl sagen.« Dann lehnte sie den Kopf wieder an seine Brust. Ein paar noch unvergossene Tränen flossen nach. »Weißt du, das

Schlimmste ist, dass ich mir immer wieder mal vorstelle, wie es wäre, ohne sie zu leben. Ohne meine Tochter. Ohne Rücksicht zu nehmen, ohne mich um sie zu kümmern, ohne mich nach ihr richten zu müssen. Dabei liebe ich sie über alles, das musst du mir glauben.«

»Weiß ich doch. Das hast du ja mal in einer Kolumne beschrieben. Sehr schöner Text, übrigens.«

»Den du abgelehnt hast.«

»Nicht weil der Text schlecht war. Ich wollte dir nur die Reaktionen der geneigten Leserinnen ersparen.«

Susen schnäuzte sich in Bauers Hemd und schaute dann zu ihm auf. Seine blauen Augen lagen verzerrt hinter seinen Brillengläsern. Sie ruhten amüsiert, aber durchaus liebevoll auf ihr.

»Bauer«, sagte Susen, »versuchst du gerade, mich zu retten?«

»Nein«, sagte Bauer. »Ich warte seit geraumer Zeit darauf, dass du mich rettest.«

Belle lag lange wach. Überall im Haus schlugen Türen und wogten Stimmen. Laut und leise, auf und ab. Sie lag auf dem Rücken und starrte an die Decke. Sie wartete, dass sich die vertrauten Buchstaben bilden und zu einer Liste zusammensetzen würden, doch da war nichts. Nur die niedrige Decke, die nicht mehr ganz weiße Täfelung, von der die Farbe abblätterte.

»Zimmerdecken streichen« – das hatte bestimmt einmal auf einer ihrer Listen gestanden. Aber das ging sie jetzt alles nichts mehr an. Sie würde diesen Hof verlassen. Die Mauern und Wände, die Schränke und Türen, die Fenster und die Landschaft dahinter. Nichts von all dem würde ihr fehlen.

Trotzdem zwang sie sich, eine Nacht lang stillzuliegen und Abschied zu nehmen. Sie bezwang ihren Körper, der über den dunklen Hof rennen und die Stiegen zu Antonins Kammer hinaufeilen, sich in seine Arme werfen wollte.

Morgen, sagte sie sich.

Nichts überstürzen.

Wir haben Zeit.

Wir haben alle Zeit der Welt.

Fünfundzwanzig Jahre lang hatte sie Manolo geliebt. Eine Nacht, eine halbe Nacht eigentlich, war nicht zu viel verlangt, um Abschied zu nehmen. Fünfundzwanzig Jahre lang hatte sie versucht, ihn zu heilen. Als ob er ein Pferd wäre. Ein schwieriges Pferd, wie sie es am liebsten hatte. Das war ihr erster Fehler gewesen: Sie hatte Manolo mit einem Pferd verwechselt.

Ihre Wut war verflogen. Sie hatte sich ohnehin mehr gegen sich selbst gerichtet als gegen Manolo. Dass sie so dumm gewesen war, dass Susen recht behalten hatte. Doch sobald er aus ihrem Zimmer, aus ihrem Blickfeld verschwunden war, hatte eine Art Erleichterung von ihr Besitz ergriffen, die immer stärker wurde.

Sie konnte nichts dafür! All die Jahre hatte sie mit dem Gefühl gelebt, konstant zu versagen. Weil sie Manolo nicht heilen, weil sie ihn nicht glücklich machen konnte. All die Jahre hatte sie sich die Schuld daran gegeben, ihrer unzulänglichen, verkümmerten, beschädigten Liebe. Ihren *Vernarbungen*. Sie war nicht gut genug gewesen für ihn. Nie gut genug. Das hatte sie geglaubt.

In Wirklichkeit hatte sie nie eine Chance gehabt. Er hatte ihr keine gegeben. Er hatte gelogen. Er hatte ihre Beziehung inszeniert. Und sie im Dunkeln gelassen. Es war also nicht ihre Schuld. So einfach war das. Manolo hatte ihr ihre Liebe zurückgegeben, glänzend wie neu, eine Liebe, die gut genug war. Mehr als gut genug.

Belle lag auf dem Rücken und starrte an die Decke, deren abblätternde Farbe sie nichts mehr anging. Die Erleichterung überschwemmte sie in Wellen und rührte sie zu Tränen. Sie rannen über ihre Schläfen und tropften ins Kissen. Sie wischte sie nicht ab.

Sehr früh am nächsten Morgen stand sie auf. Noch im Dunkeln duschte sie und zog sich an. Ein frisch gebügeltes Hemd, saubere Jeans. Statt ihre Haare nass zum Zopf zu flechten, föhnte sie sie sorgfältig glatt und ließ sie über die Schultern hängen. Sie waren fast ganz grau, aber sie glänzten. Wie ein Vorhang. Sie putzte sogar ihre Schuhe, bevor sie sie anzog. Wie neu wollte sie vor Antonin treten.

Gut genug. Gut genug für ihn.

Das Haus war noch ganz still. Manolo und Jasmin mussten inzwischen auch eingeschlafen sein. Belle hatte noch gehört, wie sie sich liebten. Die Geräusche waren aus der Küche gekommen, später aus dem Arbeitszimmer. Doch als sie durch das Haus ging, begegnete sie niemandem. Als sie die ersten Sonnenstrahlen sah, trat sie vor die Tür. Rötliches Licht fiel in den kühlen, schattigen Hof wie ein Versprechen. Alles war möglich.

# Blut

Dass Antonin nicht in seinem Zimmer sein könnte, hatte Belle allerdings nicht erwartet. Im Stall war er auch nicht, sie hätte ihn gesehen. Er würde doch nicht ausgerechnet heute einen seiner sporadischen Ausflüge ins Nachbardorf unternommen haben?

Immerhin war sein Bett gemacht. Die Bettwäsche gewechselt. Sterne statt Blumen. Nichts erinnerte mehr an Susen. Wenigstens nicht in diesem Zimmer. Trotzdem wagte Belle es nicht, sich auf das Bett zu setzen.

War es wirklich erst gestern gewesen, dass sie dieses Zimmer gestürmt hatte? Sie lächelte bei der Erinnerung an ihren Ausbruch. Wenn das nicht die Reaktion einer Verliebten gewesen war. Selbst Susen hätte das eigentlich merken müssen. Nur sie selbst war blind gewesen. Vernagelt.

»Antonin?«

Der alte Max stand in der Tür. »Ach, du bist es, Belle.«

»Wo ist Antonin?«

»Ist er nicht hier?«

Belle drehte sich um sich selbst. »Siehst du ihn?«

»Verdammt.« Der alte Max zückte sein Handy wie eine Waffe. »Wir müssen die Polizei anrufen.«

»Die Polizei? Warum denn die Polizei? Ist etwas passiert?«

»Ich hoffe nicht.«

»Nun red doch schon!«

Der alte Mann ließ sich auf das frisch gemachte Bett

plumpsen. Seine Haut war durchsichtig und zerknittert wie Seidenpapier. Vielleicht würde er wirklich nicht mehr lange leben. Belle kniete sich vor ihm nieder und umfasste seine dürren Beine. Legte den Kopf auf seinen Schoss. Sie roch das vertraute Parfüm. Eine vogelleichte Hand strich über ihr frisch gewaschenes Haar.

»Was bist du schön, mein Kind«, sagte er. »Aber ich fürchte, wir haben ein Problem.«

Und während Belle so vor ihm kniete, erzählte er ihr, was er wusste. Dass Jonas wohl der Wolf war. Dass er wohl mit einer Art messerbestücktem Handschuh auf die Schafe und Ziegen losgegangen war. Dass er das jedenfalls Wednesday gegenüber zugegeben hatte, die den Handschuh auch gesehen und anschaulich beschrieben hatte.

»Ach Gott, Wednesday! Die Arme!« Belle hob den Kopf.

»Ist schon gut. Sie schläft. Drüben, bei mir.«

»Und Antonin?«

»Er wollte mit Jonas reden. Wollte ihn davon überzeugen, dass er Hilfe braucht. Dass er sich besser in Behandlung begibt, bevor noch etwas Schlimmeres passiert.«

»Und wo ist Jonas?« Jasmin hatte ja eigentlich gleich nach dem Essen abreisen wollen. Aber dann hatte sie sich von Manolo ablenken lassen. Nachts in der Küche. Später in seinem Arbeitszimmer. Die Koffer hatte sie im Flur stehen lassen.

»Er hat offenbar ein Versteck im Heuboden. Da hat er Wednesday gestern hingelockt.«

Belle stand auf. Sie streckte ihre Hand aus. Der alte Max nahm sie und ließ sich von ihr aufhelfen.

»Wann war das?«

»Gestern Abend. Nach dem Essen.«

»Und er ist nicht zurückgekommen?«

Belle wurde ganz ruhig. Was kein gutes Zeichen war. So ruhig war sie nur, wenn sie wusste, dass es schlimm war. Wirklich schlimm.

So ruhig war sie im Wald gewesen.

»Bleib du bei Wednesday«, sagte sie. »Und ruf die Polizei. Und einen Krankenwagen, wenn du schon dabei bist.«

In der Tür zu Max' Zimmer blieb sie stehen. Wednesday lag auf der Seite, mit angezogenen Knien wie ein Hund auf dem Wasserbett, ein Paar Stöckelschuhe an die Brust gepresst wie einen Teddybären.

Sie öffnete die Augen und sah Belle an. »Ich will meine Mama«, seufzte sie. Dann schloss sie die Augen wieder und schlief weiter.

Ich auch, dachte Belle, ich auch.

Bevor sie auf den Heuboden kletterte, wand sie mit einer geübten Bewegung ihre langen Haare zu einem Knoten und steckte sie mit einem Hufnagel fest. Sie wusste, wo sich das Versteck der Mädchen befand. Sie errichteten es zu jedem Kurs wieder am selben Ort, nahe bei der Leiter, aber vor flüchtigen Blicken verborgen.

Richtig. Da lag schon die Keksdose, in der sich Jasmins heimlicher Zigarettenvorrat befand, und Wednesdays Buch. Sie hob es auf und begann darin zu blättern, las eine Zeile oder zwei. Sofort war sie wieder in ihrem alten Kinderzimmer, das von ihrer Mutter mit knalligen Marimekko-Tapeten, Sitzsäcken und Lavalampen zum leicht verfrühten Teenagerparadies hergerichtet worden war. Sie hatte den Geruch der Tapete noch in der Nase. Wenn sie sie zu lange anschaute, wurde ihr schwindelig. Sie sah sich noch da sitzen, mit dem Rücken an das Bett gelehnt, mit ebendiesem Buch in der

Hand. Das Gesicht zur Tür. Sie erlaubte sich jeweils nur am Ende jeder Seite aufzuschauen. Ob Susen hereinkäme.

Belle steckte das Buch in den Hosenbund. Folgte dem schmalen Gang, der zwischen den Strohballen hindurchführte, tiefer und tiefer hinein.

Es war still hier oben. Selbst die Luft bewegte sich nicht. Es roch nach Staub und nach der vergangenen Sommerhitze, die in den Strohballen hängen geblieben war. Belle rief nicht nach Antonin. Oder Jonas. Sie ging einfach weiter. Einfach da entlang, wo ein Mensch hindurchpasste. Früher oder später würde sie sie finden. Ihre Schritte wurden immer langsamer. In den staubigen Geruch des trockenen Strohs mischte sich jetzt ein anderer Geruch. Schwer, metallisch.

Belle wusste, was es war.

Blut.

## Mann im Wald

Na, dann wollen wir mal.« Mit einem Ruck wandte Joe sich ihr zu, riss sich von Susen los, von ihren fliegenden Beinen, die zwischen den Bäumen verschwunden waren. Er hatte nicht versucht, sie aufzuhalten, sie einzuholen, einzufangen.

Belle stand einfach da.

Joe blickte sie an, ein wenig gelangweilt, ein wenig angeekelt, das Beste war vorbei, das Spiel. Das Spiel mit Susen.

Belle, das konnte Joe wohl sehen, wusste genau, was jetzt kommen würde, mit Belle konnte er nicht spielen. Belle stand da und ließ die Arme hängen, sie würde keinen Widerstand leisten.

»Dann wollen wir mal«, wiederholte er. Als spreche er sich selbst Mut zu, als sei ihm die Lust vergangen. Belle konnte nur hoffen.

»Wie alt bist du?«

»Vierzehn«, sagte Belle. Sie wusste, dass das dem Mann nicht gefallen würde. Elf wäre ihm bestimmt lieber. Doch das gab sie ihm nicht.

Sie war elf. Sie hatte kleine Brüste unter dem T-Shirt, das ihre Mutter aus London mitgebracht hatte, als sie dort gespielt hatte. Das T-Shirt hatte einen geknöpften Ausschnitt wie ein Hemd und einen ausladenden Kragen aus einem anderen Stoff, mit Paisleymuster bedruckt. »Der letzte Schrei«, hatte ihre Mutter gesagt. »Das tragen in London alle.« Vielleicht, aber nicht in Hemlikon. In der Grundschule.

»Wo hast du denn das her?«, hatte Fabienne gefragt, und Belle, blöd wie sie war, hatte geantwortet: »Aus London.«

»London, soso!« Die Mädchen hatten sie nachgeäfft: »Aus London, ich war in London, meine Mutter kauft alles in London. Meine Mutter ist eben berü-hühmt!«

Langsam wurde es dunkel. Der Mann war ein Schatten, die Baumstämme schwarz. Belle würde so bald niemand vermissen, das wusste sie. Sie riss sich die Hose auf, die vorn geknöpft war wie eine richtige Cowboyjeans, riss sich das Höschen herunter, die hässliche, ausgeleierte Frotteeunterhose, die noch nie jemanden abgeschreckt hatte.

»Bringen wir es hinter uns!« Sie sagte es hässlich, und der Mann zuckte zurück. »Oder gefall ich Ihnen etwa nicht? Oder wollen Sie nicht? Oder können Sie nicht?!« Ihre Stimme war lauter geworden. Etwas Warmes lief über ihr Gesicht. Heiß und brennend wie Säure. Der Mann wich ihr aus. Belle folgte ihm. Stolperte in der Jeans, die um ihre Knöchel spannte.

»Na?«, schrie sie. »Na???«

Sie weinte doch nicht? Sie weinte nicht. Etwas anderes Nasses musste in den Paisleykragen rinnen, etwas Giftiges, Ätzendes, aber keine Tränen, ganz bestimmt keine Tränen.

»Jetzt hör aber auf, Kleine!« Joe hob beide Hände, abwehrend. »Das ist nicht gerade antörnend! Wenn ein Mädchen so redet!«

»Ach ja? Was wollen Sie denn? Ein Kind, das nichts weiß? Das anfängt zu weinen? Tja, da kommen Sie ein paar Jahre zu spät! Mein Herr! Mir müssen Sie nichts erklären. Mir können Sie nichts mehr beibringen. Und weinen tu ich auch nicht! Nicht ich! Ich weine nie!«

Jetzt drehte er sich um. Und Belle weinte doch. Sie zog die Hose wieder hoch, knöpfte sie zu. Sie nahm die Deichsel des Leiterwagens, und aus einem Impuls heraus, sie wusste nicht, wieso, nahm sie die Konservendose, Pfirsichhälften in Sirup, aus dem Wagen. Bei Susen gab es die oft zum Nachtisch, Vanilleeis mit Pfirsichhälften drauf und dann der Sirup. Sie hatten die Dose eingepackt, aber nicht an den Dosenöffner gedacht und schon gar nicht an das Eis. Vielleicht hatten sie vor dem inneren Auge in ihrem Clubhaus eine Vorratskammer gesehen, ein Regal aus grobem Holz auf dem Konservendosen standen so wie in *Unsere kleine Farm*.

Belle sah jetzt erst, wie lächerlich das alles gewesen war, ihre Vorstellungen, ihr Blockhaus, ihr ganzes späteres Leben, nichts ließ sich verwirklichen, nichts davon. Sie waren nur zwei kleine Mädchen, die nichts hatten und nichts konnten. Und der Mann war schuld. Joe. Er hatte alles kaputt gemacht.

Sie hob den Arm und warf die Dose. Schleuderte sie mit aller Kraft gegen den Mann, der sich von ihr abgewandt hatte. Wie konnte er sie da so stehen lassen? Als hätte sie das alles angezettelt. Als wäre sie an allem schuld.

»Was machst du mit mir?«, hatte Doktor Fankhauser immer gesagt. »Was machst du mit mir?«

Es musste etwas an ihr sein. Jürgen hatte es auch sofort gesehen, als er in den Sommerferien nach Hause gekommen war. Es war etwas an ihr, das Männer dazu brachte, Dinge zu tun, die sie eigentlich nicht tun wollten. Die falsch waren.

Beinahe wünschte sie, Joe würde es sich anders überlegen, würde sich umdrehen, über sie herfallen. Wenn sie nicht einmal mehr dafür gut genug war, wofür dann?

Dass die Dose ihn am Hinterkopf treffen, dass er lautlos zusammensacken und auf dem weichen Teppich aus Tannennadeln liegen bleiben würde – hätte sie das gedacht? Gewollt?

Sie hob die Dose auf, wischte sie an einer moosüberwucherten Wurzel ab. Die Dose war klebrig, rot, verschmiert. Der Mann lag still. Sie wusste nicht, ob er noch atmete oder nicht. Sie legte die Dose in den Leiterwagen. Ihr war kalt.

## Sterben

Antonin starb mit dem Kopf in Belles Schoß. Das hätte er sich wohl so gewünscht, aber noch lieber wäre er am Leben geblieben, gerade jetzt.

»Das hab ich nicht gewollt. Das hab ich nicht gewollt«, wiederholte Jonas. Wieder und wieder. Er trug einen zu kurzen Wolfspelzmantel, der Belles Mutter gehört hatte, und die Eselsmaske aus Pappmaschee, die Jasmin vor Jahren für ein Kindertheater gebastelt hatte.

Ein Esel im Wolfspelz, dachte Belle. Manolo liebt Esel.

Ihre Gedanken stürzten übereinander. Sie wusste nicht, was wirklich war und was nicht. Das konnten doch nur Bilder sein. Ein neues Set von Bildern in ihrem Kopf: Antonin lag in seinem Blut. Jeder Tropfen schien seinen Körper verlassen zu haben. In seinem Hals waren vier Löcher von Jonas' Hand, von den Klingen an seinem Handschuh.

»Das hab ich nicht gewollt«, wiederholte er. »Wirklich nicht. Ich hab mich nur gewehrt. Er hat mich gepackt, ich hab die Hände hochgerissen. Wirklich, das wollte ich nicht.«

Belle hörte ihn wie Hintergrundmusik, ohne zu verstehen, was er sagte. Sie saß in der Blutpfütze, dem Blutmeer, sie hielt Antonins Kopf in ihrem Schoß. Sie erzählte ihm von Montana. Von der Blue Mountain Ranch und von Jamie.

»Du wirst sie mögen«, sagte sie.

Von ihrem kleinen Haus und von dem verschlossenen Zimmer ihrer Mutter. Vom Blick aus dem Wohnzimmerfenster über die endlose Weite des Tals. Vom großen Himmel erzählte sie.

»Da haben wir Platz«, sagte sie. »Du wirst schon sehen.«

Eine Zeit lang atmete er noch. Dann atmete er nicht mehr.

Belle weigerte sich, das zu realisieren.

Sirenen erfüllten den Hof, Stimmen, schnelle Schritte. Jasmin schrie.

»Das hab ich nicht gewollt«, sagte Jonas. Dann ging er zum Ausgang seiner Höhle. Ohne sich noch einmal umzudrehen.

Belle hörte die Stimmen an- und abschwellen, Manolo wurde laut. »Nicht, Junge!«, rief er, und dann ein Schrei. Jonas musste vom Heuboden gesprungen sein. Belle konnte Jasmin heulen hören. Die Geräusche drangen wie aus einer anderen Welt zu ihr. Wie aus einem Fernseher, der in einem anderen Zimmer lief. Geräusche, die sie nichts angingen.

»Wir werden unsere eigenen Pferde züchten«, sagte sie. »Jamie wird uns helfen. Wir haben genug Platz. Genug Platz für alle.«

»Wir werden zusammen ausreiten«, sagte sie. »Tagelang unterwegs sein. Wir nehmen ein Zelt mit und schnallen es vor den Sattel. Abends machen wir ein Feuer. Mit Jamie war ich einmal vier Tage lang draußen, ohne einen anderen Menschen zu sehen. Nur wir und die Pferde.«

Belle hielt Antonin noch fest, als sie endlich gefunden wurden. Die Sanitäter konnten ihre Hände nicht von seinem Kopf lösen und die Polizisten, die wenig später eintrafen, auch nicht. Schließlich ließ man sie in Ruhe, sie sagte ja doch nichts. Und Antonin war tot.

Irgendwann war Susen da. Sie ging neben ihr in die Knie,

setzte sich in das Meer von Blut. Löste ihre Hände. Nahm sie in den Arm. Führte sie schließlich nach unten.

Belle ließ es geschehen.

## Roman

»Unglaublich, nach den all den Jahren setzen die mich einfach ab. Und warum? Weil ich zu teuer bin. Die teilen sich jetzt eine Kolumnistin mit drei anderen europäischen Magazinen.«

Du plapperst, du plapperst, das ist alles, was du kannst, dachte Susen. Was sollte sie sonst tun? Ihre Hände waren damit beschäftigt, Tee zu kochen. Ihr Mund stand nicht still.

Belle saß am Küchentisch wie aus Stein gehauen. Reglos. Wortlos. Nur die Tränenspuren in ihrem Gesicht deuteten an, dass etwas nicht stimmte. Sie sahen aus wie eingemeißelt. Als würden sie nie mehr weggehen. Susen hingegen hatte noch nicht geweint. Sie war nicht einmal sicher, ob sie wirklich verstanden hatte, was passiert war. Ihr erster Gedanke, als sie auf den Hof gefahren und die kreuz und quer geparkten Ambulanzen und Streifenwagen gesehen hatte, galt Wednesday. Doch Wednesday ging es gut. Und das war das Wichtigste.

Der alte Max hatte das Fenster aufgerissen und ihr von Weitem entgegengerufen: »Wednesday ist in Ordnung! Ist alles o.k. mit ihr. Sie ist bei mir oben und sieht fern!«

»Ich geh gleich zu ihr«, hatte Lou gesagt, und Bauer war ihr gefolgt.

Während Susen noch auf dem Hof stand, war Jonas aus dem Stall geführt worden. Zwei junge Frauen mit strengen Pferdeschwanzfrisuren und riesigen Sonnenbrillen hatten ihn in ihre Mitte genommen. Die eine trug in einer großen, durchsichtigen Plastiktüte etwas, das wie ein blutverschmierter Pelz aussah. Auch Jonas war von oben bis unten mit Blut besudelt. Um die Stirn trug er einen weißen Verband, sein linker Arm steckte in einer Schlinge, und er hinkte. Doch er wurde nicht zur Ambulanz gebracht, sondern zu dem Streifenwagen. Auf den Rücksitz verfrachtet wie in einem Fernsehkrimi, die junge Polizistin in Zivil legte schützend die Hand auf seinen Kopf. Dann waren sie langsam losgefahren, von Jasmin händeringend verfolgt, die wieder und wieder hinter den Rücklichtern herschrie: »Er ist doch noch ein Kind!«

Manolo war mit einer Reisetasche in den Hof gekommen und neben Susen stehen geblieben. »Wir müssen mit auf die Polizeiwache«, sagte er knapp. »Ich kümmere mich um Jasmin und Jonas, du dich um Belle.«

»Wo ist sie?«

»Oben auf dem Heuboden.«

Susen hatte sie gefunden und nach einer endlos scheinenden Zeit, in der sie in Antonins Blut kauerten, dazu bewegen können, mit ihr hinunterzukommen. Sie hatte sie ins Haus gebracht und unter die Dusche gestellt. War mit ihr in die Kabine geklettert und hatte sie sorgfältig gewaschen. Sie waren so lange unter der Dusche geblieben, bis das Wasser nur noch lauwarm lief und keinen Tropfen Rot mehr ausspülte.

Dann war ihr nichts anderes mehr eingefallen, als Tee zu kochen. Was sollte sie denn sonst tun? Dass der Mann, mit dem sie letzte Nacht – vorletzte Nacht – geschlafen hatte, tot war, musste sie verdrängen. Sofort. Darin war sie zum Glück gut. Tee kochen. Plappern. So tun, als sei alles normal. Als ginge das Leben einfach weiter. Täuschte sie sich, oder wurden Belles Schultern etwas weicher?

»Dann zahlen sie also einen Pauschalpreis, und dafür darfst du dann in Hamburg, Zürich und Kopenhagen dieselbe Kolumne lesen. Von einer Schnepfe, von der du noch nie gehört hast und deren Alltag nichts mit deinem zu tun hat. Es ist total widersinnig. Na, ich kann nur hoffen, dass sie mit Leserbriefen zugemüllt werden. Dass meine Leserinnen vor der Redaktion demonstrieren. Mit Transparenten und Megafonen: ›Wir wollen Susen Sabatier, wir wollen Susen Sabatier!‹«

Sie goss den Tee auf, versetzte ihn mit einem kräftigen Schluck von Jasmins selbst gemachtem Quittenschnaps und stellte die beiden Tassen auf den Tisch.

»Mom is not my real name« stand auf der einen. »Normal people worry me« auf der anderen.

Belle nahm sich letztere. Ihre Bewegungen, wie sie die Tasse zu sich heranzog und dann vorsichtig an die Lippen hob und schnell wieder absetzte, waren vielleicht eine Spur lebendiger geworden. Weniger steinern. Susen würde also einfach immer weiterplappern.

»Die können mich mal! Das Einzige, was mich ärgert, ist natürlich das Geld. Meine Mutter hat ja Schulden, das glaubst du gar nicht. Bis ich die abbezahlt habe, bin ich selbst pensioniert. Nein, stimmt ja, Selbstständige werden nicht pensioniert. Hab ich dir mal erzählt, wie der Versicherungsberater zu mir gesagt hat: »›Also, Frau Sabatier, eine Invalidenversicherung brauchen Sie nicht, Sie können immer arbeiten, selbst wenn sie, Gott behüte, durch einen Unfall querschnittgelähmt würden. Dann könnten sie ja immer noch mit einem Stäbchen zwischen den Lippen schreiben!‹« Ich weiß bis heute nicht, ob ich das gut finden soll oder nicht. Ich kann immer arbeiten – ich muss immer arbeiten. *No rest for the weary*, wie der Amerikaner sagt! Aber egal, werd ich eben das Loft verkaufen. Zack, alle Schulden weg. Lofts sind eh von gestern. Ich werd mir eine Wohnung in einem Wohnblock mieten, ich wollte immer schon in einem Block wohnen, am liebsten über einem Einkaufszentrum. Wo ich mit einem Lift direkt zum Shoppen fahren kann. Jedenfalls zieh ich nicht zu Bauer, das kann er sich gleich abschminken! Ich brauch jetzt mal ein bisschen Luft. Vielleicht komm ich ja auch endlich dazu, mein Buch zu schreiben.«

Belle regte sich zum ersten Mal. »Ein Buch schreiben?«, flüsterte sie.

»Ja, das wollte ich schon immer, ich hab mich nur bis jetzt noch nicht getraut.«

Belle nahm einen Schluck von ihrem Tee. »Worüber denn?« Ihre Stimme klang schon ein wenig fester. Susen hatte recht. Man musste so tun, als ginge das Leben weiter. Belle holte ihren Tabaksbeutel aus der Schublade und versuchte, sich eine Zigarette zu drehen. Doch ihre Finger waren steif. Schließlich nahm ihr Susen die Papierchen aus der Hand.

»Ein Buch über alles«, sagte Susen. »Über die Sache im Wald zum Beispiel.« Geschickt drehte sie eine dünne Zigarette nach der anderen und legte sie in einer Reihe auf den Küchentisch. Belle griff nach der ersten und zündete sie an. Die Flamme zitterte nur unmerklich. Na also, es ging doch. Sie nahm einen tiefen Zug. Ihr leeres Inneres füllte sich mit weißem kreiselndem Rauch.

»Aber du weißt doch gar nicht, wie es ausgegangen ist!«, sagte sie.

»Doch, Belle. Klar weiß ich das. Hast du das damals nicht mitgekriegt? Fast zehn Jahre später wurde in unserem Wald ein Skelett gefunden. Von einer Pfadfindergruppe, die eine Ausgrabungsübung machte. Sie mussten allerdings nicht besonders tief graben. Das Skelett lag einfach da. Anhand der Zähne konnte es identifiziert werden, und zwar handelte es sich um einen verurteilten Pädophilen auf Hafturlaub. Sein Verschwinden war nicht an die große Glocke gehängt worden. Es gab ja damals einen Skandal nach dem anderen wegen dieser Hafturlaube. Na ja, du warst vermutlich in Amerika, als das passiert ist. Deshalb weißt du nichts davon. Jedenfalls hatte sein Schädel einen Riss. Man nahm an, er sei vom Weg abgekommen und im Dunkeln gestürzt. Er muss sich an einem Stein ganz blöd den Kopf aufgeschlagen haben. Vielleicht hat er sogar noch eine Weile gelebt, aber er war so weit weg vom Weg, das konnte man nicht rekonstruieren.«

»Hieß er wirklich Joe?«

»Du wirst lachen. Ja. Er hieß Joe.«

Belle hatte ihren Tee ausgetrunken und schenkte sich großzügig Schnaps in die Tasse. Mit einem fragenden Blick hob sie die Flasche. Susen nickte, und Belle schenkte ihr ebenfalls nach.

»Noch was war aber interessant: Neben dem Skelett fand man eine Dose in Sirup eingelegte Pfirsiche. Absolut intakt. Außer, dass Blutreste dran waren. Vermutlich von ihm. Aber nach zehn Jahren konnte man das nicht mehr so genau bestimmen.«

Blut. War sie komplett verrückt geworden? Jetzt von Blut zu reden? Doch Belle schüttelte nur den Kopf. »Du lügst ja schon wieder. Die Dose hab ich doch damals mitgenommen.«

Susen lächelte erleichtert. »Siehst du, deshalb schreibe ich einen Roman. Da kann ich lügen, so viel ich will.«

Sie lachten beide auf, hielten sofort erschrocken inne.

»Kommst du zurecht?«, fragte Susen, jetzt endlich ernst.

»Ich bleibe nicht hier.« Belle schob die Tasse von sich, drückte die Zigarette aus. »Ich fahr nach Hause, nach Montana. Vielleicht werd ich ja zusammenbrechen, wenn ich da bin. Da ist Platz genug. Für alles. Da kann ich durchdrehen, wie ich will. Aber solange ich noch hier bin, bis ich hier alles geregelt habe, geht es. Muss ja.«

Auf dem Küchentisch fanden sich ihre Hände und hielten einander fest. Die von Susen waren klein, weich und weiß, die von Belle braun, knochig und rau.

»Ruf mich an, wenn du etwas brauchst«, sagte Susen. »Versprich mir das. Und gib mir deine neue Adresse. Ich komme dich besuchen!«

»Das hat mir gerade noch gefehlt«, schnaubte Belle. »Ein Besuch von dir reicht mir für zehn Jahre!« Sie prustete los, lachte, bis sie nicht mehr lachte. Dann legte sie den Kopf auf die Tischplatte und weinte. Susen saß am Küchentisch und hielt ihre Hände, bis sie auch nicht mehr weinte.

## Susen sucht den Sinn des Lebens – in der Liebe

Geneigte Leserin, ich frage Sie: Was ist eigentlich Liebe? Nein, wirklich. Was ist Liebe? Und wo kommt sie her? Große Fragen, ich weiß, aber das ist meine letzte Kolumne, also erlauben Sie mir, abzuschweifen.

Die Blumenkinder hatten ihre Antworten. Kitschige Zeichnungen von dickbauchigen nackten Wesen und fliegenden Herzen auf Postkarten und Badetüchern: »Liebe ist, niemals um Verzeihung bitten zu müssen.«

So ein Quatsch.

Nein, ich meine etwas anderes: Woher wissen wir, was Liebe ist? Wie sie aussieht? Woher kommt diese Vorstellung?

In meinem Fall aus dem Fernsehen, wie fast alles.

Meine erste Vorstellung von der Liebe gründete auf dem Gefühl, das David Cassidy in mir ausgelöst hatte. Besonders wenn er aus irgendeinem Grund unglücklich war, zur Gitarre griff und seelenvoll aus dem Bildschirm schaute, direkt in mein Zwerchfell hinein. Ja, seelenvoll. Jeden Mittwoch hetzte ich vom Nachhilfeunterricht nach Hause, um die Sendung anschauen zu können. Gegen zwei Brüder und einen sportverrückten Vater hatte ich einen schweren Stand. Zum Glück verehrte meine Mutter alles, was im weitesten Sinne amerikanisch war, und verteidigte mein Recht, umzuschalten. Manchmal schaute sie mit mir mit, und eine Zeit lang hatte sie sogar eine ähnliche Frisur wie Mutter Partridge.

Wenig später war es natürlich die Popmusik, die mir auf die Sprünge half, und auch da ließ ich keine Peinlichkeit aus. Ich gestehe an dieser Stelle zum ersten Mal öffentlich, dass ich mich bei einer Jugendzeitschrift mit obligatem blümchenverziertem Fanbrief um einen sogenannten Star-Treff beworben hatte, und zwar mit *The Sweet*. Allerdings weiß ich heute nicht mehr, welcher der Süßen mein Favorit war. Vielleicht wollte ich mich auch nur von den anderen Mädchen in meiner Klasse absetzen, die für die *Bay City Rollers* schwärmten. Eine gewisse Flatterhaftigkeit war da also schon angelegt. Was ich leider nicht vergessen habe, ist meine Schwärmerei für Elton John, den ich sogar heiraten wollte. Nein, mein Gaydar hat sich bis heute nicht entwickelt …

Spätere Einflüsse schlossen Filme wie *Bonnie and Clyde* ein, Bücher wie *Der Schaum der Tage*, Lieder wie *I want you*, ein Interview mit Goldy und Paul Parin. Aus diesem Mischmasch von Einflüssen gewann ich den Eindruck, dass die Liebe etwas unübersehbar

Großes sei, eine Art Elefant im Wohnzimmer. Dass ich sie unweigerlich erkennen würde, die eine einzige, die wahre Liebe. Sie würde sich schon zeigen. Alles andere musste man nicht so ernst nehmen. Anders gesagt, ich verließ einen Mann für den nächsten, immer in der Hoffnung, dass er endlich der richtige wäre. Immer schnell enttäuscht, immer im Glauben, es käme noch ein besserer, ein richtigerer.

Dabei hatte ich ganz konkrete Vorstellungen: Etwas Besonderes sollte er sein, reich und gern berühmt. Qualitäten, die auf mich abfärben würden. Wie damals, als ich die Schule schmiss und mich an den gefährlichsten Steineschmeißer hängte, damit sein Ruf auf mich überginge. Damit ich, sozusagen durch Osmose, so cool wurde wie er.

Kurz, der richtige Mann würde mich aus einem Leben in der Mittelklasse in den Rang der Besonderen erheben. Schon daran würde ich ihn erkennen. Doch weder der New Yorker Künstler noch der Kultjournalist und auch nicht der französische Musiker haben das geschafft.

Irgendetwas lief da schief.

Währenddessen hat meine Kindheitsfreundin ihre erste Liebe geheiratet und sich in fünfundzwanzig Jahren nicht ein einziges Mal gefragt, ob er das jetzt sei. »Ich wusste es einfach«, sagt sie. Dasselbe behauptet übrigens meine Mutter, die mit meinem Vater ziemlich lange ziemlich glücklich war – etwas, das ich für selbstverständlich gehalten hatte, bis ich bei anderen Kindern zu Besuch war. Aber meine Mutter sagt auch: »Du musst es entscheiden. Dass er der Richtige ist.«

Meine Freundin teilt keine meiner oben erwähnten kulturellen Beeinflussungen des Liebesbegriffs. Als wir damals in ihrem Zimmer auf dem Fußboden hockten und uns ausmalten, wie unser Leben einmal aussehen würde, hielten wir uns an Federica de Cesco: Wir wollten Indianer heiraten. Ein Schweizer Philosophieprofessor mit langen Haaren und nackten Füßen kommt dieser Vorstellung schon ziemlich nahe, wenn Sie mich fragen. Meine Freundin ist ihren Vorstellungen ebenso treu geblieben wie später ihrem Mann. Während ich von einem Popideal zum nächsten flatterte, wie später von Mann zu Mann.

Jetzt packen Sie aber bitte die Taschentücher weg, denn alles wird gut. Ich biete Ihnen zum Abschied ein Happyend auf dem Silbertablett: Ich werde nämlich nächste Woche heiraten. Scheint Ihnen das etwas plötzlich? In Wirklichkeit kenne ich ihn schon lange. Ich habe ihn nur nie wahrgenommen, weil er keinem meiner wechselnden Ideale entspricht. Er ist weder reich noch berühmt noch sonst im Mindesten cool. Erst unter Extrembedingungen habe ich ihn wirklich gesehen, losgelöst von meinen Vorstellungen, als einen Mann, der mich kennt. Der in mich hineinblicken kann und mag, was er sieht. Ein Mann, der da ist. Um es in den Worten meiner Mutter zu sagen: Ich habe mich entschieden. Der ist es jetzt.

Und damit verabschiede ich mich von Ihnen, liebe Leserinnen: Auf mich wartet schließlich ein Sonnenuntergang …

(Charmant, charmant. Meine kleine Romantikerin. Ich bin ja so gerührt. Könntest du nicht wenigstens ein paar Zeilen über meine männliche Ausstrahlung verlieren, mein umwerfend gutes Aussehen? Mein hartnäckiges Werben beschreiben oder meine unwiderstehlichen Verführungskünste? Vielleicht auch eine Anspielung auf meine unermüdliche Liebeskraft, meine tantrischen Techniken einstreuen? Wäre das zu viel verlangt? Das fängt ja gut an. Rba.)

## Nach Hause

»Moment! Einen Augenblick bitte!« Susen hatte ihren zickigen Mini beim dritten Versuch erfolgreich gestartet, als der alte Max über den Hof getrippelt kam. Er trug eine Schuhschachtel, die er Susen durch das Fenster auf der Fahrerseite reichte.

»Für mich?«, fragte Susen und drehte die Schachtel um. »Echte Louboutins? Wow!«

»Sie haben doch Größe sechsunddreißig, nicht wahr?«

»Ja, hab ich. Wow! Max! Ich weiß nicht, was ich sagen soll.«

»Sagen Sie nichts! Sagen Sie einfach gar nichts.« Der alte Max zwinkerte ihr zu, dann drehte er eine kokette Pirouette, verneigte sich, als stünde er auf einer Bühne, und ging zu seiner Holzbank vor dem Hof zurück.

»Fahren wir endlich«, quengelte Wednesday. »Papa hat gesagt um vier!«

»Wir haben genug Zeit, Liebes.« Lou saß hinten neben Wednesday, Bauer auf dem Beifahrersitz. Er hatte keine Anstalten gemacht, das Steuer zu übernehmen. Das allein schon hätte Lou für ihn eingenommen. Ganz zu schweigen von seinem Verhalten in Susens Loft. Bauer war in Ordnung, befand Lou. Sie war mit der Entwicklung der Dinge sehr zufrieden.

Langsam fuhr Susen vom Hof, die Schachtel auf den Knien. Niemand schaute zurück. Niemand sagte etwas. Erst, als sie auf der Hauptstraße waren, brach Susen das angespannte

Schweigen: »Ich glaub es einfach nicht! Wisst ihr überhaupt, was Schuhe von Louboutin kosten?«

»Na ja, Belles Mutter hat dich eben immer gemocht«, sagte Lou etwas spitz. »Ihr hattet immer einen speziellen Draht zueinander.«

»Belles MUTTER??? Wie kommst du denn jetzt auf Belles Mutter?«

»Na, weil sie dir die Schuhe geschenkt hat. Sie hat dir doch immer ihre abgelegten Sachen gegeben. Ja, da konnte ich natürlich nicht mithalten!«

»Du meinst … Das war Belles Mutter?«

»Ja, was hast du denn gedacht?«

»Ich dachte … der alte Max sei ein … ein homosexueller Bauernknecht! *Holy Guacamole*!«

»Also wirklich, Susen! Unika Bell hat immer gern Männerkleider getragen. Das weiß doch jeder. Jetzt sag bloß, du hast sie nicht erkannt? Die ganze Zeit, die du hier warst?«

Susen presste die Lippen zusammen. Verstohlen blickte sie zu Bauer hinüber. Doch der war ganz vertieft in die Straßenkarte und tat, als höre er nichts. Allenfalls zuckte die Haut um seine Augen etwas.

»Wir könnten unterwegs am Hallwilersee Halt machen und gebratene Forellen essen«, sagte er.

Susen wusste, dass sie ihn immer lieben würde.

»Die kleine Susen«, sagte Unika Bell. »Sie hat sich gar nicht verändert. Ein liebes Ding. Nicht unbedingt die Hellste.«

»Ach, Mama! Erzähl mir doch nichts. Du hast sie immer gemocht. Gib's ruhig zu!«

»Wie man ein junges Hündchen mag. Man kann einfach nicht anders. Erstaunlich eigentlich, dass sie sich diese Ausstrahlung bis heute bewahrt hat.« Sie schwieg einen Moment. »Du glaubst doch nicht wirklich, ich hätte sie dir vorgezogen?«

Belle zuckte mit den Schultern. »Und wenn schon.« Was machte es jetzt noch aus?

»Es war einfacher für mich, mit Susen zusammen zu sein als mit dir. Ich war nicht für sie verantwortlich. An ihren Schwierigkeiten trug ich keine Schuld.«

»An meinen auch nicht.«

»Du hast auch keine. Schwierigkeiten, meine ich.« Sie drückte die Hand ihrer Tochter mit erstaunlicher Kraft, und Belle dachte, dass sie recht hatte. So unverschämt diese Aussage angesichts der Ereignisse der vergangenen Tage auch klingen mochte.

»Und – was machen wir jetzt?«

»Wir gehen nach Hause«, sagte Belle.

Unika nickte. »Nach Montana.« Es war keine Frage. Sie klopfte auf ihren Gürtel. »Ich habe immer noch den Schlüssel, vergiss das nicht. Das hintere Zimmer gehört mir.«

»Ach, Mama! Das Schloss habe ich doch längst aufgebrochen!«

Sie legten die Köpfe aneinander wie zwei Pferde. Belle schloss die Augen und hörte ihre Mutter leise, zärtlich schnauben.

Hessen: Hessenpark!

Büdingen (Altstadt)

Eschwege (Zinnfiguren)

Senckenberg-Museum

Gelnhausen

Wildpark Alte Fasanerie

Saalburg/Taunus (Kastell)

Kellerwald-Edersee (Nationalpark)

Marburg